中國新聞改革論

張駿德　著

自　序

　　到 2006 年，我在復旦大學新聞系（1988 年 6 月後為新聞學院）執教整 42 年了，而對大陸（指中國大陸）新聞改革的關注，卻是近 20 餘年的事。

　　20 世紀 80 年代傳播學理論的傳入與普及，90 年代社會主義市場經濟體制在大陸的確立，給大陸的新聞改革注入了全新的活力與激情。大陸的新聞改革變為全方面、多層次的改革，從新聞改革的內涵看，包括：新聞傳播模式的改革、新聞觀念的改革、新聞內容的改革、新聞報導方式方法的改革、新聞體制和經營管理的改革等等。許多全新的課題與問題需要我們去研討、探索與回答。而新聞傳播學自從 1997 年正式成為一級學科以後，新聞傳播學的教育事業也蓬勃發展。據統計，全國至今已超過 600 所高教設有新聞傳播學科方面的系或專業；有 60 多所高校申報新聞傳播學碩士點；10 多所高校已經或正在申報新聞傳播學博士點。與新聞改革、新聞競爭相對應，新聞傳播學教育事業、教育工作的競爭也方興未艾。

　　大陸改革開放的 20 多年來，我在校主要從事新聞業務課方面的教學，但對新聞傳播理論的學習與對新聞實踐的參與從來不敢急慢與鬆懈。我是先從關注新聞報導改革開始，然後關注整個大陸新聞改革的歷史軌迹與發展趨勢；1988

年後從事廣播電視新聞學教學，又關注廣播電視新聞改革；近幾年又較系統地讀了一些傳播學的書，對新聞傳播學的學科建設也有一些想法。我將這些心得體會連同過去寫的學術論文（其中 1997 年以來我撰寫的幾十篇學術論文，我將在後記中擇要一一列出）一起，整理歸納為四編：大陸新聞改革綜述編，新聞報導業務改革編，大陸廣播電視發展歷程與改革編，新聞改革形勢下的學科建設編等。本書的部分章節，我在為研究生上的《新聞業務研究》、《廣播電視專題研究》、《新聞傳播學專題講座》課上講解過。

1959 年 9 月 1 日我跨入復旦大學大門口求學時，只是一個稚嫩的 17 歲的小夥子；如今已是年過花甲的老頭。46 年來，除了「文化大革命」十年動亂荒廢過青春時光外，在教學科研方面我從不敢怠慢與鬆懈。我的成長離不開學校的培養、老師的教誨與同事的幫助。這一切我在後記中詳述。走筆至此，我耳邊仿佛回蕩著一句千古名言：「不積跬步，無以至千里；不積小流，無以成江海。」（《荀子·勸學篇》）用純樸的諺語說：一分耕耘，一分收穫；人勤春來早，腦勤生百竅；一勤天下無難事，功夫不負苦心人。這實在是做學問、謀事業的真理。

最後，謹以此書向我的老師、領導、同事、同學們作一個彙報，並請不吝賜教指正。匆匆，是為序。

張駿德

2006 年元月　於復旦大學新聞學院辦公室

目　次

第一編　大陸新聞改革綜述

第一章　大陸新聞改革的歷史、現狀及其展望

新聞事業是上層建築，它總是受一定的社會經濟基礎的制約。大陸當代的新聞事業是由大陸當代的社會經濟基礎決定的。時代在進步、社會經濟基礎在變革，作為上層建築的新聞事業也必然會隨之變革，新聞改革就應運而生。

大陸的新聞改革是一項艱巨複雜的社會系統工程，涉及許多重大的新聞理論問題與新聞實踐問題，從新聞改革的內涵看，包括：新聞傳播模式的改革、新聞觀念的改革、新聞內容的改革、新聞報導方式方法的改革、新聞體制和經營管理的改革等等。

筆者在此對大陸新聞改革的歷史、現狀及其展望作出論述，難免粗淺與有遺漏，但對此作些梳理大有益處，以期新聞傳播界進一步探討。

一、大陸新聞改革歷史的簡要回顧

在大陸共產黨領導的大陸新聞事業史上，有過三次新聞改革，即為：1942 年以延安《解放日報》改版為標誌的新聞改革，1956 年以《人民日報》改版為標誌的新聞改革，

1978 年底大陸共產黨十一屆三中全會以來的二十多年新聞改革。前兩次新聞改革，在丁淦林教授著作《大陸新聞事業史新編》（四川人民出版社 1998 年版）中已有詳述。這裏著重回顧第三次新聞改革。

這次新聞改革是以 1978 年底大陸共產黨十一屆三中全會召開為發端，歷史背景是揭批

林彪、「四人幫」的罪行與思想流毒，在新聞界是揭批林彪、「四人幫」的「假、大、空」文風，恢復實事求是的作風與文風。

這是近 20 多年來的大陸大陸的新聞改革，大家有目共睹，改革成果豐碩，完全是按照「解放思想，實事求是」的思想路線進行的。其進程可以分為兩個階段。

第一階段時間為 1978 年底至 1991 年底。

1978 年底大陸共產黨十一屆三中全會召開，大陸從階級鬥爭為綱轉變到以經濟建設為中心的軌道上來。新聞觀念、報導方式方法都發生根本轉變。

首先是全國新聞界揭發批判林彪、「四人幫」「假、大、空」的文風，提出按新聞規律辦報辦臺，恢復我黨新聞工作的光榮傳統。1981 年 11 月 10 日，中共中央書記處書記習仲勳同志代表黨中央，在慶祝新華社建社 50 周年的座談會講話中，要求新聞報導做到「真、短、快、活、強」，即：真實準確，短小精悍，迅速及時，生動活潑，思想性指導性強。這成為新聞報導改革的努力方向與目標，產生巨大積極的影響。

這一時期擴大報導面，增加老百姓喜聞樂見的社會新聞、文化體育新聞成為顯著特色，同時改進會議新聞、經濟新聞的報導內容與形式也取得成效。這一時期，新聞工作改革、新聞業務改革出現一派欣欣向榮氣象。

1987 年 10 月大陸共產黨第十三次代表大會的「政治報告」提出：「重大的事情要讓人民知道，重大的問題要經人民討論」，「開展輿論監督」等，實質上提出了人民有知曉權、表達權與監督權，作為人民的代言人的記者，應具有知曉權、發佈權與監督權。這實際上也對新聞傳播的作用與功能作出了重要闡述。

隨著深化改革與擴大開放，各種經濟的、政治的、思想的、社會生活方式的矛盾大量湧現，新聞報導光擴大報導面、增加信息量已無法解答，需要有一種更好的報導方式來解決，於是深度報導在大陸崛起。深度報導是一種題材重大、全方位資訊組合、進行背景分析與多角度透視、富有理性思辨的報導方式。深度報導的代表作有《魯布革衝擊》、《大陸改革的歷史方位》以及《紅色的警告》、《黑色的詠歎》、《綠色的悲哀》等③。同時，各級電視臺電臺都辦起了深度報導欄目，如中央電視臺的《觀察與思考》、上海電視臺的《新聞透視》都在 20 世紀 80 年代先後創辦。

這一階段大陸的新聞事業迅猛發展。大陸報紙 1978 年只 186 家，而到 1991 年底已達 1700 多家；報業結構從過去單一的黨委機關報，發展為以黨報為主導的日報、晚報、專業報、企業報等多品種、多層次、多文種、多風格的社會主義報業結構。廣播電臺從 1978 年前的 89 座，發展為 1991

年的近 500 座,無線電視臺從 1978 年的 32 座,發展為 1991 年的 500 多座。

第二階段時間為 1992 年春至今。

1992 年春天,鄧小平同志發表南巡講話,掀起了又一輪思想解放浪潮;大陸共產黨第十四次代表大會召開,大陸從計劃經濟向社會主義市場經濟轉軌。新聞事業既是上層建築,是黨、政府和人民的「喉舌」,又是資訊產業,面臨著受眾市場的考驗。

市場經濟條件下的新聞改革,與計劃經濟條件下的新聞改革不同。過去的新聞改革主要為新聞業務改革與新聞工作改革;而市場經濟條件下的新聞改革突破了業務與工作範圍,表現為全方位與多層次多側面的改革。

社會主義市場經濟條件下的新聞改革是一個十分複雜的系統工程。新聞事業的發展不僅受自身條件的影響,而且受到社會、經濟、政治、文化、受眾心理等諸方面客觀條件的制約。新聞改革不僅僅是新聞業務、新聞工作改革,而且涉及到新聞觀念的更新與變革、新聞媒體多功能開發、新聞資訊產業發展、新聞體制改革、新聞隊伍建設、新聞事業管理等各個方面。而且,目前誰也無法事先把這些問題梳理清楚,只能在馬列主義、毛澤東思想、鄧小平理論、江澤民同志新聞論述與「三個代表」重要理論指引下,解放思想,實事求是,與時俱進,開拓創新,在實踐中逐步解決。

二、社會主義市場經濟條件下大陸新聞改革的現狀

　　前面已述，市場經濟條件下的新聞改革是全方位的改革。本節側重對新聞觀念、傳播方式、管理機制三方面的改革現狀作一簡要闡述。

1. 在市場經濟條件下，大陸的新聞觀念的更新與變革，主要表現在以下八個方面：

　　（1）資訊觀念。新聞界拋棄了「階級鬥爭為綱」、「報紙是階級鬥爭工具」等過時的觀念，承認新聞事業是大眾傳播媒介，新聞的基本功能是傳播資訊。新聞報導只有在傳播事實資訊的基礎上，才能發揮宣傳政策、輿論監督、溝通情況、傳授知識、文化娛樂等多種作用。新聞報導要努力擴大信息量，增強時效性。

　　（2）受眾觀念。新聞要努力滿足廣大人民群眾多層次、多方面的需要。新聞只有為受眾接受，才能發揮其社會功能。受眾不需要的新聞，沒有存在的價值，實際上不是新聞。辦報辦臺，最要緊的是瞭解自己的讀者、聽眾、觀眾。新聞要努力增強與群眾的貼近性，做到可讀性強，有知識有高尚情趣。

　　（3）輿論導向觀念。新聞報導不僅要反映社會實際，而且要進行正確有效的輿論導向，要成為改革開放的輿論先導，要發揮輿論監督等功能，主持正義、揭露邪惡、推進社會進步。在這方面，江澤民總書記有系統論述，如 1994 年 11 月 24 日在全國宣傳部長會議上的講話、1996 年 9 月 26 日在視察人民日報社時的講話

中，對堅持正確輿論導向的重要性、意義與作用等都作了詳盡的論述，特別強調：「用正確的輿論引導人，最根本的，是動員全黨同志和全國人民為實現黨的基本路線而奮鬥，為實現人民群眾的根本利益而奮鬥，堅定不移地推進建設有大陸特色社會主義事業」。

（4）主體觀念。強調新聞報導不能滿足於對客觀現實的直觀筆錄，而應發揮主觀能動性，應能動地反映客觀現實。新聞工作者要加強理論修養，具有深厚的學識功底，提高觀察問題和分析問題的能力，能從整體上、本質上去把握新聞事實，等等。

（5）市場觀念。市場日益成為主要的資訊源、新聞源，採訪方式與採訪物件隨之變化。新聞傳播自身也將面臨市場的選擇。報紙、廣播、電視成為群眾在閒暇時間享用的精神消費品。群眾的訂報數和收聽收視率日益成為新聞媒介受到群眾信任程度的晴雨錶。新聞報導的內容與方式也要隨之發生變化。（這在下一個問題有專論。）

（6）競爭觀念。市場經濟條件下，企業有競爭，新聞業也有競爭。競爭出活力，競爭能掃除怠惰和自滿自足，競爭能推動改革、革新和進步。新聞業沒有競爭，新聞只能變為舊聞。

（7）客觀公正觀念。市場經濟的公開、公平、公正原則，要求新聞報導必須客觀公正。面對不同利益的主體，新聞報導不能有所傾斜。對於同一個新聞事實，由於不同的價值取向而產生不同意見，新聞報導應當盡可

能採取平衡手法，要學會用客觀公正的資訊對社會行為進行導向。

（8）新聞產業觀念。新聞事業既是黨、政府和人民的「喉舌」，又是資訊產業。新聞媒介要努力開發資訊資源，獲取巨大經濟效益。同時要正確處理社會效益與經濟效益的關係，把社會效益放在首位。

建立新聞資訊產業，既要反對把新聞事業完全看作宣傳工具、由國家出錢搞宣傳的前蘇聯的經濟模式，又要反對唯利是圖的西方完全的市場經濟模式，要探索出一條具有大陸特色的社會主義新聞事業的嶄新道路。同時注意，要堅持仍然適用的傳統新聞觀念，發揚大陸新聞工作優良傳統。

2. 新聞傳播方式、新聞報導內容與形式的改革

由於新聞觀念的變革，新聞傳播的方式發生很大變化，由過去的灌輸式、指導式、居高臨下式轉變為服務式、談心式、平等交流式。

在社會主義市場經濟條件下，報紙、廣播、電視等既是黨、政府的「喉舌」，又是資訊產業，面對著受眾市場，又有一個變以往的賣方市場為買方市場的問題。例如全國各城市都市報的崛起與熱銷，有線電視、衛星電視的發展等，都是與受眾的資訊需求激增有關。以上海為例，《新聞報》分為晨刊、午刊、晚刊三種版本，每日出三次；上海電視臺的新聞節目每天都要滾動播出多次，這與上海國際大都市市民的生活節奏、工作節奏加快，市民需要隨時隨地瞭解國內外情況變化、瞭解重大事態的進展密切相關。

　　下面試以上海東方廣播電臺為範例，研究它在新聞傳播方式、新聞報導內容與形式方面的改革。

　　東方廣播電臺是 1992 年 10 月 28 日清晨開始播音的，頻率中波 792 千赫和調頻 101.7 兆赫。「東廣」人大膽地提出宏偉的目標：辦一個全天候、全方位、全新面貌、全新機制的電臺。他們的成功經驗主要體現在以下四方面：

　　（1）把為聽眾服務作為辦好廣播的出發點與歸宿點。

　　東方廣播電臺首先確立了市場機制，改變以往的「我播——你聽」的官辦模式，轉為「你聽——我播」的服務模式。這就在廣播中突出了聽眾的地位，真正把為聽眾服務作為辦好廣播的出發點與歸宿點。「東廣」為了更好地引進聽眾感覺機制，一開播就確立了 24 小時直播的方針。因為只有在動態的行進式的廣播運作中，新聞廣播的快捷反應才能得到最充分的體現，使自己在與諸多傳媒競爭中保持不敗之地。

　　「東廣」把一天 24 小時播出的全部節目看作一個有機整體，摒棄了過去把廣播時間分為「黃金時間」和「非黃金時間」的舊概念。「東廣」人在設置節目時，對各個時段的聽眾進行調查，發現上海正在湧現越來越多的新職業群體，他們的作息時間各不相同，只要廣播節目辦得對路，都會有聽眾光顧。以往 0 點到 6 點，是廣播休息時間，稱為廣播的「沙漠地帶」。然而「東廣」臺辦了《相伴到黎明》節目，給城市中特殊工作的人與不知疲倦的人提供資訊、娛樂與談心等服務。「東廣」還有一批服務類節目，如《東方大哥大》（後改名《東方傳呼》），為聽眾解決各種困難提供方便；

《上海潮》中《熱線急診室》為聽眾導購導修；《健康百事通》為聽眾導醫導藥；《東方大律師》為聽眾提供法律諮詢；《特級教師到你家》為聽眾提供高效的家教等；還有 1994 年起推出特別節目《792 為您解憂》，在每年春節前的一個月，堅持每天為一位或一群聽眾辦一件實事、好事，給他們送上一份特殊的溫暖。「東廣」人為此承擔了無法統計的龐大工作量，傾注了大量的心血，也使廣播電臺在廣大聽眾心目中樹立起光輝的形象。

（2）確立以新聞為主體的綜合型欄目結構。

東方廣播電臺作為綜合臺，十分注重新聞報導的首要地位和創新意義。過去，大陸的廣播新聞每次播出總在半小時左右，內容也較單一，通常為動態新聞。而《東廣早新聞》（原為《東方新聞》），作為東方電臺新聞節目的核心，每天早晨 6 點至 9 點在 792 千赫播出，長達 3 小時的板塊有《東廣快訊》、《新聞追蹤》、《報刊導讀》、《東方傳呼》、《東方論壇》、《792 為您解憂》、《今日要聞》、《公共服務資訊》、《東廣體育特快》和《東廣金融專遞》等小欄目。7 點至 8 點一小時為核心段，另外有半小時轉播中央人民廣播電臺的新聞聯播節目。

在《東廣早新聞》的核心段中，有快訊、動態新聞、深度報導及其評論等，既富有信息量，又具有思想深度。特別在廣播新聞面向聽眾、讓聽眾參與廣播新聞方面有新的突破與進展。《東方傳呼》欄目，讓廣大聽眾直接通過電話在廣播中表達對各方面工作的意見與建議，甚至對歪風邪氣予以批評；然後，「東廣」記者再進行追蹤採訪。《東方傳呼》

縮短了廣播節目與聽眾之間的距離，更貼近社會生活與實際工作。《東方論壇》作為廣播評論節目，也以電話評論和錄音評論為主，將評論從理論家、評論員的書齋文案中解放出來，成為平民百姓聽眾都可以發議論、講道理的輿論陣地，從而使廣播評論新鮮活潑、通俗生動。

「東廣」還設有《正點新聞》節目，每天早晨 6 點到晚間 22 點，每逢正點播出。正點新聞每檔 5 分鐘，由氣象資訊、交通資訊、東廣快訊、股票資訊等內容組成。遇有重大新聞或突發事件，可採用流動式連續報導，形成滾動播出的態勢。遇到特別重大的突發新聞事件，還可中斷任何一檔節目，及時插播重大新聞，這就大大增強了時效性。

東方廣播電臺的整個欄目結構，包括新聞欄目、綜合欄目、音樂欄目、金融欄目、少兒欄目、有線電視音樂欄目六個大類共一百多個小欄目，形成了一個以新聞為主體的全方位為聽眾進行資訊服務的綜合型欄目結構。

（3）將熱線電話引進廣播，並與直播相結合。

將熱線電話引進廣播，吸引聽眾參與廣播節目，又將權威人士與嘉賓請進節目直播室，通過節目主持人串聯，與廣大聽眾進行雙向資訊傳遞、感情交流與問題討論，讓廣播從宣傳者、播音員的殿堂上走向平民百姓之中，大大增強了廣播節目的受眾參與感、現場感和親切感，充分發揮了廣播聲音傳播的獨特優勢。

熱線電話特別適用於廣播談話類節目，其技術基礎離不開現代通信事業大發展。上海的電話機至 2003 年春已超過 500 萬門，手機也已普及，其社會基礎是社會主義市場經濟

的發展，轉型期的社會動蕩、思想困惑、觀念轉化等需要輿論導向與情感疏導。因此，東方廣播電臺如《夜鷹熱線》、《相伴到黎明》等一類帶有心理諮詢、情感安撫、解惑釋疑特色的談話類廣播節目，獲得了聽眾的信賴與厚愛，吸引著廣大聽眾參與，成為聽眾的生活指南與良師益友。在這種談話類廣播節目中，主持人成為節目與受眾之間的雙向資訊傳播與感情交流的仲介人，而主持人與來電話的聽眾又互為傳播者、互為受眾，真正做到了心心相印，息息相通。

新的廣播模式大多數改錄播為直播，直播運作固然能最大限度地發揮廣播快的優勢，但往往容易因來不及思索與推敲而失之粗糙低質量。因此「東廣」提出了「直播節目錄播化，錄播節目直播化」的口號。據東方廣播電臺原臺長陳聖來解釋：「這個口號的含義就是使直播節目具備錄播節目的精細、完整、從容等特點，使錄播節目具備直播節目親切、自然、生動等特色。」④這是提高廣播節目質量、多出廣播精品的成功經驗之一。

（4）加強新聞隊伍建設，注重節目主持人的培養。

東方廣播電臺近十年來取得引人注目的業績，依靠的是一支政治強、業務精、紀律嚴、作風硬的記者、編輯、主持人、播音員隊伍。「東廣」在全國「金話筒」獎評比中，實現了「四連冠」，湧現了全國勞動模範方舟、上海市勞動模範袁家福等敬業愛崗、奮力拼搏的典範；湧現了方舟、尚紅、夢曉、蔚蘭、秋琳、歐楠、張培、渠成、阿彥、林海等十佳主持人；更湧現了無數真誠為民服務的好人好事。

　　「東廣」特別注重節目主持人的培養，因為它是電臺的標誌與品牌。多年來，「東廣」已培養出三代節目主持人，特別推出了 16 位新主持人。新老主持人的共同特點是：具有較高的理論水準與思想修養，掌握政、法、文、史、哲、經等多方面的廣博知識，熟練地運用廣播業務與播音技能，富有社會活動能力與隨機應變能力，還具備踏實的工作作風、艱苦奮鬥精神以及良好的心理素質。

　　作為電子傳媒的廣播，是科技發展到一定階段的產物，又面臨著新的科技革命。「東廣」人充分意識到這一點，他們提出了把「東廣」建成國內外一流水準的廣播電臺的口號。1996 年 10 月，「東廣」從原上海市北京東路外灘廣播樓搬遷到位於虹橋路的上海廣播大廈，工作條件有了根本改善。寬敞的辦公室，採編播人員人手一架程式控制電話、一臺電腦設備，衛星通信和電腦技術的運用，數位化音頻工作站的啟用等等，令國內外同行羨慕，說明「東廣」已具備爭創世界一流電臺的物質條件。

　　上述只是個案分析，說明這一時期大陸廣播新聞傳播方式、內容與形式的改革狀況。報紙與電視的傳播方式與廣播不完全一樣。這一時期，報紙出現「擴版熱」，有的報紙擴大到 48 版甚至更多，增加了經濟新聞、法制新聞、文化娛樂新聞、社會新聞、體育新聞、醫療衛生新聞等與人民日常生活相關的資訊版面。而電視新聞，也更多採用現場直播的「原生態」報導方式，加強了早新聞欄目與深度報導欄目，都在貼近百姓生活、加強節目思想深度上下功夫。

3. 大陸新聞業管理機制的改革

　　大陸的新聞事業包括報社、通訊社、廣播電臺、電視臺等，長期以來一直是依靠行政撥款經費維持的事業單位，實行中共黨委領導下的總編輯（或社長）、臺長負責制。

　　在社會主義市場經濟條件下，報社、通訊社、電臺、電視臺都要自籌資金、自負盈虧，作為資訊產業都有一個創收問題，實行的是「事業性質，企業化管理」。作為資訊產業的新聞事業有許多關係需要理順，在宏觀方面：轉變政府職能，實行政企、政事職能相對分開；在微觀方面：轉變運行機制，實行企業化管理。企業化管理主要內容包括：人事方面實行全員競爭上崗，擇優聘用；分配方面實行工資與效益掛鈎；財務方面實行授權經營保值增值；內部管理方面實行權、責、利相一致等等。

　　新聞資訊產業的產業經營管理，成為新聞業可持續發展的基本問題，亟待解決。

三、大陸新聞改革的前景展望

　　進入 21 世紀，大陸新聞改革主要在體制改革方面深入展開，其趨向表現在媒體組織集團化、大眾傳播分眾化、媒介管理法制化等方面，令業內人士普遍關注。

1. 媒體組織集團化

　　大陸的新聞事業面對著經濟全球化趨勢和大陸已經加入 WTO 的局勢，國際間的新聞傳媒業競爭日益激烈；在大陸社會主義市場經濟體制下，報業、廣播電視業的體制改革

更加深入。為了應對國際傳媒激烈競爭的需要，適應社會主義市場經濟發展的需要，同時也是順應世界科技突飛猛進的需要，報業集團、廣播電視集團以及多媒體集團應運而生。

1996 年 1 月，廣卅日報報業集團成立，成為全國第一家報業集團。1998 年 5 月，羊城晚報報業集團、南方日報報業集團、光明日報報業集團、經濟日報報業集團、文彙新民聯合報業集團成立。1999 年又有北京日報、解放日報、浙江日報、四川日報等 10 家報業集團成立。

1999 年 6 月，無錫廣播電視集團成立，成為全國第一家廣播電視集團。2000 年 12 月，湖南廣播影視集團成立，成為全國第一家省級廣播影視集團。2001 年 4 月，上海文化廣播影視集團成立，是一個跨媒體的大型新聞文化集團，擁有 146 億元的總資產。2001 年 12 月，大陸規模最大的新聞傳媒集團——大陸廣播影視集團在北京成立，其主要成員單位有中央電視臺、中央電臺、大陸國際廣播電臺、大陸電影集團公司、大陸廣電傳輸網和大陸廣電互聯網等，固定資產達 214 億元，年總收入 110 億元。

到 2002 年 1 月為止，大陸已有媒體集團共 47 個，其中報業集團 26 個，廣播電視集團 8 個，出版集團 6 個，發行集團 4 個，電影集團 3 個。2002 年 8 月，大陸又有黑龍江日報報業集團、安徽日報報業集團等 12 家報業集團成立。

事實上，目前大陸傳媒業的經濟實力無法與國際巨頭競爭，以 1999 年的統計為例，美國最大的報業托拉斯甘尼特公司的年收入，比大陸所有報紙收入的總和還多；排名世界第 10 位的一家美國直播電視公司的收入，比大陸全年廣播

電視廣告總收入還多。因此，大陸傳媒業要適應並參與國際
競爭，必須做大做強，集團化成為新世紀傳媒業發展的戰略
部署。

　　以上海文廣集團為例，上海文化廣播電影電視事業通過
組建集團，走一條不斷開拓創新、實現跨越式發展的道路。
文廣集團是以廣播、電視、電影、傳輸網路、網站和報刊宣
傳為主業、兼營其他相關產業的新聞文化集團，以躋身世界
一流新聞文化集團行列為目標，努力發展成為多媒體、多品
種、多功能和跨地區、跨行業、跨國界的綜合性大型集團，
成為西太平洋沿岸最有影響的新聞文化集團之一。業內人士
希望，通過集團化發展，能產生大陸傳媒業的「航空母艦」。

2. 大眾傳播分眾化

　　大眾傳播事業出現「分眾化」傳播的趨向，這在國際國
內概莫能外。從大陸的新聞傳媒業看，專業類報紙如經濟資
訊報、金融報、證券報、科技報、足球報、健康報、家庭生
活報等等如雨後春筍般湧現；廣播電臺的系列臺（後改為頻
率），如經濟資訊臺、交通臺、音樂臺、文藝臺、金融臺、
英語教育臺等的出現，都是為了滿足受眾中一部分特殊愛好
者的特殊資訊需求。而電視頻道專業化發展趨勢尤為突出。

　　近年來，電視頻道專業化成為大陸電視業進一步改革與
發展的熱門話題與實踐舉措。如果說 20 世紀 80 年代中央、
省市、地市、縣市四級辦電視是大陸電視業的第一次創業；
那麼，21 世紀的電視頻道專業化是大陸電視業的第二次創
業，是大陸電視業從粗放型向集約型發展的轉軌。一時間，
各省市級電視臺紛紛進行頻道專業化整合與重組，從南到

北、到西部，廣東、浙江、江蘇、江西、湖南、山東、河南、河北、內蒙古、甘肅、新疆等地的省級電視臺，除了保留原有的新聞綜合頻道外，紛紛重新組建經濟或財經頻道、文化娛樂頻道、影視頻道、科技教育頻道、生活時尚頻道等等。上海市文廣集團從 2002 年元旦起，重組了十一個電視專業頻道，它們是：上海電視臺新聞綜合頻道、生活時尚頻道、電視劇頻道、財經頻道、體育頻道、紀實頻道，上海東方電視臺新聞娛樂頻道、文藝頻道、音樂頻道、戲劇頻道；上海衛視頻道等。電視頻道專業化成為新世紀一道亮麗的獨特文化景觀。

　　電視頻道專業化的理論根據是市場營銷學的「市場細分理論」與「分眾化」消費理念。

　　在大陸社會主義市場經濟條件下，電視受眾需求也是一個消費市場。就大陸的電視受眾需求來看，除了國內外特別重大的新聞外（這也是電視新聞綜合頻道存在的主要理由），電視觀眾在收視動機、收視興趣、欣賞習慣與要求等方面區別與差異是很明顯的。據羅明、胡運芳作的《大陸觀眾現狀報告》（社會科學文獻出版社 1998 年版）揭示：不同類型的觀眾對不同的節目有各不相同的興趣。如對影視劇，青少年興趣高於中老年，女性高於男性，低文化者高於高文化者；對綜藝節目，觀眾收視興趣隨年齡增長而下降；對於新聞類經濟節目，觀眾興趣城市高於農村，文化高者高於文化低者等等。觀眾結構多層次的特點，決定了電視節目的多層次性。電視業既是黨、政府和人民的「喉舌」，又是資訊產業，在堅持正確的輿論導向的大前提下，同時要講究

滿足電視觀眾的分眾化需求。既然電視觀眾有分眾化需求，可以「細分」，滿足電視觀眾分眾化需求的電視專業化頻道設置，就成了市場經濟條件下的必然趨勢與舉措。頻道專業化實質上是文化產品在傳播過程中實施的一種目標市場營銷策略，它面向較確定的目標受眾進行一定規模的傳播，以滿足特定受眾的資訊服務需求。

從本質上看，電視頻道專業化與廣播頻率專業化是大陸廣播電視業在新世紀為了實現跨越式發展的一次體制創新與制度變遷，也是實現可持續發展的必要制度保障。

以上海市文化廣播電影電視集團重組十一個電視專業頻道、十個廣播專業頻率為例，它的目標非常明確：這是上海廣播電視業在新形勢下深化改革、向專業化頻道頻率制邁進的一個重要舉措，它標誌著申城廣播電視媒體組建「航空母艦」的開端，同時也預示著上海聲屏熒屏將更加精彩紛呈繁花如錦。上海文廣集團這次通過對上海廣播頻率電視頻道資源的重新定位與整合，進一步合理配置與利用製作優勢，將原有分散重複的頻率頻道打造成為各具特色的專業頻率頻道，形成了一個集約式的聲屏熒屏「艦隊」，做大做強上海廣播電視事業，實現「立足上海，輻射全國，走向世界」的發展目標。這是上海在今後三到五年內逐步建成全球最重要的華語廣播電視製作基地、華語廣播電視節目交易中心和華語廣播節目平臺、跨入世界廣播電視企業百強行列、實現上海廣播電視傳播業新世紀的騰飛邁出的重要一步。⑤

由此可見，廣播頻率電視頻道專業化已經成為大陸廣播電視業發展的必然趨勢與廣播電視業體制創新的必然趨勢。

3. 傳播媒介管理法制化

大陸的新聞事業在市場經濟條件下運作，迫切要求加強法制化管理。在這個問題上，目前有兩種錯誤認識：一種認為大陸新聞事業的法制化管理已經很好了，不存在什麼問題；另一種則截然相反，認為大陸沒有《新聞法》、《廣播電視法》、《網路傳播法》等，是無法可依。本作者不同意上述兩種看法，認為：大陸已有比較完整的新聞事業管理方面的法制體系，已行之有效，但是不完善，有薄弱環節，亟須早日解決。

大陸新聞事業管理的法制體系包括以下層次：

第一，中華人民共和國憲法的有關部分。如第 22 條、第 35 條、第 51 條、第 53 條等，作為國家的根本大法，有關條文涉及新聞傳播的基本原則及其尊重公民的權利義務等方面。

《憲法》第一章「總綱」第 22 章規定：「國家發展為人民服務、為社會主義服務的文學藝術事業、新聞廣播電視事業、出版發行事業、圖書館、博物館、文化館和其他文化事業，開展群眾性的文化活動。」《憲法》第二章「公民的基本權利和義務」第 35 條規定：「中華人民共和國公民有言論、出版、集會、結社、遊行、示威的自由。」等等。

新聞工作者是人民的代言人，可充分運用憲法規定的公民的合法的自由和權利，來從事新聞資訊採集、寫作、節目製作和傳播活動；當然，這應以不得損害國家的集體的利益和其他公民的合法自由和權利為前提條件。

　　第二，中華人民共和國的有關其他法律。大陸尚無《新聞法》、《廣播電視法》、《網路傳播法》，以《民法》、《刑法》、《行政法》、《著作權法》、《廣告法》、《保密法》等法律中相關條款，對新聞事業與新聞工作起規範、調節作用。

　　第三，行政法規。這是國家行政機關根據憲法和法律制定的管理行政工作的規範性文件，如《關於嚴禁淫穢物品的規定》、《關於嚴厲打擊非法出版物的通知》、《出版管理條例》、《廣播電視管理條例》、《有線電視管理暫行辦法》等。這些規定、通知、條例，從國務院到地方政府制定的，其效力地位低於憲法和法律，但在大陸的法制體系和實際執法工作中佔有重要地位，發揮巨大作用。

　　第四，部門規章。主要指國務院所屬部委，其中主要是新聞出版署和原廣播電影電視部根據憲法和法律制定發佈的有關報刊、廣播、電視的專門規章，如《期刊管理暫行現定》、《報紙管理暫行規定》、《廣播電臺電視臺設立審批管理辦法》、《有線電視管理辦法》、《衛星傳輸廣播電視節目管理辦法》、《音像資料管理規定》等。

　　此外，新聞事業管理的法制體系中還包括新聞事業行政部門頒佈的有關規範性文件，新聞事業組織或協會制定的有關職業道德等自律性規範性文件，如大陸記協的《大陸新聞工作者職業道德準則》等。

　　從大陸新聞事業管理的法制體系的四個大層次看，最薄弱的環節是第二個層次。由於大陸的《新聞法》、《廣播電視法》、《網路傳播法》等尚未制定與出臺，形成大陸新聞

事業與傳播媒介法制化管理的體制上有很大漏洞，大大削弱
了法制體系的整合力量；以管理制度代替法、以某人講話代
替法的現象屢見不鮮，也源於新聞法制的尚不健全與完善；
一些記者被推上被告席，大多以敗訴告終，其中也有缺乏《新
聞法》保護記者合法權益的因素。

　　這裏有必要對網路傳播媒介的管理問題多講幾句。大陸
的網路建設起步較晚，1995 年 5 月 17 日郵電部宣佈向社會
各界開放因特網業務。1996 年底互聯網用戶為 10 萬，1998
年底為 210 萬，1999 年底為 890 萬，而到 2000 年已超過 2000
萬，其發展勢頭迅猛。據報導，至 2002 年 5 月，大陸大陸
的上網人數已達 5660 萬人。⑥網路媒體由於傳播資訊的及時
性、豐富性、廣泛性、開放性、交互性、超文本多媒體性等
特點，已成為「第四媒介」。而因特網與傳統媒介互相滲透、
互相交融也成為一種發展趨勢。面對著迅速崛起、迅猛發展
的網路傳播媒介，大陸相關的管理法規明顯滯後。1996 年 2
月 1 日國務院發佈了有關電腦網路管理的最高行政法規《電
腦資訊網路國際聯網管理暫行規定》，1997 年 5 月 20 日又
發佈《國務院關於修改〈中華人民共和國電腦資訊網路國際
聯網管理暫行規定〉的決定》。然而，這些法規面對新科技
的日新月異變化一再滯後。例如，通過電腦互聯網實現的互
動式電視（interactive），通過廣播電視傳輸覆蓋網路實現的
電腦多媒體（multimedia）等，有關法規均未能在條文中加
以規範。在傳播媒介管理法規的立法過程中，應充分考慮到
新科技發展與運用帶來的新變化新問題，立法既有現實性又
有前瞻性，這是一個急需解決的新課題。

　　總之，隨著大陸新聞事業的蓬勃發展，《新聞法》、《廣播電視法》、《網路傳播法》等立法、出臺、執法工作必須緊緊跟上，這是必然的。而隨著大陸新聞事業組織集團化、傳播分眾化、管理法制化、經營市場化、措施科學化，21世紀的大陸新聞事業必將空前繁榮壯大！

注釋：

① 均見延安《解放日報》1942 年 4 月 1 日版面。

② 詳見丁淦林主編《大陸新聞事業史新編》，四川人民出版社 1998 年版，第 428 頁。

③ 見中華新聞工作者協會編的 1987 年《好新聞選》。

④ 詳見陳聖來《廣播熱運作後的冷思考》一文，引自「當代大陸廣播電視臺百卷叢書」《上海東方廣播電臺卷》，大陸廣播電視出版社 1997 年版，第 471 頁。

⑤ 詳見新聞《申城 11 個專業頻道元旦亮相》，上海《文匯報》2001 年 12 月 26 日。

⑥ 詳見新聞《內地 5660 萬人在家上網》，上海《文匯報》2002 年 5 月 19 日。

第二章　大陸新聞報導的改革歷程與發展趨勢

　　大陸新聞報導的改革是在黨的十一屆三中全會以後開始的，隨著 20 世紀 70 年代末大陸的工作重心從以階級鬥爭為綱轉到以經濟建設為中心、90 年代初大陸從計劃經濟向市場經濟轉軌，以及傳播學資訊傳播理論的大普及，大陸的新聞報導從內容到形式，從方式到方法，都發生了巨大的變化。大陸新聞報導改革的基本動因還是時代發展、社會進步與受眾需求。回顧近二十多年來大陸新聞報導的改革歷程，總結其成功經驗，展望其發展趨勢，對於當前新聞界實行精品戰略與品牌戰略、講究有效傳播，進一步深化新聞改革，提高新聞隊伍的自身素養等等，都有著積極的現實指導意義。

一、大陸新聞報導改革歷程的簡要回顧

　　近二十多年來大陸新聞報導改革的歷程，分為計劃經濟條件下的改革與市場經濟條件下的改革兩大階段，其中第一階段又可分為若干個小階段。

（一）20 世紀 70 年代末至 90 年代初

　　1.20 世紀 70 年代末至 80 年代初　　大陸新聞報導的改革，是在批判林彪、「四人幫」「假話、大話、空活」的惡劣文風與「報紙雜誌化、新聞文章化」的錯誤傾向的基礎上，

與經濟體制改革、政治體制改革同步進行的。

　　早在 1980 年 5 月 28 日，新華社社長穆青同志在新華社國內新聞業務改革座談會上的講話中指出：「新華社的改革，首先要抓新聞報導的改革，因為新華社主要是發佈新聞的。要集中一段時間，仔細研究新聞的採訪與寫作，提高報導質量，下決心突破寫好新聞這一關。改革新聞報導，主要是抓『新』和『實』，同時要注意時效和精練，也就是要『快』和『短』……我們的報導，要緊密地聯繫實際，真實地反映實際，正確地指導實際。」①

　　1981 年 11 月 10 日下午，在新華社慶祝建社 50 周年的茶話會上，習仲勳同志代表中共中央書記處，對新聞報導提出五點希望：一是「真」，新聞必須真實；二是「短」，新聞、通訊、文章都要短；三是「快」，新聞報導的時間性很強，不快就成了舊聞；四是「活」，要生動活潑，不要老一套、老框框、老面孔；五是「強」，要做到思想性強、政策性強、針對性強。實際上，「真」、「短」、「快」是新聞報導的基本要求，「活」、「強」是新聞報導的高標準要求。這五個字的要求，徹底摒棄了「假、大、空」的文風，真正按照新聞報導的規律來從事新聞業務工作。從此，「真、短、快、活、強」成了新聞報導改革的方向，也成為歷屆全國好新聞評選的標準。一大批真實準確、短小精悍、迅速及時、生動活潑、思想性強的優秀新聞、通訊、評論文章如雨後春筍般湧現。

　　2.20 世紀 80 年代中期　　隨著大陸的改革與開放，西方的傳播學與資訊理論在大陸普及，大陸的新聞報導講究增

加信息量，擴大報導面，盡可能多地提供人民群眾所需要的各類資訊。報紙的擴版熱、晚報熱、專業報熱、企業報熱從這時開始，電臺電視臺的系列臺熱也已開始。這方面的顯著特點是加強了經濟新聞與社會新聞方面的報導。加強經濟新聞報導，實際上是加強物質文明方面的報導與宣傳；加強社會新聞報導，實際上是加強精神文明方面的報導與宣傳。20世紀 80 年代大陸大陸的各類新聞媒體，尤其是黨報，「兩個文明一起抓」的特點尤為明顯。同時，會議新聞、人物新聞、文教衛生體育新聞、法制新聞等方面的報導也在加強與改進。新聞的報導面拓寬了，思想指導性更強烈了。

新聞寫作的結構與形式也有所突破。自由式（散文式）、並列式、「倒金字塔」式、「金字塔」式等多種結構形式的靈活運用代替了「倒金字塔」式的一統天下；散文筆法、特寫手法、「白描」手法等清新明快的寫法代替了帶有八股腔的枯燥乾癟寫法。短新聞、一句話新聞、新聞故事、特寫、現場速寫、人物新聞、工作簡記、讀者信箱等專欄，在中央與地方的報紙、廣播中競相爭豔鬥妍。新聞報導呈現空前繁榮的局面。[2]

3.1986 年以後　　隨著經濟改革與政治體制改革的深入，隨著一些重大複雜的新聞事件與社會問題的出現，單純地增加信息量與擴大報導面已無法解答問題，受眾需要一種解釋性探討性的報導樣式；同時新聞競爭也促進了報導方式的進一步改進，於是深度報導迅速崛起與大發展。深度報導是一種題材重大、報導面寬廣、深刻透視新聞事件與社會問題、全息組合、富有理性思辨的一種報導形式。像《人民日

報》的《大陸改革的歷史方位》，《經濟日報》的《關廣梅現象》，《大陸青年報》的《紅色的警告》、《黑色的詠歎》、《綠色的悲哀》，新華社的《用商品經濟目光透視》、《上海在反思中奮起》等以及電視臺電臺的「觀察與思考」、「新聞透視」、「新聞調查」、「熱點聚焦」等深度報導欄目，構成了20世紀80年代中期以後深化改革開放中的大陸一道光輝燦爛的主流文化風景線。

4.1989 年以後　　大陸新聞界提倡現場短新聞。深度報導的崛起，並不意味著可以排擠動態新聞等，深度報導是與動態新聞、綜合新聞、述評新聞等相輔相成、密切配合的。深度報導由於報導的題材特別重大、涉及的社會關係與事物關係複雜，並且要作全方位、立體式、多層次、多側面的報導，所以一般篇幅要長些，但這並不是提倡長風。相反，正因為是深度報導，更要求文字精練，盡可能精益求精；而且，深度報導大多採用組合報導、跟蹤報導、連續報導的方式，就每一篇來講，選取事物的一個方面或事件發展的一個階段來寫，還是可以簡短精練的。然而在 1989 年的大陸新聞報導中確實出現了忽視短新聞、長風　頭、新聞語言枯燥貧乏等傾向性問題，因此有必要倡導現場短新聞。倡導現場短新聞，這是要求記者到新聞事件正在發生的現場或新聞人物活動的現場，去「目擊採訪」，掌握第一手材料，並迅速作出新聞價值大、時效性強、短小精悍的新聞報導。這正是醫治當時報導弊病的一帖良藥。

1989 年 11 月中旬以後，首都主要報紙競相在第一版顯著位置開闢專欄，為發表現場短新聞提供版面。如《經濟日

報》的「現場速寫」，《光明日報》的「新聞速寫」，《解放軍報》的「現場見聞」，《工人日報》的「現場實錄」，《北京日報》的「視覺新聞」等；各省市報紙也紛紛增加現場目擊新聞與特寫新聞欄目。新聞工作者更注重現場目擊採訪，注重深入調查研究，注重從微觀到宏觀的考察與思考，因而在報導方式方法上打破清規戒律，不拘一格寫作，探索新的反映豐富多彩的變革時代與社會生活的新聞報導形式。

（二）20 世紀 90 年代初以來

　　1992 年春天鄧小平同志發表南巡重要講話，同年秋季黨的十四大召開，大陸從計劃經濟向市場經濟轉軌。新聞事業既是上層建築，是黨、政府和人民的「喉舌」，又是資訊產業，面臨著受眾市場的考驗。市場經濟條件下的新聞改革，與計劃經濟條件下的新聞改革不同。過去的新聞改革主要為新聞業務改革與新聞工作改革；而市場經濟條件下的新聞改革突破了業務與工作範圍，表現為全方位與多層次多側面的改革。社會主義市場經濟條件下的新聞改革是一個十分複雜的系統工程。新聞事業的發展不僅受自身條件的影響，而且受到社會、經濟、政治、文化、受眾心理等諸方面客觀條件的制約。新聞改革不僅僅是新聞業務、新聞工作改革，而且涉及到新聞觀念的更新與變革、新聞媒體多功能開發、新聞資訊產業發展、新聞體制改革、新聞隊伍建設、新聞事業管理等各個方面。因此，這一時期的新聞報導改革必然受到多種因素的制約與影響。

　　由於新聞觀念的變革，新聞傳播的方式發生很大變化，

由過去的灌輸式、指導式、居高臨下式轉變為服務式、談心式、平等交流式。在社會主義市場經濟條件下，報紙、廣播、電視等既是黨、政府的「喉舌」，又是資訊產業，面對著受眾市場，又有一個變以往的賣方市場為買方市場的問題。例如全國各城市都市報的崛起與熱銷，有線電視、衛星電視的發展等，都是與受眾的資訊需求激增有關。以上海為例，《新聞報》分為晨刊、午刊、晚刊三種版本，每日出三次；上海電視臺的新聞節目每天都要滾動播出多次，這與上海國際大都市市民的生活節奏、工作節奏加快，市民需要隨時隨地瞭解國內外情況變化、瞭解重大事態的進展密切相關。這一時期，報紙出現「擴版熱」，有的報紙擴大到 48 版甚至更多，增加了經濟新聞、法制新聞、文化娛樂新聞、社會新聞、體育新聞、醫療衛生新聞等與人民日常生活相關的資訊版面。廣播新聞引進了熱線電話，吸引受眾參與，如上海人民廣播電臺的新聞性談話類欄目「市民與社會」，將權威人士與嘉賓請進節目直播室，運用熱線電話，通過節目主持人串聯，與廣大聽眾進行雙向資訊傳遞、感情交流與問題討論，大大增強了廣播新聞節目的受眾參與感、現場感與親切感，充分發揮了廣播聲音傳播的獨特優勢。而電視新聞，也更多採用現場直播的「原生態」報導方式，加強了早新聞欄目與深度報導欄目，都在貼近百姓生活、加強節目思想深度上下功夫。

　　這一時期的新聞報導改革的主要舉措有：講究新聞媒體定位與欄目定位，講究新聞報導策劃，實施精品戰略，講究有效傳播。在報導內容方面，增加了國際新聞、政法新聞、宏觀經濟新聞與精確經濟新聞（講究量化分析與統計）、時

尚生活類新聞、文化娛樂新聞與體育新聞等。在報導方式上，現場短新聞、新聞特寫、新聞故事、人物專訪、連續報導與組合報導、記者述評、新聞評論、新聞調查、廣播電視談話類節目、現場新聞直播等等，層出不窮，豐富多彩。

二、大陸新聞報導的發展趨勢

　　大陸的大眾媒體在新世紀為了應對大陸加入 WTO 後的國際競爭，正在走集團化的戰略發展之路。其新聞報導為了增強競爭力，更多吸引受眾，正大力實施品牌戰略，這是大勢所趨。

　　大陸的大眾媒體在社會主義市場經濟條件下要實施品牌戰略，首先要在受眾市場上實施準確的媒體定位與欄目定位。近年來，不少報刊重新認識自身所積澱的品牌優勢，在更高的文化層面上整合市場資源，抓住在社會經濟轉型期讀者群重組中出現的市場空白，創辦了一批針對特定市場的特色報刊。如人民日報報業集團相繼推出了《京華時報》、《人民文摘》、《健康時報》、《大陸經濟快訊周刊》等子報子刊；新華社不斷開闢新的報刊市場，看準大陸建設小康社會掀起的消費者購房熱，在聯合國人居中心的指導下，創辦了大陸首家生活類旬刊《人居》雜誌。該雜誌辟有「特色樓盤」、「特別關注」、「房與法」、「理財」、「個性空間」等近 20 個特色版塊和欄目，關注人居環境、引導住房消費、培育家居文化、服務家園建設、追求時尚生活，融新聞性、實用性、服務性、前衛性於一體，出現了良好的發行勢頭。上

海《解放日報》總結創辦《申江服務導報》的成功經驗，創
辦了《新上海人》和《I 時代》，其中《新上海人》以本土
新銳人物及來上海淘金成功的海歸派、外地傑出人才為主要
報導物件，形成了自己獨有的優勢領域。南方日報報業集團
利用多年積累的經濟實力，先後創辦了《南方都市報》、《21
世紀經濟報導》、《現代畫報》等。其中《南方都市報》牢
牢地抓住了現代都市新興的讀者群，以誠信為本，平均發行
量穩定在 110 萬份左右。[③]實踐表明，只有講究準確的受眾
市場定位與發揮報刊的品牌優勢，才能使新聞報導的內容持
久新鮮活潑，也才能產生有創意的營銷手段，才能滿足讀者
需求，啟動市場動因，使當代報刊走上可持續發展的道路。

　　大眾媒體實施分眾化傳播，這也是大勢所趨。大陸的專
業報刊的崛起與電視頻道專業化、廣播頻率專業化正是這種
分眾化傳播的典型體現。以電視頻道專業化為例，近年來，
電視頻道專業化成為大陸電視業進一步改革的熱門話題與
實踐舉措。電視專業頻道創品牌與電視綜合新聞頻道增特色
是電視頻道專業化過程中的兩個重要向題。電視專業頻道創
品牌，關鍵是充分利用原有的名牌欄目或重新打造名牌欄
目。當然，重新打造不是朝夕之功，那麼充分利用原有的品
牌欄目顯得十分迫切；同時積極開拓與打造新的名牌欄目。
電視頻道專業化後，綜合性的新聞頻道依然存在，而且顯得
十分需要，因為綜合性的新聞頻道所報導的是國內外特別重
大的新聞事件，或者是與國計民生關係十分密切的新聞事
實。這類新聞往往是各行各業、各種興趣愛好的人們所共同
關注的，而且其輿論導向功能也特別大。這是綜合性新聞頻

道的特色與優勢所在。

實際上近二十多年來,廣播電視新聞報導走過了從單個
節目製作到新聞欄目製作、再到新聞頻道頻率製作的歷程,
也就是從手工業式製作到小批量生產、再到集約型的現代化
大批量生產的歷程。

從新聞報導的方式方法看,各類媒體都在向更快、更
廣、更活、更深、更近方向發展,而且強調了向受眾進行全
方位的資訊服務。

更快,強調的是時效性,即新聞事實發生與新聞傳播出
去的時間距離越小,新聞價值越大。這是新聞資訊傳播的規
律。當今紙質媒體多發的是昨日新聞與今日新聞。在一些大
城市,由於存在著晨報、日報與晚報,對重大事件的跟蹤連
續報導也成為可能。而廣播電視新聞,由於採用了現場直播
的方式,對國內外重大事件可進行「同步」、「原生態」式
的報導,使新聞傳播極大提速。

更廣,當今的新聞傳媒結構有晨報、日報、晚報、都市
報、專業報、企業報、物件類報(青年報、老年報、少年報,
工人報、農民報、婦女報等)及其期刊;有電臺、有線電視、
無線電視、衛星電視、互動電視;還有網路新聞媒體……,
形成了一個無所不包、無所不及的鋪天蓋地的新聞資訊傳播
網,全方位多層次地對受眾進行資訊服務。優勝劣汰的行業
競爭規律在新聞界也越來越顯示其威力。

更活,紙質新聞媒體採用彩色版面,增加了現場短新
聞、新聞特寫速寫小故事、記者述評、讀者來信、工作箚記
與彩色照片等,更加生動形象。廣播電視新聞增加了現場新

聞節目、談話類新聞節目與娛樂類新聞節目。有專家提議關注娛樂新聞：「娛樂新聞和娛樂類的版塊越來越成為傳媒經濟效益的增長點，這是大勢所趨。當人們的生活比較穩定和富裕之時，娛樂的按摩功能開始顯著起來，精神的調適的需求急遽膨脹。這種新經濟被稱為『心經濟』，與人的心情有很大關聯，是未來發展的一個重頭內容。」④

　　更深，各類新聞媒體都加強了深度報導與新聞評論。電視深度報導包括了電視評論類欄目、電視調查類欄目、電視「大放送」（對重大新聞事件的現場直播）等。報紙上還出現了經濟類的深度報導，這在北京《經濟觀察報》、廣東《21世紀經濟報導》上經常可以看到。還出現了「精確新聞」的報導方式。「精確新聞」誕生於20世紀60年代的美國，採用抽樣調查與統計分析的方法來探究各種社會事件與問題的深層原因。「精確新聞」的報導是解釋性新聞報導的一種延伸，具體操作特徵是把社會學、心理學、統計學等等學科理論與調查方法引入了新聞報導領域，其中抽樣調查統計方法為主要手段。⑤20世紀90年代，上海《文匯報》的《市場與消費》周刊、《大陸青年報》的「公眾調查」版最早最系統使用這種報導手段，現在正在各類新聞媒體普及。

　　更近，新聞報導貼近實際工作、貼近社會生活、貼近受眾心理，而歸根到底，只有確保向受眾開展全方位的資訊服務，才能真正體現貼近性。

　　此外，各類媒體的新聞報導都注重了新聞策劃（確切地講為：報導策劃）。「報導策劃是新聞工作者根據新聞規律，對報導運作諸環節的預先謀慮，即對報導什麼和怎

麼報導的思考與設想。它追求創意和良謀，著眼於報導效果的優化。」⑥報導策劃有戰役性報導策劃、專題性報導策劃、突發事件（即時性）報導策劃，運用系統統籌方法、參照比較方法、逆向思維方法等，成為出新聞報導精品、講究新聞有效傳播的重要手段，正風靡大陸的新聞報導工作中。

三、個案分析：實行精品戰略　講究有效傳播
──上海《文匯報》改版的啟示

　　新世紀來臨，大陸新一輪的新聞改革熱潮掀起，一些新聞媒體繼續採用「全新擴版」的老辦法。而上海《文匯報》自 2000 年 11 自 20 日起改版，在不擴版、維持原有的 12 個版面的情況下，調整版面結構，加強重點報導、熱點新聞、獨家新聞和深度報導，進一步體現了文彙特色與精、活、深的特點，給人耳目一新的感覺。筆者以為，上海文匯報社實行的是「精品戰略」，講究的是「有效傳播」。從改版以來的實踐看，上海《文匯報》改版是成功的。

　　「精品戰略」一詞，筆者最早是聽丁關根同志的講話傳達得來。丁關根同志在党的十四屆六中全會後的一次中直機關舉行的報告會上指出：實施精品戰略，組織「五個一工程」，就是要力爭創作出一大批思想性藝術性統一，具有強烈吸引力感染力，深受群眾歡迎的優秀作品來。這當然也包括新聞作品。「精品戰略」的提法也完全符合江澤民同志 1994 年 1 月 24 日在全國宣傳思想工作會議上的講話精神，即「我們的宣傳思想工作，必須以科學的理論武裝人，以正

確的輿論引導人，以高尚的精神塑造人，以優秀的作品鼓舞人……在建設有大陸特色社會主義的偉大事業中發揮有力的思想保證和輿論支援作用。」因此，報社實行「精品戰略」就是要將報紙版面全新整合，形成一個「資訊場」，推出一大批輿論導向正確、富有新聞價值與宣傳價值、具有權威性與感召力、為讀者喜聞樂見的新聞作品。

讓我們來剖析一下上海《文匯報》改版這一典型：

上海《文匯報》是一張擁有 60 多年歷史的報紙，讀者大多數是知識份子，擅長報導科教文衛新聞。改版後的《文匯報》，在堅持傳統特色的同時，在第一版至第十版都突出了新聞編排，優化了上海新聞，強化了各地新聞報導，進一步發揮了在國際報導上的獨特優勢；抓住了一些讀者關心的熱點新聞、獨家新聞，加強深度報導、組合報導，滿足了讀者對資訊的多方位需求，提高了新聞傳播的有效度。例如 2000 年 12 月 8 日《文匯報》刊登的《請關注一下雷鋒紀念館》，是文匯報社記者在雷鋒誕辰 60 周年前夕到雷鋒家鄉望城縣採寫的獨家報導，在全國最早報導其中存在的問題。這篇報導引起了湖南省有關部門的高度重視，在讀者中反響較大。組合報導如 2000 年 11 月 30 日《文匯報》頭版頭條刊登短新聞《大陸類人型機器人誕生》，第五版刊登通訊《新世紀的「先行者」——大陸第一臺類人型機器人誕生記》，兩篇報導相得益彰；連續報導如 2001 年 3 月中旬連續刊登有關杭州雷鋒塔地宮舍利函的文物庫房從發現到開啟、鑒定的全過程的系列新聞，既有新聞價值，又有文化價值，提供給讀者大量的資訊與文化歷史知識。

　　上海《文匯報》改版的亮點是推出了《新聞點擊》欄目。這個欄目強化了《文匯報》對時事動態新聞的深度報導，通過一周五期的報導頻率，《新聞點擊》力圖把上海市及國內發生的重大事件和各個領域的新動態，以獨特的視角與新穎的表現手法展示給讀者，提高了資訊傳播的質量。例如2001年3月15日《新聞點擊》欄目一組三篇報導《上海開門揖才》、《上海市人才需求分為三類》、《本年度上海人才開發緊缺專業目錄》，將上海市人才市場的需求資訊進行歸納分析，既方便了應聘者，為廣大讀者進行資訊服務，又顯示了上海市海納百川的胸懷與氣度。3月20日《新聞點擊》欄目又一組三篇報導《百貨業進入十字路口　一批名店銷售負增長》、《百貨商店排名表說明了什麼？》、《世界零售業發展趨勢——超市強勁　百貨走低》則顯示了深度報導的傳播魅力：在上海市商業界，一些百貨大店名店出現了負增長，而各種超市卻迅速崛起，這說明百貨業總體上面臨著調整期；而這種現象卻是世界性的趨勢，把上海商業放在世界商潮中考察，視野高瞻遠矚；最後還指出：「百貨業調整的兩個方向」：一是中型百貨店朝專業店、主題店方向發展，從特色、品牌上下功夫；二是大型百貨店應朝大型購物中心方向拓展。深度報導貴在提出問題、剖析問題、解答問題，貴在給受眾高質量的資訊服務和理性啟迪。

　　「科教文衛新聞」是《文匯報》的傳統版面，也是最能體現《文匯報》定位和優勢的版面之一。這次改版，「科教文衛新聞」的版面位置未變，然而某些重要的科、教、文、衛新聞不僅在第五版報導，而且往往在頭版也作報導。如

2001 年 3 月 20 日《文匯報》頭版報導《畜牧業殺手遇克星 世界首個抗口蹄疫基因工程疫苗在滬問世》，新聞導語引人入勝：「正當歐洲大陸籠罩在一片口蹄疫的陰影下，復旦大學和上海農業科學院專家昨天向記者證實：經過 18 年潛心攻關，他們已經研製出世界上首個抗口蹄疫基因工程疫苗。這一突破性進展將為全球畜牧業帶來福音。」這類新聞報導再配以背景資料分析，也能產生傳播效果強勢。

《文匯報》很注重版面設計與形象包裝，改版後在版面設置上突出專欄化，十二個版面都有專門內容，分工比較明確。每期頭版的最下方有《今日視點》，把當日《文匯報》的重要新聞作索引，方便了讀者，也增強了報紙的易讀性。重要新聞不僅有文字稿，還配以彩色照片或圖表。如 2001 年 3 月 29 日《文匯報》頭版頭條新聞《國家統計局公佈第五次全國人口普查主要資料公報 人口「家底」摸清 12.95 億》，配以反映資料的兩張彩色圖表，化抽象為形象、鮮明、生動、易讀。

此外，上海《文匯報》一直注重文化氣息，追求人文精神的弘揚。改版後的《文匯報》開展關於「面向新世紀的上海人的精神」大討論，是一種人文大討論，對於弘揚海派文化、重塑上海人的精神氣質都起到良好的作用。原副刊的一些欄目，如《筆會》、《論苑》、《學林》、《文藝百家》等，也繼續在欄目深度、熱點關注以及進一步弘揚人文精神等方面下功夫。

綜上所述，上海《文匯報》改版的成功給我們新聞工作者以有益的啟示：

1. 實行新聞精品戰略，要有新聞精品的意識與大局觀。

新千年、新世紀，新聞競爭不僅在國內各種媒體間展開，也在國際領域內展開。作為傳統印刷媒介的報紙，要與先進的電子媒介——無線廣播電視、有線電視、衛星電視、網路傳播等等抗衡，就一定要揚長避短。報紙無法在傳播速度方面、形象性方面與電子媒介競賽，然而可以在獨家新聞、深度報導、組合報導等方面顯示自己的優勢與特色，在提高資訊的內涵質量與文化品位上展示公信度與可讀性。

2. 作為辦報人一定要講究對新聞報導的精心策劃。

傳播學中有一個「議題設置功能」理論，這與傳播效果密切相關。上海《文匯報》改版所以成功，就在於整個報紙包括各個欄目的角色定位準確，對每個欄目的讀者群及其資訊需求作了全面透徹的瞭解與理解，充分發揮了「議題設置功能」，即抓准了現實生活中的主要話題與爭論焦點，啟發了讀者對重要資訊的認知。同時，對每組每篇新聞報導，從選題到採訪、寫作、編輯，每道工序都精心設計與運作，精益求精，才形成了精品特色與風格。

3. 講究深入實際，深入群眾，調查研究。

上海文匯新民報業集團的領導曾指出：要深入實際挖新聞精品，要向社會實際要新聞精品。社會實際，群眾實踐才是產生新聞精品的源泉。特別在採訪獨家新聞與深度報導時，文匯報社記者能做到不遠千里，不辭辛勞，日夜奮戰在火熱的戰鬥生活的第一線。這正是在新聞源頭上保證了精品戰略的實施。

4.歸根到底要有一支高素質的新聞工作隊伍。

　　辦好報紙，需要一支政治強、業務精、紀律嚴、作風正的新聞隊伍。鄧小平同志曾指出：「思想戰線上的戰士，都應當是人類靈魂工程師。」[7]新聞精品與記者編輯的高尚人品緊密相聯，而與「偷懶」、「怕苦」、「責任心差」、「作風拖拉」等無緣。筆者認識的上海文匯報社出精品的記者，都是社會責任心極強的「全天候記者」，即對具備極強的政治意識、大局意識、責任意識、陣地意識，在任何時間與空間裏都能採訪寫作，圓滿完成新聞報導任務的記者的形象化稱呼。而那種眼觀六路、耳聽八方、雷厲風行的報導作風，也正是「全天候記者」特有的，也是值得在新時期在新聞界大力倡導的。

注釋：

[1] 引自穆青《新聞工作散論》，新華出版社 1983 年版，第 307 頁。

[2] 詳見劉炳文、張駿德《新聞寫作創新與技巧》，上海人民出版社 1990 年版。

[3] 詳見朱勝龍《品牌裂變：報刊業的世紀大提速》一文，寧波日報報業集團新聞研究室編《各報動態》2003 年第 1 期。

[4] 引自陳力丹《關於傳媒發展和經營的一些宏觀認識問題》，《寧波日報通訊》2002 年第 5 期。

[5] 詳見榮枚、兆民《什麼叫精確新聞？給公眾一個量化的真實》一文，上海《文匯報》1996 年 5 月 9 日第 9 版。

[6] 引自張子讓《當代新聞編輯》，復旦大學出版社 1999 年版，第 44 頁。

[7] 引自《鄧小平文選》第 3 卷，人民出版社 1993 年版，第 40 頁。

第三章　試論大陸報業集團整頓報業的功能

　　題記：依靠報業集團在內部實行兼併、加強管理，是治理報紙市場「散」、「濫」現象的有效途徑。報業集團化已是必然趨勢，媒體聯合、合併已成為國際潮流。新聞事業發達地區，嘗試建立集廣播、電視、報紙、出版為一體的多媒體集團，將開創新聞傳媒事業的新局面。

一、整頓報業的背景

　　20 世紀 90 年代中後期，大陸先後成立了 17 家報業集團，進入新世紀，一批新的報業集團又組建成立，至 2003 年初，大陸報業集團已達 38 家。報業集團化成為大陸報業發展的必然趨勢。我們在談論報業集團這一新生事物時，其規模經營、企業化管理、經濟效益等方面往往考慮得多，而對其整頓報業、治「散」、治「濫」、提高報紙總體質量等方面的功能則考慮過少。如果對大陸 20 多年來的報業發展歷程稍加回顧，就不難理解這方面問題的複雜性。

　　改革開放以來，隨著現代化建設的發展，隨著新聞改革的深入和媒介資訊市場的繁榮，大陸的報業獲得了突飛猛進的發展，從 1978 年的 186 種報紙增加到 1996 年的 2202 種報紙。以上海為例，1978 年初，上海僅有 5 種報紙：《解放日報》、《文匯報》、《上海科技報》、《少年報》和《每

周廣播電視報》（前兩種為日報，後三種為周報）。而到 1999 年底，上海已有公開發行的報紙 74 家（其中日報 12 家），還不包括高校的 32 種報紙和內部准印的一批行業企業報。從報業結構上看，從單一的機關報發展為包括晚報、都市報、行業報、經濟資訊報在內的多品種報業群體。報紙根據不同的讀者物件在資訊傳播上呈現出分眾化、專業化的趨勢，在促進兩個文明建設、滿足人民群眾資訊服務需求與精神文明需求方面發揮著巨大作用；但同時也存在著報紙總量過多、質量不高、發行量低、品種與內容重複、有些報紙格調低下、違背辦報宗旨、與主流文化相抵觸等等「散」、「濫」問題。因此在「九五」期間，中央「兩辦」發出文件，要求依據「總量控制，調整結構，提高質量，增進效益」的原則，對全國報業進行治散治濫。到 1998 年底，全國共壓縮公開發行的報紙 300 種，占報紙總數的 13.6%，還停辦和轉劃了 3773 種內部報紙，取消了內部報刊系列。這是大陸報業的一次戰略調整，取得了重要成果。

　　正是在大陸報業戰略調整的形勢與背景下，報業集團適時誕生，它對整頓大陸報業市場、乃至調整結構、提高質量、增進效益都帶來了新的契機，成為當局對報業實行宏觀管理的又一新方式。

二、報業集團整頓報業、加強管理的功能

　　第一，大陸報業發展到 20 世紀 90 年代中期，報紙結構從過去單一的黨委機關報發展成多層次、多類型的報紙群

體，報紙數量增加，各種報紙質量良莠不齊，這不僅影響宣傳效果，局部地區還動搖了黨報地位。而組建以黨報為龍頭為中心的報業集團，可以重新鞏固黨報地位，增加黨報的權威性，更好地體現「黨和人民的喉舌」的功能與作用，整個報業集團的主體報紙及其子報系統能更正確地把握輿論導向。

第二，依靠報業集團在報業內部實行兼併，加強對報業的管理，是協助治理報紙種類「散」、「濫」現象的有效途徑。從管理學角度講，宏觀管理的效果與受管理的主體數量成反比，也就是說，國家直接宏觀控制的幅度越小，主體越少，效果越好。報業集團的組建不僅可以通過兼併遏制報紙的「散」、「濫」現象，還可以通過集團與各報刊之間、宏觀與微觀之間的仲介層次，協助政府對報業發展與報業秩序進行協調。國家通過調控報業集團，引導各報刊的活動，從而減少調控幅度，提高宏觀調控的有效性。

第三，與過去報社完全靠國家撥款維持運轉不同，現在報社已是自負盈虧的市場經營主體，必然存在一個國有資產如何保值增值的問題。國家批准組建報業集團，實際上鼓勵報社探索更有效的經營管理方式，有利於報社按照集團的內在要求建立現代企業制度，保護並發展國家投入的國有資產。

第四，大陸的報業這幾年經濟實力大有提高，但仍無法與國際先進的報業集團相比。例如全美最大的報業托拉斯甘尼特公司擁有 90 家日報、33 家周報、1 家周刊和 8 家電視臺、16 家廣播電臺，年營業額高達 28 億美元，比大陸所有

報紙總收入之和還多。隨著大陸加入 WTO，大陸報業與國際報業在經濟實力上的差距將變得更加突出。組建與培育大陸自己的報業集團「艦隊」和多媒體集團「艦隊」，可在一定程度上與進入大陸市場的國際傳媒相抗衡，同時擴大大陸傳媒在國際上的影響，讓世界更多地聽到「大陸的聲音」。以上是從宏觀角度論述大陸報業集團誕生所產生的影響與作用。

從微觀角度看，每一個報業集團的組建與發展，都對本地區報業結構調整、治理「散」、「濫」現象、增強本地區報業資本實力產生巨大的規模效應。例如大陸首家報業集團——廣州日報報業集團，它於 1996 年 1 月 15 日成立，經過兩年多的實踐，到 1998 年底，廣州日報主報發行量提高到 90 萬份，擁有 11 張子報和 3 份刊物，其產業也擴展到金融、地產、商業等方面。又如文彙新民報業集團，是由文匯報社和新民晚報社強強聯手組成，於 1998 年 7 月 25 日成立，目前擁有 2 張主報和 13 種子報刊、1 個出版社以及 20 多個經濟實體，範圍涉及印刷、發行、廣告、諮詢、房地產、電腦服務、出租、酒店等，集團總資產達 17.4 億元，年創利潤總額 3.44 億元。文彙新民報業集團的規模效應主要體現在三個方面：其一，重新組合了上海的印刷媒介，形成了日報、晚報、周刊和雜誌等不同印刷媒介的有機組合，按照新聞規律和社會主義市場經濟規律辦事，產生了良好的資產重組效應；其二，形成了強大的無形的和有形的優質資產群，為新聞事業發展提供堅實的基礎；其三，高起點的聯合，可以進一步擴大規模，壯大實力，發揮效能。文新報業集團通過對

一系列原有資產的重組，共盤出了包括印務中心、辦公大樓、酒家、別墅在內的存量資產 5 億元左右，集團費用成本都呈下降趨勢。在對報刊資源的重組上，集團一方面進一步明確《文匯報》和《新民晚報》的辦報定位，另一方面利用集團擁有的刊號資源，先後出版發行了綜合性新聞周刊《新民周刊》、英文《上海日報》、服務類報紙《上海星期三》等，使集團的報刊結構更加豐富、更加合理。

　　大陸報業集團目前面臨著嚴峻的挑戰：國內新聞競爭的挑戰、互聯網的挑戰、資金積累的挑戰、國際報業競爭的挑戰等，特別在大陸加入 WTO 之後，這一挑戰必將更加突出。因此，大陸報業集團除了不斷增強自身的經濟實力與無形資產實力、強化整頓報業的功能以外，也需要參與組建多媒體集團，走整體聯合發展之路。媒體聯合、合併已成為國際潮流。我們一些經濟發達、新聞事業發達的地區，可以嘗試將報業集團和廣播電視集團聯合，建立本地區的集廣播、電視、報紙、出版等為一體的多媒體集團，以開創新聞傳媒事業的新局面、新境界。

注：文中一些資料統計見近幾年《大陸新聞年鑒》與《上海新聞界》（內刊）。

第四章　深度報導在大陸新聞界的運用
與發展態勢

一、深度報導的定義

深度報導從 20 世紀 80 年代起在大陸迅速崛起，至今已成為新聞媒體加強輿論監督、增強競爭力、提升傳媒品牌、擴大社會影響、吸引受眾注意力的有力手段。而深度報導在大陸也一直是一個頗多爭論的話題，僅定義一項，據我指導的博士生不完全統計，就有 50 多種。通過分析，主要有以下三種：

1. 報導方式說，如：「深度報導是一種系統反映重大新聞事件和社會問題，揭示其本質，追蹤和探索其發展趨向的報導方式。」[1]

2. 文體說，如：「深度報導是介於動態新聞與新聞評論之間的一種相對獨立的文體」。[2]

3. 思維方式說，如「深度報導是講究新思維方式的報導」，「凡思想深刻，能揭示客觀事物的內在屬性、相互關係與某種發展規律的新聞報導，能充分體現時代意義、社會意義的新聞報導均為深度報導」[3]

　　筆者傾向于第一種理解，認為：深度報導是題材重大、報導面寬廣、全息組合、深刻透視新聞事件或社會問題、富有理性思辨的一種報導方式。

二、深度報導的歷史與在大陸的崛起

　　深度報導的前身是解釋性新聞，起源於美國二十世紀三十年代。美國的新聞學者把解釋性新聞稱為 1929 年經濟危機的產物。那場席捲全美的經濟危機使整個金元帝國一片混亂，美國人被打入了迷宮，不僅要求瞭解發生了什麼事，更迫切要求瞭解事件的原因及其與政治、社會的關係。一些美國記者也意識到，運用客觀報導手法的純新聞已無法深入事件的深層，更無法剖析原因與揭示其影響與發展前景，這既不能滿足讀者要求，也違背記者的職責。於是，解釋性新聞應運而生。但解釋性新聞一直到二十世紀五十年代後才在美國新聞界占統治地位，並將解釋性新聞理解為：運用背景材料來分析一個新聞事件發生的原因、意義、影響、或預示發展趨勢的一種新聞報導。美國的新聞學家把解釋性新聞報導的產生與發展，稱為新聞寫作的第三次革命。第一次新聞寫作革命在 18 世紀中期，美英等國的新聞文體從英國文學的抒情散文體束縛中解放出來，形成順序記事的新聞文體；第二次新聞寫作革命在 19 世紀中期，講究導語寫作、以「倒金字塔」式結構為框架的新聞報導在美國產生並風靡世界。而解釋性新聞（也稱深層次報導、有深度的報導）作為第三次新聞寫作革命的產物，目前仍占了美國報紙的大部分版面，像《紐約時報》、《華盛頓郵報》等，一半以上的版面被解釋性新聞佔據。因此，《世界大百科》把解釋性新聞的增加列為 20 世紀美國新聞事業發展的一大趨勢，確有其中道理。

　　大陸的深度報導，有人說它是「西風東漸」的舶來品。其

實，不盡然。西方的解釋性新聞當然對大陸新聞界有很大影響，但外因還得通過內因起作用。從大陸的新聞史看，20 世紀初葉名記者黃遠生所采寫的「北京通信」，其中有一些報導如《悶葫蘆之政局》、《張振武案之研究》等，實際上是大陸深度報導的開端與雛形。新大陸成立以來，在大陸新聞報導實踐與新聞教學實踐中稱之為「述評性新聞」、「研究性工作通訊」、「新聞性調查報告」還有一些帶有分析議論的大通訊特寫，其中相當一部分屬於深度報導，只是當時大家都沒有這麼思考與理解。

深度報導在大陸二十世紀八十年代中期迅速崛起，主要是順應了大陸深化改革、擴大開放的新形勢。改革開放的年代，新事物、新問題、新矛盾層出不窮，需要新聞傳媒作出準確的科學的解釋與回答。一些複雜的經濟、政治、社會的問題，光靠動態新聞增加信息量已無法解答，需要有分析解釋性、評論性、調查研究性的新聞報導去解決，深度報導應運而生。同時，新聞競爭又促進了深度報導的發展。報社考慮到報紙新聞無法與廣播新聞、電視新聞爭速度、搶時效、比形象生動，首先在深度報導方面下功夫；隨即，電臺、電視臺也急起直追，揚長補短，也辦起深度報導欄目，因此形成了深度報導熱。開風氣之先的應是《人民日報》、《大陸青年報》與新華通訊社，湧現了如《大陸改革的歷史方位》、有關大興安嶺火災的「三色報導」（《紅色的警告》、《黑色的詠歎》、《綠色的悲哀》）、《上海在反思中奮起》等一批深度報導。《經濟日報》還在 1987 年組織了關於關廣梅現象的大討論，這種受眾廣泛參與的討論式的連續報導成

為報紙深度報導的新樣式。其他報紙也爭相回應，掀起了大陸深度報導的高潮，廣播電視系統也不甘落後，紛紛效法，如上海電視臺的深度報導欄目《新聞透視》就是 1987 年 7 月創辦的，一直堅持至今，形成了品牌。因此有學者稱 1987 年為「深度報導年」，20 世紀 80 年代中後期的確是深度報導在大陸「開篇便精彩」的時期。深度報導在大陸呈現出鮮明的時代特徵，與大陸社會轉型、思想解放的社會特徵相呼應，也與大陸新聞工作者主體意識的覺醒相關聯。

大陸深度報導的崛起與發展，以報紙從 1985 年以來深度報導大發展為依據，大致可分為 1985 至 1991 年、1992 年至今兩個階段，正是順應了大陸從以階級鬥爭為綱向以經濟建設為中心轉軌、從計劃經濟向社會主義市場經濟轉軌的兩次社會轉型。如果說在第一個階段，大陸的深度報導主要表現在貫徹解放思想、實事求是的思想路線，打破「左」的思想影響，對國計民生的重大問題進行了辯證唯物主義與歷史唯物主義的回顧與反思；那麼第二階段，大陸的深度報導就在「輿論監督」的指導思想下，發揮更自覺積極的作用。雖然在黨的十三大文件中就有「輿論監督」的提法，但真正貫徹與普及卻是在 1992 年黨的十四大後，江澤民同志在十四大報告中指出：「重視傳播媒介的輿論監督，逐步完善監督機制，使各級國家機關及其工作人員置於有效的監督之下。」1994 年 4 月中央電視臺在晚間黃金時間開辦評論類的深度報導欄目《焦點訪談》，同年中央人民廣播電臺開播深度報導欄目《新聞縱橫》，都是大陸主流媒體在充分發揮輿論監督作用方面的代表作。

　　當然，大陸電視新聞起步較晚，電視深度報導起步更晚，但發展勢頭卻更迅猛。以中央電視臺為例，雖然早在 1980 年 7 月，中央電視臺開辦了第一個述評型的深度報導欄目《觀察與思考》（至 1993 年底停辦），進行了依照電視傳播規律制播述評類節目的嘗試，獲得成功；但從目前眼光看，畢竟顯得幼嫩與粗糙。而在市場經濟條件下創辦的《焦點訪談》的欄目定位是：「時事追蹤報導，新聞背景分析，社會熱點透視，大眾話題評說。」基本原則是「以正確的輿論引導人」，欄目宗旨是「把握生活主流，遵循電視規律，增強傳播效果」。《焦點訪談》的成功，獲得了中央領導李鵬、朱鎔基同志的肯定，1998 年 10 月 7 日朱鎔基為《焦點訪談》題詞：「輿論監督，群眾喉舌，政府鏡鑒，改革尖兵。」《焦點訪談》的創新之處，正是在大陸開創了「記者主持人」和「評論型電視深度報導」的先河。它與以前的電視新聞節目相比，猶如吹來一股報導新風，這種新鮮性與開創性不僅表現在尖銳潑辣的欄目風格上，更表現在前所未有的報導思想深度與力度上。近幾年來，大陸各省、市（地區）級、乃至縣級電視臺紛紛推出 10 至 15 分鐘的深度報導欄目，很大程度上受《焦點訪談》的影響。在電視界稱之為「焦點訪談現象」、「克隆現象」。不管如何見智見仁評說，《焦點訪談》的成功，表明大陸的電視深度報導節目繼報紙深度報導之後，已經進入一個比較成熟和成型的階段，而且從單個深度報導節目製作進入批量深度報導欄目製作的階段。在大陸深度報導的發展史上，《焦點訪談》具有里程碑式的典範意義。

三、深度報導的類型及其發展態勢

　　從電視深度報導的類型看，越來越呈現多樣化：除了上述的述評型電視深度報導、評論型電視深度報導外，1996 年 5 月中央電視臺又推出調查型深度報導欄目《新聞調查》。有學者稱前兩種深度報導為「主觀性」深度報導；而後一種為「客觀性」深度報導。《新聞調查》的目的是為了客觀地展示「新聞背後的新聞」、「原因背後的原因」，雖然也有一些評論語言，但不是節目的指向，評價與主張讓觀眾自己去把握與領悟。電視深度報導還有一種形式就是對重大新聞事件的大型現場直播（又稱「大放送」），如中央電視臺對香港回歸祖國、澳門回歸祖國、35 周年國慶閱兵式、50 周年國慶閱兵式的大型現場直播，以及 2003 年 3 月 20 日起對伊拉克戰爭的現場直播，有新聞事件的現場情景與進展情況、有記者、主持人、專家權威的評論與意見，而且現場感、時效性特別強烈，應是電視深度報導的一種創新模式。

　　從報紙目前的深度報導樣式看，特別是主流媒體黨報的深度報導，基本上是兩大類：評論型深度報導與調查型深度報導。以《人民日報》2003 年 6 月份為例，受讀者稱道的評論型深度報導如《文明生活：危機催生的熱望——透過非典看轉變（上）》、《責任 協作 效率——透過非典看轉變（下）》[④]，分析非典災難與危機如何催生人們的覺悟，如何給精神文明帶來契機，如何給社會協作與提高工效帶來動力；被企業家與白領人士關注的調查型深度報導如《臺商投資，重蘇輕浙？——蘇南浙北地區引進臺商對比調查》[⑤]，

用事實對比來說理，很有現實指導意義，充分顯示了大陸主流媒體的社會守望者功能與社會進步推進器功能。而一些周報周刊，則利用日報總是以動態新聞為版面主角的傳統思路與做法，進行「錯位競爭」，將深度報導作為主打產品，也取得了成功。如《南方周末》創辦於 20 世紀 80 年代周末報最興旺的時期，定位以娛樂新聞、社會新聞為主，發行量一般。1993 年《南方周末》改版，策劃者敏感地意識到傳媒市場與受眾需求市場的變化，走上嚴肅的關心民生疾苦的辦報之路，形成並實踐「讓無力者有力，讓悲觀者前行」的理念，並以深度報導為主打產品，產生了巨大的效益，至今發行量穩定超過一百多萬份，讀者七百多萬，成為大陸有影響力的政治經濟類報紙。

目前大陸的深度報導正處在活躍期，它的發展前景看好：

1. 經濟領域的深度報導在數量上增加、質量上提高。據復旦大學新聞學院的博士生抽樣統計，《焦點訪談》欄目進入新世紀以來，經濟類深度報導量占總量的百分比每季度都在 40%以上。大陸加入世貿組織（WTO）以後，全球化視野的經濟領域深度報導將是深度報導的一個持續熱點。「新生代」財經媒體《經濟觀察報》、《21 世紀經濟報導》等，主要報導品種就是深度報導，以入世的大陸經濟的變革作為總的報導物件，加強了宏觀分析。

2. 隨著大陸入世後「資訊透明度」原則的貫徹、黨的十六大以後的大陸政治民主化進程，調查型深度報導將有更大的發展。在大陸今年抗非典的新聞報導中，「資訊透明度」

原則得到很好的貫徹，一批全方位透視非典的調查性深度報導起到了安定民心的社會「穩壓器」、動員社會各界的「協調器」與促進社會進步與加強城市管理的「推進器」的作用。

3. 評論型深度報導不再局限於曝光式的批評性報導，更多的眼光投向富有建設性的議題。無論報紙還是廣播電視的深度報導，都更注意捕捉「社情民意」，報導百姓真正關心的話題，例如再就業工程、房改政策出臺、醫療制度改革、幫困扶貧工作、全民健身、環境保護與生態平衡、社區文化建設等等。

4. 電視現場直播類深度報導，在應對國內外重大突發事件中，將越來越顯示其「獨門武器」的威力。在 2003 年伊拉克戰爭的報導中，中央電視臺、鳳凰電視臺、上海電視臺等，都幾乎在第一時間裏通過衛星現場直播、前方記者播報、專家評析、同聲傳譯、電話連線、字幕移動等，全方位多角度報導伊拉克戰爭的戰況及其社會背景、發展趨勢等，使新聞現場與受眾之間的時間空間距離大大縮短。當然，這種報導方式需要現代高科技傳播技術與手段的支援，需要放在大陸媒體發展戰略的地位中考慮。

最後還需指出的，大陸深度報導的發展，需要一大批優秀的深度報導策劃人、前方記者與欄目主持人，他們的理論、法制、政策修養，業務能力，社會活動能力，知識素養，作風修養，以及職業道德與體魄、心理素質等都應是一流的。而這方面差距還很大，正需要大陸新聞界與新聞教育界共同努力奮鬥才能解決的。

注释：

① 見程世壽《深度報導與新聞思維》，新華出版社 1992 年版。

② 見吳培恭《重視和開展深度報導》，《新聞學探討與爭鳴》1998 年第 3 期。

③ 見何婕《深度報導——電視新聞報導的新思維》，《新聞大學》1998 年夏季號。

④ 見《人民日報》2003 年 6 月 11、12 日。

⑤ 見《人民日報》2003 年 6 月 11 日。

第二編　新聞報導業務改革

第五章　新聞寫作（消息）的創新

一、新聞導語的變化與創新

　　新聞導語，一般指消息的開頭或第一自然段，通常由最新鮮、重要、吸引人的事實構成；也有用精闢的議論構成的，但極少。它或概括全篇、或提綱契領、或提示要點，起著開門見山、引人入勝的作用。

　　新聞導語的特點和作用，正如大陸晉代文人陸機在《文賦》中所言：「立片言以居要，乃一篇之警策。」它以極簡要的文字介紹消息的主要內容，揭示新聞主題，引起讀者的注意。毛澤東同志在 1951 年 2 月審定《中共中央關於糾正電報、報告、指示、決定等文字缺點的指示》時，加了批語：「一切較長的文電，均應開門見山，首先提出要點，即於開端處，先用極簡要文句說明全文的目的或結論（現代新聞學上稱為『導語』，亦即大陸古人所謂『立片言以居要，乃一篇之警策』），喚起閱者注意，使閱者腦子裏先得一個總概念，不得不繼續看下去。」新聞導語開門見山，提出要點，能先聲奪人，先入為主，從而增強新聞的可讀性。

（一）新聞導語的變化──三代導語

新聞導語是新聞體裁獨有的結構語言。但在近代報刊開創之初，消息是沒有導語的。隨著世界各地經濟和政治聯繫的加強，電訊技術的運用，尤其是讀者對重要消息迫切需要瞭解，導語在消息寫作中就應運而生。新聞導語與「倒金字塔式」結構的新聞同時出現，約在美國南北戰爭時期（1861─1865 年），以後逐步推廣到歐洲與日本。大約 20 世紀初，大陸報紙上也出現了新聞導語。

史料記載，現代意義的報紙最早誕生在 16 世紀中葉的義大利海港城市威尼斯，最早的報紙是商業性報紙。[①]從 16 世紀中葉到 19 世紀上半世紀近 300 年的歷史中，全世界的新聞報導結構形式大多為簡訊式與順序式，不講究新聞的開頭，也沒意識到新聞開頭的重要性。

美國南北戰爭促進了新聞寫作的變革，這是因為戰爭使人民群眾迫切需要迅速獲得戰爭消息，而美國已具備電報發報機，電訊新聞的出現與廣泛使用，又加速了新聞競爭，記者都急於將重要事實搶先發出；加之當時的發報設施處於初創階段，經常出現技術故障，電訊常常被迫中斷，也需要記者搶先將新聞中的最重要事實或事件的結局等發生。這就為新聞導語的誕生提供了必要的物質基礎與社會條件。在美國新聞史上，1865 年 4 月 14 日，《港口新聞聯合社》一位元記者拍發的一條只有 12 個英文單詞的消息（中文只 11 個字）：「總統今晚在劇院遇刺重傷。」象徵著導語寫作的開端。

新聞導語的出現，提高了新聞報導的時效性與可讀性，也增長了記者的才幹，新聞寫作出現了全新的局面。因此，

新聞學者都認為，導語是適應讀者閱讀要求而產生的，它是現代化社會的產物，是新聞寫作史上一次劃時代的革命。

新聞導語的發展，大致經歷了三個階段，新聞行家們稱為「三代」：

第一代導語，又稱「全型導語」，或「曬衣繩式導語」。它在美國南北戰爭以後出現，一直使用到第二次世界大戰時期。它的特點是「五要素」（新聞的時間、地點、人物、事件、原因等要素）俱全，導語將重要事實要素全部交代清楚，猶如一根曬衣繩將全部洗滌的衣服貫串。第一代導語最典型的要算 1889 年 3 月 30 日美聯社記者約翰‧唐寧發的一條長消息，消息導語如下：

薩莫亞‧阿庇亞 3 月 30 日電　南太平洋有史以來最為強烈、破壞性最大的風暴，於 3 月 16 日、17 日橫掃薩莫亞群島。結果，有 6 條戰艦和其他船隻要末被掀到港口的珊瑚礁上摔得粉身碎骨，要末被掀到阿庇亞小城的海灘上擱了淺。與此同時，美國和德國的 143 名海軍官兵有的葬身珊瑚礁上，有的則在遠離家鄉萬里之處的無名墓地上，為自己找到了永遠安息的場所。

第一代導語適合讀者一目了然的「新聞欲」要求，但句式不精練，重點不突出。

第二代導語，又稱「微型導語」、「要點式導語」。它在第二次世界大戰後出現，一直延續至今仍在使用中。它的特點是導語中只寫二、三個事實要素，其餘要素在新聞主體中交代，以便突出重點。它適應了第二次世界大戰後人們急切需要先獲得最新鮮最重要資訊、然後再瞭解詳情細節的受

眾習慣。例如，1963 年 11 月 22 日《紐約時報》消息《甘乃迪遇刺》的導語：

約翰·甘乃迪總統遭槍擊身死。

導語突出了「誰」、「什麼事」兩個事實要素，其餘要素與詳情在下文敘述。

第二代導語強調開門見山、突出重點、語言精練，不再將「五 W」（五要素）一次寫完，而求以最少的「W」傳遞最新消息。這種導語至今仍有生命力。

第三代導語稱為「豐富型導語」，是 20 世紀 80 年代產生的，在大陸的新聞寫作實踐中發展也很迅速。第三代導語，不再是單純的「倒金字塔式」的一統式導語，新聞工作者在承認「倒金字塔式結構導語」不乏其優越性的同時，又努力創造出豐富的「非倒金字塔式結構導語」。而且，以後又有間接導語、延緩導語、二元素以上導語、複合導語（又稱正副導語、主副導語）等的出現，便是進一步的明證。因此，對第三代導語的命名，不妨暫命名為「豐富型導語」或「以倒金字塔式結構為先行的豐富型導語」。[2]

第三代導語要求直敘更精練、白描有現場感，表現手法也靈活多樣，還應講究修辭。例如榮獲全國好新聞評選一等獎的批評性新聞《錢向金動用「拉達」軋場火燒連營》，採用「特寫式」導語：

6 月 16 日下午 3 點多鍾，在阜城縣城關鎮後寨村東，一輛銀白色小汽車，像磨道裏的小叫驢，在打麥場上「嗖嗖」地打轉轉——用小汽車軋麥子，村裏人圍著看希罕！是誰這麼現代化？說起來，「官」還不算大——阜城縣建設銀行副行長錢向金。

這則導語採用白描手法和諷刺語氣，生動地點出了縣級幹部錢向金動用公車軋私家麥子的假公濟私錯誤，也為後來用小汽車軋麥子引起火災、火燒連營大麥場的大事故作了鋪墊。開頭既點明事實真相，又引人入勝。

第三代導語的發展，展示了記者構思導語的廣闊空間，導語確實成了「記者展示其傑作的櫥窗」（美國新聞學者威廉.梅茨的名言）。新聞導語正日益呈現出爭奇鬥豔的千姿百態，節奏更緊湊，語言更凝練，形式更活潑，資訊量更增加，可讀性更強烈。

（二）新聞導語的類型

新聞導語的類型，國內一些新聞寫作書籍按照文字表達手法分類，大體可分：敘述型、描寫型、設問型、評論型等，也有補充：對比式、引語式、摘要式、混合式等等。實際上，新聞導語按其對客觀事實的反映方式來看，可分為兩大型式：直接式導語與間接式導語。

1. 直接式導語

這是直截了當、直書其事的導語，還可分「概括式」與「提要式」兩種。

（1）概括式導語

即將新聞事實的輪廓與過程，概要地寫在消息的開頭。例如新華社新聞《千橋競秀飛架貴州》的導語：

一座世界最新式的特大跨度主橋梁正在當年紅軍搶渡烏江天險的江界河渡口興建，它將是貴州 2900 多座千姿百態橋梁中最壯觀的一座。

又如新華社新聞《四川省千萬農民大轉移》的導語：

搬煤球、漆家具、砌房子、當保姆……如今在大陸眾多的市鎮，幾乎都可以看到勤勞的四川農民。在四川省各級政府的推動下，各級勞動服務公司通過多渠道、多形式的牽線搭橋，近幾年使 1100 萬農民離開了土地，進入市鎮從事第二、第三產業，去年就轉移出 129 萬農村剩餘勞動力。

其中後一條新聞綜合的面較廣，導語的概括很不容易，這已是高度濃縮的寫法，可謂言簡意賅。

（2）提要式導語

對新聞中主要事實的某一部分、某一場景或情節高潮作簡潔、有特點的敘述或描寫。例如新華社新聞《殘疾人福音：微電腦雙全臂假肢》的導語：

南京姑娘吳狄紅生來雙臂皆無，憑著頑強的毅力練就了用腳洗臉、刷牙、吃飯、寫字的本領。她對人說「我做夢都想得到一雙手。」如今，她的夢想實現了。今天，吳狄紅用「微電腦雙全臂假肢」，向來自全國各地的專家們表演介紹她新近學會使用這雙新「手」學習、工作、生活的情況，贏得人們一陣陣讚歎。

實際上，這是一篇報導達到世界先進水準的醫療科技成就的新聞，導語從一位殘疾人恢復手功能的情景寫起，抓住了要點，生動形象，又體現了科技成就的價值。

2. 間接式導語

也稱迂迴式導語，類似文學中的「起興」手法──先言他物引出所詠之詞，即：以一般事實引出新聞事實，從面上事實引出點上事實；或用次要的然而新近的事實引出主要的

然而過去的事實，用生動有趣的事實引出內涵豐富的事實。

例如：新華社新聞《白頭丈夫白頭妻》的導語：

春節前夕，許多戀愛成功的青年男女在陣陣鞭炮聲中喜結良緣。而我卻迎著一輛輛接人的新婚車隊，來到銀川新華西街 49 號，探訪一對白頭「金婚」夫妻。

這是由一般事實引出典型事實，由面上事實引出點上事實。

又如，上海公安好新聞《打造警方新形象》的導語：

昨日上午，在靜安公安分局，一位浙江人捧著民警交還的 10 多萬元現金，熱淚盈眶，一個勁地說：「上海警察好！上海警察好！」

這是用今天發生的事實，引出過去發生的重要事實，展示上海警方的光輝形象。

又如，江西省好新聞《兒子學法心裏亮　六旬老漢做新郎》的導語：

1 月 25 日，宜春市新坊鄉路口村響起了一陣「辟裏啪拉」的爆竹聲，59 歲的老農民鄒逢九，在他兒子們的支援下重結良緣。

由導語展示的有趣事實，引伸出新聞主體部分內涵豐富的事實：隨著人口的老齡化，老年人社會保障問題越顯重要。但是，由於舊觀念影響，加之法制教育薄弱，這一問題未能很好解決。如老人再婚問題，往往被認為是一件不光彩的事。老農民鄒逢九的四個兒子開始反對父親再婚，後來學習了《婚姻法》等法律，轉變態度，熱情支援父親再婚，生動地體現了公民學法執法才能衝擊舊觀念與移風易俗等豐富的思想內涵。

　　新聞實踐中，導語寫作的形式是多種多樣的，不能模式化。具體一篇新聞的導語究竟怎麼寫好，主要根據新聞事實的內容與特點來決定，要從內容出發，並照顧到全篇的統一、完整、和諧。

（三）怎樣寫好新聞導語

　　新聞導語好壞是新聞寫作成敗的關鍵之一。一條好導語，能磁場吸鐵一般地吸引讀者，這條新聞也就容易成功。大陸新聞界前輩主張，要花寫這條新聞的一半以上力氣寫導語，導語寫妥貼，下文就迎刃而解。這些主張都是頗有見地的。導語要簡明扼要、開門見山，切忌敘述空泛含糊，議論空洞抽象，同時，也要防止導語和主體重複。要寫好新聞導語，應注意以下幾點：

1. 講究新聞根據

　　新聞根據，是指某一事實所以能構成新聞的客觀依據與充分理由，主要指新聞導語所記述的事實一定要新鮮而又富有意義，也指新聞報導的契機與消息來源。

　　講究新聞根據，通常有三種情況：

（1）新聞導語大多抓新鮮、有意義、有趣味的事實。例如，香港《大公報》新聞《斥資 2000 萬美元　開闢旅遊新紀元（引題）　人類首位太空遊客升空（主題）》的導語：

　　　　美國商人丹尼斯‧蒂托星期六乘坐俄羅斯火箭升空，飛往國際太空站，為人類的太空旅遊創下了先河。

開人類先河的第一次的新鮮事，新聞價值特大，新聞根據充足，寫入新聞導語，既有意義又能吸引人。

（2）新聞導語要抓新聞報導的契機——報導的原因與機會。例如新華社新聞《「飛蝗蔽日」的時代一去不返》的導語：

危害大陸數千年的東亞飛蝗之災，如今已被大陸人民和科學工作者控制住了。大陸已經連續十多年沒有發生過蝗災。有關部門準備把這項重要成果推薦給全國科學大會。

連續十多年的事情，一般不能構成新聞。然而，其中包含著一項重要成果，準備推薦給即將召開的全國科學大會，這就抓准了契機，有了新聞根據，使新聞得以成立。

（3）新聞的來源、事實的權威出處，也能構成新聞根據。唐山大地震是 1976 年 7 月 28 日發生的，事隔三年以後，1979 年 11 月 23 日《人民日報》發表新聞《唐山地震死亡二十四萬多人》。這個數位是 1979 年 11 月 17 日至 22 日召開的大陸地震學會成立大會上首次公佈的。記者在新聞導語中指出了新聞的來源與事實的出處：

記者從剛成立的大陸地震學會獲悉：唐山地震死亡 24 萬 1 千多人，重傷 16 萬 2 千多人……

這就使舊聞「唐山大地震」增加了讀者欲知而未知的事實——大陸地震學會剛成立與唐山大地震的具體傷亡人數，因而具備了新聞根據，使新聞得以成立。

2. 要突出新近點

新聞導語，尤其是動態新聞的導語，要強調新近的時間（今日、昨日），新近的距離（本省、本市），新近的心理（與受眾切身利益相關的資訊，能滿足受眾的迫切需求，在心理上密切相關），以引起受眾的普遍關注，增強資訊傳播效果。

3. 要簡明扼要

新聞導語的句式要短小精悍，表意要簡明扼要，避免繁瑣冗長。例如導語：

300 臺春蘭牌空調機，今日運進中南海。又如導語：

心臟病患者的福音──一種新型的心臟起搏器，昨天上午在上海市胸科醫院臨床試用成功。等等，都是較好的一句話導語。

導語切忌空發議論，堆砌一大堆道理與資料報表材料。

4. 還可突出變化點、趣味點

有些新聞導語還可突出事物的變化點、趣味點，符合受眾的普遍興趣要求，吸引受眾的注意力，取得較好的傳播效果。

總之，新時代的新聞導語追求新穎別致，既富有新聞信息量，又富有個性特徵，力求擺脫概念化一般化的窠臼與模式。這就要求不斷創新。

二、增強新聞背景意識　開掘新聞資訊內涵

在當前新聞寫作教學與實踐中，存在著一種過分「重導語、輕背景」的傾向，有的認為：「只要寫好導語，新聞就

會順理成章。」誠然，新聞導語作為一篇新聞的導讀之語，起著開門見資訊、吸引讀者看下去的雙重作用，是很重要的；但是，不能強調過頭，更不能由此忽視或否定其他寫作環節的重要性。

（一）新聞背景的內涵與功能

新聞背景是指與新聞人物、新聞事件有機聯繫的條件與環境；廣義上理解，是指幫助讀者全面深刻理解新聞主體的一切有關材料。當前，有的記者編輯在新聞報導中不注意提供新聞背景，其根本原因還在於新聞報導為受眾服務的觀念沒有真正牢固確立。毛澤東同志早在 20 世紀 40 年代就批評過我們的宣傳工作，不要以為自己明白的東西別人也明白，不要以為自己不明白的東西別人也不明白。新聞工作者寫新聞要多為讀者著想，懂得更好地為讀者服務。新華通訊社早在 1948 年 10 月 25 日通報《新聞要說明必要的背景》中也曾批評：「新聞不注意說明必要的背景（它與周圍事物的聯繫，它的特殊性與一般性，它在整體中的地位），這是我們現在新聞報導中的通病，其結果是等於故意不要人看。」[③]

1992 年 3 月，正是在大陸的改革開放事業深入發展的關頭，中宣部與大陸記協聯合召開了新聞背景研討會，提出：用好背景材料，提高新聞質量，認為這是新聞改革的重要課題。[④]

而在實際新聞工作中，不是不會使用新聞背景，而是缺乏新聞背景意識、忽視新聞背景的作用。上海曾發生過一位懷孕五個月的女青工在深夜下蘇州河救人的先進事迹，最先

報導的某報在新聞中將「下河救人」寫成「跳河救人」，寫了圍觀者四、五百人而唯有懷孕女青工見義勇為等，文中未交代人物背景，結果讀者紛紛發出疑問，有的表示不相信會有這種事情發生。實際上，這位女青工少女時代就是游泳運動愛好者，後來擔任企業游泳池救生員的教練。若將這些背景寫上了，新聞報導就明白曉暢了。又如 1990 年 1 月，新華社播發了 1989 年大陸年產 6000 萬噸鋼的新聞，《經濟日報》夜班編輯由於不瞭解新聞背景，對它的新聞價值判斷失當，將這條重要新聞編成簡訊發表。第二天受到朱穆之同志的批評，他說：「1958 年，我們提出要為 1070 萬噸鋼而奮鬥。為了這個 1070，全國搞了大躍進，全民煉鋼，勞民傷財，也沒有實現目標。改革開放 10 年，鋼產量達到 6000 萬噸，應該突出報導，怎麼能當作簡訊處理？」《經濟日報》編輯部為了彌補這個損失，重新搞了《6000 萬噸鋼說明了什麼？》等 6 篇連續報導，補充了大量新聞背景分析，才達到了最好的宣傳效果。

從上述事例都可以看出，恰當地準確地運用新聞背景，能使新聞價值增值，或者說能充分開掘新聞資訊內涵。這主要表現在新聞背景的多種功能方面：

1. 說明與交代

新聞人物與新聞事件往往存在著錯綜複雜的社會關係及與他事物的相互關聯，不說明與解釋清楚這些關聯，就不能回答新聞事實「五要素」中「為什麼」的問題，也不能正確地揭示因與果、點與面、現象與本質、局部與全局、偶然與必然等關係。例如原上海《新聞報》總編張煦棠寫的短新

聞《楊高路通車了》，其中新聞背景是這樣交代的：「楊高路全長 24.5 公里，連接浦東新區 5 個開發區、南浦大橋和楊浦大橋兩座大橋，穿過外高橋保稅區，直通外高橋港區的 4 個萬噸級碼頭，既是浦東新區交通幹道，又是重要疏港通道……」寥寥數語，就把楊高路對浦東新區和上海市經濟發展的重要意義與作用交代得一清二楚。

2. 襯托與對比

客觀事物往往相互對立而存在，相互鬥爭而發展。有比較才能有鑒別，有映襯更便於識別優劣良莠。有些新聞背景是由映襯對照材料組成的，在事實對比中揭示深刻的思想。1997 年 8 月 12 日上海《新民晚報》新聞《浦東高樓三破紀錄》，這是在迎接黨的十五大召開的日子裏，報導浦東建設的新成就。浦東在改革開放前沒有一座高樓，最高點是 20 多米高的消防瞭望臺。1996 年，高 199 米的世界廣場和高 212 米的新金橋大廈相繼在浦東建成，刷新了上海高樓新紀錄；1997 年 8 月封頂的 420.5 米高的浦東金茂大廈，更開創了本世紀中華第一高樓的新紀錄；目前正在施工的 460 米高的浦東環球金融中心大廈，將超過美國 443 米高的西爾斯大廈和馬來西亞 452 米高的雙塔樓，將成為世界最高樓。這裏襯托和對比的重要意義就充分顯示出來。

3. 分析與解釋

有些新聞涉及到理性認識，如對黨的方針政策的理解，需要在事實的基礎上進一步分析與解釋，方能揭示真諦，闡明意義。曾榮獲「大陸新聞獎」的廣播新聞《一項跨世紀的

工程──訪上海浦東開發區》，不是簡單地報導浦東開發區的進展狀況，而是具體介紹浦東的地理位置與面積，揭示浦東開發對內地與整個長江流域的經濟輻射作用，還詳細介紹了浦東開發開放的 9 個法規文件（優惠政策）。這些背景材料的運用，給新聞報導增加了力度與深度。

總之，新聞背景闡述事實發生的具體條件與獨特原因，幫助讀者瞭解清楚新聞人物的經歷與社會關係，新聞事實的發展過程、因果聯繫及其環境條件；用新聞背景對新聞主要事實作補充交代、說明、對比、襯托以及分析、解釋，起到突出主題、深化主題的作用，從而增強了新聞的思想性、知識性、趣味性。

（二）新聞背景寫作的注意事項

作為新聞從業人員，在增強新聞背景意識、注意開掘新聞資訊內涵的同時，在具體寫作實踐中，要注意以下幾個實際問題：

1. 新聞背景一定要緊扣主題（或主要新聞事實所體現的思想傾向），注意背景材料與新聞主要事實材料配合得當，力戒節外生枝、東拉西扯的寫法。全國好新聞《農民都誇十一屆三中全會政策好》，通篇主題思想與主要事實寫作都很好，但背景運用不當：

記者在西元 208 年魏、吳、蜀赤壁之戰的古戰場──蒲圻縣赤壁鄉，同那裏的黨委書記田際成和幾位農村基層幹部，就當前農村形勢進行了座談。

　　其中錯誤有兩方面：一方面是「赤壁之戰的古戰場」與當前農村形勢好，沒有必然的聯繫，不必突出古戰場。如果有記者寫《赤壁鄉大力發展旅遊業》就對路了；另一方面與歷史事實不符，西元 208 年還沒有魏、吳、蜀三國的國號，直至西元 220 年後才分別建立。可見，新聞背景的運用與寫作也得下一番推敲功夫。

2. 新聞背景的寫作，同樣要簡明扼要，注意突出重點，詳略適宜。切忌主次不分、材料重複、文字拖遝。某市報有篇新聞《民警 XX 勇擒歹徒》，有關歹徒的人物背景很詳細，對年齡、籍貫、作惡歷史都作了交代；而主人公民警的背景材料卻沒有。這就產生了正不壓邪的負面效果。

3. 新聞背景材料，是新聞的一個有機組成部分，需要靈活穿插，力求生動活潑。新聞背景材料的穿插，在新聞中沒有固定的位置，大多在導語以後的展開段落中，也有在導語或結尾中的。新聞背景可以獨立成段，也可以根據內容與需要，分別穿插在行文中。為了使新聞背景寫得生動活潑，可採用與主題有關的歷史典故、人物軼事、知識趣聞等，切忌形式呆板、內容枯燥乏味。

三、新聞散文式問題探討

　　傳統的新聞（消息）結構大多採用「倒金字塔」式結構，也稱「倒三角」結構。它的特點是：在新聞稿中以事實重要性遞減的順序來安排組織事實材料，從重到輕、從大到小突出最重要、最新鮮的事實。這樣的好處是：讀者容易讀、記

者容易寫、編輯容易編。其短處是：結構單調、老一套，導語與主體、標題容易重複。因此在媒介競爭與新聞業務改革中，不少有識之士提出過新聞結構及其寫作創新問題，提倡散文式新聞就是其中關鍵。

（一）提倡散文式新聞的意義

新聞結構不能固守一種格式，要不拘一格。提倡新聞散文式，或用散文筆調寫新聞，正是不拘一格寫新聞。

《文心雕龍》「通變」篇中說：「設文之體有常，變文之數無方。」說的即是：文章體裁有一定的規格，然而文章寫作的具體格局與形式卻是變化多端的。金人王若虛說過，文章「大體須有，定體則無」。就是說：文章大體有程式格式，但不必受程式束縛，可創新發展。清代劉大櫆則公開主張「文貴變」，即文章格局貴在富於變化。

新聞不同於一般文章，新聞反映的是新情況、新事物、新動向、新成績、新問題，新聞的內容十分廣泛，新聞的形式與結構也應該多樣化與富有變化。原新華社社長穆青同志說：「我們的新聞報導不應規格化，不應當為新聞報導設置清規戒律。我們要鼓勵和支援記者捕捉社會生活中最能反映豐富多采的社會生活的新聞形式。」「我們的新聞報導的形式和結構也可以增加自由活潑的散文形式，改變那種沈重的死板的形式，而代之以清新明快的寫法。只有在這方面有所創造有所突破，也許才能真正對八股式的新聞作點改革。」⑤

不要拘束於「倒金字塔式」結構，不要千篇一律，提倡散文式結構（或稱自由式結構）的新聞報導形式，這是新聞

（消息）寫作改革的重要方面。這裏有兩點需要說明：一是提倡散文式新聞，不是「散文化」。散文式新聞只是新聞報導中的一種形式，並不排斥「倒金字塔」式新聞、「金字塔」式新聞、並列結構式新聞等報導形式，它們之間是相輔相成、互為補充的並存關係。而「散文化」是錯誤的。「化」者，乃徹頭徹尾徹裏徹外之謂也。把所有新聞報導形式都納入「散文化」軌道，一刀切，同樣犯了絕對化、形而上學毛病，實踐中也是行不通的；二是提倡散文式新聞，意在打破新聞結構的呆板形式和表現手法上的陳規戒律，就是用散文式的表達形式和清新明快的筆法去寫新聞，而決不是把新聞寫成散文。

（二）散文式新聞的特點

　　散文式新聞的明顯特點是：段落的鬆散與節奏的明快，行文自然流暢、生動活潑，而又寓意深刻。它同樣符合「用事實說話」的新聞寫作規則。例如新華社名記者郭玲春寫的新聞名篇《金山同志追悼會在京舉行》[⑥]：

　　鮮花、翠柏叢中，安放著大陸共產黨員金山同志的遺像。千餘名群眾今天默默走進首都劇場，悼念這位人民的藝術家。

　　「雷電、鋼鐵、風暴、夜歌，傳出九竅丹心，晚春蠶老絲難盡；黨業、民功、講壇、藝苑，染成三千白髮，孺子牛亡汗未消」，懸挂在追悼大會會場的這副挽聯，概括了金山尋求光明與真理，為人民鞠躬盡瘁的一生。人們看著劇場大廳裏陳列的幾十幀照片，仿佛又重睹他的音容笑貌，他成功

地塑造的愛國詩人屈原的形象，他在電影《松花江上》的拍攝現場，他為演《風暴》與「二七」老工人談心，他在世界名劇中飾演的角色，他在聆聽周總理的教導，他與大慶《初升的太陽》劇組在一道……，他 1911 年生於湖南，1932 年加入大陸共產黨，自此獻身革命，始終不渝。

哀樂聲中，人們默念著他的功績。三十年代，他在嚴重白色恐怖中參加大陸反帝大同盟和左翼戲劇家聯盟。抗戰爆發，他擔任上海救亡演劇二隊副隊長，輾轉千里，演出救亡戲劇，爾後接受周恩來同志指示，組織劇團遠赴東南亞，向海外僑胞作宣傳。解放前夕，又擔負統戰工作。他事事以黨的利益為重，生前曾對他的親人說：「我首先是一個共產黨員，演員是我的第二職業。」

解放後，他將全副心力獻給黨的藝術事業，不斷進取、探索、求新，被譽為人民的藝術家。

他遭受過「四人幫」的摧殘，但對自己的信仰堅貞不移。近年致力於戲劇教育，並以多病之身，擔負起繁榮電視文藝事業的重任。

夏衍在悼詞中稱金山的不幸辭世，是大陸文學藝術界的重大損失，高度評價他幾十年來的革命、藝術活動，號召活著的人們學習他對黨的事業的忠誠，學習他在藝術創造上認真刻苦、精益求精的精神。

他半個世紀前便結下革命情誼的摯友陽翰笙在追悼會上的講話中說，是黨造成了金山，是党把他培養成革命的、傑出的人民藝術家。

與金山一起工作、生活過的大慶人，驚聞噩耗後，派代表星夜兼程，來和他的遺體告別。在今天的追悼會上，他們說，金山是人民的藝術家，人民將會懷念他。

文化部長朱穆之主持追悼會，參加追悼會的有習仲勳、王任重、胡愈之、鄧力群、周揚、賀敬之、周巍峙、馮文彬、羅青長、唐克、吳冷西、李一氓、傅鍾、劉導生、趙尋、榮高棠，以及文藝界人士林默涵、陳荒煤、司徒慧敏、艾青、吳作人、李可染、江豐、吳雪、袁文殊、周而複、張君秋、戴愛蓮、陶鈍等。

這是一篇受到廣泛讚譽的散文式新聞。讀者喜愛它，是因為它跳出了傳統的追悼會消息的框框，以獨特的構思、抒情性的描寫、生動的文采對這類會議的報導作了可喜的改革嘗試。

追悼會消息既好寫，又不好寫。說好寫，是因為長期以來它已形成一個寫作模式，你只要按框框塞進一些事實要素即可交差；說不好寫，是因為新聞貴在出「新」，要想突破千篇一律的模式而「別有洞天」很難。

這條消息沒有對追悼會的進程作被動的描寫。記者抓住金山同志作為一個藝術家的特徵，以散文式的筆調，報導了這個不同尋常的追悼會。

導語部分，記者沒有呆板地寫上「某年某月某日某人追悼會在某地召開」，而是運用新聞特寫的手法，把現場隆重、肅穆的情景簡約地攝入筆下，使人如臨其境，而新聞要素也自然融會其中。

消息的主體部分，評價和概括金山同志一生藝術成就的

任務並不是由原封不動大段摘引悼詞來完成的，一幅挽聯、幾十幅照片生動而形象地再現了這位藝術家的生平。這種寫法，與藝術家的身份很相吻合，給人回味和聯想。

消息也摘引了夏衍、陽翰笙的講話，都非常精練。考慮到他們是金山的老戰友，記者特別選取了富有感情、評價公正的講話。

在新聞用語上，全篇文字都經過記者的精心錘煉，語言清新、簡練，擺脫了通常消息用語中的陳詞套話，給人以形象、立體化之感。

散文式新聞，或用散文筆調寫新聞，並不是當今改革之年的新發明創造，而是由來已久的。早在革命戰爭年代和新大陸成立初期，就有一批典型報導是採用散文式新聞的形式廣為傳播的（下文會舉例）。只是在極左路線盛行時期，新聞寫作陷入僵化的八股格式，內容假、大、空。現在重新提倡散文式新聞，意在振興與發展。

（三）散文式新聞的寫作技法

寫作散文式新聞，或用散文筆調寫新聞，在寫作技法上應講究以下幾方面：

1. 善於用形象化的手法，抓住新聞事件的特徵、新聞人物的個性。

新聞報導在選材上切忌面面俱到，散文式新聞也是一樣，它只選取有新聞價值的富有個性特徵的某個事實、某個側面與片斷；而形象化的手法，離不開描寫，特別是白描手法——一種類似輪廓畫的表現手法，概略描寫人物或事物形

象的外貌或某一特徵，筆墨省儉而又生動傳神，去粉飾，少做作，勿賣弄，有真意。

散文式新聞採用白描手法，集中寫事件的關鍵情節或新聞人物的一二件突出事迹，效果更佳。正如魯迅先生對白描的要求：「要省儉地畫一個人的特點，最好是畫他的眼睛。」

例如，《共產黨員劉胡蘭慷慨就義》（新華社晉綏 1947 年 2 月 7 日電）：

文水縣雲周西村十七歲的女共產黨員劉胡蘭，在上月十二日被閻軍逮捕，當眾審訊。閻軍問她是不是共產黨員，她答：「是。」

又問：「為什麼參加共產黨？」

「共產黨為老百姓做事。」

「今後是否還給共產黨辦事？」

「只要有一口氣活著，就要為人民幹到底。」

至此，閻軍便　出鍘刀，在她面前鍘死了七十多歲的老人楊桂子等人，又對她說：

「只要今後不給八路軍辦事，就不殺你。」

這位青年女英雄堅決回答：「那是辦不到的事！」

閻軍又說：「你真的願意死？」

「死有什麼可怕！」剛毅的劉胡蘭，從容地躺在切草刀下大聲說：「要殺由你吧，我再話十七歲也是這個樣子。」她慷慨就義了。

全村父老懷著血海般的深仇，為痛悼這位人民女英雄，決定立碑永遠紀念。

這篇新聞用「極省儉」的筆墨來傳神，抓取了英雄就義

前與匪軍的對話，寥寥幾筆寫出了英雄的個性特徵，展示了
英雄的高大形象與崇高品質。

2. 情景交融，富有表現力。

散文筆調離不開情景描寫。散文式新聞中應有情景描
寫，而這種情景描寫要圍繞主題思想。例如，新華社武漢
1961 年 9 月 9 日電《洪湖水上秋色好，社員采菱挖藕忙》，
就有較多的情景描寫，其中一段：

看過《洪湖赤衛隊》電影的人，都為銀幕上的赤衛隊員
們在荷花叢中、蘆葦林裏捕魚、挖藕、撿野鴨蛋的水上生活
所吸引。但是，當初秋早晨，記者乘小汽艇到達湖上秋收的
中心地區——中共洪湖區委所在地的楊家嘴後，便發現電影
還只反映了洪湖生活的一角。站在高坡眺望，在遼闊的湖面
上只見頭尾高翹的狹長的大網船、二字形的魚鷹船、兩頭平
水的獵鴨船和兩頭尖尖一人劃動的采蓮船，錯雜相間。最有
趣的是小巧的采蓮船，它宛如一個梭子敏捷地穿過綠色蓮
叢，將湖水漾起微波，荷葉也隨之婆娑起舞。收穫活動主要
集中在一早一晚。每天早晨東方還未白，社員們就劃著船向
湖心的蓮場、菱場進發。這些地方都是從前赤衛隊員們活動
的地方。傍晚，湖水映著落日餘暉，泛起一層金色，滿載蓮
子、菱角歸來的船隻，遠遠望去猶如鴨群遊動，把水面打起
粼粼的波光。

這一段情景、風光描寫，真實地描繪了洪湖秋收的景
色，又從一個側面生動地反映了當時「以糧為綱，全面發展」
的農村經濟政策執行後的成效，曾引起了廣大民眾的關注與
讚揚。由此可見，情景描寫中同樣可帶有較深刻的寓意。

3. 抓生動感人的細節，以小見大。

細節是事物外貌、特徵與人物肖像、言行、心理等方面的細微末節，是構成故事情節的「細胞」（指最小單位）。生動感人的細節，往往富有個性特徵，能以小見大，從細微末節處反映某種本質屬性。用散文筆調寫新聞，往往離不開細節描寫。

1945 年 8 月 16 日延安《解放日報》特訊《延安慶祝日本無條件投降》，有兩個細節令人難以忘懷：

在蜂擁來去的人群中，有一位柱著拐杖的榮譽軍人被群眾擁戴著。他十分感動而吃力地說：「八年啦，我的血沒有白流……」他是參加有名的平型關大戰而光榮負傷的。今天他是親眼看見勝利了！

一個賣瓜果的小販歡喜得跳起來，把筐子裏的桃梨，一枚一枚地向空中拋擲，高呼：「不要錢的勝利果，請大家自由吃呀！」群眾報以熱烈的掌聲。

前一個細節說明抗戰勝利成果是大陸軍民用鮮血換來的；後一個細節表明大陸人民極度的歡樂與高度的愛國主義熱忱。

4. 夾敘夾議，敘議結合。

散文筆調的又一特點是：在記敘、描寫事實的基礎上，加以精闢的、切中要害的議論，夾敘夾議，敘議結合。新聞是用事實說話的，但不排斥必要的精闢分析與議論。

例如全國好新聞一等獎新聞《錢向金動用「拉達」軋場火燒連營》，講的是河北省阜城縣建設銀行副行長錢向金，以權謀私，利用「拉達」牌小汽車為農村的父親與內弟軋麥

子，結果釀成火災，「火燒連營」。新聞主體部分的三個自然段，夾敘夾議夾描寫，語言幽默風趣，十分精彩：

錢向金發現小汽車有軋麥子的「多功能」，早在前天就做過「實踐證明」。6 月 14 日下午，錢向金和他愛人坐著機關的小汽車，「夫妻雙雙把家還」，去接兩個孩子。錢向金是後寨村人，又是本村門婿，坐著這般漂亮的小車還鄉，既光宗耀祖，又衣錦榮親，真是「兩全其美」！車過村東場邊，適逢家父軋麥。其父提出用小汽車軋軋麥子。身為共產黨員、縣建行副行長的錢向金，明知這麼幹會在群眾中造成什麼影響，可他唯父命是從。司機看不清進場的道路，他就「揮手指方向」：「從這邊過去！」……

「拉達」軋場就是快當，氣死老牛拉碌碡。不一會，一場麥子就「出溜」完了。錢向金的愛人見到小汽車軋場「多快好省」，樂不可支地說：「明兒叫王師傅再來一趟，連孩子他舅那麥子也給軋軋。」夫人的「議案」錢向金完全有否決權，但他不投反對票。在「三會一課」上，他說的那些話早忘了，碰到個人的事上又「權令智昏」了！商定 16 日再來為其內弟王慶明軋麥子。

6 月 16 日下午，錢向金瞞著領導和辦公室管車人員，和愛人乘「專車」回家——專程回來軋麥子。但「拉達」牌越野汽車畢竟不是軋場的玩藝，想不到轉著轉著，滑到了場邊被麥稭掩著的土坑裏。麥稭打滑，司機用上前後加力，也進退兩難。司機猛踩油門，車下麥稭冒煙起火。烈日、乾柴、南風，眨眼火焰騰騰，場裏無滅火設施，人們用鐵　往汽車上扔土，但「杯土車薪」無濟於事，麥場相接，火燒連營。

價值 29700 元、才購進七個月的「拉達」車被燒得一塌糊塗，1500 多公斤小麥也化為灰燼。

這部分段落中有些文字，是記者的議論，假若刪去，不影響前後文的連貫性，但思想深度就要大打折扣。

新聞主體部分夾敘夾議夾描寫，回答新聞事實要素中的「為什麼」發生火災與主人公「怎樣」做的問題，富有事實論證與透闢說理的說服力。新聞結尾點明「已由縣檢察院提出公訴，縣人民法院正在立案審理」，也是讀者閱完全文後意料之中的。

這篇新聞成功之處，還表現在寓諷於理。作者不是採用生硬的批評手段，更無扣帽子、打棍子之嫌，而是在充分尊重並運用事實的基礎上，調動藝術手段，寓諷刺、批評於事理之中，如小汽車「多功能」、「夫妻雙雙把家還」、「兩全其美」、「揮手指方向」、「出溜」、「權令智昏」、「杯土車薪」等一連串帶引號的詞穿插其間，既增加了文字的力量，增加了諷刺色彩，又讓人讀後感到貼切、實在、回味無窮。散文式新聞在文字表達上，要求語言精美，文風新穎多采。這就要求吸取群眾語言中的營養，並借助文學語言。

遼寧日報社的記者編輯曾總結過散文式新聞的寫作經驗。「什麼是散文式新聞呢？概括起來，就是四句話：內在的本質，生動的細節，深刻的議論，新穎的文采。這就是散文式新聞的基本特點和基本要求。」[7]

散文筆調，則是形象化的白描手法、情景交融手法、細節描寫手法與夾敘夾議手法等的統稱。用散文筆調寫新聞，將使新聞一掃八股腔調，而代之以新鮮活潑、優美生動的文風。

四、新聞語言的特點與革新

胡喬木同志曾寫過論文《報紙是人民的教科書》。[8]報紙每天與千百萬讀者見面，傳播

著資訊、思想、知識。新聞寫得越準確、鮮明、簡練、通俗，就越能吸引讀者。廣播新聞吸引聽眾更是如此。這就要求新聞工作者很好地運用新聞語言，掌握新聞語言的特點與表述要求。

（一）新聞語言的特點

新聞語言是具有新聞特性、適合新聞報導的語言，是適應新聞資訊傳播需要的實用語言。

新聞語言不同於論文語言。論文語言是用抽象的方法概括出事物的內在屬性和規律，它是運用抽象的概念進行判斷與推理，得出科學的結論。論文語言運用抽象思維，必須排斥事物的外在形象，才能科學地表述事物的內部屬性。然而，用這種語言寫新聞，容易將新聞事實寫成空洞抽象的概念。

例如同樣體現「社會主義制度優越」與「共產黨領導好」，論文語言與新聞語言大不相同：

鄧小平同志曾在論文《大陸只能走社會主義道路》[9]中說：

大陸根據自己的經驗，不可能走資本主義道路。道理很簡單，大陸十億人口，現在還處於落後狀態，如果走資本主義道路，可能在某些局部地區少數人更快地富起來，形成一個新的資產階級，產生一批百萬富翁，但頂多也不會達到人口的百分之一，而大量的人仍然擺脫不了貧窮，甚至連溫飽

問題都不可能解決。只有社會主義制度才能從根本上解決擺脫貧窮的問題。所以我們不會容忍有的人反對社會主義。我們說的社會主義是具有大陸特色的社會主義，而要建設社會主義，沒有共產黨的領導是不可能的。我們的歷史已經證明了這一點。

這一段論證了「大陸只能走社會主義道路」、「非共產黨領導不可」的歷史必然性，論點鮮明，論據簡明又充分，體現了概念、判斷、推理的邏輯性。然而，它排除了事實和事物的外在形象，如果用這種論文語言寫新聞報導，是不會成功的。

新聞要「用事實說話」，新聞報導離不開典型事實的記敘。同樣宣傳共產黨領導好與社會主義制度優越，新聞報導需要依託典型實例的描寫，如報導《縣委書記的榜樣——焦裕祿》、《人民的好幹部孔繁森》等先進事迹與建設成就來體現。新華社上海 1957 年 2 月 12 日電訊稿《上海嚴寒》，就是成功運用新聞語言的佳作：

這幾天上海街頭積雪不化，春寒料峭，最低溫度下降到 -7.4℃，上海人遇到了有氣象記載的 80 多年來罕見的嚴寒。10 日和 11 日，這裏出現了晴天下雪的現象。晴日高照，雪花在陽光中飛舞，行人紛紛駐足仰視這個瑰麗的奇景。

「前天一夜風雪，昨夜八百童屍。」這是詩人臧克家 1947 年 2 月在上海寫下的詩篇《生命的零度》中開頭的兩句。這幾天要比十年前冷得多，但據上海市民政局調查，到目前並沒有發現凍死的人。民政局已佈置各區加強對生活困難的居民特別是孤苦無依的老人的救濟工作。為了避免寒冷

影響兒童的健康，上海市教育局已將全市幼稚園的開學日期延至 18 日。

這篇新聞不到 300 字，有情有景，有史料有事實，從自然現象的描繪轉入社會生活的敘述，作者不加任何議論與評述，讀者閱後馬上會得出鮮明的結論：新舊社會兩重天，共產黨領導好，社會主義制度優越！這正是本篇新聞含而欲露的旨意。由此可見，新聞語文比論文語言要具體寫實得多。

新聞語言又不同於文學語言。文學語言是一種誇張、修飾的形象思維語言，它是用來塑造藝術形象的，離不開豐富的想象與強烈的抒情，容易誇張，創造出比現實生活更高、更集中、更強烈的藝術形象。完全用文學語言寫新聞，容易將事實寫得變形走樣，而違背新聞真實性原則。

例如，同是寫「暴雨成災」，新聞語言與文學語言大不相同：

浩然的小說《豔陽天》第 1351 頁描寫道：

狂風暴雨搖撼著東山塢。

雷鳴夾著電閃，電閃帶著雷鳴。

那雨，一會兒像用瓢子往外撥，一會兒又像用篩子往下篩，一會兒又像噴霧器在那兒不慌不忙噴灑——大一陣子，小一陣子；小一陣子，又大一陣子，交錯、持續地進行著。

雨水從屋簷、牆頭和樹頂跌落下來，攤在院子裏，像燒開了似的冒著泡兒，順著門縫和水溝眼兒滾出去；千家百院的水彙在一起，在大小街道上彙成了急流，經過牆角、樹根和糞堆，湧向村西的金泉河。

而全國好新聞《四川暴雨成災》，則簡述：

四川西部和中部地區暴雨成災，幹部群眾奮力抗洪搶險。7月12日晚上到13日下午，四川的西部、中部的溫江、綿陽、樂山、內江地區和成都市連續下了20多小時的暴雨，其中20個縣和成都市降雨量在200毫米和400毫米之間。嘉陵江、涪江、沱江出現建國以來從未有過的特大洪水，泯江洪水接近歷史最高水位。金堂、資陽縣城被淹。據省防汛指揮部初步統計，全省有200萬人遭到洪水威脅，660萬畝農田受災……

兩例相比較：前者注重對暴雨成澇的形象描繪，形成審美意境，比喻形容句較多；後者注重對新聞事實的記敘，時間、地點、雨量、暴雨成災局勢等，都交代得準確明瞭，語言簡練，帶有準確科學的資訊，便於指導工作。由此可見，新聞語言比文學語言簡練、準確、實在。

新聞語言與論文語言、文學語言不同，但不是說它們之間截然不同、毫不相干。新聞語言作為一種相對獨立的實用語言——傳遞新聞資訊的語言，可以而且應該從論文語言、文學語言中汲取有用的成份，還可以從豐富多彩的群眾語言中汲取營養。

（二）新聞語言的表達與改革要求

1. 準確

新聞必須完全真實的原則，要求新聞報導不僅全部事實要素確有其事、沒有差錯，而且對事實的說明與解釋要符合事物的本來面目，不能有誇大與縮小，更不能有歪曲與捏

造。也就是說，除了新聞事實真實外，運用新聞語言要準確貼切。有人比喻作文準確地運用文字，就像音樂家準確地彈奏音符一樣重要。如果彈不到點子上，聽眾就會覺得走調。

新聞語言表述準確的首要條件是用詞貼切。新聞語言雖然是表達技巧問題，但它關係到思想內容。有時一字之差，就把意思搞錯甚至搞反了。例如：大陸威海市軍民援救遇險的外國貨船全體船員，新聞報導寫成「遇難」（意外死亡）；某人服法，投案自首，新聞報導寫成「伏法」（意被槍決處死刑）；大陸男籃獲得亞洲錦標賽冠軍，勝利歸來，新聞報導寫成「挂冠（『摜紗帽』自動罷官）而歸」，等等。顯然詞意相背，用詞不當。

新聞語言表述準確，要求用語科學，合乎唯物辯證法。有時記者熱情一高漲，就會說過頭話。有篇社會新聞寫一位青工起早摸黑替鄰居孤老買菜、清掃垃圾，以準備過春節。這本是好事，但新聞中卻說這位青工「把老人的生活問題全包了下來」，既不符事實真相，又造成該青工的被動。

有些新聞稿一經作者形容比喻，就會說過頭話。有篇新聞描寫：

3月7日午時，太平南路招待所門前人如潮湧，歡聲雷動，這個「旅客之家」的職工「為民服務隊」擺開了活動陣地。他們義務替過往行人理髮、配鑰匙、修自行車……

實際上，顧客只有數十人次，談不上「潮湧」與「雷動」；更不要一味強調「義務」服務，招待所長期免費為過往行人服務，現階段是不可能做到的，也不能提倡。至於《子弟兵個個是活雷鋒》、《不讓一隻蒼蠅蚊子過冬》等新聞標題，

更是做不到的大話、空話、假話。這與「大躍進」年月「人有多大膽，地有多大產」一樣，是不符合實際的唯心主義表現。

在新聞用詞方面，要多用名詞與動詞，慎用、少用形容詞與副詞。因為形容詞與副詞往往帶有主觀感情色彩，濫用形容詞與副詞是危險的，有句新聞界戒言：「形容詞會戲弄人。」那些絕對化的形容詞與副詞，如：「最」、「人人」、「個個」、「全部」、「必定」、「純粹」等要嚴格使用，儘量不用。

新聞語言表述要準確，還要注意描寫恰如其分，符合情理，讓人可信。有篇題為《徐州市十一名民兵奮不顧身搶救遇險列車光榮立功》的新聞稿，其中描寫到：

從蚌埠開往徐州的 436 次列車，正風馳電掣地開來，……就在他們（注：指十一名青年民兵）吃力地把汽車推出軌道的一瞬間，火車裏攜著氣浪擦身而過。汽車駕駛員和旅客列車倖免於難。車上的上千名乘客紛紛從車窗探出身來，向英雄的民兵招手致謝。

這篇描寫顯然不符合實際：既然火車「風馳電掣」般地行駛，民兵推汽車出軌道也只「一瞬間」，火車上的乘客怎麼會知道民兵們的壯舉？又怎麼來得及「從車窗探出身來」？何況又是「上千名乘客」的一致行動？更何況火車在高速行駛時是不准乘客探身在窗外的！

新聞描寫不允許誇張、哄抬與拔高，類似「燕山飛雪大如席」、「二月春風如剪刀」、「一片冰心在玉壺」之類的文學描寫，是不能在新聞描寫中使用的。

2. 鮮明

新聞語言的鮮明，首先是指語意褒貶愛憎分明。例如：「指責」與「譴責」，前者是中性詞，後者是嚴正申斥的正面詞。我方譴責《美國之音》的謬論，就不能用「指責」一詞；講持槍行兇的歹徒被我軍警「擊斃」，就不能用「逝世」。記得作家丁玲逝世時，新華社的新聞報導用詞很講究：「一顆偉大的心臟停止了跳動！」這就飽含著溢美、惋惜、哀悼的深情。這類褒貶分明的詞意，不能搞錯。例如「居然」、「竟然」都是出乎意料的詞意，但前者褒、後者貶。對這兩詞，一些報刊經常用錯，出現「這個歹徒居然在光天化日之下搶劫銀行」、「只有小學文化的老電工竟然試製成功了機床電腦控制儀」等錯句，而且在全國性的報刊上也屢見不鮮，這裏不再列舉。

新聞語言的鮮明，也是指語意肯切，不可含混籠統與模棱兩可。例如，有篇新聞的標題為《演戲要演好人》。這句話可以有兩種理解：一是指演員擔任的角色，只演好人角色，不演壞人角色；二是指演戲的關鍵是演好戲中的人物，也所謂「進入角色」。從新聞本意看是指後者，但表達不清。

為了使語意鮮明，用詞要具體，力戒含混糊塗：

表示數量，要運用具體數位，儘量避免「許多」、「很多」、「不少」、「幾次」、「幾十」、「成千上萬」等籠統概念；

表示時間，儘量用今日、昨日、某月某日某時某分，儘量不用「最近」、「日前」、「近來」、「一個階段以來」等「打馬虎眼」的概念；

表示程度，儘量用肯切語句，而不用「可能」、「大約」、「也許」等不確定的模糊概念。

新聞語言鮮明，這包括用詞新鮮，力戒陳詞濫調。有些辭彙，第一次出現時很新鮮，反復使用就會使讀者厭倦。例如，「高考狀元」，本意鮮明，但到處套用「養豬狀元」、「養牛狀元」、「養羊狀元」、「養魚狀元」、「繡衣狀元」、「種糧狀元」、「種棉狀元」……就毫無新意，令人生厭。看來，少用套話老話，需要記者獨運匠心，到現實生活中去尋找生動活潑的語言，才能成功。

3. 簡練

新聞語言為迅速準確傳遞新聞資訊，講究簡潔、樸實、洗煉。

簡練是大陸紀實文體的傳統。唐代歷史學家劉知幾在《史通通釋》中提出敘事「尚簡」的主張，要求「文約而事豐」，即用簡潔的文學表述眾多的史事。晉代文人陸機在《文賦》中說：「要辭達而理舉，故無取乎冗長。」這些要求，新聞語言也是相通的。

新聞語言要簡練，一定要避免新聞寫作中「穿靴戴帽」、「畫蛇添足」的弊病，提倡開門見山、直敘其事。那種「在……鼓舞下」，「在……指引下」，「為了……」，「學習了……」，「在……基礎上」等等空話、套話，可以刪節；一些不必要的大道理議論，也可砍去，而只留下精練的事實與畫龍點睛般的議論。

新聞語言要簡練，造句要直截了當，避免「繞口句型」。例如：「對某個問題進行了討論」，應改為「討論了某個

問題」；「某項試驗獲得了成功」，應改為「某項試驗成功了」。

　　新聞語言要簡練，需斟酌字句，刪去多餘的字、詞。有些囉嗦的惡習影響詞句的簡練，如：「平均每（一個）人」、「（嚴重的）危險」、「（真誠的）信賴」、「年老（口中）無齒」、「（勝利）凱旋（歸來）」、「（長期的）鳳願」、「主要演員（的扮演者）」、「（用手）抓」、「（用肩）扛」、「（用腳）踢」……不勝枚舉，其中括弧內的字、詞，都是可以刪去的，因為詞意重複了。這些囉嗦詞句，有的還出現在中央一級的報紙上。魯迅先生說過：「寫完後至少看兩遍，竭力將可有可無的字句、段刪去，毫不可惜。」這是不難做到的，貴在堅持與細心。

4. 通俗

　　所謂通俗，就是從讀者（受眾）的認識水準出發，用群眾所熟悉的、喜聞樂見的語言形式，用接近口語形式的書面語來寫作新聞稿。

　　新聞語言要通俗，就要注意樸實，善於運用群眾語言。新華社名記者穆青采寫新聞，就很注意運用群眾語言。例如在新聞《農業經營管理站的誕生》中，群眾說大包乾責任制以前的集體經濟的財務是「糊塗廟，糊塗神，糊塗漿糊一大盆」；大包乾實行之初，群眾對公積金等現金的管理使用還是不放心，說幹部「嘴是流水賬，肚子是總賬，口袋是小銀行」；農業經營管理站這一新事物出現後，群眾稱讚今後「不怕保管挪秤砣，不怕會計筆尖戳，隊長想摸摸不著」。記者運用群眾語言，將農村的深刻變化親切生動地反映了出來。

當然，新聞語言的樸實，要求少用抽象形容詞，這與要求語言有表現力、能吸引人是並不矛盾的。

新聞語言要通俗，應儘量避免一些古字、陳詞與高深的科技專用辭彙。如「耄耋」（指老人八九十歲）、「氍毹」（指羊毛地毯）等古詞應少用或不用。有的新聞稿把六七十歲的老人稱為「耄耋之年」，明顯用錯了。還有的新聞稿將高能物理與遺傳工程中的公式定律照抄，不作解釋，使一般文化的讀者不可理解。所謂「曲高和寡」，知音必少。

新聞語言本身具有質樸和直接的特點。詞句都講究明白曉暢。新聞報導不能靠華麗的詞藻和高級形容詞的渲染，而要靠如實具體的記敘和質樸簡潔的語言表達。

（三）倡導清新活潑的新聞文風

文風，不僅是指文章的語言表達，更是指文章的內涵、風格，是文章的思想內容與表現形式等方面各種特點的總和。

筆者的老鄉、上海大學的朱敬禹教授曾對新聞文風作過專門研究，他認為[10]：新聞作為一種紀實文體，同樣要有準確性、鮮明性、生動性的文風，但新聞與其他文體由於對反映客觀事物的要求不同，在文風上又有自己的表現特徵：

1. 要態度明朗，即通過報導的事實，顯示其傾向性和戰鬥性。
2. 要言之有物，即有事實，有內容，從中傳遞資訊。
3. 要短而精粹，即內容扼要，文字從簡，並說明問題。
4. 要新鮮活潑，即採取生動多樣的語言和寫作形式，不能死板、老套。

　　這些看法，是很有道理的。新聞要新鮮活潑，要講究時效性，更要掌握新鮮活潑的事實材料，還要善於採用群眾喜聞樂見的形式來表達。

　　2000 年秋天，筆者有幸參加《解放軍報》高級記者江永紅新聞作品研討會。江永紅的新聞作品，以「硬新聞」為主，格調威猛、剛強、豪放、雄健，充滿軍人的陽剛之氣；其文風清新、精練、活潑、雋永。試以他的名作之一、人物通訊《孫鐵錘傳奇》（原載《解放軍報》1991 年 6 月 1 日頭版）為例：

孫鐵錘傳奇

　　志願兵孫鐵錘，黑乎乎，壯實實，一口河南腔，今年整40。

　　他一頓能吃連隊的包子 24 個，力氣過人。在山溝當飼養員時，幾隻狼來叼豬。他追著狼打，抓住一隻小狼崽，攥著後腿一撕兩半。不久，在山上打豬草的兩個小姑娘被幾隻狼包圍，他聞聲沖上去，一隻胳膊夾一個姑娘，沖了出來。

　　這兩姊妹看上咱鐵錘，把他叫進家，一屁股堵住門說：「我倆任你挑一個，要不同意這門親事，就找連長。」鐵錘正色說：「金花配銀花，西葫蘆配南瓜，不中不中！」說著便奪門而出。住在隔壁的鄭連長把情況聽了個一清二楚，喊住鐵錘：「今天處理得不錯，以後要小心！」從此，鐵錘見了女人就裝啞巴。野營到村莊，也是只做好事不說話。

　　怪就怪在怕啥有啥。1989 年 5 月，咱鐵錘正在黃石市大街上走，一女人跑過來挽著他的臂膀。鐵錘驚呆了，正要

甩開她，女人急切地說：「後面有人要搶我，求你救救我！」鐵錘扭頭一看，見六七個男子拿著匕首圍了上來。他大聲吼道：「俺是解放軍，有膽的上來較量較量！」眾歹徒見他五大三粗，一聲口哨，散去。

言歸正傳。國防施工打坑道，鐵錘掄八磅大錘打 100 下才肯喘口氣，人稱「拼命三郎」。坑道竣工了，連隊有 3 人患矽肺病住院，鐵錘最重。他悶得慌，偷跑回連隊，照幹不誤，照樣一頓一公斤麵條。說來邪門，半年後，住在醫院的兩名戰友相繼逝世，他卻活得好好的。拍胸片一查，不治而愈了。醫生驚呼「奇迹」，問他的秘方，他說：「俺啥方也沒有，不管是死是活，就想為連隊多幹活。」

鐵錘當兵後盡幹的苦差事，幹啥都是不要命。他燒鍋爐，一年進煤 40 餘噸。他也不要公差，一個人一鍬一鍬把煤從場上搬進屋堆起來。有人說他「吃飽了撐的」。他眼珠一瞪：「你懂個屁！這都是錢買的，放在外頭，一場雨要衝走多少斤？！」

鐵錘現在看倉庫，攥緊鑰匙就行了。可他又「多管閒事」，帶著兩個民工，鼓搗電鋸電刨的，把全旅的鋪板和桌椅板凳的製作全包了。

鐵錘沒有節假日，業餘時間為戰友修鞋、修表、修收音機，啥都幹，還常到街上擺義務修理攤。

他只上過小學三年級。入伍後，就靠一本「毛選」，一本字典，知書識理了。有個幹部用農場的東西巴結領導，鐵錘找他論理，他說：「你講的都是毛主席的話，我算服了。」

　　咱鐵錘愛好書，恨壞書。有個小販在書攤上吆喝：「快來買呀，這書真夠刺激呀！」他上前一看，封面上印著裸體女人，問書販：「還有幾本？」書販回答：「只剩 5 本，一本兩元。」鐵錘不由分說，全買下了，掏出火柴，把書燒了。小販和圍觀者目瞪口呆。

　　鐵錘就這麼傻得可愛，憨得有理。不只一位首長提醒他：「典型要有典型樣，說話辦事要講方法，不要一張嘴就見到你喉嚨。」他說：「俺也知道這不好，可……」首長說：「你看人家雷鋒，好事做得多，說話也有水準。」他說：「俺咋敢與雷鋒比。」

　　鐵錘當兵 18 年，現在他的住室，一張桌一張床，還有一個裝修理工具和衣物的床頭櫃。他的財富都挂在牆上，是貼了一圈的獎狀。旅首長看他如此簡樸，問他：「你不抽煙不喝酒，錢到哪里去了？」他說：「俺娘和老婆孩子在農村，常鬧病。」還有兩條他沒說，一是做好事貼了不少錢，二是飯量也實在太大了，定量不足自己補。旅首長揭開他煮紅薯的鐵鍋，心裏很不是滋味。今年 2 月 24 日，旅黨委專門為孫鐵錘的肚子開了會，決定每年從生產糧中給他補助 250 公斤。

　　通篇寫出了傳奇人物的傳奇故事和個性特徵，一般的過程交代簡筆帶過，而富有個性的事迹濃墨書寫，文風清新活潑，語言質樸生動，可讀性強。這方面的成功經驗，值得新聞從業人員借鑒與推廣。

注釋：

① 詳見張允若、高寧遠《外國新聞事業史新編》「外國新聞事業的起源」一章，四川人民出版社 1996 年版。

② 詳見張惠仁《新聞寫作學》「第三代導語的誕生」一節，四川人民出版社 1986 年版。

③ 轉引自解放軍報社 1979 年 12 月編印《新聞工作文集》（解放軍報通訊增刊）第 192 頁。

④ 詳見《新聞出版報》1992 年 3 月 30 日會議報導。

⑤ 引自穆青《新聞工作散論》，新華出版社 1983 年版，第 365 頁。

⑥ 見新華社北京 1982 年 7 月 16 日電訊稿。

⑦ 見遼寧日報社編《新聞改革論文集》，遼寧人民出版社 1983 年版，第 97 頁。

⑧ 原載 1943 年 1 月 26 日延安《解放日報》。

⑨ 引自《鄧小平文選（第三卷）》，人民出版社 1993 年版，第 207-208 頁。

⑩ 見全國高等教育自學考試教材《新聞採訪與寫作》，武漢大學出版社 2000 年版，第 369-372 頁。

第六章　各種類型新聞報導的革新

「新聞是新近發生的事實的報導。」[①]或者說：「新聞是新近變動的事實的傳播。」[②]新聞報導的類型，因為分類的標準與根據不同，類型的名稱也就變化多端。

按照體裁分，新聞報導通常分為狹義新聞（消息）和通訊兩大類。新聞（消息）是以簡明扼要的文字，概括地報導新近發生的有意義的事實的一種文體，按照報導的形式與物件，又可具體分為：動態新聞、綜合新聞、經驗新聞、述評新聞、特寫新聞等。通訊是以較詳盡生動的文字，具體地描寫先進人物的事迹或重大事件的過程的一種文體，按照報導物件，通常可分：人物通訊、事件通訊、工作通訊、概貌通訊等。

按照字數篇幅來分，新聞報導可分為：短新聞、新聞、長新聞；小通訊、通訊、大通訊。

按照報導涉及的題材範圍與社會分工領域來分類，新聞報導就可分為：政治新聞、經濟新聞、社會新聞、科技新聞、法制新聞、文教新聞、體育新聞、醫療衛生新聞、軍事新聞、國際新聞⋯⋯

按照新聞採訪的物件來分，新聞報導就可分為：人物新聞、事件新聞、非事件新聞等。

按照新聞媒介來分類，新聞報導可分為：報紙新聞、廣播新聞、電視新聞、通訊社電訊、網路新聞等。

　　按照新聞寫作方式方法來分類，新聞報導還可分為：簡訊、消息、通訊、特寫、速寫、側記、箚記、集納等等。此外，還有軟新聞與硬新聞、深度報導與動態報導、精確新聞與綜合新聞種種分類法。

　　本章無法面面俱到，只就常見常用的經濟新聞、社會新聞、科技新聞、體育新聞以及批評性報導的改革，談一些個人的看法與見解。

一、經濟新聞的改革

（一）經濟新聞如何適應市場經濟形勢？

　　經濟新聞是報導黨的經濟工作與人民的經濟生活的新聞，其題材範圍總是與農業、工業、財貿、交通、市場等有關。黨的十四大以後，隨著大陸從計劃經濟向社會主義市場經濟的轉軌，隨著改革開放和現代化建設步伐的加快，經濟新聞的地位與作用更加突出與顯著，尤其在宣傳黨的經濟政策，展示宏觀經濟大局與發展趨向，促進生產力發展，指導經濟工作與服務於人民經濟生活等方面發揮了巨大的作用。

　　然而，當前的一些經濟新聞報導還不太適應形勢發展與人民生活的需要，主要問題在於：缺乏宏觀經濟分析，視野狹隘，思路不廣，就經濟寫經濟，就生產寫生產，不善於抓經濟領域中的熱點、難點問題，有些經濟新聞「外行看不懂，內行不願看」；在報導形式上，相當一部分經濟新聞採用政策語言、時行語言加上一大堆成績資料的辦法，呆板枯燥，可讀性差。

　　有關經濟新聞改革的討論，各地都已進行了多年；有關論文在各種新聞學術刊物上比比皆是。筆者以為，最根本的問題是：從事經濟新聞報導的新聞工作者要樹立宏觀經濟的意識，確立社會主義條件下的市場經濟頭腦，敢於並善於抓住經濟領域內的「熱點」、「難點」問題，才能使經濟新聞報導有重大突破，取得更佳宣傳與傳播效果。

1. 確立市場經濟的宏觀意識

　　社會主義市場經濟在逐步建立的過程中，已經把整個社會的經濟運行機制和領域聯成一體。因此，從事經濟新聞報導的新聞工作者一定要確立宏觀經濟意識，在報導具體的經濟資訊與經濟工作的同時，不要忘了報導宏觀經濟並進行宏觀分析。

　　《上海證券報》是一張主要報導金融證券市場信息為主的報紙，該報的領導與記者卻富有宏觀經濟意識與創新開拓精神。1995 年 6 月 6 日至 8 月 8 日，該報社組織「大陸經濟長江行」大型採訪活動。從長江源頭青藏高原出發，途經九個省、自治區、直轄市，最後抵達上海浦東，對長江沿岸地區經濟、金融證券市場發展的總體狀況、股份制改革試點和現代企業制度試點工作的開展情況，進行了全方位、多角度的報導。兩個月中，採訪團行程兩萬餘里，發稿 150 多篇，共 20 多萬字，系統全面地展示了整個長江流域經濟騰飛的新態勢與宏觀經濟資訊。例如四川省股份制企業總數占全國第一；武漢市將成為全國又一個金融中心；「80 年代看廣東，90 年代看山東，2000 看浦東，2010 看安徽」等等，充分展示了整個長江流域宏觀經濟運行的現狀與趨向，為廣大

證券市場投資者、企業工作者和所有關心大陸經濟發展的讀者所普遍關注。「大陸經濟長江行」大型採訪活動最成功的經驗就在於此。

江澤民同志在党的十四大報告中指出，當前首要任務是「圍繞社會主義市場經濟體制的建立，加快經濟改革步伐」。這個「市場」包括經營機制的變革，涉及生產資料市場、金融市場、技術市場、勞務市場、資訊市場、房地產市場等，而我們多少年來只看到日用商品的銷售市場，因此眼界不寬、思路狹窄。市場是經濟活動的「總樞紐」和社會全體成員的「總神經」，市場的每個小變化都會牽動社會每個成員的神經。新聞工作者要確立市場經濟頭腦，注意經濟宣傳以市場為出發點與歸宿點，從生產、業務的圈子裏跳出來，走向社會生活，貼近基層群眾。

上海原《新聞報》是一張綜合性的經濟報紙，1991 年 6 月 29 日發了一篇報導《「幸子」們的渴望》，這是一篇講述患白血病的兒童在死亡線上受煎熬的催人淚下的通訊。有人說：經濟記者怎麼跳到醫療衛生戰線去了？一張經濟報紙怎麼發社會新聞？然而，恰恰是《新聞報》記者富有市場經濟頭腦，他從兒童患者著手，提出了一個大病兒童的社會保障問題，落實到了人民保險業務，社會反響極大，引起了上海市保險公司和上海市人大常委會的關注。而社會保障制度的改革也是經濟改革的一個方面，經濟記者若沒有市場經濟頭腦，不善於動腦筋，是抓不住這類深層次的問題的。

2. 敢於抓「熱點」「難點」問題，善於作典型報導

經濟領域內的「熱點」、「難點」問題，大多體現了生

產關係與生產力、上層建築與經濟基礎之間的某方面矛盾；當前要改革大陸生產關係和上層建築中那些妨礙四個現代化的部分，掃除一切不利於「四化」的舊習慣勢力，這是重點。經濟新聞抓准了這方面的矛盾，提高報導思想性、針對性問題也就好解決了。而優秀的經濟新聞，總是針對經濟工作與經濟生活中出現的傾向問題，運用典型去給予有力的回答。

　　1984 年大陸農業獲得大豐收，一些農村幹部與農民以為農業已過關，加之這幾年農村經濟大發展，務工務商農民與務農農民的經濟收入的差距拉大，農業生產降到「小三子」的地位，所謂「一貿二工三農」，「農業為基礎」的觀念淡薄了。上海市嘉定縣（後改為區）領導保持清醒的頭腦，早在 1985 年上半年就適時地提出：經濟要上，工業要發展，農業這個基礎一定要打好，糧食生產絲毫不能放鬆；並採取了一系列加強農業的措施。《解放日報》在 1985 年 7 月 26 日頭版頭條地位發了新聞《端正指導思想　總攬經濟全局　嘉定展現農副工協調發展新勢頭》。編輯還在同版配以評論員文章《還是要有農業為基礎的觀念》。這是一組指導性、可讀性都很強的新聞，在全國也是較早的。嘉定縣（區）的經驗後來在上海市郊區得到了推廣。這組經濟新聞所體現的思想，符合後來在同年 9 月召開的全國黨代表會議上陳雲同志的指示精神。陳雲同志說：現在的問題是「無工不富」的聲音大大超過了「無農不穩」，而「無糧要亂」。這從一個側面看出，《解放日報》的這組經濟新聞從宏觀上對農村形勢的觀察和分析很中肯，具有普遍指導意義，發表是及時的，因而在社會上、尤其對農村產生了積極的強烈的反響。

　　要抓准經濟領域內的「熱點」、「難點」問題，新聞工作者必須正視經濟領域內的種種矛盾，特別是市場經濟條件下經營機制轉變過程中的種種矛盾，並實事求是地分析解決。1992 年 6 月 15 日《人民日報》轉發了《遼寧日報》新聞《養豬大戶的轉軌陣痛》，講的是：大連市旅順口區第一養豬大戶王新滿，作為「一心奔社會主義」的新農民，前三年內將一萬多頭肥豬全部按計劃賣給國家，可是經營機制由計劃經濟向市場經濟轉軌以後，如今卻有 800 頭肥豬滯圈，積壓資金近 30 萬元。王新滿面臨困境，束手無策。新聞最後寫道「請問當地有關部門」：「生豬市場逐步放開以後，你們有沒有責任引導、幫助農民較為順利地走向市場？難道我們能翻臉不認像王新滿這樣的幾十年來『黨叫幹啥就幹啥』，而今被猛然推向市場，難免茫然失措的可敬可愛的農民兄弟嗎？」

　　這篇經濟新聞被評為全國好新聞一等獎，它抓的問題有一定的普遍性，分析說理也較透闢，無論對實際工作的推動，還是對讀者思想的啟迪，都有現實指導意義。據遼寧日報社的同志告知，此文刊登以後，一些國營肉食加工廠、個體販運戶主動與王新滿聯繫，表示願意收購他的肥豬。問題最後還是妥善解決了。像這類反映生產力與生產關係矛盾的經濟新聞，一定要抓准並能解決問題，針對性、指導性、可讀性都較強，其社會反響是很大的。

3. 注意開拓新角度，不斷擴大經濟新聞報導面

　　經濟資訊的傳播與交流要準確、迅速，加強橫向聯繫是關鍵。經濟新聞報導也要注意從橫向聯繫上進一步開拓新角

度、擴大報導面，不斷增加資訊量與提高報導質量。

社會主義經濟包括生產、流通、消費、分配四個領域，然而，經濟新聞在報導具體經濟工作時，往往容易就生產談生產，與其他三個領域很少聯繫。因此，經濟新聞報導唱「四季歌」的多：報導農業「春耕、夏管、秋收、冬藏」；報導工業「年初開門紅，年中雙（指產量、產值兩方面）過半，十月加油幹，年底雙增收」等。還有的報導經濟工作多，報導經濟生活少；從領導角度報導多，從群眾角度報導少。因此，經濟新聞要進一步開拓新角度，不斷擴大報導面。

就生產領域談生產成績，往往顯得數位堆砌，枯燥乏味，缺乏生氣；而如果從分配、消費等領域來談生產成績，效果就大不相同。記得全國好新聞《水缸變油缸》，寫的是河北省廊坊市官地村，過去缺油少糧，孩子們吃不上炸油餅；現在因油菜籽大豐收後整桶的食油運進來，一時措手不及，只能把水缸掏盡後盛食油，炸油餅便成了家常便飯。這篇新聞不是單純寫大豐收，而是從農民分配時「水缸變油缸」的事實中引出富足與歡悅，富有農村特色與生活氣息，增強了可讀性。

經濟新聞寫作上如何改進，新聞改革的實踐已作了明確回答：經濟新聞要見事又見人，適當穿插人物的經濟活動；經濟新聞導語要尋找新聞根據，表現手法要新穎；經濟新聞要適當增加歷史背景和知識背景，充分發揮新聞背景說明解釋、深化主題的作用；經濟新聞運用數位可採用「換算法」，即將數位換算成一種與人民群眾生活有關的講法，使之通俗、接近。例如大陸自行車生產已過剩，全國年生產量超

4000 萬輛，即「平均每『滴答』一秒不到，就有一輛新自行車出廠」，這就簡潔、明瞭、易記。此外，經濟新聞寫作還可採用典型的群眾語彙，運用比喻、雙關、擬人化等修辭手法。這些問題，老生常談，不再論述。

（二）聚焦經濟報導的欄目構成

進入 21 世紀，隨著經濟改革的深化，報社、電臺、電視臺都很重視經濟報導，都在擴大報導面、增加信息量、提高資訊質等方面下了大功夫，取得了不少成功的經驗。然而在大眾傳播要求「分眾化」傳播，不同層次的受眾要求有不同的經濟資訊服務的情況下，經濟報導的欄目構成應特別講究。

過去在計劃經濟的條件下，經濟報導往往以條塊分工，形成經濟報導欄目構成比較僵化：農業新聞、工業新聞、財貿新聞、交通運輸新聞等。這也是導致經濟報導重生產、輕消費，重經濟工作、輕經濟生活，重領導角度、輕社會角度，重產量、輕效益，重計劃、輕市場等一系列傾向問題的重要原因。在社會主義市場經濟條件下，在深化改革、擴大開放的年代，從事經濟報導的新聞工作者首先思想解放、觀念更新，視野也開闊了。經濟報導的領域也拓展了。社會主義的市場是個「大市場」概念，是經濟資訊的源頭，而經濟資訊也是資源，也是財富，要很好地開發。這個市場，包括生產資料市場、消費品市場、外貿市場、金融股票市場、房地產市場、人才市場、資訊產業市場等等。因而，按照市場分類的經濟報導的專版、專欄如雨後春筍、層出不窮。同時，從

報導角度看，不僅從生產，而且從流通、消費、分配各個層面；不僅從工作，而且從社會生活角度作為報導突破口的經濟報導豐富多彩起來。這樣做，無疑是重大的進步。

如何使經濟報導進一步滿足不同層次的受眾需求，特別在普遍滿足人們的經濟資訊需求的情況下，如何加強對宏觀經濟與中觀經濟的分析，為領導提供經濟工作決策參考，為廣大消費者開拓經濟視野，從而更理性地消費。經濟報導的欄目構成應重新組合，不僅從形態上、更應從內涵上作如下分類：

1.動態型的經濟新聞。它大多為一事一報、簡潔明快的短新聞或簡訊，特別是涉及人們衣、食、住、行的消費資訊，為人們普遍關注。這也是經濟新聞為人們進行資訊服務的重要內容。不要以為這類動態型的經濟新聞是「淺層次的」，一方面這類動態經濟資訊大多與國計民生相關，另一方面確實也有一些動態經濟資訊傳播價值很大。例如：上海人民廣播電臺 1998 年 4 月 8 日播報的《寶鋼取消年度產量指標和「超產獎」》，揭示了「寶鋼」管理體制上的變化，從「粗放型」管理向「集約型」管理轉軌，對人們的觀念轉變也起震撼作用；上海電視臺 1999 年 8 月 12 日播報的新聞《國產乳業坐失良機　進口奶粉捲土重來》，這則新聞報導了這樣一個事實：

1999 年 6 月 8 日，大陸衛生部對涉嫌受二惡英污染的歐洲四國奶粉實行禁銷，這一突如其來的事件為國內乳品業與進口奶粉競爭帶來了市場良機，然而大陸乳品業卻因反應遲緩，沒能及時搶佔市場，坐失良機。

　　這篇經濟新聞抓住典型事實，提出了面對國際品牌進入國內，上海的國有企業產品如何提高競爭力的大問題。此新聞後經中央電視臺播出，產生了廣泛良好的社會效果。

　　2.綜合型的經濟新聞。它要求點面結合，反映某個經濟領域或經濟問題的全局，讓受眾在中觀、宏觀上認清經濟形勢或工作大局，對領導或白領階層的工作有指導作用，對普通群眾也有提高認識的啟迪作用。如 2000 年 2 月 12 日《文匯報》「文彙財經」欄目的綜合新聞《新春近 40 家企業加班生產　上海紡織業復蘇勢頭猛》，導語振奮人心：

　　「苦」了近十年的上海紡織業，龍年要「苦出頭」了。十年來沒有在春節加班的上海紡織業，今年春節有近 40 家企業在年初一至年初五期間加班。「隆隆」的機聲，讓人精神為之一振：新年伊始，上海紡織業正在呈現強勁復蘇的勢頭。

　　綜合新聞回顧了上海紡織業連續八年戰略重組的歷程，使人們看到了國務院確定的「紡織業突破口」戰略目標的英明；綜合新聞分析了由於棉花價格下降、出口退稅增加、外部環境「變暖」等因素，不僅上海紡織業、而且全國紡織品市場都出現復蘇的迹象。在千禧龍年來臨之際，新聞給關心紡織業前景的讀者以極大的激勵。

　　3.「兩棲型」的經濟新聞。這是經濟新聞與社會新聞、科技新聞、文教新聞等的交叉。上海的新聞媒體曾報導過《鑽石牌手錶經得起油炸》、《科研所的成果轉化生產力難》、《銀行主動為高校貧困生發放貸學金》等等，都是此類新聞，而且往往穿插有人物的活動與生動的故事，因此也稱為

形象型的經濟新聞。這類經濟新聞若採用現場報導方式與「白描」手法，往往生動活潑，一掃傳統經濟新聞「空道理加數據」的枯燥乏味的腔調，而代之以清新明快的文風。

4.思辨型的經濟新聞。這實際上是用深度報導的形式來報導重大的經濟事件或經濟問題，往往採用連續報導或系列報導的方式。這類深度報導在分析研究國內外重大經濟事件與經濟問題，提出建設性的意見建議，警示整個社會，並給有關決策機構與領導階層提供參考等方面起著重大作用。

這方面的成功範例要數《經濟日報》在 1999 年 3 月 29 日推出的「給大商場熱降溫」專欄，該報連續發表了《「大商場熱」該降降溫了》、《鄭州大商場　冷冷清清為哪般》、《北京大商場　幾多歡喜幾多愁》、《上海大商場熱過頭了　百年南京路帶頭降溫》等工作通訊，分別從「大商場熱」產生的原因、背景、現狀、解決方法等方面進行全方位、多角度的剖析，最後還介紹了上海、天津、大連、武漢等城市給「大商場熱」降溫的一些好措施以及法國、英國、韓國、德國通過法律限制大商場，政府控制重複建設的經驗。大陸的「大商場熱」是重複建設、浪費資源的一個典型，對其進行全方位、多角度剖析，舉一反三，引起領導與社會各界的廣泛關注，無論從改進經濟工作還是讓讀者接受啟發教育，意義都十分深遠。

同樣較為成功的深度報導還有如上海電視臺與上海電臺合作，在 1999 年 9 月下旬《新聞透視》欄目中連續播出的《國企改革系列透視》，將上海國有企業改革中最為成功的經驗，諸如對如何發現市場、抓住機遇，如何加強內部科

學管理，如何形成並大力構建激勵約束機制等國企改革攻堅階段的主要問題逐一加以透視，取得較高的收視率，獲得良好的社會反響。

從經濟報導的欄目構成看，這四類經濟新聞缺一不可。然而，從實際經濟工作與經濟生活看，當前受眾最需要的還是第二類、第四類經濟新聞。從記者通訊員從事經濟報導工作的實際看，他們往往容易關注與采寫到的是第一類與第三類經濟新聞，容易忽視與不易采寫到的是第二類與第四類經濟新聞。因此有必要呼籲並大力提倡記者通訊員多采寫綜合型、思辨型的經濟新聞。

從改進經濟報導工作的角度講，要求從事經濟報導的新聞工作者多關注經濟工作與經濟生活中的「熱點」、「難點」問題，尤其多關注經濟領域中漸變的、不易覺察的、卻是反映了生產關係與生產力之間關係變化的問題。這裏尤有必要提倡加強調查研究。

20 世紀 90 年代初，大陸有學者提出運用「精確新聞」來改進經濟報導，以便給公眾一個「量化的真實」。本人不同意「精確新聞」這種提法，因為新聞報導事實，只能「準確」，無法「精確」；卻完全贊同給公眾「量化的真實」的做法。

「精確新聞」這個概念首先由英國騎士報團記者梅耶在 1967 年提出來的，其大意是運用概率論和數理統計學的調查、實驗、資料統計方法，來搜集材料，驗證事實及其真相，並以新聞報導形式加以公佈。這種報導方式 20 世紀 70 年代起風行於美國的大眾傳媒，90 年代後在大陸北京、上海的

一些傳媒上出現，尤其以《北京青年報》的「公眾調查」版、上海《文匯報》的「市場與消費」欄目最為突出。

例如 1998 年 3 月 25 日大陸中央銀行宣佈第四次降低利息後，《文匯報》「WJ 新聞調查網」在第一時間內抽樣調查了上海 220 戶家庭，並進行新聞分析《逾九成家庭不打算取出存款　三成多市民投資仍首選儲蓄》（載上海《文匯報》1998 年 3 月 26 日第 1 版），其中一些分析可供決策部門參考，也供廣大市民知曉：

「這次降息是一次微調，因而居民儲蓄的實際收益未受到影響，這也是 33.62% 的家庭仍將儲蓄作為首先投資方向的原因⋯⋯而 97.12% 的家庭沒有取存款消費的打算，意味著消費品市場轉旺的契機還未來臨。值得注意的是，在投資方向的選擇中，投向證券市場（含國債、股票、基金）的達 50.87%，已超過儲蓄 16 個百分點，表明居民金融資產的結構正在大幅度的調整。」

這種量化報導方式方法是把社會學、統計學、心理學等學科的理論與調查方法引入了經濟新聞報導領域中，其中抽樣調查統計方法是最被廣泛運用的手段。這就在我們傳統的典型調查研究的基礎上，增加了量化分析與廣泛抽樣調研的方法，使我們的調查研究更加合理與科學。

要進一步改進經濟新聞報導，還須克服經濟報導「見物不見事，見事不見人」的弊病。這是個老生常談的問題，按理說，經濟工作與經濟生活都離不開人的活動，為什麼報導中缺乏具體事情與人物活動，說到底還是採訪作風不深入。特別是電視經濟新聞欄目，如果沒有展示人物的經濟活動，

圖像傳播的優勢就蕩然無存了。最近翻閱一些學術雜誌，發現遼寧北方電視臺慈立光、紀忠慧兩位元的論文《電視經濟專題節目初探》（原載《電視研究》1999 年第 9 期）認為：「只有在關注和展示某種經濟生活、經濟現象的同時，展示出人的某種心理過程、折射出人的某種精神狀態，電視經濟節目才真正有了文化上的內涵。……而人類一切文化活動的最高境界和最終目的是體現人文關懷，以推動人類社會的發展。」正是警句。

（三）多用深度報導反映重大經濟問題

當前大陸正面臨著健全社會主義市場經濟體制、深化改革開放的新形勢，經濟領域內的新事物、新問題層出不窮，需要新聞媒體及時作出準確的科學的解釋與回答。一些複雜的重大的經濟問題，光靠經濟新聞增加資訊量已無法解答，必須在深度報導方面下功夫。

本書第一編中已有專論，深度報導是一種題材重大、報導面寬廣、深刻透視新聞事件或重大問題、全息組合、富有理性思辨的一種報導方式。

深度報導在大陸 20 世紀 80 年代中後期一經崛起，就較多地用來透視重大經濟問題，並取得了成功：

1987 年全國好新聞評比中獲得特等獎的《關廣梅現象》，圍繞租賃企業究竟是社會主義的、還是資本主義的這樣一個政治上敏感的問題，在《經濟日報》上連續公開討論，引起了國內外普遍關注，也解決了一些人的疑慮問題。

1988 年春天，湧現出一批高質量的反映重大經濟問題

的深度報導，如《關於物價的通信》（新華社北京 1988 年
1 月 12 日電）、《步鑫生沈浮錄》（新華社杭州 1988 年 1
月 15 日電）、《用商品經濟目光透視》（載 1988 年 2 月
15 日《人民日報》）、《上海在反思中奮起》（載 1988 年
2 月 25 日《人民日報》）等。

　　這批深度報導，題材涉及國計民生中的重大事件和突出
問題，直接影響和關係到群眾的根本利益和切身利益，因而
群眾普遍關注；思想性與政策性都較強，有一定的理論深
度；它們都在揭示事物本質與深化思想認識上下功夫。

　　如《上海在反思中奮起》，研究老工業基地上海如何振
興、如何改革開放的典型問題，放在全國一盤棋的全局中「反
思」，予以深化認識：過去 30 年，上海為全國提供財力整
整 4257 億元，蟬聯全國各省國民收入「冠軍」30 餘年，然
而近兩年（指 1986、87 年）財政收入「滑坡」，屈居江蘇
之後；外貿出口的「頭把交椅」也易主於廣東。再將上海市
與鄰近省市作分析性對比：「1978 年上海郊縣鄉鎮工業總
產值分別高出蘇州、無錫 40%以上，而到 1987 年，蘇州、
無錫的工業總產值卻反超上海郊區幾十個億。」「一個與日
商合資開工廠專案，上海在層層報批中延誤時機，福建省一
家企業後發制人，移花接木，幾個月就投產受益。」這一系
列綜合分析的材料充分表明：上海要振興，除了要克服不必
諱言的種種客觀困難以外，精神狀態的改觀、心理狀態的超
越尤為重要。以精明幹練著稱的上海人，再也不能幹自己管
死自己的傻事了。報導顯得鞭辟入裏，精粹深刻。

　　深度報導題材的重要性、事件（事實）的典型性、事態的連續性、此事物與他事物的關聯性，決定了它往往需要用長篇報導或多篇報導（組合報導、系列報導、連續報導、問題討論等）進行追蹤剖析。例如 1988 年初，上海需要「在反思中奮起」，那麼 1992 年後的上海怎麼樣了？深度報導《上海大跨越》（新華社記者吳複民、陳雅妮，新華社上海 1993 年 1 自 20 日電）作了有力的回答。《上海大跨越》正是《上海在反思中奮起》的續篇，它綜述了上海 1992 年的超常規、大跨度、跳躍式的發展：「1992 年，用於城市建設的投資達 150 億元，投資比重由七五期間的 35%提高到63%。」「在上海的產業戰略中，第一次出現了『三、二、一』的排列，第三產業優先發展，其投資比重高出全國 12 個百分點……使上海成為物流、商品流、資金流、資訊流、人才流的『五流』中心。」「浦東開發的大框架日益顯示出應有的宏偉。」「上海的金融業 1992 年出現證券、外匯、拆借、貼現、保險、信託六大市場並駕齊驅、全面興旺的勢頭……均在全國同行業遙遙領先。」這篇深度報導深刻反映了上海從共和國經濟的「長子」轉變成共和國騰飛的「龍頭」後的宏圖大志與非同凡響，令讀者欣喜、激奮與深思。

　　當然，深度報導除了反映上述重大的全局性的綜合性的經濟問題外，也可以反映重大的專題性的經濟問題，如上海《解放日報》曾用深度報導反映蘇州河的治汙工程《黑色的淚》（載 1989 年 1 月 20 日《解放日報》）；《人民日報》有關房改的深度報導《從疲軟說到房改》（見 1990 年 11 月 10、17 日《人民日報》）等。

　　近幾年來，一些全國性的經濟報刊如《經濟日報》、《大陸經營報》、《經濟觀察報》、《21 世紀經濟報導》等，在運用深度報導透視重大經濟事件、解釋重大經濟問題、為國計民生獻計獻策方面都有重大突破與進展。如《經濟觀察報》在「非典」（SARS）瘟疫肆虐時，就大膽地科學地預測它對大陸經濟的影響。在 2003 年 6 月 2 日《經濟觀察報》的 B4 版上，發表了由高輝清等撰寫的深度報導《SARS：不可輕視的經濟損失》，報導綜合分析了大量材料後得出：SARS 對消費的影響將使大陸全年 GDP 增長放慢 0.5 個百分點；投資對全年 GDP 的貢獻減少 0.33 個百分點，外資減少約 60 億美元；二季度 SARS 使得外貿訂單減少 200 億美元。報導最後指出「兩個前景」：第一種是國家能有效控制 SARS，大部分外貿損失可以彌補，全國 GDP 的受損程度最低只在 0.8 個百分點，全年 GDP 的增長幅度依然將在 8% 左右；第二種是控制不力，SARS 影響到年底，使國家整個經濟實際下跌 3-5 個百分點，國民經濟將陷於穀底。當然，實際情況是第一種前景。但這種宏觀的前瞻性的經濟分析與科學預測在當時是非常必要的，真正起著「社會環境的監測器」、「社會穩定的穩壓器」、「社會進步的推進器」的巨大作用。

　　筆者提倡多用深度報導反映重大經濟問題，這是基於幾方面的需要：改革開放時代的需要，受眾的需要，新聞競爭的需要，加強經濟報導思想性、指導性的需要，提高經濟資訊服務質量的需要，再有是鍛煉新聞工作者隊伍的需要。因為深度報導首先要求新聞工作者深入採訪，從事艱苦的思維

活動，抓典型，明全局，挖本質，掌握深層資訊，富有理性認識等，這就必然要求加強新聞工作者隊伍建設。

另有三點說明：

1.深度報導是一種報導方式，不是一種新聞體裁。有的同志認為，短新聞也可以成為深度報導。這是認識上的一個失誤，一方面把新聞體裁與報導方式混淆了；另一方面把深度報導與「有一定思想深度的報導」混淆了。短新聞也可以寫出一定的思想深度來，但不可能單篇就成為「深度報導」，因為它無法在三、五百字內對某一重大新聞事件或社會問題予以縱貫橫連、全息組合、全方位、多角度地報導、分析透視並進行理性思辨。

2.深度報導與動態新聞、綜合新聞、述評新聞等報導形式是相輔相成的。提倡用深度報導反映重大經濟問題，並不排斥多報導經濟動態、面上經濟狀況及其種種微觀經濟問題等。報導形式可「百花齊放」，多種報導方式應相互配合，相得益彰。

3.多用深度報導反映重大經濟問題，同時也可多用深度報導反映精神文明建設問題，這又是相輔相成的。記得 1990 年 3 月《湖南日報》曾連續發表「來自雷鋒故鄉望城縣的報告」——《雷鋒家鄉「雷鋒」多》、《民兵學雷鋒的帶頭人》、《不僅僅在春天》、《用雷鋒精神育人》等，這組深度報導在弘揚雷鋒精神方面產生過很好的社會效果。

二、社會新聞的改革

什麼是社會新聞？歷來眾說紛紜。

余家宏教授等編著的《新聞學詞典》稱：「社會新聞是反映當前社會生活、社會問題、社會風氣的報導。有廣泛的社會興趣，並以社會道德倫理為基礎。寫作上富於人情味，講究趣味性。」③

原《解放日報》總編陳念雲認為：「社會新聞跟政治、經濟、文教等新聞有聯繫，但有它自己的特點。它所反映的是社會風貌、社會生活，報導的是社會動態、社會事件，提供給讀者思考和研究的是社會趨向、社會問題。所認，社會新聞應該是屬於社會風貌、社會生活、社會動態、社會事件、社會趨向、社會問題這樣一些方面的報導。從某種意義上講，社會新聞所涉及的範圍，就是社會科學中社會學研究的範圍。」④

筆者同意上述見解，試簡化為：社會新聞是以道德倫理、人際關係為重點，涉及社會風尚、社會事件、社會問題與某些奇聞怪事的報導。

大陸改革開放以來，在社會新聞方面，無論是思想認識、還是報導方法都發生了一系列變革：

（一）為「社會新聞」正名

在改革開放以前，大陸新聞報導中社會新聞很少，特別是事故性的社會新聞更罕見。報紙、廣播都很少涉及陰暗面，怕說成是「給社會主義制度抹黑」，因而採取回避社會事件、社會問題的做法。還有的是新聞變「舊聞」、反面文

章正面做。例如某地農村頭年遭受嚴重洪澇災害，新聞媒體不發消息；第二年該農村通過艱苦奮鬥，重建家園，並奪取農業豐收。我們的大眾媒體才予以報導，重點在後面，而去年的災情只作背景鋪墊，幾筆帶過。幾位救火英雄犧牲了，當時的森林火災不能報導；待數月後，救火英雄被追認為「烈士」並開「慶功會」，這時才能報導，叫做「大火燒出了共產主義凱歌」。林彪、「四人幫」的極左路線橫行時，社會新聞乾脆被批判為「資產階級人性論」，采寫社會新聞的優秀記者遭批鬥，社會新聞也被貶入冷宮。

粉碎「四人幫」、特別是黨的十一屆三中全會以後，解放思想、實事求是的思想路線得到貫徹，社會新聞得以提倡並發展，一些報導禁區得以衝破。

1979 年 8 月 11 日早晨，上海的一輛 26 路無軌電車在淮海中路翻了車，26 個乘客受傷。

12 日《解放日報》在頭版發了消息《一輛二十六路無軌電車翻車》，還配了照片，這條新聞還在 1980 年全國好新聞評比中獲了獎。

這則新聞在當時發表是很不容易的。據說當時有幾家新聞單位獲此消息，只有《解放日報》敢於發表。因為過去這類事故性社會新聞是不准報導的，特別是報導重大事故，就有「醜化社會主義制度」、「誣衊大好形勢」之嫌；而報喜不報憂似乎成了宣傳報導的定律。所以《解放日報》這次重大突破，是解放思想、實事求是、衝破禁區、開拓創新的舉動。

這則新聞給了我們啟示：嚴重事故是壞事，但一篇寫得好的、報導嚴重事故的新聞，卻是讀者歡迎的好新聞。

　　重大災害性事故如何報導？會不會有副作用？這篇報導提供了富有說服力的例證，只要立場觀點正確，講究報導的角度與技巧，報導重大事故只會起到教育群眾、防止類似事故的好作用，而不會或很少有副作用。這篇新聞報導了由於事故造成了 26 人受傷、其中 4 人重傷、車輛嚴重損壞等嚴重後果，但指出這是「上海解放 30 年來罕見的」；報導事實上辟了「翻車死人」、「駕駛員酒後駕車」等謠傳，穩定了人心；新聞不僅報導了初步獲悉的事故發生的原因是駕駛員是新手、開車時車速過快，而且報導了事故發生後市公安局、公用事業局、公交公司等部門領導和同事們的救援行動，體現了有關領導的良好作風與上海城市較強的應急救援能力。8 月 31 日《解放日報》作了連續報導，告知市民有關事故的最後處理情況。有關領導也表示要認真吸取教訓，加強安全措施。這就從一個側面反映了有關幹部、群眾良好的工作作風與精神面貌。《解放日報》社記者在事故發生後馬上趕赴現場採訪，保證了現場新聞與圖片新聞在第二天見報，讀者也讚揚了記者這種對人民負責和深入現場、深入群眾的好作風。

　　正是由《人民日報》、《解放日報》等黨報的倡導，社會新聞才能在大陸新聞報導領域中風起雲湧般普及，並且成為晚報、都市報新聞報導中的主打產品。

（二）拓展社會新聞的報導面

　　社會新聞的題材十分廣泛，新聞報導改革的實踐表明：努力採擷社會新聞題材，對於擴大新聞報導面、豐富人民的

精神生活，也是十分重要的。社會新聞的題材範圍大致有以下六個方面：

1.表彰型。反映社會主義的新道德新風尚新氣象，也即表揚好人好事，側重反映社會主義條件下同志之間的新型人際關係。這方面是弘揚我們社會的主旋律的，如拾金不昧、救人急難、見義勇為、助人為樂、樂善好施、扶危濟困等等。隨手翻閱《新民晚報》，隨時可見表彰型的社會新聞，如2003 年 7 月 27 日《新民晚報》頭版報導《火海裏抱人飛身而出　三消防戰士解救輕生少年光榮負傷》，還配有醫生治療重傷的消防戰士的照片以及記者對受傷消防戰士的專訪；7 月 28 日《新民晚報》第 6 版報導《深夜上百市民聚血站──昆山市全力搶救一「外來妹」產婦見聞》都是十分感人的。表彰型的社會新聞在大陸的報紙、廣播、電視新聞中比例是大量的。

2.批評型。揭露、批評社會生活中的壞人壞事和不良傾向。這是與前一種社會新聞相輔相成，將弘揚真、善、美與貶斥假、惡、醜相配合，更好地發揮社會新聞的輿論監督作用。大眾媒介除了經常揭露批判一些大毒梟、大「蛀蟲」（貪官污吏）、大刑事犯罪分子的罪惡外，還批評一種人民內部的不良的風氣、習俗與行為，如《新民晚報》設有「薔薇花下」專欄，專門批評種種損人利己、損公肥私（屬貪占小便宜）、不遵守社會規則與違背公共道德等不良行為，採用幽默諷刺筆法，還配以漫畫，批評對事不對人（真實姓名隱去），起到很好的移風易俗、純潔心靈的教育作用。

　　也有的社會新聞既有表彰，同時有批評，如 2003 年 7 月 24 日《新民晚報》社會新聞《四次救過六人──中遠兩灣城救人英雄周扣雷的幕後故事》，在表彰送水工周扣雷跳水救人的先進事迹的同時，對袖手旁觀、無動於衷的「看客」們也進行了無情的揭露、批評。

　　3.事件型。報導突發的社會事件──天災人禍，主要報導抗災救災，也往往反映出突發事件面前的社會眾生相。例如 2003 年春天大陸許多城市抗擊「非典」（SARS）災害的鬥爭，春夏之交淮河流域抗洪救災的鬥爭，其中有大量事件型的社會新聞故事。事件型社會新聞也有報導人間悲劇與司法案件的。如 1996 年 9 月 11 日在上海楊浦區工農新村，一女工楊玉霞為了報復分手的情人、有婦之夫徐國初，竟用濃硫酸先後澆向徐國初的 9 歲女兒徐麗娟、徐國初的妻子顧夏萍，毀了兩個人的容貌，這就是震驚全國的「楊玉霞毀容案」。此案經上海第二中級人民法院公開審理判決，全國各地的各類新聞媒體都予以跟蹤報導，直至 12 月 10 日楊玉霞被搶決為止。

　　4.探討型。探討社會動向與社會問題。例如婚喪喜事中的大操大辦、鋪張浪費問題、青少年的「網癮」問題、大中學生中出現賭博現象問題、農村老人缺乏照顧甚至無人贍養問題、「高價姑娘」問題、大齡女青年找物件難問題、上海青年夫婦離婚案增多問題、「婚姻介紹所」不景氣問題、有心理問題的青年人增多問題等等，都是探討型社會新聞的題材內容，及時報導能引起有關方面採取措施，促使整個社會的移風易俗與社會風氣好轉，提高整個社會的精神文明程度。

5.奇聞怪事型。報導奇異的社會現象與自然現象。例如，遼寧省一農婦生了毛孩，喜瑪拉雅山發現雪人，湖北省大神農架山區發現野人蹤迹，無錫市天空掉下宇宙冰，廣州市夜空出現飛蝶（UFO），還有寒冬臘月響驚雷，三伏盛夏落冰雹等等，都為群眾普遍關注。這些奇聞怪事，大多需用科學知識予以解釋，即使不能解釋，也要據實寫來，不可宣揚封建迷信與神秘色彩。

6.「兩棲型」。這類社會新聞從內容看，既是社會新聞，又涉及思想政治、經濟、科技、文教等新聞領域。例如，揭露某大學生參與詐騙賭博活動、被公安局拘捕，這既是社會新聞，又是政法、文教新聞；報導不知單位元的運輸車將成箱的棉織品散落在馬路上，有好心人將棉織品收集交至公安警署，而沒人來招領，這既是社會新聞，又是經濟新聞；報導足球場上球迷打架鬧事，既是社會新聞，又是體育新聞，等等。

綜上所述，社會新聞反映當前社會生活的範圍是十分廣泛的，可謂多元化、多層次、多側面、多角度，因此改革開放以來，社會新聞迅猛發展，成為報紙、廣播、電視、新聞網站擴大報導面、增加資訊量、貼近生活貼近群眾的重要手段，取得了上佳的傳播效果。

（三）社會新聞的特點與改進報導的措施

前面已述社會新聞的定義、內涵與報導題材範圍，它的特點是什麼？究竟與一般的政法、經濟、文教、科技、外事等新聞有什麼不同？下面試分析一篇上海市公安局新聞科

推薦的 2003 年第二季度的局紅旗稿、社會新聞《畸愛使他成為梁上君子》：

畸愛使他成為梁上君子

張　軼　姚麗萍

今年 4 月 13 日下午，涉嫌盜竊的犯罪嫌疑人廖某被盧灣警方抓獲，他接連 5 次對被害人周小姐實施盜竊，目的竟然是為了使周小姐陷入「經濟危機」，然後親自出馬消除危機，既可實現英雄夢，又能找到理想的愛人。可是……

1. 偷竊情形有蹊蹺

4 月 13 日上午，盧灣公安分局接到被害人周小姐報案：家中 1800 元現金、兩隻金戒指和兩條褲子被盜。淮海警署和刑偵支隊的民警立即趕赴案發現場。周小姐家位於底樓，家中的門鎖完好無損，只有一扇玻璃窗被打碎了，如果沒有家門鑰匙，就只能從窗洞爬進去了。窗洞很小，可以斷定，入室實施盜竊的肯定是一個個子矮小的人。但讓人疑惑的是，窗外堆放著很多雜物，而且窗洞的位置比較高，如果要從窗口爬入，攀爬中肯定會碰到窗外堆放的物品。然而那些東西上連灰塵都完好無損，根本沒有被踩動過的痕迹。

偵查員們和社區民警在勘查現場時回憶起，被害人家前不久曾經發生過盜竊案。在詢問了被害人周小姐之後，才意外獲悉這已經是自去年 8 月以來她家的第 5 次遭竊了，有兩次她因為被盜物品價值較小，沒有報案。5 次共被竊 7000 餘元人民幣、3 個金戒指、兩條褲子和一件羊毛衫。

半年多裏，竟然連續被盜 5 次？究竟是誰如此「鍥而不捨」呢？偵查員詳細詢問了每一次被盜的時間和情況，發現有四次被盜均發生在周末。周小姐周末休息，經常會去姐姐家度周末，等她回來，就發現家裏又被偷了。3 月 26 日那一次更是蹊蹺，周小姐僅僅離家兩個小時，就又發生了盜竊案。由此可見，作案人對周小姐的行蹤了如指掌，那一定是熟人作案了。

2. 護花使者嫌疑大

仔細詢問了被害人，一條重要線索跳了出來。周小姐第二次失竊是在去年 12 月底，當時周小姐剛剛購買了一件價值 1050 元的 POLO 羊毛衫，可沒想到還沒有來得及穿就被偷走了，當時作案人只是偷走了羊毛衫，所有的包裝袋都扔在了原地。

周小姐驚恐不安，就把這件事告訴了她的追求者廖某。沒過幾天，廖某就拿了一件 POLO 的羊毛衫送給她，無論是款式、顏色，還是大小，都跟被盜的那一件一模一樣。但周小姐記得自己並未向廖某提起過衣服的款式和顏色。而且，一件十分名貴的羊毛衫，廖某只是放在一個普通的塑膠袋中送給了她，沒有任何的包裝。廖某平常的作派卻並非如此，即便是送一件小禮物，廖某也會包裝得十分考究，為什麼這一次竟會例外？

當時周小姐也曾經有過懷疑，但她認為廖某平時對自己十分照顧，不可能做出這種事情。但這一線索，立即引起了警方的注意。在警方的追問下，周小姐回憶起了一些很重要的細節：一般情況下，廖某要前來探望周之前都會與周通電

話，但是有一次周小姐想外出買點東西，走出門口，竟然發現廖就站在馬路對面，當時她就感到十分意外，覺得廖極有可能是在暗中對自己的行動進行監視。廖經常與周通電話，對周的行蹤十分瞭解，平時周小姐要到姐姐家去住，廖都知道。而且在 3 月 26 日那次失竊前，周還與廖通過電話，廖很清楚地知道，周當晚下班後會與老鄉聚會。

4 月 13 日下午，盧灣警方對廖進行了依法傳喚，並對廖的住所進行了搜查，當場搜獲了周小姐被盜的三隻戒指和兩條褲子。其中的一條 Lee 牌牛仔褲還是 4 月 10 日周小姐過生日時，廖親手送給她的，沒想到 4 月 13 日他又自己親手偷了回去。

3. 只因個矮動歹念

廖某認識周小姐已經五六年了，他很喜歡周小姐，3 年前就向周流露了自己的想法。但是廖某相貌平平，又離過婚，更讓人尷尬的是他總覺得自己個子不夠高大，比周小姐還矮了半個頭。周小姐似乎對此也十分在意，言語中經常流露出希望戀人更高大、強壯的意思。

為了儘快地強壯起來，廖買來了啞鈴、拉力器、杠鈴等健身器材，在工作之餘勤奮鍛煉，身體倒是漸漸強壯起來了。但是個頭上的「差距」總是讓他耿耿於懷。

去年七八月間，廖某發現周小姐有了另外的追求者，立即產生了危機意識。怎麼辦呢？怎麼才能為周做點事，以便鞏固地位，體現自己的重要性呢？

廖自己開了一家美髮美容中心，日常收入也比較可觀，廖也想過用錢來打動周小姐。但是，周有自己的工作，在經

濟上並不拮据，按照周的性格，她決不會平白無故要他的錢。一陣冥思苦想之後，廖認為只有讓周的經濟陷入困境，自己才能名正言順地幫助她，到時候，雪中送炭，別人怎麼能不感動呢？

可「經濟危機」怎麼製造呢？廖某一個念頭跳了出來：偷！於是，有情人廖某溜進周小姐的家，做起了梁上君子。他三次得手後，周的經濟情況終於亮起了紅燈，他適時出手，2000 元錢幫周小姐渡過了難關，而且堅持不要周小姐歸還。他的雪中送炭，終於贏得了周的感激和信任。周小姐雖然嘴上不說，但是對廖的態度好了很多。廖某見狀，更加樂此不疲。

4. 賠了戀人被拘留

4 月 13 日，廖趁著周小姐到姐姐家度周末的空隙，再次企圖潛入周小姐家中行竊，沒想到因為多次被盜周的門鎖已經重新安裝，無法再撬門而入。此時，廖正好看見周的一扇玻璃窗已經有了裂痕，便偷偷從附近的動遷工地搬來了一架竹梯，仗著自己身材矮小，硬是從小小的窗洞中爬了進去。在房間裏，廖某一眼看到一條嶄新的 Lee 牌牛仔褲，那是他送給周小姐的，周很喜歡，還沒來得及穿，廖順手就把褲子也牽走了。原因很簡單，就好象他偷羊毛衫一樣，過一段時間後假稱自己重新買了，再送還給周，還有什麼比這個更能說明自己體貼入微嗎？

可是，自以為運籌帷幄的廖某並不知周小姐對他早有打算。雖然廖的模樣跟周小姐理想的戀人差距不小，一開始周也並沒有把他作為男朋友的人選，但是三年多來，廖的不懈

追求，不能不讓周小姐感動，周最終雖然沒有明確表態，但是心裏早已默認廖是她的男朋友了。周原本在過年後想讓自己在外地的父母到上海來和廖見個面，如果家長沒意見，再向廖表明態度，商定婚期，但這一切打算周小姐都沒有向廖某透露。

沒想到，3月1日、3月26日家中連續被盜，周小姐心煩不已，雙方見面的事情就這樣耽擱下來了。周小姐萬沒想到，小偷竟然是自己準備託付終身的人。

一心要做英雄的廖某也沒想到，以竊取手段非法佔有他人財物的行為已經構成了盜竊。等待他的結果會怎麼樣呢？賠了戀人自己還被刑事拘留！（原載 2003 年 4 月 23 日《新民晚報》）

這篇社會新聞的特點，可以從中看出社會新聞的共同點：

1.社會新聞以反映社會生活中人與人之間的關係為主要內容，不限於某個行業，因而區別於一般直接反映具體行業領域的新近變動資訊的經濟、政法、文教、科技、外事等新聞。

2.社會新聞富有共同興趣性，能引起受眾的普遍關注與興趣。這篇社會新聞反映的是「畸型的戀愛」，其中描寫廖某的變態心理與周小姐的複雜心理非常細膩，富有人情味，且又有警方破案過程，因此可讀性特別強。前面已述社會新聞題材廣泛，涉及道德風尚、戀愛婚姻、家庭問題、鄰里關係、天災人禍、案件偵破與審訊、奇異的社會現象與自然現象等等，大多具備人情味與趣味性。

3.我們倡導社會新聞，目的是弘揚精神文明。無論是宣傳新人新事新氣象，還是揭露批評壞人壞事和不良傾向，都是為了宣傳共產主義精神、社會主義道德情操，宣傳辯證唯物主義和科學知識，促進移風易俗、改造世界。這篇社會新聞是揭醜批醜，從反面教育群眾、尤其對熱戀中的青年，提醒要端正戀愛觀與人生觀；同時反映了上海警方的機智與謀略，也宣傳了法律知識。因此可見，我們的社會新聞與一些資本主義國家誨淫海盜、喧染兇殺恐怖、追求感官刺激的黃色庸俗的社會新聞有著本質的區別。

4.社會新聞大多有故事情節，是對人民群眾進行生動活潑的潛移默化的思想教育的好形式，因而越來越成為加強精神文明建設的重要方面；這與重視經濟新聞報導，加強物質文明建設宣傳，是相互配合、相輔相成的。

社會新聞存在這麼多優點與社會作用，因而在新聞業務改革中越來越受到新聞工作者的重視，已有一系列改進報導的措施，大致有以下方面：

1.講究選材角度與報導角度，力求取材精當，以小見大。

社會新聞題材廣泛，涉及社會生活的各個角落，真是「上窮碧落下黃泉」，全靠記者和通訊員深入基層、深入群眾，廣泛瞭解社會生活實際，同時要講究選材角度與報導角度，善於從浩瀚的社會生活的海洋中選取「一滴水」或「幾滴水」，來映照出我們時代的思想光輝和社會主義新型的人際關係，或揭示出富有教育意義的人生哲理與道德倫理，或傳授某方面的科學知識。有學者稱之為「題小意義大」或「以小見大」。20 世紀五六十年代，有一批優秀的社會新聞，

都具有「題小意義大」的特色。例如，至今在老新聞工作者中傳為美談的《上海把最後兩輛人力車送交博物館》、《「梁山伯」結婚了》、《「寡婦村」變成了幸福村》等，從「最後兩輛人力車送進博物館」，演悲劇的演員結束悲劇命運、有了幸福的家庭生活，一個村莊發生天翻地覆的變化等，體現了社會主義新大陸日新月異的變化，歌頌了社會主義改造和社會主義的新生活。

　　新聞改革的近二十多年來，在「全國好新聞」、「大陸新聞獎」評比中，也湧現出一批「以小見大」的優秀社會新聞：

　　《「光棍堂」引來四隻「金鳳凰」》（1979 年），說的是薊縣一戶曾被錯劃為「地主」成份的農民家庭，父親與四個兒子都是光棍；1979 年春天落實了政策、改為職員成份後，四個兒子都娶了媳婦，由此宣傳了黨的十一屆三中全會的政策英明，黨的實事求是思想路線偉大。

　　《杜蕓蕓將十萬遺產獻國家》（1981 年），說的是蘇州姑娘杜蕓蕓將繼承養母的遺產十余萬元獻給國家，支援國家的四化建設，表達了當代青年的豪情與愛國熱忱。

　　《十五斤牛肉幹成了難題》（1982 年），說的是四川省奉節縣機械廠一名幹部出差到上海，想用 7.5 公斤牛肉幹作為禮品拉關係。他來到上海化工局、農機公司等五六個單位，聯繫工作很順利，而 7.5 公斤牛肉幹卻沒人要，都被婉言謝絕。由此反映了上海一些單位的黨風、幹部作風的好轉。

　　《平民百姓贏了政府機關》（1987 年），說的是醴陵市政府非法扣押個體戶王淑芹的車輛 300 多天，個體戶向株洲市中級人民法院起訴告狀，進行了一場民與官較量的「馬

拉松」官司。最後，人民法院明鏡高懸，醴陵市政府「吃官司」，賠償對方損失 8 萬元。它說明大陸政治體制改革獲得可喜成果，民主與法制建設正在進行之中。

《愛心創奇迹》（1996 年），說的是上海市第二醫科大學附屬第九人民醫院成功醫治湖北九歲女孩吳青的先天性胸骨裂畸型症的故事。東方廣播電臺採用了現場連續報導的方式，聲情並茂地展示了這場罕見的外科手術過程，讚揚了上海醫生的高尚醫德和高超醫術，體現了大陸社會主義大家庭「一方有難，八方支援」的良好人際關係。

《新疆兄弟緊急求援　上海各界伸出援手》（2001 年），說的是 2001 年 12 月 12 日上午，新疆庫爾勒有 12 位同志，因誤食帶菌豆豉中毒，1 人死亡、11 人垂危，東方電視臺記者在接到在滬出差的新疆劉小姐的電話後，馬上與劉小姐一起採取了救援行動。一時間，上海第一醫藥公司、瑞金醫院的醫生、庫房保管員、營業員都行動起來；搶救過這類病人的上海吳涇醫院 64 歲的袁惠英醫生主動請纓，與記者連夜趕往巴州醫院。由於搶救及時，11 名病人轉危為安。但袁醫生卻在歸程中因車禍犧牲。東方電視臺在 12 月 12 日至 16 日共採用七集連續報導，全程掃描了這一社會事件的過程，處處體視了上海是全國人民的上海、祖國是溫暖的社會主義大家庭。記者是黨、政府和人民的「耳目」、「喉舌」的功能，在這事件處理過程中也得到充分體視。

這一批在改革開放年月獲獎的社會新聞，都是題材精巧、主題重大、角度新穎，因而思想影響強烈，能振奮人心，社會效益好。

2. 「有頭有尾有情節，活人活事活道理。」

　　社會新聞既然是以反映人民生活中的相互關係為主要內容，並要求能引起讀者的普遍關注與共同興趣，在采寫中就一定要注意努力挖掘與選擇能動之以情、曉之以理的故事情節。本世紀 60 年代初，上海新聞界前輩、特別是《新民晚報》社的趙超構（林放）先生，就在一次給復旦大學新聞系 59 級學生的講座中總結了社會新聞報導的經驗：「近些近些再近些，軟些軟些再軟些」；「有頭有尾有情節，活人活事活道理」。這裏的「近」，就是社會新聞報導要貼近社會生活、貼近群眾；「軟」，就是要反對生硬說教，要講人情味，要通情達理。至於通過富有情節的社會故事來闡明活生生的道理，發揮社會新聞潛移默化的教育功能，更是社會新聞報導成功的關鍵。這些道理，在當前仍然是指導我們不斷改進社會新聞報導的指南，值得我們在新聞實踐中加深領會，不斷努力。

3. 表現手法靈活多樣。

　　社會新聞的文體，可以是新聞（消息），也可以是通訊特寫，其中通訊又可以是人物通訊、事件通訊、人物訪問記等。社會新聞的寫作手法，敘述、描寫、議論、抒情綜合運用。如果文體是消息，開頭儘量開門見山、直抒胸臆；如果文體是通訊，開頭可以敘事、寫景、繪人、抒情，也可以旁敲側擊、議論風生。在展開社會新聞的故事情節、特別是關鍵情節時，可以運用烘托鋪墊、起興、情景交融、白描、細節描寫、抒情議論、加強修辭、幽　諷刺等多種藝術表現手段。

4. 揭露問題防止副作用。

揭露壞人壞事的社會新聞，如報導偵破和審訊案件、追捕罪犯、天災人禍的社會新聞，都要求唯物辯證，防止片面性，防止副作用。即使是正面表揚的社會新聞，也要防止片面性，防止說過頭話。

近年來，各地報刊報導偵破案件、追捕罪犯、與罪犯作鬥爭的社會新聞日益增多，大部分是大快人心的，但也有一部分存在一些副作用。例如，有的片面暴露罪犯的兇殘本性與囂張氣焰，正不壓邪，使讀者產生恐懼心理；有的詳細描繪罪犯兇殺、偷盜活動的過程與作案手法，客觀上起了向一些社會渣滓傳授作案伎倆的壞作用；有的泄密，暴露了警方的刑偵新科技與新手段，使一些刑事犯罪分子增強了反偵探的作案能力；有的報導重大事故，對偶然事故的必然因素缺乏分析，收不到鑒戒後人、加強防範的效果。

此外，報導奇異的社會現象與自然現象的社會新聞，應防止獵奇、追求怪僻的不良傾向，要講究思想內容健康的趣味性，對群眾進行科技知識的教育，使讀者開拓視野、擴大知識面。

社會新聞要講究趣味性、知識性，但以正確健康的思想指導為前提，強調的是思想性、輿論導向性與趣味性、知識性的辯證統一，寓思想性、導向性於趣味性、知識性之中，亦莊亦諧，在情趣盎然中陶冶人們的高尚情操，發揚社會主義的精神風尚。

三、科技新聞的改革

　　科技新聞是直接傳播科技資訊和科學知識的報導。科技新聞是用新聞報導的形式來反映科學技術領域新近發生與變動的事實。它可以報導各門學科研究中的新動態、新氣象、新面貌；可以報導科技界人物的科技成就；可以介紹科技領域的新著作、新產品；也可以用科學知識探索和解釋社會生活與自然界中的奇異現象。

　　隨著科學技術的發展、社會的進步，人們對科技新聞越來越感興趣。「科學技術是第一生產力」的道理也越來越深入人心。隨著「科技興市」、「科技興廠」、「科技興農」、「科技強軍」、「科技強警」……，科技新聞的任務與作用也越來越顯著。生產建設中，現代化的裝備需要科學技術；科研單位與部門，希望迅速交流情況，溝通資訊；日常生活裏，人們也經常要求能用科學知識來解釋一些奇異現象。總之，科學技術方面的新聞報導的目的是為了促進生產力的發展，提高我們民族的科學文化水準。

　　反之，如果違反科學，形成錯誤的決策，則將誤國殃民，造成重大損失。據《北京青年報》記者曾偉報導《院士誤算險讓國家錯花 40 億　何祚麻呼籲科技工作者自律　避免誤導公眾和政府》（見上海《青年報》2003 年 7 月 30 日第 10 版），說的是：2003 年 7 月 29 日，在「北京市科協成立 40 周年座談會」上，何祚麻院士呼籲，廣大科技工作者應加強自律，避免誤導公眾和政府。原來曾有幾位院士，聯名向國家打了一份報告，想要國家撥款 40 億，發展一個新專案。

可是結果發現，報告中的一些基本資料都算錯了，其中在產額上算錯了 60 多倍。如果按照這幾位元院士的錯誤計算進行投資，豈不要釀成大錯？還有一份北京市電動自行車發展對策的調查報告，由某大學和某交通研究中心合作完成，其中很多資料與事實不符。如報告中提到，北京市的電動自行車有 30%用的是鎳鎘電池，可實際上北京沒有一輛電動自行車用的是鎳鎘電池，當然也談不上因鎳鎘電池帶來的污染問題。報告裏還說每一輛電動自行車佔用道路面積 11.8 平方米，怎麼可能佔用比一輛小汽車還多的道路面積呢？這樣的調查報告，也只會對政府決策產生誤導。

由此可見，科學研究、科技調查、科學決策都要實事求是，科技新聞報導也要慎之又慎。科技新聞報導的改革要做到「五講究」：講究題材選擇，講究報導時機，講究準確客觀，講究通俗易懂，講究新鮮生動。

（一）講究題材選擇

進入新世紀，一場新的世界性科技革命正在興起，資訊革命方興未艾。早在上世紀八十年代中期，就有學者統計，全世界平均每天要發表 1 萬多篇學術論文，有 800 多件專利問世。[⑥]如今，這方面的成果更豐碩。任何科技報社（或電視臺、電臺的科技頻道、頻率）都不可能對如此龐大的科技資訊予以一一報導，只能精心選擇。如《上海科技報》用稿率一般只占來稿的五分之一，最多也只占三分之一。

科技新聞報導的題材範圍，通常包括：1.科學技術的新資訊、新成就、新經驗；2.群眾需要的各種科普知識；3.科

技界精英的先進事迹；4.用科學知識來解釋社會生活和自然界的奇聞怪事。其中第 4 類又稱「兩棲類新聞」，介於科技新聞與社會新聞之間。

無論是哪一類科技新聞，其題材選擇，應遵循以下原則：

1. 要看報導物件的科學價值

一般說來，科學價值高的成果報導出去，新聞價值就高。這需要對科技界成果有全面瞭解。如 1965 年大陸首次合成牛胰島素，這是世界水準的成果，因為人工合成生命是當代生命科學中的前沿與尖端問題，值得作重大報導；1977、78 年，新華社報導大陸數學家陳景潤在「哥德巴赫猜想」研究中的重大突破及楊樂、張廣厚在函數值分佈研究中的成果；1986 年 3 月，復旦大學遺傳研究所，首次研究成功水稻單細胞培養和植株再生，新華社、上海各報都在顯著地位報導；1997 年底，英國羅斯林研究所在世界上首次培育出兩頭帶有人類基因的克隆綿羊「莫利」和「波利」，這一成果可使人們在幾年內培育大批同種綿羊，並從它們的奶中廉價獲得大量藥物（如可治療血友病等）及其它化合物，因而世界各國的大眾傳播媒介都爭相傳播這一科技資訊。

2. 要看報導物件的實用意義

一項科學價值很高的科技成果，可能實用意義很大，也可能實用意義不大。科技報導要考察科技成果的推廣應用，就一定要顧及報導物件的實用意義。如氮、磷、鉀是農作物的主要肥料。海水中有氯化鉀，這是取之不盡的原料，實驗中早已提煉成功，但不能推廣，因為成本高，農民根本用不

起。這就不值得報導。又如，上海農科院試製成功一種單克隆抗體，能有效地控制與治療雞瘟病，這給農村養雞場與養雞專業戶帶來福音，就值得推廣報導。

2003 年 8 月 14 日上海《青年報》報導《高中生發明解決環境污染　鹼性電池也能充電》，說的是上海延安中學一位高中生、小發明家黃琪，在老師的指導下，發明了新穎的一般鹼性電池充電器，並已申請專利，有待進一步開發後上市場。這種新穎充電器，充電速度快，每次只需 20 分鐘，符合人們快節奏的生活步伐；使鹼性電池反復使用，能減少環境污染。這項成果很有實用意義，值得報導與推廣。

3. 要看報導物件的社會效果

科技新聞報導更應強調科學性，要顧及社會效益。從上世紀 50 年代到 70 年代，科技報導領域出現過「蝌蚪避孕」、「雞血療法」、「紅茶菌治百病」之類報導，或主觀唯心，或誇大了作用，結果產生了不良的社會後果。改革開放以來，上海藥物研究所研製的「第二春亮膚霜」能為「多毛（一種遺傳返祖現象）姑娘」脫毛，給她們帶來美容和幸福生活，產生了良好的社會效益。上海《青年報》曾報導過《多毛姑娘脫毛記》，有過一段破除封建迷信，崇尚科學衛生的佳話。

在農村科技報導中，類似抗災保苗措施、推廣優良品種、改進田間管理、科學飼養家畜家禽等方面的報導，都能促進農業生產力發展，取得良好的經濟效益。

4. 要看報導物件能否引起讀者的普遍關注

興趣性也是新聞價值的一個組成因素。興趣性在心理學

上是指某事物能引起人們普遍關注、集中注意力的一種屬性。例如同時有四　科研專案獲發明獎一等獎：河蟹人工培育與繁殖成功；高真空煉特種鋼；甲種分離膜製造技術；數位電可控非相參頻率捷變雷達系統。從普通公民的興趣心理看，最感興趣的是河蟹人工培育，其次是高真空煉特種鋼，最後才是生疏的發明成果。

　　一般說來，與人們切身利益有關的科技新聞，容易引起人們的關注。如上述河蟹人工培育成功的資訊外，還有如上海市胸科醫院臨床試用成功一種新穎的心臟起搏器，溫州附二醫院用新法治療脊柱側彎病，可視電話將進入家庭用戶等等，都是人民群眾密切關注的。事實上，改革開放以來，科技報社與科技頻道、頻率都在優先報導與人民生活接近、為人民所普遍關注的科技資訊與科技知識。

（二）講究報導時機

　　新聞報導的時間性有時新性、時宜性、時效性之分：時新性是講新聞價值，即指新聞報導與新聞事實發生之間的時間距離越接近越小，新聞價值越大；時宜性是講宣傳價值，即指對某一事實早報導好、還是晚報導好，甚至不報導好，考慮到宣傳政策與報導應對己有利的原則；時效性是講社會效益，研究快報慢報對社會的影響與效果。講究報導時機，主要是指時宜性與時效性。

　　科技新聞報導特別要謹慎，防止盲目搶新聞，一般在科技成果鑒定後再報導。也就是說，經過科技專家、權威的評判與認可後再報導科技成果比較科學，有可靠依據，也帶有權威性。

　　當然，講究報導時機也需配合形勢報導。例如，美國 1986 年春「挑戰者號」航太飛船失事後，大陸新華社及時報導《大陸將用「長征三號」火箭為美國發射兩顆通訊衛星》（新華社北京 1986 年 5 月 15 日電）、《大陸衛星回收成功率百分之百　創造世界航太史上奇迹》（新華社北京 1986 年 10 月 11 日電），這是有的放矢，一比較就分曉。

　　當然，任何科學實驗與發明創造都不可能有百分之百的成功率。大陸的火箭發射也是一樣。1992 年 3 月 22 日 18 時 40 分，大陸西昌衛星發射場，用長征二號 E 型火箭發射「澳星」（澳大利亞衛星公司購買美國休斯公司通信衛星的簡稱）意外失敗，中央電視臺的現場直播也被迫中斷。難能可貴的是：火箭點火後出故障，火箭未能升空，然而火箭能自動緊急關機，把「澳星」搶救下來，避免了爆炸與星毀人亡事故。事故檢查表明，故障不是發動機本身有問題，而是由於點火控制線路程式的接點上有多餘物造成，這是極小概率的事故。大陸的專家們嚴肅認真地處理了這一事故，獲得了澳、美兩國有關部門的好評。8 月 14 日晨，大陸終於再次用長征二號 E 型火箭發射「澳星」，圓滿完成任務。大陸的主要新聞傳媒抓准有利有理的時機，自始至終跟蹤報導「澳星」發射事件，獲得了優良的宣傳效果。

　　此外，科技報導要防止泄密，涉及國家的軍事、政治、經濟等方面的機密，不能發表；還要注意保護大陸科技專利權的問題。

（三）講究準確客觀

科技新聞除了準確無誤外，還要客觀公正。大陸新聞界在本世紀 50 年代，在生物遺傳學方面的報導中，大捧米丘林，否定摩爾根；在醫學報導中，大捧西醫，貶低中醫，都是不公正的。

改革開放以來，大陸的科技報導越來越強調科學性——實事求是，因而講究準確、科學，與反科學、偽科學的東西作不懈的鬥爭始終不斷，例如：

1981 年 12 月 23 日《人民日報》報導《人工磁化方法誘發非豆科植物固氮根瘤成功》（新華社 1981 年 12 月 21 日電）。事隔一個月，《人民日報》又發表文章，說明此文缺乏根據，報導失實。解剖證明，人工誘發瘤實際上是線蟲引起的根結，反而有害。因而，原來報導中對固氮的測定、對增產的推算，都不科學。

1989 年 12 月 13 日新華社發出震驚人心的消息《一小行星可能撞地球》，聳人聽聞地說：「如發生小行星撞擊地球，其撞擊所產生的能量相當於在廣島爆炸的原子彈的破壞力的 770 萬倍，地球上的一半人口將遭劫難。」一些神經脆弱的人惶惶不可終日，以為「世界末日」到了。幸虧大陸天文學家認為「小行星撞擊地球的可能性幾乎為零，人們不必為此驚慌。」首先通過報紙、電視出來闢謠。新華社在第二天（1989 年 12 月 14 日）又發電訊稿《小行星不會撞擊地球》，同時發了更正電訊「新華社北京 1989 年 12 月 14 日電　本社 13 日所發《一小行星可能撞擊地球》的消息編譯有誤。這顆小行星已於今年早些時候遠離地球而去。」才避

免了假新聞引起的社會不安定的因素。

1992 年春夏，某玻璃廠家為了推銷自家的所謂「國內首創」的金膽保溫瓶，大肆宣揚「保溫瓶銀膽有毒，金膽無毒」，擾亂人心，還影響到大陸的保溫瓶出口貿易。為此，全國保溫瓶專家雲集上海進行分析論證，《解放日報》于同年 9 月 1 日作出報導《「銀膽有毒」純屬無稽之談》，專家們對全國 12 家保溫瓶廠提供的大量測試資料進行了分析論證，結果表明，銀膽無毒，完全符合國家飲水衛生標準。專家們還揭露了外地某玻璃廠的所謂「金膽」，只是在玻璃料中加入了一種著色劑而已，根本不是什麼「國內首創」；還指出對該廠要追究法律責任，挽回「銀膽」聲譽，賠償損失。

20 世紀 90 年代，還有「水能變油」、「邱氏滅鼠神藥」的報導真偽之爭。「水能變油」是弄虛作假；而「邱氏滅鼠藥」確實能滅鼠，但其中劇毒元素污染環境嚴重，而且老鼠會採取「應急措施」，反而大量繁殖。這些都是宣揚此藥者始料不及的。

進入新世紀，又有「高科技」騙子出現，據 2003 年 8 月 8 日《法制日報》報導《「水變油」騙人　「油包水」又騙人　「高科技」騙子緣何得逞》：

早在前些年，大騙子王洪成「水變油」的神話曾在社會上引起不小震動，加之有些媒體的炒作，許多企業紛紛上當受騙，給社會造成難以估量的損失。幾年過去了，「水變油」升級成為可以生產「油包水」的「納米機」，竟同樣又使不少人受騙上當。近日，石家莊市新華區人民檢察院以涉嫌合同詐騙罪對犯罪嫌疑人陳某批准逮捕。

　　自稱大陸國情調查局三分局局長的陳某，搖身一變，成了某將軍的兒子、乳化油技術專家、廳級幹部。

　　陳某稱研製開發了一種叫「納米機」的機器，能夠利用70%的柴油、29%的水、1%的添加劑，在物理機械的作用下，用納米超細的手段，將水、油切割成 500 納米的粒子直徑，造出「油包水」的柴油。自稱這種柴油，是綠色燃料、環保產品，每噸柴油能為用戶節省 500 元至 600 元。如果全國有50%的用戶使用這種油，等於開發了 4 個「大慶油田」！

　　陳某在北京、保定等地連續作案。目前，已向公安機關報案的涉案金額達一百多萬元。

　　由此可見，科學與反科學、偽科學的鬥爭將是長時期的，科技新聞報導任重而道遠，而且往往要與法制宣傳報導相結合。實際上，科技新聞的準確客觀，不僅是指報導確有其事、準確無誤，還包括對科技事物的評價恰如其分，留有餘地。對有些尚未定論、科技界有爭議的問題，不可作肯定或否定的報導。為了使報導客觀公正，記者應注意多引用權威人士的評價與意見，而不要固執己見。

（四）講究通俗易懂

　　科技新聞報導涉及現代科技的新成績、新動向，離不開科學技術的學術名詞與公式定律，如何做到：既使外行人看得懂，明白其意義；又使內行人感到有道理，得到啟迪與幫助；如何使科技學術名詞與公式定律具體化、通俗化，使廣大讀者易於理解。

　　科技新聞寫作首先應在通俗易懂方面下功夫，以增強可讀性。實踐證明：凡聯繫人們熟知的常識提供新的科技知識，人們易於理解與接受；而脫離常識談論抽象的科技知識（包括新名詞概念、公式、定律等），一般群眾難予理解與接受。

　　其次，科技新聞在報導成果得來的經過，尤其是報導攻關過程，在回答「怎麼樣」與「為什麼」等事實要素時，應儘量避免繁瑣的技術過程，應抓住人物富有個性特點的科技活動，變技術過程的陳述為人物活動的敘述與描寫。這樣寫，可以通俗易懂，內容實在，具體清楚，文字又簡練。

　　1986 年 3 月中旬，復旦大學遺傳研究所取得了突破性重大科研成果，首次研究成功水稻單細胞培養和植株再生，並順利通過了鑒定。筆者為《新民晚報》撰寫了新聞稿，並在通俗化方面下了一番功夫。新聞稿如下：

事業從一個水稻細胞開始
——鄒高治創造遺傳工程奇迹的故事

　　用一個水稻細胞培育出一枝稻苗，這一生物遺傳工程方面奇迹般的成果對於培育高產、優質的水稻新品種，提供了有效手段；然而，對於成果的創造者、49 歲的復旦大學遺傳研究所講師鄒高治來說，這次突破卻是來之不易的。

　　鄒高治為了尋找合適的胚性細胞材料就花了兩年時間，最後確定一種野生稻和梗稻的雜交稻的幼穗作為材料。為了配製一種合適的培養基，他與助手們又花了三年時間，試驗了 75 種培養基，才獲得成功。

　　最困難的是定點跟蹤觀察與拍攝水稻細胞分裂的照片了，這在世界上還沒有先例。在顯微鏡下觀察細胞分裂，稍不注意，細胞就逃出了視野範圍，再也找不到了。為此，鄒高治和助手們輪流觀察，一絲不苟。實驗一次次失敗，又一次次從頭做起。鄒高治放棄了八年寒暑假的休息，堅持上班做實驗。

　　鄒高治的主要實驗室是一間只有 4 平分米的恒溫培養室，人只能站立著工作。而這就是鄒高治奮鬥八年出奇迹的場所。今年三九嚴寒，鄒高治連續四天四夜在實驗室觀察水稻細胞分裂情況，並拍攝到珍貴的照片資料。任務完成後，他實在支援不住了，倒在隔壁材料間的泡沫塑料堆上睡著了。

　　在成績面前，鄒高治沒有停步。面對著榮譽，他操著蘇州口音平靜地說：「今後我要在基礎理論研究上，搞染色體的活體觀察；同時，在培育水稻新品種方面創造出好結果來。」（原載 1986 年 3 月 23 日《新民晚報》）

　　筆者在兩方面對通俗化下了功夫：

　　1.考慮到讀者以居民、郊區農民為主，在文字上儘量作通俗化解釋，儘量回避一些深奧的科技術語。例如，把「水稻單細胞培養與植株再生」，改寫成「用一個水稻細胞培育出一株稻苗」；把成果意義「對突變篩選、原生質分離及植物基因工程提供了一個良好的實驗系統……」，改寫為人們易於理解的「這一生物遺傳工程方面奇迹般的成果對於培育高產、優質的水稻新品種，提供了有效手段。」

　　2.在報導主人公攻關過程時，在回答「怎麼樣」與「為什麼」等事實要素時，儘量避免繁瑣曲折的技術過程，而抓

住人物富有個性特點的科技活動，變科技過程的陳述為人物活動的描述。筆者在報導主人公八年奮鬥的歷程與事迹時，概寫了新聞稿的第 2、3、4 段，事實具體清楚，文筆簡練，而內容較實在。

有些關於高科技的新聞報導，文字較怪僻生疏，很難通俗化解釋，為了闡明其意義，可以另配發短評。1991 年 10 月，筆者曾為復旦大學遺傳研究所報導過《酶法生物合成阿糖腺苷新工藝通過鑒定》（原載 1991 年 10 月 15 日《上海醫藥報》），考慮到報導內容太專業化，實在晦澀難懂，筆者在同日《上海醫藥報》上配了短評：

新科技才是第一生產力

「科學技術是第一生產力」這一馬克思主義觀念正日益深入人心。然而在社會實踐中，要讓新科技轉化為生產力，需要人們付出極大的努力。

復旦大學遺傳所實驗室與上海第十二制藥廠在上海市經委有關領導支援下，經過 5 個月的奮鬥，就將一項高科技工藝運用到抗病毒、抗腫瘤的藥物生產中去，不僅改善了勞動環境，防止了污染，還簡化了工藝過程，降低了成本，提高了經濟效益。老廠採用新工藝，注入了科技興廠的活力；科研所與工廠合作，闖出了一條科研直接為四化建設效力的新路子。

因此可見，領導重視，領導牽頭，領導有方，科研所與工廠相結合，通力合作攻克科技難關，讓科技人員的聰明才智直接運用到生產實踐領域，這是新科技轉化為生產力的有效途徑。

筆者覺得，配以短評簡明扼要地說理，也是一種報導通俗化。

（五）講究新鮮生動

如何把科技新聞寫得新鮮生動，這與報導物件、題材範圍、表現手法都有關係。

從報導物件與題材範圍看，有些事物本身很生動，如在新疆樓蘭發現 2000 多年前的女屍；一條狗，裝人工食管後，活了 900 多天；一枚火箭同時發了三顆衛星，等等；而有些科技事物本身就比較抽象、枯燥，就只能在寫作表現手法上多下功夫了。

為使科技新聞新鮮生動，增強可讀性，應注意在科技新聞與社會新聞的交叉點上（所謂「兩棲」新聞）尋找報導物件，把科技工作與社會生活結合起來報導，從而使科技新聞報導闖出一條新路子。1986 年 2 月 2 日《解放日報》頭版發表獨家新聞《人類征服肝癌的一曲凱歌》，此稿被評為上海市好新聞一等獎、全國好新聞二等獎，報導內容為：十年前得肝癌、動了切除手術的少女小潘，昨天中午當上了母親，而且母親與女嬰都平安。這是人類抗肝癌史上的奇跡。新聞最後通過湯釗猷醫生（院士）說，僅中山醫院到 1984 年底，通過治療生存 5 年以上的肝癌病人已達 43 例，小潘是其中一例；而全世界在 1905 年到 1975 年漫長歲月中，通過治療生存 5 年以上的肝癌病人才 45 例。報導科技成果，因為有了人物事迹、人物活動與對比材料，而顯得生動活潑、親切可信。

　　科技報導如果是寫成通訊特寫體裁，還應穿插一些典型細節，文筆省儉，卻生動傳神。

　　由新民晚報社副總編、高級編輯孫洪康執筆的通訊《大陸質量的一座豐碑──來自楊浦大橋的報告》（獲 1993 年度「大陸新聞獎」一等獎），其中「科學是質量的準星」一節，在報導楊浦大橋主橋鋼梁合攏工程時，採用了特寫手法：

　　1993 年 4 月 8 日，晴空如洗，春潮翻卷。從浦江兩岸凌空騰起的直指江心的兩翼橋身正待銜接合龍。

　　身著石磨藍牛仔衫、頭戴橙黃色安全帽的主橋安裝總指揮林輝旭一早就登上了橋身。決戰在即，30800 噸重的主橋沈沈地壓在這位施行過癌腫切除手術的中年人肩上。鄰國一座在建的斜拉橋就是在合龍前驟臨的颱風中突然坍塌。今天，如果因兩翼橋身的標高、軸線、轉角稍生誤差而強行合龍的話，勢將影響主梁內應力，從而埋下不堪設想的隱患。

　　中午 12 時 15 分，最激動人心的時刻來到了。根據 20 年氣象資料分析預測的攝氏 12 度的氣溫終於升臨，朝上游的一根 5.552 米主鋼梁和朝下游的 5.536 米的一根主鋼梁天衣無縫地嵌進了一線江天中，剩下的 4000 多隻螺孔雌雄相銜，陰陽併合，漸然「日全食」般地一絲不差地對攏，等候在旁的施工人員抓緊這稍縱即逝的時機，將定位銷和高強螺栓穿進螺孔。

　　霎時，鞭炮齊鳴，香檳噴射，合龍現場沸騰了！聞訊趕來的市委書記吳邦國也抑制不住喜悅之情，朗聲讚道：「這是一次瀟灑的合龍！」

……具有科學探索精神和扎實數學功底的這班青年人，將應用于衛星導航的「座標法」妙不可言地移植到主塔測量上來，終於以 1/15000 的垂直精度在大橋主塔建築史上創造了奇迹！

作者把複雜尖端的科技攻關問題，通過細緻生動的人物活動描寫，予以充分的說明解釋；同時展示出大橋建設者的科學精神、奮鬥精神與踏實作風。

由此可見，科技新聞在通俗化的基礎上，還可以進一步寫得生動活潑、神采奕奕。

四、當前體育新聞的誤區與對策

體育運動，從古希臘的馬拉松運動到現代四年一度的奧林匹克運動，始終是人類社會的重要文化審美活動。體育運動的競爭性、超越自我性、審美性以及廣泛興趣性、普及性等，使體育運動成為人民群眾重要的精神食糧之一。這是體育運動成為全人類共同文化的基礎，也是體育迷大批湧現的原因。自從 1984 年第 23 屆奧運會大陸獲得第一塊奧運金牌以來，大陸的體育事業突飛猛進，比賽成績斐然，體育新聞報導也火旺起來，各類專門從事體育新聞報導的專業報、雜誌、欄目、頻道、頻率層出不窮。在風起雲湧般的體育新聞報導中，難免魚龍混雜、泥沙俱下，產生種種誤區，有必要加以匡正。

體育新聞是對人類的體育運動、健身活動及相關資訊進行的報導。其真實性、時效性、思想性、用事實說話等基本

報導要求不言而喻，必須堅決執行。然而現在有些體育新聞報導，恰恰是在這些基本要求方面沒有做到或大打折扣，形成種種失誤。

（一）當前體育新聞報導的誤區

誤區之一，體育新聞失實現象隨處可見，就近幾年舉其大者：

1997 年亞洲足球十強賽前，重慶一家報紙登了消息，稱大陸足協專職副主席王俊生表示，如果大陸隊不出線，他將辭職。這是一條「客裏空」消息，來源於大陸足協樓道裏的道聽途說。

1998 年一本體育雜誌說，國奧隊主教練霍頓將辭去主教練一職。不久，霍頓發表聲明，稱其從未接受過這家雜誌的採訪，其內容完全虛構。這則假新聞還有一條「美麗」而拙劣的結尾：「霍頓想花更多的時間和他的女兒在一起」，而事實上霍頓沒有女兒。

1998 年鬧得沸沸揚揚的「金哨陸俊收受 20 萬元賄賂」報導，是南方某體育記者采寫的「馬路新聞」。後記者對簿公堂，慘敗而歸。

1998 年轟動一時的《馬家軍調查》，對著名的遼寧中長跑教練員馬俊仁在訓練中的某些有爭議的做法大肆渲染，而對馬俊仁的事業心與貢獻卻淡化處理，讓讀者對馬俊仁留下了一個殘酷、迷信、專制的印象，明顯不符合客觀、公正的報導原則。

　　1999 年底大陸男排在上海爭奪奧運會入場券，某報在報導時卻說「此前大陸男排從未獲得過奧運會入場券」。實際是，大陸男排在 1980 年曾獲得過莫斯科奧運會的參賽資格，由於國際社會對這屆奧運會的抵制，大陸男排沒有參加比賽。

　　某電視臺體育頻道播出「2001 年大陸籃壇十大新聞」，其中一條：在大陸大學生運動會籃球比賽上，大陸隊戰勝美國隊進入決賽。言過其實，聳人聽聞。實際是：大陸大學生男籃占了大半國家隊，而美國來的是準大學生隊，真正的美國大學生隊在澳大利亞參加友好運動員。美國不把這次比賽當回事，沒有派出 NBA 或 NCA 的頂尖高手；而我們全力以赴，又是在本土作戰，贏一場球不必大驚小怪，更不值得作大新聞。

　　至於 2002 年春天上海中遠俱樂部狀告《球報》一案，也是由報導事實虛假引起。4 月 24 日上海浦東新區法院對該案已作出一審判決，判決書認定：《球報》在 2002 年 1 月 17 日刊登的關於《神秘中間人爆出涉黑猛料》的報導，使讀者對中遠彙麗足球隊涉黑的疑慮無法消除，該報導中涉及的事件發生過程儘管客觀存在，但「神秘中間人」的陳述實際上是在向媒體撒謊，欺騙公眾，這就必然導致該報導內容的虛假、失實，違反了新聞出版法律法規確定的義務。《球報》未盡審核義務，使虛假、不實報導侵害了原告的名譽權。因此法院判令：被告在判決生效之日起 7 天內在《球報》頭版上刊登向原告中遠彙麗足球俱樂部賠禮道歉的聲明。⑥

　　有的從業人員心情浮躁，報導中的差錯十分驚人。同一名記者報導同一件事在同一張報紙上，也會有兩種不同的說法。2002 年 4 月 19 日晚東方大鯊魚隊戰勝八一雙鹿隊，奪得 CBA 全國男籃甲 A 聯賽總決賽冠軍。因為有電視現場直播，比賽全過程很清楚。第二天，上海某報特派記者在報紙頭版上發消息《大鯊魚 CBA 稱王》，稱最後「本沃補籃得手，這記入球令東方隊最終以 123 比 122 戰勝八一雙鹿」；而該特派記者在第 5 版《奪冠記》中卻詳盡描繪哈特最後補籃得手。不知這位元赴寧波體育場現場採訪的記者為何會出爾反爾，令球迷讀者震驚！⑦

　　至於因缺乏體育知識而造成的報導失誤更是比比皆是，例如足球比賽中，一名前鋒在「弧頂」處起腳射門，實際距球門線約 20 米，而一名電視節目主持人卻說「在禁區外 30 多米處一腳射門」，罰球點離球門線為 12 碼，卻說成 12 米，等等。

　　誤區之二，錦標主義，以成敗論英雄。

　　大陸有句古話「成者王侯敗者寇」，這在某些體育新聞報導中得到了體現。二三十年前「友誼第一，比賽第二」的口號早已成為歷史陳迹，而奪冠爭第一成為衡量體育新聞價值的最重要砝碼。體育比賽的勝負固然構成了體育運動的魅力，然而某些體育新聞報導對勝者讚揚過度、對負者貶斥譏諷乃至侮辱的做法，卻讓受眾無所適從或不能接受。

　　德國籍足球教練施拉普納 1992 年被大陸足協聘請為主教練時，體育新聞界對其宣傳的程度達到了前所未有的高度。不少報導突出：施拉普納是德國的十大優秀教練之一，

有把一支乙級隊帶入甲級六強的經驗等等。當施拉普納指揮大陸隊獲得亞洲杯第三名後，一些報導熱情地稱施拉普納為「老納」「施大爺」等，對球隊問題避而不談。然而當1993年世界盃預選賽上，大陸足球隊敗給也門隊和伊拉克隊，賽程過半就被淘汰出局時，一些報導又將施拉普納說得一無是處，說他「長期在乙級隊執教，他的球隊靠殺傷戰術才進入甲級」，「關於施拉普納被評為德國優秀教練，是新聞界誤傳」等等，表現出「痛打落水狗」的決心。失利的施大爺成為「以成敗論英雄」體育報導觀的犧牲品。

對大陸自己的著名足球教練徐根寶的報導也是如此，一忽兒描寫成「寶」，一忽兒描寫成「草」。2003年春天徐根寶執教的申花足球隊連敗了兩場，申花俱樂部領導都未表態，有的媒體上已有根寶將下課的新聞，甚至有記者當著徐根寶的面提出是否下課的問題。

體育比賽是激烈競技的世界，有比賽就有勝負，勝敗是常事。而體育新聞報導對勝者亂捧、對敗者亂罵，都是違背新聞職業道德與體育人文精神的惡劣行為。

誤區之三，地方主義色彩嚴重。

體育新聞報導中的地方主義，是指地方新聞媒體失去客觀公正的立場與態度，在體育報導中以有利於本地與本方作為取捨事實的出發點與標準。例如1997年10月第八次全國運動會女足比賽上海隊對北京隊的比賽，上海隊後衛在防守時明顯手球，當值主裁判視而不見，反而給表示不滿的北京隊隊長出示黃牌。此時，遼寧和上海的金牌第一之爭正處於白熱化階段，此事關係到最後金牌歸屬問題，自然引人關

注，但上海媒體對此只字不提。同樣，在全國足球甲 A 聯賽中，申花隊一主力隊員向山東泰山隊外援巴力斯塔臉上吐痰，上海媒體同樣回避；而當廣州太陽神隊隊員葉志彬踢傷申花隊外援莫拉，上海媒體則大幅報導，口誅筆伐：《莫拉，球場暴力的犧牲品》、《唏嚓一聲，申花痛心》、《流氓行為？！》等等。⑧

誤區之四，缺乏應有的體育人文精神。

有些從事體育新聞報導的人員缺乏應有的體育人文精神和職業素養，他們熱衷於搜集鬥毆自殺、賽場暴力、教練下課、名人婚變、酒吧豔遇等「猛料」，全不顧社會影響與精神文明建設的要求。例如 2002 年 4 月 6 日新華社已發表權威資訊《董豔梅馬俊仁否認自殺傳聞》，導語為：「今天在這裏舉行全國馬拉松錦標賽之際，遼寧省體育局副局長馬俊仁及其頭號女弟子董豔梅在接受採訪時，均對此前有關董豔梅自殺未遂的傳聞矢口否認。」事實應該很清楚了。但上海有家報紙在 4 月 6 日發了與新華社報導相反的新聞《「馬家軍」相關負責人證實董豔梅自殺未遂》，還言之鑿鑿：「據馬家軍內部有關人士透露，董的自殺可能與獎金分配有關。」4 月 8 日這家報紙為了找自圓其說的臺階，又發了《真真假假難決斷　疑雲圍繞董豔梅》的新聞，繼續懷疑董可能自殺過。儘管在這之前，董豔梅一再向記者申明：「這樣的傳聞不可思議，難道人生病就不能打針吃藥了？……比賽獎金遼寧省體育局已撥下，住房也已在九運會前就拿到了，現在正在裝修，而且馬導對我像女兒一樣好，我怎麼會自殺呢？」然而，某些報紙與網站還在捕風捉影與惡炒，全不顧新聞職

業道德與尊重他人人格的法律原則。

　　在上述種種體育新聞傳播的誤區中，失實報導的危害性
最大，有的還引起了新聞官司。特別是上海中遠俱樂部狀告
《球報》一案，應引起新聞界、體育界、司法界的共同關注，
在這裏專作一個個案分析。

（二）對上海中遠俱樂部狀告《球報》的個案分析

　　新聞法制研究專家魏永征先生曾說：當大陸的新聞記者
第一次因為自己的作品而登上共和國法庭的被告席時，他們
眾多同行的普遍心態是：很不理解。然而，這種很不理解的
心態卻是完全可以理解的。因為他們對「新聞官司」還遠遠
缺乏思想觀念上和法律知識上的準備「新聞官司」屢屢發
生，也就不奇怪了。[9]

　　2002 年 1 月 28 日，上海中遠彙麗足球俱樂部有限公司，
拿起了法律武器來維護自己的名譽。它在訴狀中稱：2002
年 1 月 17 日，瀋陽《球報》在頭版頭條和幾乎整個 3 版刊
登了題為《神秘中間人爆出涉黑猛料》的報導，並登載了一
份「上海銀行電匯憑證」。該電匯憑證的委託日期為「2001
年 9 月 21 日」，匯款人全稱為「上海中遠彙麗俱樂部」，
收款人全稱為「北京建軒體育服務公司」，彙出行名稱為「上
海定海支行」，彙入行名稱為「中行朝陽支行」，金額為「三
拾萬元整」，其匯款用途為「服務」。《球報》的特約記者
在文中同時還透露，當時任中遠隊主教練的徐根寶用 5 萬元
收買綠城隊的夏青。此事在足壇乃至全國上下掀起軒然大
波。徐根寶已在接受媒體採訪中斷然否認有此事。由於《球

報》報導的標題聳人聽聞，內容又沒有核實，引起爭議勢在難免。

　　為此，中遠俱樂部認為：被告未遵守起碼的新聞報導原則，對偽造的銀行電匯憑證未作任何核查即采寫報導，並將其刊登，不僅給中遠的名譽造成巨大損害，而且還使大陸足協的權威性、公正性以及法律的尊嚴受到重大的損害，球迷的熱情和信心也遭到沈重的打擊。據稱，中遠此次行為純粹是「為名譽而戰」，他們要求賠償 20021.17 元，這一「標的」即為《球報》發表文章的時間 2002 年 1 月 17 日；同時，中遠還要求被告在《球報》及中央媒體上作公開賠禮道歉。

　　而《球報》常年法律顧問則在 2002 年 1 月 20 日發了「聲明」，辯稱：「以事實為根據，以法律為準繩」是大陸司法基本原則。在大陸當前雖然沒有新聞法，但新聞報導要受這一基本原則的約束。《球報》2002 年 1 月 17 日報導了在杭州發生的有關「中間人」的事情，這是客觀存在的事實。全國許多報社、媒體對這一客觀發生的新聞都進行了報導。我們知道，事實是一個動態變化的過程，《球報》對這一事實的過程表示了關注，當然會隨著這一事件的開始，一直關注如實地報導下去，直到最後有結果。作為新聞記者，在時間上要求有及時性，不能要求記者對一事實開始、全部過程、結果在一篇報導上發表出來，新聞報導不是調查研究，不能失去新聞性……

　　受理此案的浦東新區人民法院在 2002 年 4 月 24 日已作出一審判決，認定《球報》虛假、不實的報導侵害了原告的名譽權，判令：被告在判決生效之日起 7 天內在《球報》頭

版上刊登向原告中遠彙麗足球俱樂部賠禮道歉的聲明；但原
告未提供受到經濟損失的依據，法院對其索賠請求難以支
援。據說，原告同意判決，而被告不服，還要上訴。

　　相信公正的司法機關最後會對此案有一個合法合理的
裁決。筆者只想從法理與新聞傳播學道理上對此案作一些分
析，以期探討其中的曲直是非，並探討：報導「曝光新聞」
的記者如何避免新聞侵權行為，避免吃「冤枉官司」。

　　新聞侵權行為經常會自覺不自覺地發生，它是指在新聞
採訪寫作、新聞節目製作及其傳播過程中侵害他人（包括自
然人與法人）的名譽權、隱私權、肖像權、名稱權、榮譽權
等人格尊嚴權的行為。目前大陸嚴格意義上的《新聞法》尚
未出臺，不等於說新聞報導無法可依。事實上，從《憲法》、
《民法》、《刑法》等各種法典、管理條例到部門規章制度，
都有涉及新聞傳播與媒介管理的，形成一個完整的有關新聞
傳播的法制管理體系。當然，這還不完善，還需要《新聞法》
正式出臺。

　　例如有關人格尊嚴權的法律規定，大陸 1982 年《憲法》
第 38 條就規定：「中華人民共和國公民的人格尊嚴權不受
侵犯，禁止用任何方法對公民進行侮辱、誹謗和誣告陷害。」
1986 年《民法通則》列有「人身權」專節，對公民的姓名
權、肖像權、名譽權、榮譽權和法人的名稱權、名譽權作了
規定，並特別規定「禁止用侮辱、誹謗等方式損害公民、法
人的名譽」，還規定公民、法人上述權利受到侵害的，有權
要求停止侵害、恢復名譽、消除影響、賠禮道歉、並可要求
賠償損失。1979 年《刑法》和 1997 年《刑法》都規定了以

侵犯公民名譽權和人格尊嚴為客觀的侮辱罪和誹謗罪。大陸與人格尊嚴權有關的司法解釋也有許多，主要為 1988 年最高人民法院《關於貫徹執行民法通則若干問題的意見（試行）》、1993 年最高人民法院《關於審理名譽權案件若干問題的解答》、1998 年最高人民法院《關於審理名譽權案件若干問題的解釋》等，對侵害名譽權的關係、名譽侵權責任承擔形式等問題作了具體解釋與明確規定。特別是後兩個文件是目前處理侵害名譽權案和新聞侵權案件最完整系統的法律文件。因此，目前大陸處理新聞侵權案件是完全有法可依，中遠狀告《球報》一案也是不難徹底解決。問題倒是在「曝光新聞」或批評性報導中的一些新聞傳播學方面的道理，卻往往成為公堂上「公說公有理，婆說婆有理」的東西，有必要進一步探討與澄清：

1. 是否「客觀存在的事實」都可以報導？

　　在大陸足球打假、清除黑哨的活動中，有一名「中間人」（球迷稱他為「阿混」）檢舉揭發了上海中遠彙麗足球俱樂部的所謂「賄賂事件」，出示了「電匯憑證」等等。這在新聞採訪學中只能說是出現了「新聞線索」，是事實的資訊或信號，可能正確，也可能錯誤，可能全面，也可能片面，還不是客觀存在的事實本身。特別是批評性報導更要慎之又慎，要反復核實。批評性報導在「曝光」前，一定要與當事人見面，徵求意見。正如古人所言：「兼聽則明，偏聽則暗」。在這事件中，當事人相關的有中遠俱樂部的負責人、徐根寶主教練、.彙出彙入銀行的負責人、經辦人或收款人等等，而「電匯憑證」也要追根溯源核實其真偽。

表面看來，《球報》報導的新聞源是來自「中間人」的，「中間人」是客觀存在。《球報》是否可以把責任推到「中間人」提供假情況上？這也是不行的。「中間人」弄虛作假固然可惡，後來那個「中間人」又推翻了自己的說法，實屬不屑之徒；而作為一名記者有責任弄清楚事實真相後再報導，.不能以損害真實性來趕時間性（「及時性」）。中外的新聞採訪學都把「不輕信」、「莫盲從」、「冷靜思考」、「深入採訪」等作為記者的必備素質與作風，就是此理。客觀存在的事實的現象有真象、假像之分，真像是正確地反映了事物的本質屬性，而假像則是歪曲地反映了事物的本質屬性。假像只有被徹底揭穿時，才能更深刻地反映事物的本質屬性。當一名記者因把假像作為真象報導而混淆視聽、侵犯報導物件名譽權時，還能以假像也是「客觀存在的」作為辯護理由嗎？

2. 當客觀事實比較複雜，當事人各執一詞，新聞媒體如何來處置？要不要及時報導？如何來報導？

　　《球報》常年法律顧問在「聲明」中講的「事實是一個動態的變化的過程……」，「新聞報導不是調查報告，不能失去新聞性……」，這些道理講得很內行，都是正確的。確實，「全國許多報社、媒體對這一客觀發生的新聞都進行了報導」，為什麼上海中遠足球俱樂部單獨要上告《球報》，而不告其他媒體呢？簡言之，其他媒體沒有侵害中遠的名譽權。一些報紙在報導「中間人」檢舉事件時，同時發了中遠俱樂部負責人的表態與編輯表示懷疑的短評；中央電視臺體育頻道在報導「中間人」檢舉消息的同時，由節目主持人採

訪中遠俱樂部的負責人與徐根寶主教練，讓當事人說話，記者不加任何主觀推測。例如，就在 1 月 17 日《球報》發表「中間人」新聞的當晚，中央電視臺《足球之夜》欄目記者現場採訪中遠俱樂部董事長徐澤憲，讓徐董聲明：「我們有足夠的證據證明，這是一張假憑證。我們首先要對這種弄虛作假、企圖誣陷我們俱樂部的行為進行強烈譴責……還有，我們跟這個什麼體育服務公司從來沒有什麼業務往來，甚至連聽都沒有聽說過……」這就表明，記者完全採取客觀公正的態度，站在探索真相、追求真理的正確立場上，讓雙方對質，給雙方表態的機會，充分「讓事實說活」。這才是真正的「與時俱進」的報導方式，使自己立於不敗之地。

　　《球報》及其記者本意是為了足球打假除「黑哨」，滿腔的愛國熱忱與正義感，是好心添了亂；與其他媒體特別是中央媒體比較，從中是否可以學到一點「輿論監督」與「媒體批評」的藝術與技巧呢？

3.「曝光新聞」或批評性報導如何把握批評的「度」？

　　「度」是指分寸或標準，在哲學上是指事物質的規定性，必須循規蹈矩。批評性報導是新聞輿論監督的一種利器。而新聞輿論監督在大陸社會主義條件下，是黨和人民以法制形式確定的保證人民言論、出版自由的民主制度的體現，因而是一種授權活動。新聞媒體與新聞工作者作為黨、政府與人民的「喉舌」，在開展輿論監督、從事批評性報導時，要把握好的「度」有：

（1）真實準確。輿論監督與批評性報導的生命在於真實準確，不僅批評報導的事實確有其事，確鑿無誤，而且

對事實的說明解釋與評判議論都要恰如其分，符合事物的真相。

（2）依法報導。輿論監督依法展開，批評性新聞依法報導，報導活動與報導內容都必須符合大陸的法律、法規與宣傳紀律。

（3）平等公正。輿論監督是一種平等公正的權利，要尊重批評物件。對於批評的同志來說，從團結的願望出發，經過批評達到解決問題改進工作的目的。即使對敵對勢力和犯罪嫌疑人作鬥爭，也要講究政策與策略。

（4）及時糾錯。在輿論監督與批評報導中，難免發生差錯，要及時糾錯，採取「更正」、「聲明道歉」等手段，儘量爭取法庭外和解。

在大陸以法治國與以德治國並舉的今天，輿論監督必須在憲法與法律範圍內進行，還必須受道德原則的約束與規範。在我們從事的新聞報導領域內不斷推進民主與法制建設，並加強我們的職業道德自律。從上海中遠俱樂部狀告《球報》一案中還有一個啟示：新聞工作者要努力學習法律，學會運用法律；而法律工作者要努力學習新聞傳播學，學會運用新聞傳播學。兩者相互間多溝通、多理解，讓社會主義新聞輿論監督發揮更積極的作用。

（三）克服誤區的對策

最後，論題還得回到當前大陸體育新聞報導中種種誤區如何克服。回答可以有多種方案，但是要從根本上克服體育新聞報導中的種種誤區，必須從提高體育新聞工作者素質抓起。

　　在目前市場經濟條件下，各類媒體之間的體育新聞競爭十分激烈，一些體育記者為了在競爭中取勝，一味追求獨家新聞、內幕新聞、爆炸性新聞，在通過正常渠道得不到的情況下，採取道聽途說、捕風捉影、合理想象等手段挖掘新聞，於是各種弊端層出不窮。因此克服上述種種誤區、解決上述弊端的對策與措施有：

1. 認真學習馬克思主義新聞觀，學習新聞學傳播學基本原理。體育新聞報導同樣要堅持正確的輿論導向，堅持新聞報導的真實性、時效性、思想性、用事實說話等基本原則，並真正貫徹到新聞實踐中去。

2. 認真貫徹中華全國新聞工作者協會制定的《大陸新聞工作者職業道德準則》[⑩]，體育新聞報導同樣應注重社會效益，講究社會責任。體育記者要在真實全面、客觀公正、遵紀守法、堅持真理、廉潔奉公、團結合作等各個方面加強自律，並落實到行動上。

3. 對體育新聞工作者加強職業培訓，使其真正熟練掌握深入採訪、客觀報導、科學評論、正確編輯的種種方法技巧，養成良好的職業習慣與工作作風。

4. 體育新聞工作者除了熟悉體育理論與體育運動常識、比賽規則之外，還應掌握輿論學、社會學、心理學、法學、經濟管理學等多學科理論與知識，成為學者型、專家型的新聞工作者。體育記者應是體育運動愛好者，並熟練掌握運用電腦、駕車技術、攝影攝像技術、英語會話等技能，以勝任體育新聞工作。

5. 培養優良的心理素質。體育運動弘揚的是一種超越自我的

精神，體育記者也應具備這種可貴的精神。「超越自我」
是一種崇高的精神境界。老子說：「自知曰明，自勝曰強。」
王通（隋代思想家）說：「自知者英，自勝者雄。」都提
倡戰勝自己的缺點、弱點、錯誤，才能成為強者與英雄。
記者在激烈的新聞競爭中能成為強者，必須具備「超越自
我」的優良心理素質。

6. 自律與他律相結合。體育新聞工作者提高素質，主要靠自
身修養與努力，但外因條件也必不可少。各類新聞媒體的
領導與上級主管部門領導應加強監督管理機制，關心愛護
體育記者，多為他們創造學習進修的良好環境與條件，形
成優秀體育記者、編輯、編導、播音員、節目主持人脫穎
而出的良好氛圍。

　　大陸改革開放以來，體育新聞報導獲得空前規模的發
展，雖有種種誤區與缺點，但廣大受眾、特別是青年學生十
分喜愛體育新聞，體育新聞報導還有繼續發展的機遇與條
件。讓我們一一體育新聞工作者、體育愛好者與新聞教育工
作者一起努力，為不斷改進體育新聞報導、弘揚精神文明而
奮鬥。

五、批評性報導應注意掌握好「度」

　　批評性報導是新聞媒體發揮輿論監督的重要方面，其意
義是十分明確的。新聞實踐中的關鍵問題是，如何把握好批
評性報導的「度」。這個問題在上世紀九十年代的新聞改革
中解決得較好，其成功經驗值得總結與推廣。

　　所謂「度」，就是事物的質的規定性，或者說事物保持自己質的一定數量界限。超出了事物質的規定數量界限與範圍，事物就會出現質變。同此道理，批評性報導超出了一定的「度」，就會引起「質變」，達不到批評性報導原有的目的，甚至出現誤導與謬誤。批評性報導要講究批評的「藝術」，也主要表現在掌握好「度」的問題上。

（一）批評性報導掌握好「度」，首先表現在堅持正確的輿論導向方面。

　　關於堅持正確的輿論導向的五個標準或五個方面要求，江澤民同志在 1994 年 1 月 24 日《在全國宣傳工作會議上的講活》中闡明：「堅持正確的輿論導向，就是要造成有利於進一步改革開放，建立社會主義市場經濟體制，發展生產力的輿論；有利於加強社會主義精神文明建設和民主法制建設的輿論；有利於鼓舞和激勵人們為國家富強、人民幸福和社會進步而艱苦創業、開拓創新的輿論；有利於人們分清是非，堅持真善美，抵制假惡醜的輿論；有利於國家統一、民族團結、人民心情舒暢、社會政治穩定的輿論。」

　　批評性報導也應堅持正確的輿論導向的客觀標準，講究社會效益。例如 1995 年 8 月 23 日《經濟日報》批評性報導《請廣州市工商局第一分局回答一個問題──這發票該不該企業報銷》，點名批評了廣州市工商局第一分局在執法過程中敲詐服務物件，要金利來公司報銷摩托車維修費和材料費一萬餘元的錯誤行為，引起了輿論譁然。8 月 29 日，國家工商局領導要求「認真查處此事」。9 月 5 日廣東省政府

領導指出，這是一種「嚴重的行業不正之風，是典型的腐敗行為。」實踐表明，《經濟日報》的批評報導及時、準確、適度，嚴肅法紀，糾正了行業不正之風，開展了清正廉潔公正執法教育，社會效果良好。

批評性報導在堅持正確的輿論導向時，要顧全大局，具備大局意識。據大陸新聞學院的一位教授稱，中央電視臺評論部原來有一期《東方時空‧焦點時刻》是批評上海家用化學品公司北京經營部的。該經營部將 1993 年生產的過期「清妃」牌化妝品換成 1995 年的包裝後繼續在市場上出售。這一條「焦點新聞」若播出去，肯定會產生轟動效應。但是，中央電視臺評論部的同志考慮：若將這條「焦點新聞」播出，會影響上海家用化學品公司的國有企業的形象，他們艱難走出的發展民族工業、發展國家名牌的路會遇到新的困難；同時，北京經營部的錯誤不是這家國有企業的主流，而這家公司前一階段為發展民族工業做了大量義舉，新聞媒體也連續正面報導過。於是，中央電視臺記者從發展民族工業、扶持名牌產品的大局考慮，「槍斃」了已製作好的節目，而積極與上海家化公司聯繫，妥善解決了北京營業部問題，取得了更佳的社會效果。

（二）批評性報導掌握好「度」，應遵循「團結——批評——團結」的公式。

這一公式，就是毛澤東同志所倡導的：在處理人民內部矛盾時，從團結的願望出發，經過批評與自我批評，在新的基礎上達到新的團結。在批評人民內部矛盾問題時，從團結

的願望出發，採取與人為善的態度，目的是為了提高認識、解決問題、達到新的團結，這就特別重要。批評不是目的，而是手段。

　　筆者曾經歷過采寫批評性報導的甘苦，深知掌握這個公式的重要。1993 年春節剛過，一對青年職工找到筆者，訴說第一次使用「永」字牌熱水袋即斷頭燙傷女主人的悲慘遭遇，而廠方卻滿不在乎、置之不理。筆者在義憤之下，幫助這對青工寫了投訴信與追蹤批評報導。在 2 月 19 日上海《消費報》上發表了《熱水袋斷頭造成嚴重事故》的投訴信，在 3 月 12 日《消費報》上發表了追蹤報導《消費者遭遇悲慘生產者滿不在乎》；同時在上海人民廣播電臺發表評論《「上帝」需要「保護神」》，呼籲消費者運用法律武器維護自己的合法權益。這時離 3 月 15 日國際消費者權益日只 3 天了，上海電視臺也準備「升溫」，對此採取「現場曝光」的批評手法。此時，「永」字牌熱水袋的生產廠家及其上屬公司的領導深感問題的嚴重性，連續三次找到報社領導與筆者，作檢討，查原因，採取整改措施，並向受害者賠款道歉。在這種情況下，若再通過電視曝光，容易造成過「度」引起的傷害。考慮到批評的目的已達到，經各方協商，撤銷了「電視曝光」批評的做法，改由《消費報》作一次「善後」報導，使批評報導有了一個「大團圓」的完滿結局，做到了群眾消氣、高興，廠方改進工作、領導滿意，社會安定團結。

**（三）批評性報導掌握如「度」，應遵紀守法，講究唯物辯
　　　證法，注意報導事實真實準確，包括用詞分寸恰當。**

　　批評性報導決不是某種圖報復、泄私憤的工具，也不是
懲罰、強制的力量。隨著大陸社會主義民主與法制建設的進
程，批評性報導也要納入民主與法制的軌道。例如新的《刑
事訴訟法》規定「未經人民法院依法判決，對任何人都不得
確定有罪」，新聞媒體不能擅自稱呼他人為「罪犯」，而只
能採用「犯罪嫌疑人」。否則，新聞媒體稱某人為「罪犯」，
而日後法院宣判某人無罪，新聞媒體及其記者就要為因擅自
稱某人有罪而承擔誣陷誹謗的法律責任。

　　批評性報導的事實應完全真實準確，並需有權威機構的
鑒定依據。否則也要承擔法律責任。例如瀋陽發生一對夫妻
企圖自殺服用了 6 瓶河南駐馬店製藥廠生產的「佳靜安定
片」而未死的事件，某傳媒匆忙報導說是《夫妻輕生　假藥
「救命」》。實際情況是，「佳靜安定片」是一種高效低毒
的安眠藥，成人的致死量（以體重 50 公斤者計算）在 56 瓶
以上。新聞單位及其記者沒有去權威機構（藥品檢驗單位）
核實，而只輕信某公安派出所提供的情況，輕易下「假藥」
結論，造成駐馬店制藥廠重大經濟損失。後經法院裁決，某
傳媒賠款達 65 萬元。

　　批評性報導的用詞應十分講究，嚴格掌握分寸。某企業
出現一、兩件次品，就報導一、兩件次品，不能說成「一堆」、
「一批」、「許多」；批評留有餘地，寧可將八分錯誤說成
五分，不可將八分錯誤說成十分；切忌用大而無當的貶義形
容詞，如「質量粗糙低下」，「態度惡劣」，「問題嚴重」

等等。遇到意見不一、爭執不下的問題，不可貿然下結論。若要報導，也應採用「平衡」手法，將雙方或多方看法同時報導。例如，有消費者起訴某化妝品廠的染髮水造成脫髮，某報報導了法院受理的消息。待法院判定該消費者脫髮與染髮水無關而駁回起訴時，這家化妝品廠已蒙受了千萬元以上的損失。若某報暫不報導，或者某報同時報導廠方的意見與申訴情況，就不會產生類似惡果。

　　總之，批評性報導法制性、政策性、社會性特別強，其「度」的掌握應慎之又慎。新聞界已有一些有識之士呼籲，批評性報導應逐步走上法制化的軌道。這對於新時期的大眾傳媒準確地履行輿論監督的職責，無疑是起著積極促進的作用。

注釋：

① 見陸定一《我們對於新聞學的基本觀點》，原載于延安《解放日報》1943年9月1日。

② 見王中《新聞學的第二課題》，原載於復旦大學新聞系編《新聞大學》總第4期。

③ 見餘家宏等《新聞學詞典》，浙江人民出版社1988年版，第119頁。

④ 見陳念雲《關於社會新聞的幾個問題》，解放日報編輯部編1986年1月「新聞業務學習材料」。

⑤ 引自劉炳文　張駿德《新聞寫作創新與技巧》，上海人民出版社1990年版，第88頁。

⑥ 見新聞《中遠彙麗名譽權案一審判決》，《文匯報》2002年4月25日。

⑦ 見《勞動報》2002年4月20日頭版與第5版。

⑧ 見《解放日報》、《文匯報》、《新民晚報》1998年5月11日的體育新聞版。

⑨ 引自魏永征著《被告席上的記者》題頭語，上海人民出版社 1994 年版。

⑩ 詳見金炳華主編《新聞工作者必讀》，文彙出版社 2000 年版，第 99-102 頁。

第七章　新聞評論的革新

　　新聞評論是新聞媒介對當前重大的新聞事件或重要的社會問題發議論、講道理、明是非的一種議論文體。這是近兩年，筆者在新聞評論課教學中對「新聞評論」的重新定義。

　　然而，在筆者參加撰稿、丁法章同志主編的《新聞評論學》（復旦大學出版社 1997 年 1 月版）中，對「新聞評論」是這樣是定義的：

　　新聞評論，簡而言之，是新聞傳播工具中一種對最新發生的新聞提出一定看法和意見的文章。具體說來，是就當前具有普遍意義的新聞事件和重大問題發議論、講道理，有著鮮明針對性和指導性的一種政論文體。

　　原來的定義把「新聞評論」歸屬為「政論文體」，而且內涵只「對最近發生的新聞提出一定看法和意見」。筆者通過實踐並與同行研討，作了修改，文字上也簡化了。

　　其一，將新聞評論歸屬為「政論文體」，這在我黨報的評論工作、特別是傳統的黨報社論中，是確定無疑的。因為「政論」是指「從政治角度闡述和評論當前形勢中重大事件與現實問題的議論文」，或「指政治性的專論」。[①]隨著新聞改革，新聞評論大發展，大量的經濟評論、思想評論、科教文衛評論等，早已突破了「政論文體」，所以將新聞評論歸屬為「議論文體」。

其二，在實際大眾媒介的評論工作中，論題內容不僅針對新近發生的重大新聞事件，同時也針對當前存在著或長期以來存在著的種種重要社會問題，因此有必要補充內容。現在有的新聞評論教材，把定義簡化為：「新聞評論就是對新近發生的事實（事件）的評論」，就有片面性與同義復述的缺點。

當然，我們研究任何問題，都不應從定義出發，而應從實際出發。隨著大陸新聞事業的大發展與新聞改革的深化，新聞評論體裁的應用範圍不斷擴大，它已從過去單一的報刊體裁，逐步演變為廣播、電視、通訊社、互聯網站等經常運用的文章形式，並與不同的新聞樣式的長處相結合，形成不同的個性特徵而各具魅力。儘管報刊評論見長於文字的邏輯推理，廣播評論見長於有聲語言的表情達意，電視評論見長於形象與聲音的視聽兼備，網路評論見長於開放性與交互性，然而，它們仍然都具有兩重屬性，既是新聞體裁，又隸屬於議論文體。因此，可以這麼認為：新聞評論是議論文體中的新聞題材，又是新聞體裁中的議論文或論說文。

一、新聞評論的特點

新聞評論與新聞報導是新聞媒介常用的兩種主要文體。新聞報導是基礎和主體，它的主要任務是報導新聞事實，傳遞新聞資訊，用事實來反映現實生活，以一種無形的意見來啟迪受眾；新聞評論則是旗幟和靈魂，它總是從當前形勢與任務出發，針對當前發生的各種典型事件和存在的實

際問題，運用科學分析和綜合的方法，發議論、講道理、明是非，以有形的意見直接指導人們的工作、思想與行動。它們相輔相成、協同作戰，大目標一致，都要準確、鮮明、生動地宣傳黨的方針政策，發揮輿論導向的作用。但具體功能有差別，簡言之，新聞報導主要傳遞事實性資訊，而新聞評論主要傳遞意見性資訊。

下面試將同題材的新聞評論與新聞報導作一比較：

2003 年 3 月 25 日新華通訊社出版的《新華每日電訊》報頭版頭條新聞是《大陸對目前伊局勢嚴重關切》，主要內容為「大陸國務院總理溫家寶與巴基斯坦總理賈邁利舉行會談時，呼籲儘快停止戰爭，減少伊人民遭受人道主義災難，維護伊主權和領土完整，重新回到在聯合國框架內政治解決伊問題的正確道路上來。」第二條新聞為《美英聯軍遭遇伊軍頑強抵抗》：

新華社北京 3 月 24 日電　綜合新華社駐外記者報導，伊拉克戰爭 24 日進入第五天，隨著戰線越來越接近伊拉克首都巴格達，美英聯軍也遭遇到伊方越來越頑強的抵抗，雙方傷亡人數明顯增多。……

而在同版面這兩篇電訊稿的側旁，配發了新華社記者趙鵬寫的「新華時評」《關鍵是辦好自己的事》，由國際形勢聯繫國內形勢與任務，有的放矢、有感而發，全文如下：

面對當前這個很不安寧的世界，倍感我們國家穩定和發展的好局面應當珍惜，倍覺國力強大乃是一個民族立足之本，倍思黨中央反覆強調的「聚精會神搞建設，一心一意謀發展」，句句意蘊深厚，字字千鈞之力。

　　黨的十六大提出全面建設小康社會的宏偉目標，剛剛結束的「兩會」提出一系列實現這一目標的政策和措施。這兩次重要的會議都強調，要緊緊抓住本世紀頭 20 年的重要戰略機遇期，聚精會神搞建設，一心一意謀發展。這是改革開放 20 多年來的經驗總結，也是黨中央審時度勢、把握大局、清醒分析的結果。建設任務繁重艱巨，發展機遇稍縱即逝，容不得我們自滿懈怠，容不得我行心有旁騖，容不得我們凌虛蹈空。今年是對實現我們今後發展目標十分重要的起步階段和開局之年，當前，特別重要的就是要統一思想、凝聚力量、同心同德，維護穩定，腳踏實地，艱苦奮鬥。

　　二十年的艱苦奮鬥，我們的國家已站在更高的歷史起點。但我們必須清醒地看到，大陸還是一個發展大陸家，與世界發達國家相比還有很大差距，今後 20 年全面建設小康社會的任務十分艱巨。

　　溫家寶總理在「兩會」閉幕時與中外記者見面時，坦率列舉我們當前面臨的五大問題。這些都是改革開放和發展過程中，關係全局的重大問題。這些問題能不能成功解決，關係人民群眾切身利益能否得到維護，關係到社會穩定和經濟發展，關係到全面建設小康目標能否順利實現。困難如山，責任如山，生於憂患，死於安樂。我們只有居安思危，埋頭苦幹，在發展實踐中不斷破解難題，才能戰勝諸多困難，取得新的成功。

　　今後 20 年是我們必須緊緊抓住而且可以大有作為的戰略機遇期，能否抓住機遇，加快發展，關係到我們黨和國家的興衰成敗。歷史上，大陸曾經有過喪失機遇而落伍的深刻

教訓，也有過抓住機遇實現快速發展的成功經驗。現在，我們正處在又一個難得的有利發展時機。機不可失，時不再來，必須緊緊抓住機遇，只爭朝夕地工作，把我們自己的事情辦好，確保實現十六大提出的宏偉目標。

　　如果將新聞評論與新聞報導作比較，兩者有以下四方面的不同：

1. 反映內容不同：新聞報導反映客觀事實，「用事實說話」，傳播事實性資訊，體現出一定的思想傾向。像上述兩篇新華社新聞，反映了伊拉克戰爭激化的局勢與大陸政府的一貫立場；而新聞評論反映宣傳意圖，傳播意見性資訊，直接闡明作者對新聞事件與存在問題的評價與看法，從國際形勢聯繫到國內形勢與任務，強調國力強大是民族立足之本、關鍵是做好自己的事，闡明我們要抓住機遇，加速發展，「聚精會神搞建設，一心一意謀發展」的道理。

2. 構成要素不同：新聞報導的事實要素指「五 W 一 H」，即新聞報導要講清楚時間、地點、人名、事情、為什麼、怎麼樣等；而新聞評論的要素是指：論點、論據、論證「三要素」。論點——證明什麼，立意明晰；論據——用何證明，持之有故；論證——如何證明，言之成理。

3. 寫作目的不同：新聞報導傳播事實資訊，由此形成社會輿論。它在滿足受眾欲知而未知的資訊欲的同時，發揮宣傳政策、表彰先進、批評謬誤、傳授知識、文化娛樂等作用；而新聞評論直接闡明主義、主張、意見與思想觀點。不少新聞評論是配發新聞報導的，旨在使新聞內在的思想得以引伸、昇華與提高，以擺事實（例證）與旁徵博引為手段，

以講道理、明是非為目的。

4. 表達方式不同：新聞報導以記敘為主，以講清事實要素為基本條件；新聞評論以議論為主，講究概念、判斷、推理，要求論點準確、論據充分、論證有邏輯性，以講清道理為基本條件。

把握這兩者的不同特點與區別，是成功寫作新聞評論的前提之一。有不少記者與通訊員寫新聞很熟練，而寫新聞評論就很彆扭，根本原因除了理論思想水準有待提高外，就在於沒有掌握新聞評論的特點與具體寫作要求。

新聞評論的具體特點如下：

1. 觀點鮮明，具有強烈的思想性。

新聞評論反映宣傳意圖，直接闡明思想觀點，因此它在大眾傳播媒介中是最具鮮明的黨性、思想性的文體。在新聞實踐中，把新聞評論、尤其是社論看作是報紙（廣播電視媒體也一樣）的旗幟和靈魂，根本原因就在於此。毛澤東同志在《對晉綏日報編輯人員的談話》中說：「我們必須堅持真理，而真理必須旗幟鮮明。我們共產黨人從來認為隱瞞自己的觀點是可恥的。我們黨所辦的報紙，我們黨所進行的一切宣傳工作，都應當是生動的，鮮明的，尖銳的，毫不吞吞吐吐的。這是我們革命無產階級應有的戰鬥風格。」

新聞評論的黨性、思想性原則主要表現在：堅持黨的基本路線和方針政策，堅持唯物辯證法，對新聞事件和重大問題進行具體分析，從而正確地闡明觀點與主張。榮獲第二屆「大陸新聞獎」一等獎的優秀評論《改革開放要有新思路》（原載 1991 年 3 月 2 月《解放日報》），就是根據黨的十

三屆七中全會精神和鄧小平同志講話精神，進行唯物辯證分析的典範。評論強調指出：

研究新情況、探索新思路，關鍵在於要進一步解放思想。解放思想決不是一勞永逸的。就以計劃與市場的關係而言，有些同志總是習慣於把計劃經濟等同於社會主義經濟，把市場經濟等同於資本主義，認為在市場調節背後必然隱藏著資本主義的幽靈。隨著改革的進一步深化，越來越多的同志開始懂得：計劃和市場只是資源配置的兩種手段和形式，而不是劃分社會主義與資本主義的標誌。資本主義有計劃，社會主義有市場。這種科學認識的獲得，正是我們在社會主義商品經濟問題上又一次重大的思想解放。在改革深化、開放擴大的新形勢下，我們要防止陷入某種「新的思想僵滯」。我們不能把發展社會主義市場，同資本主義簡單等同起來，一講市場調節就以為是資本主義；不能把利用外資同自力更生對立起來，在利用外資問題上，謹小慎微，顧慮重重；不能把深化改革同治理整頓對立起來，對有些已經被實踐證明是正確的、行之有效的改革，不敢堅持和完善，甚至動搖、走回頭路；不能把持續穩定發展經濟、不急於求成同緊迫感對立起來，工作鬆懈，可以辦的事情也不去辦。總之，進一步解放思想，是保證我們完成第二步戰略目標的必要條件。實踐證明，凡是思想解放的地方、部門和單位，工作就打得開局面；凡是思想不解放的單位，就缺乏生氣，工作就很難搞上去。

作者皇甫平（注：集體筆名）認為，[2]當前進一步解放思想最主要表現為如何看待市場經濟的問題上，在文中否定

了「把計劃經濟等同社會主義，把市場經濟等同資本主義」的傳統觀念，指出「計劃和市場不是劃分社會主義和資本主義的標誌。資本主義有計劃，社會主義有市場。」在文中闡述了鄧小平同志的一貫思想。我們認為這是小平同志對馬克思主義的重大突破和發展，對於我們探索社會主義經濟體制具有深遠的指導意義。皇甫平文章在全國各地激起廣泛反響，許多讀者反應，讀了文章很有啟發，有助於進一步解放思想，認清形勢，打開思路，堅定信心。

當然，像上述重大的政治思想評論畢竟是少數，多數新聞評論的內容涉及的是具體經濟、業務、社會、思想問題等，但在闡述觀點時往往仍然與政治思想有關。因此，新聞評論鮮明的黨性、思想性，要求我們在寫作新聞評論時，既不能就事論事，也不能空發議論，而要就事論理，把準確鮮明的思想觀點與具體有力的論據、辯證的推理論證有機結合起來。

2. 有的放矢，具有顯著的新聞性。

新聞評論與一般議論文不同的地方，就在於它具有顯著的新聞性。換句話說，新聞評論是針時當前具有新聞價值的事件和問題來發表意見和主張的。它所揭示與促使解決的問題，應該是實際工作迫切需要解決的問題。

新聞評論的具體針對性有以下幾方面：

（1）針對當前工作中的薄弱環節，需要呼籲社會各方面一起來克服解決。如經濟發展中的環境保護問題、安全生產問題，農村忽視糧食和棉花生產問題，科技興農問題，市場疲軟問題等等，都屬於薄弱環節之列。

（2）針對社會上的某種傾向問題，需要提醒人們加以警

戒。如動用公款吃喝風、封建迷信風、大操大辦婚喪喜事風、鋪張浪費請客送禮風、年終突擊花錢購置公物風等等，都有必要針砭。

（3）針對群眾中流行的錯誤觀點、錯誤思想與行為，需要加以批評教育，疏導澄清。如認為「自私是人的本性」、「人不為己，天誅地滅」、「一切向錢看」等觀點以及社會生活中唯利是圖、「斬顧客」等現象，都有必要進行經常性批評。

（4）針對人們普遍關心、議論最多的問題，需要給予正確的回答和指引。如對醫療社會保險制度的改革、對住房制度的改革等等涉及人們切身利益的問題，政府新聞辦與新聞單位都作過評論解釋。

（5）針對某種新人新事新風尚出現後尚未被人們所充分認識，需要加以倡導。如大陸東部的幹部支援西部，大學畢業生、碩士、博士自願去西部工作，科教扶貧等等，都可進一步闡明其重要意義，激勵人們去支援大陸西部的大開發。

此外，有些紀念歷史人物或歷史事件的評論，也要結合當前形勢與任務，聯繫實際予以論述，才能體現新聞性與思想性。

3. 實事求是，具有嚴格的科學性。

實事求是歷來是我黨的思想路線和工作原則，也是我們新聞評論的特色和寫作要求。實事求是即是堅持唯物辯證法，一切從實際出發，對具體問題具體分析，嚴格掌握法制尺度、政策界限和是非標準，力戒片面性和絕對化。黨的十

六大提出「解放思想，實事求是，與時俱進，開拓創新」，更要求我們的思想認識跟上形勢的發展與時代的步伐，才能搞好新聞評論工作。

4. 面向基層，具有廣泛的群眾性。

　　新聞評論題材是重大新聞事件與重要社會問題等，而新聞評論面對的受眾主要是社會基層的廣大幹部和群眾。新聞評論由於闡明的是馬克思主義的道理和黨的現行方針政策，論述的內容又是實際工作中的重要問題和廣大群眾迫切關心的問題，及時反映的是人民群眾的願望、要求和意見、建議，因而它具有廣泛的群眾性。特別是在報紙上、廣播中湧現的一批短評、小言論，題材來源於社會生活，不少來自群眾手筆，一事一議，觀點新鮮，文風清新，語言生動活潑，如《人民論壇》、《新民論壇》、《今日論語》、《今日快評》、《今日談》、《百家言》、《群言堂》、《燈下隨筆》等等欄目，從內容到形式都為受眾所喜聞樂見。總之，新聞評論貴在實事求是，以理服人，才能取得廣泛的群眾基礎。

二、新聞評論的選題

　　新聞評論選題，即選擇新聞評論所要評述的事物或所要論述的問題，它規定著評論的物件與範圍。通常情況下，新聞評論選題是選擇就事論理的「事」、有的放矢的「的」、有感而發的「感」。正如一位老評論工作者所言：一篇評論是不是質量高，主要看它是不是言之有物、有的放矢，是不是提出和解決了當前最需要解決的問題。要做到這一點，需

要深入實際，深入群眾，調查研究黨的路線、方針、政策在實際執行中的情況與問題，瞭解群眾的思想、意見和呼聲。這就告訴我們：新聞評論的題目，主要應該從上頭精神和下頭情況的結合中去找，最根本的是從實際工作和現實生活中去找，特別注意將群眾最關注、實際工作迫切需要解決的「熱點」、「難點」問題列入評論選題之中。

在如何發現與選擇評論題目方面，我們應注意唯物辯證的思考與科學分析的方法：

1. 分析工作中普遍存在的傾向性問題或薄弱環節，進行理性思辯，從而找到新聞評論題目。

2003 年夏季赤日炎炎，而各種天災人禍不斷，據新華社《新華每日電訊》不完全統計，從 7 月 13 日至 8 月 10 日不到一個月的時間內，全國各地發生重大的煤礦突發透水事故、交通客車翻入深山溝、古城牆倒塌壓死民工、煙花廠大爆炸、造紙廠氯氣泄漏、在建廠房倒坍等傷亡事故十七起。《新華每日電訊》在 8 月 11 日第四版發了一整版的組合報導（深度報導的一種方式），套紅的通欄標題為「面對災難隱患　是什麼蒙住了我們的眼」，記者劉錚針對各地忽視安全生產的薄弱環節與放任自流的僥倖心理，配寫了評論《災難報復僥倖》：

煙花爆竹，本應給人們帶來歡樂，裝點絢麗生活。最近一段時間爆竹廠卻連接發生安全生產事故，30 多條生命消失在硝煙中。從河北辛集、福建閩侯、浙江桐廬傳來的陣陣爆炸聲再一次提醒人們：人命關天，安全第一。

持續多日的高溫天氣的確是事故發生的客觀因素，但安全意識淡漠、違章作業卻是事故後果嚴重的重要原因。

煙花爆竹勞動安全技術規程規定，氣溫超過 35 攝氏度不得進行晾曬。但河北辛集郭西煙花爆竹廠卻在氣溫 37 攝氏度、濕度 93%時晾曬藥球，藥球中含鎂鋁合金粉吸濕發熱，熱量積累到一定程度發生自燃引起爆炸。這個廠還擅自將原設計的雜品庫、製筒車間作為成品庫，造成爆炸品大量超存，導致爆炸事故損失慘重。

慘痛的事實告訴我們，重視安全生產不能僅僅停留在口頭上、規章中和文件裏，必須落實到企業經營者的議事日程上，落實到員工的每一個操作流程中。

在一些人，特別是一些企業經營者眼裏，安全生產工作最「不見成效」，甚至是可有可無的。安全生產工作，需要投入一定的人力、物力和財力，但在他們看來效果卻「僅僅」是平安無事而已。於是他們把全部的精力放在了追逐利潤上，對安全工作抱著放任自流的僥倖心理，迎來的是災難的報復。

事實證明，「說起來重要，做起來次要，忙起來不要」的安全生產觀往往是以鮮血為代價的。無論事後如何補償，人的健康和生命，是永遠無法挽回的。在全面建設小康社會的新時代，保護珍貴的生命應當放在我們各項工作的首位，以犧牲安全為代價換取的所謂發展是血淋淋的，是違背發展的真正初衷的。

目前，大陸安全生產基礎薄弱，安全生產形勢嚴峻，重特大事故時有發生，大量事故隱患沒有得到整改。權威人士

指出，要想取得安全生產形勢的根本好轉，關鍵在企業。企業要真正樹立「人命關天，安全第一」的觀念，並建立起安全生產的自我約束機制。

　　各地有關部門要多管齊下促使企業加強安全生產工作，首先要加強安全生產基礎學科的研究，儘快明確不同行業和企業在安全生產上的合理投入；其次，加強立法，在法律法規中明確規定企業的安全生產投入，以及違反規定的制裁措施；再次是將安全生產風險抵押金制度落到實處，並提高事故處理成本，使企業經營者不敢在安全生產方面出事故。

　　這篇評論是記者分析了實際工作中的傾向問題與薄弱環節，進行規章制度研究與理性思考，從而找到較好的新聞評論題目，進行較深入的剖析與說理。

2. 分析群眾普遍關注而又疑惑不解的問題，進行透視與澄清，抓住主要矛盾，從而找到新聞評論題目。

　　2003 年盛夏是多事之夏，七、八月份大陸娛樂圈裏傳出所謂「皇阿瑪性交易」風波，「老百姓」議論紛紛，搞不清誰是誰非。《羊城晚報》最早在 7 月 14 日的「娛樂新聞」版面上發了一篇何龍寫的評論《「色」字頭上是多刃刀》，評論從名言「色字頭上一把刀」說起，分析有男人為色而敢上刀山下火海，也有美女用「調色筆」描繪自己前程。評論最後抓住「疑點」、「難點」的關鍵：

　　最近的所謂「皇阿瑪性交易」風波，明眼人一看便知道，這是有人在使用或者利用色相謀取名利。然而這把「色刀」就不止是一般的單刃刀了：它先是使張鐵林的聲譽出血，接著又讓傳媒的公信力受創、讀者的信任感挨刺、社會的道德

鍵被砍，最後連持刀者也不免自傷。這樣的持刀者簡直就是
「連環殺手」！

面對滴血的傷口，人們不應繼續苟且的心態，從而使「色
刀」傷及更多的無辜，而應在傷口癒合之前讓它開口說話──
無論是做百姓還是當明星，做人首先還是要本色，不要把「出
色」演繹成「出賣色相」，不然總有一天，公眾會給你顏色
看的。

這篇評論抓住了風波的要害所在「是有人在使用或者利
用色相謀取名利」，較早地揭示了風波本質、尤其是「色刀」
的嚴重危害性，也是評論選題構思的關鍵，抓准了「熱點」、
「難點」問題。以後事態的發展證明了評論的判斷。《新民
晚報》2003 年 8 月 11 日第 10 版上發表了翁思再的文章《聚
焦張鐵林》，基本上澄清了所謂緋聞事件，完全是一個尚不
知名的四川女歌手為了炒作自己而故意在新書發佈會上當
著記者面哭訴、「擺噱頭」杜撰的，成為四川某報的「猛料」，
隨後一批媒體跟風猛炒，鬧得沸沸揚揚。正如張鐵林所說：
我們不能把所謂「緋聞」當作娛樂新聞，大陸的娛樂記者不
能把自己降格為境外的「狗仔隊」。相信法律自有公斷與明
斷，壞人惡有惡報，好人一生平安。

3. 分析似是而非的思想行為，進行明辨是非的思想教育，從
　而找到新聞評論題目。

針對一些青年人信奉「難得糊塗」的言行，《長沙晚報》
發表過《「難得糊塗」辨》（原載 1990 年 5 月 3 日《長沙
晚報》，作者邵慶豐）。評論首先考證「難得糊塗」的出典：

據史料載：「難得糊塗」出自清代著名畫家鄭板橋之手。1751 年，他為官山東濰縣，當年遇上天災，顆粒無收，出現了人吃人的悲慘景象，而官場一年比一年昏暗。鄭板橋一面無情地予以抨擊；一面又由於無力解民於水火而旁徨失望，於是揮淚書寫了「難得糊塗」。……這在當時的歷史背景下，從憂國憂民的角度來說是有積極意義的。但逃避現實是不足取的，更不值得現代人仿效。

作者接著分析，大陸的今天是許多志士仁人奮鬥獻身得來的；在尊重知識、尊重人才的今天，年輕人一定要自尊自愛、拼搏進取。而今天的「難得糊塗」是對社會、對人生不負責任的態度，是消極厭世的人生觀。這篇評論題目來自現實生活中的思想分歧與矛盾問題，有的放矢，有感而發。

4. 分析社會生活中違反科學又習以為常的現象，進行辯證唯物主義教育，從而找到新聞評論題目。

目前虛假廣告流行，推銷什麼「聰明水」、「聰明口服液」、「聰明食品」，在電視螢幕上一個胖孩子說：「吃了 XXX 口服液，又考了 100 分。」某張報紙廣告說：「XXX 食品與您共同幫助孩子度過考試難關。」這些明顯反科學的虛假不實之詞，卻時望子成龍、望女成鳳的父母頗有誘惑力。對此，上海《文匯報》1992 年 7 月 17 日「虛實談」欄目推出評論《「杜甫詩丸」和「聰明水」》（作者耿實），借用典故：唐代詩人張藉將杜甫詩稿燒成灰燼後吞服，以便吃詩做詩，成為歷史笑話；而今人迷信「聰明水」，吃了固然無害，但決不能使你的孩子變聰明。評論直截了當指出：世上沒有「聰明水」，孩子聰明要靠優生優育，更要靠孩子勤奮好學。

　　這類評論題目既從針砭時弊而來，又從作者唯物辯證地分析事物而來。

5. 分析不為群眾所知的新人新事新氣象，抓住特點進行述評，以便弘揚正氣，宣傳精神文明，從而找到新聞評論題目。

　　例如，早在 8 年多前，上海市中山醫院「外二支部」的 20 多名黨員醫生，不僅成功搶救了一位剛失去丈夫的患腫瘤的婦女，而且捐款幫助她的當時上小學四年級的女兒小雪（化名），並承諾：這「助學款」一直幫下去，一直到小雪讀中學、大學、考研、考博。現在小雪考上了大學，記者想去採訪，但小雪卻堅決拒絕採訪。記者施捷在 2003 年 8 月 12 日《新民晚報》上發了評論《貧困生猜想》，既表揚了中山醫院醫生們的高尚情操，又婉轉地希望像小雪這樣的大學裏的貧困學生：只有坦然地面對「貧困」，克服脆弱心理，才有動力跨出勇敢的第一步，去爭取屬於你的機會。

　　這類評論題目以正面為主，顯得高雅，富有感染力與說服力，需要我們去努力挖掘開發。

6. 平時積累資料，好學多思，多加分析比較，得出有益的啟示，從而找到新聞評論題目。

　　筆者平時喜歡看體育新聞。1992 年 5 月下旬在世界湯姆斯杯男子羽毛球比賽中，大陸隊意外地輸給了馬來西亞隊，未能進入決賽圈。大陸有的新聞媒介指責與批評馬來西亞的教練、原大陸運動員楊陽，在關鍵時刻將絕招教給了馬來西亞運動員。筆者馬上聯想到同類的另一件事：1990 年

10 月在第 11 屆北京亞運會上，日本竹內先生指導的大陸姑娘趙友鳳，在女子馬拉松比賽中，從日本姑娘荒木久美子的腳下奪走了一枚馬拉松長跑的金牌。大陸的媒介一致讚揚竹內先生為增進日中人民友誼作出了貢獻，並未有什麼責難與批評。同此道理，我們為什麼不可以讚揚楊陽等大陸藉教練為增進中馬人民的友誼作出了貢獻呢？為此，筆者找到了一篇評論題目《體育比賽還得弘揚奧林匹克精神》（發播在 1992 年 6 月 6 日上海人民廣播電臺《今日論壇》欄目），批評了一種「贏得輸不得」、把體育比賽目的僅看作「奪金牌」的狹隘體育觀，弘揚了體育比賽中的社會精神文明。

綜上所述，新聞評論的題目存在於豐富多彩的實際工作與社會生活中；而到實際中找評論選題並不輕而易舉、唾手可得。它要求我們具備一定的思想理論水準與政策水準，隨時隨地關心實際工作、社會生活與群眾思想情緒，勤於思索，善於積累。

筆者曾在 1989 年秋天請教過新聞界老前輩、《文匯報》顧問徐鑄成先生關於評論選題的訣竅。徐老說：談不上什麼訣竅，生活中處處有新聞，也處處有新聞評論題目，關鍵是善於發現。我們要養成這樣的職業本能：能夠在一般人習以為常的不加注意的事物中，揭示出它的思想理論意義或它的荒謬錯誤來，給人以啟迪。

走筆至此，筆者聯想起江澤民同志在紀念新華社建社 60 周年講話中對新聞工作者的要求：「學習學習再學習，深入深入再深入。」我們應以此為座右銘，並認真付之實踐。

三、新聞評論的立意

　　新聞評論是新聞媒體對當前重大的新聞事件或重要的社會問題發議論、講道理、明是非的一種議論文體。它是新聞媒體發揮正確的輿論導向作用的重要社會公器。而新聞評論的「立意」，正是作者對所評述的事物或問題，提出自己的看法，發表自己的見解，也就是確立評論文章的基本觀點與主要思想內容。

　　對於「意」，大陸唐宋八大家之一的蘇軾有過很好的解釋，他說：「儋州雖然百家之聚，州人之所須，取之市而足，然不可徒得也。必以一物以攝之，然後為己用，所謂一物者，錢是也。作文亦然。天下之事，散在經、子、史中，不可以取物，不得意，不可以用事，此作文之要也。」可見這個「意」，指的是文章中統攝「事」即材料的中心思想，雖然它並不就是具體論點，但卻是諸論點的總和並且統率諸論點，可以說是全文的基調，也是評論寫作全過程中的一個具有決定意義的中心環節。[③]

　　新聞評論講究有的放矢、就事論理、有感而發，其立意貴在「準」、「新」、「深」上下工夫。

　　立意貴「準」，指評論基本觀點正確、切合實際，符合法制與政策思想，又恰如其分，合乎情理。這也是保證評論的輿論導向正確的必要條件。例如 2002 年 10 月 3 日冰城哈爾濱市爆出一大新聞：東北虎林園一隻 6 歲雄性東北虎將園內一名工作人員當場咬死，引起了該市全民公決，對這只東北虎如何處置？輿論有三種意見：1.處以極刑（槍決或注射

大量麻醉劑安樂死）；2.終身監禁；3.送回基地（橫道河子
貓科飼養繁育中心）。對東北虎傷人事件的正確評論應是法
律界人士的意見：懲罰東北虎於法無據，大陸尚無一部關於
動物損害自然人生命健康或財產應實施懲罰的法律規範；而
且，東北虎屬於國家一級保護動物，依《野生動物保護法》
的有關規定，在一般條件下，其生命、健康及生存環境都是
不可侵犯的。當然，如果發生老虎襲擊本人或他人的事件，
當時本人與他人可以對老虎實施必要的正當的反擊。但是在
事情過後，再懲罰或處死老虎，只能是人類對野生動物的報
復，變成違法的了。也有群眾指出，老虎本性就是要吃人的，
不能怪老虎，只能怪動物園管理不嚴，今後要亡羊補牢。這
也是正確的評論。最後東北虎林園的領導決定，將傷人的東
北虎單獨「禁閉」一段時間，使其接受心理醫生的調養，再
回歸種群，並參與種群繁殖。

　　評論立意正確與否，經常會反映到政治思想領域，因此
除了堅持依照法律規範外，還要始終堅持四項基本原則，堅
持黨的現行方針政策。前不久，有人散佈「不宜把『文革』
稱為『十年浩劫』」的思想觀點，理由是「文革」十年中也
有衛星上天、氫彈爆炸等好事發生。《北京日報》在 2002
年 12 月 16 日發表了評論《「十年浩劫」的提法不妥嗎？》
對此提出質疑。作者賀華泉在文中指出，《關於建國以來黨
的若干歷史問題的決議》已經為「文革」定性，稱為「給黨、
國家和各族人民帶來嚴重災難的內亂」。那麼，對於這樣一
場持續十年之久的災難性的社會大動亂，稱之為「十年浩劫」
有何不可？在「文革」十年中，大陸是否純然一團漆黑？當

然不是。衛星上天、氫彈爆炸，等等，都值得稱道，但這些都不能代表「文革」十年的國家整體狀況。對此應當實事求是，應當承認那的確是動亂的十年，浩劫的十年。我們党承認了「文革」是一場災難性的內亂，做出了歷史決議，威信不是降低了，而是增高了。很明顯，賀文的立意是正確的、高瞻遠矚的。

立意貴「新」，指的是見解新穎、論點新穎，能給讀者以思想啟迪，給實際工作以新的啟示。2003 年新年伊始，阮鑒祥同志在《新民晚報》「夜光杯」欄目上發表了一篇評論《富人怕上「排行榜」》，對大陸富人們怕上排行榜的思想原因進行透視，提出新的見解，對各地的稅務部門提出新的建議。該評論全文如下，可供賞析：

富人怕上「排行榜」

美國《福布斯》雜誌去年的「大陸首富排行榜」已於十月底公佈，但在公佈前，曾遭遇前所未有的尷尬，大多數被選中的「候選人」均對《福布斯》說「不」！

作為每年度都要公佈世界各國「首富排行榜」的《福布斯》，曾受到大陸富人們的青睞，不少富人以能躋身其上而自豪不已，但如今卻有點像躲瘟疫般避之惟恐不及。究其原因，就因為一上「排行榜」，即成為當地稅收部門的重點監察物件，而不少富人偏偏又經受不起監察。當年的牟其中，今日的劉曉慶，都因為上了「排行榜」卻又在監察中被發現有嚴重偷逃稅行為，而受到追究直至銀鐺入獄。有此「車

鑒」，焉能不令某些外表氣壯如牛內裏心虛如鼠的富人對「排行榜」望而生畏、敬而遠之呢！

　　依法納稅是公民的基本義務和神聖職責，富人們收入高，理應多交所得稅。然而在現實生活中，不少富人的偷漏稅成了家常便飯，癥結之一在於我們對富人納稅缺乏有效的監督機制：他每月收入多少，屬不屬富人，該不該多交稅，似乎誰也講不清楚。現在好了，既然他上了「山姆大叔」公佈的「首富排行榜」，「鎖」牢他想必不會有錯了。於是，「排行榜」便成了富人們的「緊箍咒」，以往趨之若鶩，現今卻退避三舍了。

　　各地的稅務部門能夠從「首富排行榜」中受到啟發，瞄準重點監察物件，進而順藤摸瓜，查出偷漏稅的「碩鼠」，自然不無功績。但這僅僅依靠老外的「排行榜」來決定對富人是否實行監督，似乎顯得資訊不靈，失之主動。必須意識到，榮登老外「排行榜」的畢竟是鳳毛麟角，而眾多「漏網」的逃稅富人正逍遙自在地「沒事偷著樂」呢。看來，除了加緊改革稅收機制外，稅務部門平常確應搞好調查研究，這既是對國家負責，也是對富人的愛護。

　　評論的最後部分，觀點鮮明，語重心長，抱著對國家對人民也對富人高度負責的態度，令讀者感到清新明目，可讀性強；對各地稅務部門改進工作也是一個很好的建議與啟示。

　　立意新，同時要求運用新的論據、新的事實材料，並尋找新的立意角度。例如當今大陸農村中還存在「重男輕女」的落後意識，個別老農認為「只有生兒才能傳種接代，生女都是外人家的」；有篇評論《假如世界上母親都生兒子》，

提出一個全新的思考角度，因為傳種接代必須由男女雙方完成，假如世界上母親都生兒子，不生女兒，那才真正要「斷子絕孫」。這同樣給人以新的啟迪。

立意貴「深」，就是要把評論涉及的基本道理與中心論點分析透、論述透。或者說，新聞評論立意的深刻性取決於分析的透闢性。在認識論上講，就是要透過現象揭示本質，著力分析它的內部聯繫，盡可能對事物的變化與運動有規律性的認識。2002 年第 7 屆大陸國際新聞獎評選中榮獲一等獎的人民日報好評論《兩種歷史觀的交量》，對當時日本國內的一場輿論戰進行評論：一方是《朝日新聞》，堅持正視歷史、檢討反省侵略的態度，主張按歷史本來面目寫歷史教材；另一方是右翼勢力代表《產經新聞》，極力為「大日本帝國」歌功頌德，醜化與攻擊正確的歷史觀為「自虐史觀」。人民日報的國際評論把這場論戰上升到「這是日本進步史觀同『皇國史觀』進行的又一次較量」，並鄭重指出：「日本對這一歷史的認識關乎受害國的民族感情，關乎亞洲各國對日本的信任程度。日本用什麼樣的歷史觀教育後代，關係到日本今後是堅持和平發展道路還是可能重蹈軍國主義道路的問題。」可謂一針見血、刻骨銘心。

最後需要強調的是：講究新聞評論的立意，實際上是講究新聞評論的策劃，所謂「意在筆先」，這是任何新聞媒體的評論工作者都應十分重視的。

四、新聞評論的品格

　　新聞評論的品格，指的是新聞評論的內在質量和風格。大陸當代的新聞評論家與評論工作者大多認為：立論的思想性、說理的透闢性、論辯的邏輯性是體現新聞評論品格的標誌。

　　下面試聯繫一篇較優秀的新聞評論，來分析其品格。這是發表在 2003 年 8 月 10 日《新民晚報》「新民論壇」版面上的評論，作者尤俊意，新聞評論如下：

補牢於亡羊之前

　　近來安全事故連連不斷，大熱天裏令人心寒。據報載：今年上半年全國發生各類事故近 33 萬起，死亡 4 萬多人，受傷幾十萬人；日均 2730 起，死亡 333 人。又據訊，上半年因狂犬病死亡 491 人，超過了同期死於非典的人數。因而有人驚呼：事故猛於虎也。

　　事故何以會發生？從主觀上看，原因無非有三條：一是違反技術操作規程；二是違反法律與道德規範，逆章而行；三是由於平時疏於保養維修，突發機械故障，來不及採取應對措施或應對有誤所致。可見，事故大多屬於可控可防的「人禍」，而非不可抗拒的「天災」。

　　事故降不下來，與人們的過失有關，包括疏忽大意的過失和盲目自信的過失，前者屬於麻痺，後者稱為僥倖。麻痺大意是事故的溫床，僥倖心理是事故淵藪。只要這種過失心理不克服，事故頻發的現象便難以克服。從泰坦尼克號豪華遊輪的沈沒到美國太空飛船的爆炸，無不說明了這一點。

　　如何遏制事故頻發的現象？要開一張包醫百病的藥方很難，但通過望聞問切等手段，還是可以大致說出個子丑寅卯來的。那就是「三抓」：抓人頭、抓監測、抓隱患。既然事故大多出於人們的過錯或過失，要從源頭上治理，大幅降低事故發生率，就要從保證安全的實效入手，加強操作人員素質培訓，優化相關法規規章，加大執法力度，違法必究。在抓人頭教育的同時，必須將安全防範的關口前移至事前監測這一關，對生產和工作器具進行操作前的事先安全監測，防患於未然。

　　千百年來人們一直信守著「亡羊補牢，猶為未晚」的古訓。其實，亡了羊才去補牢已經晚了一大步，亡羊是無法挽回的損失。只有未亡羊、先補牢，才能防止亡羊。如果事先清除了隱患，嚴格按章操作，事故就能避免。江澤民同志曾告誡我們：「隱患險於明火，防範勝於救災，責任重於泰山。」這三句話不啻是至理名言。

　　這篇評論文章的品格、或內在質量與風格，表現在：

1. 立論精闢，講究思想性。

　　新聞評論是用來論說重大新聞事實或社會問題的，以達到闡明政策或哲理、明辨是非、指導輿論的目的。思想性是新聞評論的生命。立論的精闢性、思想的準確性首先取決於正確地運用馬克思主義的立場、觀點和方法，科學地分析現實矛盾，以便觸及時弊，有的放矢。例如「實踐是檢驗真理的唯一標準」、「科技是第一生產力」、「知識份子是工人階級的一部分」、「振興民族的希望在教育」、「真正的馬克思主義者要自覺抓科教興國」等立論，既是馬克思主義的

觀點，又是針對現實矛盾問題的尖銳犀利的論題，在關鍵時刻聯繫實際予以剖析，就容易寫出立論精闢、思想性強的新聞評論來。

這篇新聞評論選題是針對大陸「近來安全事故連連不斷」的狀況，並進行了面上統計；而立論高瞻遠矚又精闢，它一反「亡羊補牢，猶為未晚」的古訓，提出「補牢於亡羊之前」的鮮明總論點，有統計、有例證、有分析、有歸納，最後用江澤民同志的至理名言「隱患險於明火，防範勝於救災，責任重於泰山」結尾，高屋建瓴，氣宇軒昂，給人深刻啟迪。這是有關安全生產與預防事故的評論文章中最富有思想見地與說明力的一篇。

2. 說理透闢，講究深刻性。

新聞評論作為一種觸及時事、就事論理的文體，其主要品格特徵是說理的透闢性、深刻性。而要做到這一點，關鍵在於正確地運用唯物辯證法，從實際出發，對具體問題進行具體分析。

這篇評論在分析事故發生的原因時，作了三方面的歸納：

一是違反技術操作規程；二是違反法律與道德規範，逆章而行；三是由於平時疏於保養維修，突發機械故障，來不及採取應對措施或應對有誤所致。可見，事故大多屬於可控可防的「人禍」，而非不可抗拒的「天災」。

然後再分析造成「人禍」的根源、特別是人的心理因素：

事故降不下來，與人們的過失有關，包括疏忽大意的過失和盲目自信的過失，前者屬於麻痺，後者稱為僥倖。麻痺

大意是事故的溫床，僥倖心理是事故淵藪。只要這種過失心理不克服，事故頻發的現象便難以克服。從泰坦尼克號豪華遊輪的沈沒到美國太空飛船的爆炸，無不說明了這一點。

這樣分析全面又有重點，辯證又符合社會實際，透過現象揭示本質，尋找出事故不斷的規律，把實際工作與社會生活中迫切需要解決的問題提高到理性認識的高度，從而正確深刻地說理。

新聞評論說理的透闢性，需要注意把當前政治生活和實際工作中迫切需要解決的問題，提高到或理論、或法制、或政策、或倫理情理的高度加以論述。如前面已例舉的優秀評淪《改革開放要有新思路》，根據黨和國家領導人對上海浦東開發的指示精神與經濟理論界、實際工作部門對九十年代改革開放的新思路，揭示出當前迫切需要解決的實質問題：要進一步解放思想。評論指出的「四個不能」：

我們不能把發展社會主義市場，同資本主義簡單等同起來，一講市場調節就以為是資本主義；不能把利用外資同自力更生對立起來，在利用外資問題上，謹小慎微，顧慮重重；不能把深化改革同治理整頓對立起來，對有些已經被實踐證明是正確的、行之有效的改革，不敢堅持和完善，甚至動搖、走回頭路；不能把持續穩定發展經濟、不急於求成同緊迫感對立起來，工作鬆懈，可以辦的事情也不去辦。

這涉及到當前社會主義政治經濟學的基本原理與現代化建設實踐中的具體政策思想問題，通篇給讀者以理性啟迪與政策指導。

3. 邏輯嚴謹，可讀性強。

　　新聞評論作為一種富有新聞性的議論說理的文章，總是要通過嚴密的邏輯論證來闡明基本觀點，以雄辯的邏輯力量來說服受眾、吸引受眾。新聞評論這種嚴謹的邏輯性具體表現在：思維周密，觀點準確；條理清晰，論證有力；令人信服，可讀性強。

　　評論《補牢於亡羊之前》思維周密、條理清晰表現在，通篇謀篇結構提出問題、分析問題、解答問題（或者說回答是什麼、為什麼、怎麼辦三方面）十分明晰，環環緊扣，層層剖析，最後得出結論。評論一共五段：

　　第一段是有關全國上半年安全事故的統計數位，抓住了特點：上半年因狂犬病死亡 491 人，超過了同期死於非典的人數。因而得出「事故猛於虎也」的判斷。這是提出問題；

　　第二段分析事故發生的三個原因，得出判斷：事故大多屬「人禍」。這是分析問題之一；

　　第三段揭示事故發生的深層次的心理因素，當事人的疏忽大意、盲目自信等麻痹僥倖的過失心理，得出判斷：麻痹大意是事故的溫床，僥倖心理是事故淵藪。這是分析問題之二；

　　第四段論述如何遏制事故的辦法，那就是「三抓」：抓人頭、抓監測、報隱患。這是解答問題，或回答怎麼辦的問題；

　　第五段是總結論：一反「亡羊補牢，猶為未晚」的古訓，提出「補牢於亡羊之前」，點明了標題，與標題首尾呼應，並以江澤民同志的至理名言結尾。

　　通篇論點新穎鮮明，論據充分翔實，論證周密有力，邏輯性強，說服力透徹。

　　實際上，說理論證的邏輯性，關係到揭示事物的內在屬性或一事物與他事物的聯繫，如原因與結果、全局與局部、現象與本質、偶然與必然、主要矛盾與次要矛盾、矛盾的主要方面與次要方面等等聯繫。只有揭示了內在屬性或有機聯繫，新聞評論的思維邏輯性才強，才富有說服力與感染力。

五、新聞評論的論證

　　新聞評論的立意，是指根據典型事實和充分理由提出對某個問題的主張、看法；而新聞評論的論證，則是指這用事實、理論來證實對其個問題的主張、看法。

　　論證方法，指的是揭示一論點和論據之間的邏輯關係的方法，通常採用擺事實、講道理的方法。新聞評論的論證方法多種多樣，比較常見的有以下 6 種：

1. 例證法

　　即事例論證，就是運用歸納推理進行論證的一種方法，是從個別到一般的方法。它通過列舉典型的具體事實，證明自己論點的準確性，在新聞評論中用得比較普遍，具有較強的說服力。

　　如上面分析的評論《補牢於亡羊之前》，一開頭就運用例證法：

　　近來安全事故連連不斷，大熱天裏令人心寒。據報載：今年上半年全國發生各類事故近 33 萬起，死亡 4 萬多人，

受傷幾十萬人；日均 2730 起，死亡 333 人。又據訊，上半年因狂犬病死亡 491 人，超過了同期死於非典的人數。因而有人驚呼：事故猛於虎也。

　　這篇評論一開始就運用典型新聞事實與統計數位，既說明了「事故猛於虎」，又為「補牢於亡羊之前」作了鋪墊。在擺事實後，再講道理，順理成章。

　　在運用例證法時應注意：這裏的事例只是一種論據與證明，不要求事實要素具體詳盡、面面俱到，也不必詳細展開情節，只需要挑選主要事實，或將面上事實概括起來，或用統計資料，而將重點放在分析、歸納與說理上。

2. 引證法

　　即事理論證法。這是運用演繹推理形式來論證的方法，用大道理來論證小道理，由一般到個別的方法；其特點是用已被證明的、公認的道理、原則或理論，來論證未被證明的個別的具體的論一點和道理。我們平時引用理論性論據來論證某一論點、行為的正確與否，即屬於引證法。

　　例如上海《勞動報》2003 年 8 月 13 日「百字時評」欄目發了這麼一篇短評：

　　人無信不立

　　前不久，筆者經過某奇石古玩市場的一家畫廊。畫廊內掛了不少當代畫家的書畫作品。在這家畫廊的櫃檯上，筆者發現有十餘張名人的畫全部為四尺開三，未裝裱，畫和題款都酷似這位當代著名畫家的風格，一問價，每張三百元。

　　這使我十分詫異起來，因為我知道這位畫家的畫價格不菲。作為一個藝術愛好者，我十分善意地希望這家店保持信

譽，不要買假畫。但是得到的答案同樣使我十分驚奇：「因
為假畫所以價廉！」藝術作品製假現在已是泛濫成災，買賣
假畫而對薄公堂的事也屢見不鮮，由此我想到一句老話「國
無誠不興，人無信不立」，但願這樣的「角落」越少越好。
（作者馬曉鷹）

對畫廊市場上出現賣假現象，作者只用一句老話「國無
誠不興，人無信不立」就批判到實質。而這老話，正是千古
流傳的公認的道德倫理與原則，因而能論證賣假畫的「失誠
信」錯誤。

有些複雜的問題需要現代科學原理與法則才能說清
楚。例如，安全生產事故造成的災難是不是必然的？經濟高
速發展是不是必然要以事故高發為代價？「海恩法則」回答
了這個問題：「在安全工程科學研究中，人們概括出這麼一
條『事故法則』，也有人稱它為『海恩法則』：每一起嚴重
事故的背後，必然有 29 次輕微事故和 300 起未遂先兆，以
及 1000 起事故隱患。要想消除這一起嚴重事故，就必須把
這 1000 起事故隱患控制住。安全生產事故之所以可以預
防，就是因為這些隱患是可以通過人們的努力消除的。」（見
2003 年 8 月 11 日《新華每日電訊》上刊載的《海恩法則：
災難誰說是必然》一文）這也是引證法，用科學法則來說明
「天災不可逆，人禍本可防」。

3. 比較法

又稱比較論證。有比較才能有鑒別。俗話說：「不怕不
識貨，就怕貨比貨。」比較，這是認識事物和說明事物的好
辦法。它把具有相同特徵的事物，或同一事物在不同時間、

地點、條件下的不同表現，進行比較，以有力地證實某個論點、某種決策、某種思想行為的正確或錯誤。因此，這也是論證問題時常用的一種方法。

上海《勞動報》在 2003 年 8 月 13 日發表了安徽作者徐翔寫的評論《一封家書看操守》，講的是：胡耀邦同志在北京身居要職時，湖南瀏陽市老家送來了土特產，表達鄉親深情。胡耀邦同志接下土特產，卻又「無情」地將土特產折算成錢並附了一封家書叫大哥帶了回去。這是一種操守、一種風範。作者接著對比近五年，全國近三萬名縣處級幹部、近三千名廳局級幹部、近百名省部級幹部在經濟問題上迷了途而翻了船。作者就此對比發出議論：

在市場經濟中，不必強求人人去大公無私，不必強求人人去只講奉獻不求索取，但對自己沒有付出血汗的，要以不拿為寶、以不沾為寶、以不貪為寶，做到兩袖清風，留得一身清白。一個人的高尚情操是由一天天日積月累養成的，這就要每日三省吾身。高尚情操也是由一件件小事小節養成的，這就要慎始慎微慎獨，要頂得住金錢的誘惑，擋得住橫流的物欲，學習胡耀邦同志高風亮節，守住那份聖潔的節操。

比較法是將兩種性質截然相反或有明顯差異的事物進行比較，形成鮮明的反差，然後得出較深刻的認識或結論。

4. 喻證法

這是用比喻來闡明事理的方法，所謂「喻巧而理至」。無產階級革命導師善於運用喻證法來說理。列寧用「鷹有時比雞飛得低，而雞卻永遠飛不到鷹那麼高」來比喻有錯誤的革命者是第二國際修正主義者們望塵莫及的。毛澤東同志在

《一個極其重要的政策》（1942 年 9 月 7 日毛澤東同志為延安《解放日報》寫的社論）中，用孫行者鑽進鐵扇公主肚子裏作戰、貴州小老虎吃掉大驢子（「黔驢技窮」）等故事，比喻八路軍新四軍「精兵簡政」後能打敗日本「妖精」與「驢子」，都是巧妙風趣的說理。

比喻論證是幫助說理的好方法，要注意比喻貼切，同時要與例證法、引證法結合使用；若單獨、孤立地使用喻證法，往往說理不夠有力。

5. 反證法

這是從反面間接地論證論題，先以事實、事理證明同自己觀點相對立的論點是錯誤的，從而證明自己的論點是正確的。

《解放日報》1990 年 5 月 15 日發表短評《勿讓老實人吃虧》，不直接論證「勿讓老實人吃虧」的重要性，而是先論證如果讓老實人吃虧的危害性：導致人心渙散、企業凝聚力銷蝕、領導威信喪失、工作被動、生產滑坡等等，從而反過來闡明了「勿讓老實人吃虧」的重要意義。

又如：毛澤東同志 1949 年 8 月 14 日給新華社寫的重要評論《丟掉幻想，準備鬥爭》中有這麼一段：

共產黨是一個窮黨，又是被國民黨廣泛地無孔不入地宣傳為殺人放火，姦淫搶掠，不要歷史，不要文化，不要祖國，不孝父母，不敬師長，不講道理，共產公妻，人海戰術，總之是一群青面獠牙，十惡不赦的人。可是，事情是這樣地奇怪，就是這樣的一群，獲得了數萬萬人民群眾的擁護，其中，也獲得了大多數知識份子尤其是青年學生們的擁護。

文章沒有直接證明共產黨並沒有殺人放火等等，而是從反面用事實證明這個論點：大陸共產黨已獲得數億人民群眾的擁護，從而證明國民黨宣傳的荒謬無恥。

6. 歸謬法

它是一種欲擒故縱法，又稱為引伸法。它先假定對方的論點是對的，然後以此作為前提，引伸開來，最後得出明顯荒謬的結論，從而證明對方的論點是錯誤的。記得上世紀六十年代初，蘇聯赫魯雪夫大反史達林，甚至咒罵：「史達林早死十年，那該多好啊！」當時大陸的一篇評論用歸謬法批駁：「誰都知道史達林是 1953 年 3 月逝世的，早死十年是 1943 年 3 月，正是蘇聯反法西斯戰爭進入最艱苦的歲月。那時誰最希望史達林去世呢？希特勒！」把咒罵者放在與希特勒等同的位置上，是一種機智的批駁與辛辣的諷刺。這種歸謬法論證在駁論中經常使用，運用嚴密的邏輯說理，也富有說服力。

記得上世紀末，《文匯報》發過一篇評論《小學×16＝大學》，顯得很新奇，原來也是歸謬：有人要升高級職稱，苦於沒有大學本科畢業文憑，於是用突擊得來的兩張大專文憑頂替，竟然過關了。於是，有記者按此邏輯推理：2 張大專文憑＝大學文憑，4 張高中文憑＝大學文憑，8 張初中文憑＝大學文憑，最後 16 張小學文憑＝大學文憑，豈不荒誕不經！

綜上所述，新聞評論的論證方法，最常用的是例證法、引證法，也可根據實際情況靈活運用比較法、喻證法、反證法、歸謬法。在大型、中型的新聞評論中，這六種論證方法常常交叉使用，取長補短，相得益彰，精采紛呈。

六、新聞評論的駁論

　　新聞評論的論證方式，一般分為兩大類：立論與駁論。立論，就是以證明作者提出的主張、看法為主，從正面直接闡明客觀事物的真理或正確的認識。而駁論，以反駁論敵的某種錯誤觀點為主，在反駁錯誤觀點的過程中宣傳真理或正確的主張、看法。

　　新聞評論的駁論，包括揭露、批駁、剖析、辯論等方面，是在政治、思想、理論和學術上駁斥謬論、澄清是非、扶正祛邪的一種重要方法。

　　駁論的原則要求：

1. 堅持擺事實、講道理，以理服人；
2. 嚴格區分敵我矛盾與人民內部矛盾、罪與非罪、法律與道德、是與非等等界限，實事求事地分別情況，區別對待；
3. 對於思想領域的問題，堅持採取討論的方法、說理的方法、批評與自我批評的方法，也就是用教育與疏導的方法去解決。這些原則要求，在《中共中央關於社會主義精神文明建設指導方針的決議》中都是明確規定的；
4. 新聞評論包括論點、論據、論證三大要素，缺一不可，猶如鼎立三足，缺一即倒。因此，駁論技法，只要駁倒對方的論點、論據、論證三方面之一，就達到了駁倒對方的目的。

駁論的具體方法有：

1. 用典型事實、充分論據來批駁錯誤的言行。

　　這是用「例證法」來批駁錯誤的言行，即俗話說「事實

勝於雄辯」，從而闡明正確的觀點與立場、態度。如 1999
年 12 月 6 日《人民日報》「人民論壇」欄目上發表了甲士
吾的新聞評論《讓事實粉碎「大法」》，可以說是擺事實、
講道理、駁謬論、明真偽、深揭「法輪功」反科學、反社會、
反人類本質的傑作：

讓事實粉碎「大法」

事實是對「法輪大法」最有力的嘲弄。

李洪志吹噓，只有他的「法輪大法」才能「把人類、物
質存在的各個空間、生命及整個宇宙圓滿說清」。實際上，
他連宇宙和自然界的基本常識都不懂。比如，李洪志說，宇
宙是由「27 個銀河系構成」。而實際上，人類現在已經觀
測到大約 1250 億個這樣的星系。連基本常識都不懂，何談
宇宙，何談大師？

李洪志說，「現在這個人類是十惡俱全」，「人類發展
到今天，一切都在敗壞。」這又是違背基本常識。歷史事實
是，人猿揖別以來，幾千年的人類發展史是一部文明進步
史，道路坎坷，前途光明。人類歷史的每一個進步，每一項
成就，都來自人類自己的勞動創造。決不像李洪志所說，是
「受外星人控制和推動產生、發展的」過程。所謂「亂魔出
世，亂世亂法」，只能是李洪志自己。

對李洪志鼓吹的「大法至上」，普通工人、農民、士兵
的質問，就足以使李洪志無言以對。你八歲就「得上乘大法，
具大神通」，你能發功念咒，使礦石煉成鋼水、莊稼成熟、
洪水退去麼？這樣的問題可以提得無窮無盡。既然你「了悟

宇宙真理，洞察人生，預知人類過去、未來」，能使地球爆炸，又能推遲地球爆炸，又以「拯救」人類和同胞為己任，為什麼沒有預見到以美國為首的北約襲擊我駐南使館？為什麼不發功，阻止這一悲劇？難道又是與其串通，故意殘害自己的同胞？量你是有此歹意，無此鬼功。

且不去說時而宇宙、時而社會的欺人之談如何荒誕，僅就健身強體而言，那個為了尋找腹部的「法輪」而舉剪自裁的不幸者，那個為了「開天目」而把釘子釘入額頭卻僥倖活下來的幸存者，就足以把李洪志的「理論」撕得粉碎。相信李大師「不吃藥就能治病」不去醫院而受害的「法輪功」練習者，在得知「大師」的豪宅中也有常備藥乃至拔火罐，甚至「大師」本人也因為急性闌尾炎進醫院動手術的事，將會是怎樣的悲慟啊！還是親身受過蒙蔽的老百姓們說得一針見血：「法輪功」是害人功，是「一人修練，全家受害的害人功」。

這篇評論就事論理、就實論虛：頭上三個自然段，揭批了李洪志反科學、反社會的謬論；第四自然段用歸謬法，把所謂「具大神通」的「上乘大法」諷刺批駁得體無完膚，酣暢淋漓地列陳了李洪志無法做到的事情與無法解答的問題；最後一段，用李洪志自身的醫療實踐批駁其「不吃藥就能治病」的荒誕，用親身受過蒙蔽的老百姓的話來批「害人功」，將其危害人類的「邪教」實質徹底揭穿。

用例證法來批駁錯誤觀點，一定要注意事例（論據）的典型性，即既有個性特點，又有普遍意義，從而使論證與批駁都具有較充分的說服力。

2. 揭露對方觀點違悖公理。

公理是指普及了的馬列主義基本原理、社會學常識與公共道德倫理等。論敵的觀點若違悖了公理，引來「群起而攻之」的格局，也就沒有它的立足之地了。

如上文《讓事實粉碎「大法」》中第 3 自然段，駁李洪志「人類發展到今天，一切都在敗壞」的謬論，就指出他違悖了「人類發展史是一部文明發展史」的基本常識，批駁有力。

又如，有段時間「人的本性自私」論很盛行，聯繫社會上一度蔓延的不正之風，似乎很有市場。有的同志用例證法批駁它，即用雷鋒、焦裕祿、張海迪、孔繁森等英模先進人物的事迹來批駁「人的本性自私」論，但說服力不強；對方也可用例證法，即用大量的暴露陰暗面的事例來證明「人的本性自私」論。這樣，就變得「公說公有理，婆說婆有理」。只有運用馬克思主義和社會發展史的基本道理：存在決定意識，意識是存在的反映。「自私自利」這種意識是剝削階級、剝削制度的產物，一經產生就有相對獨立性，會腐蝕人們的心靈；原始社會的人類，實行原始共產主義，是沒有「自私」屬性的。私有觀念是私有制度的產物，在奴隸社會、封建社會、資本主義社會中越演越烈。相信隨著社會主義革命與建設的不斷勝利與將來共產主義在全世界的實現，隨著剝削階級、剝削制度的消滅，這種私有觀念也將逐漸削弱最終消失。那當然是遙遠的未來，但運用公理能從根本上駁倒「人的本性自私」論。

與此相關的，大陸古人有人的本性「性本善」、「性本

惡」之爭，實際上人的「善」與「惡」都不可能是先天的、生來俱有的。要辨清這個問題，也得運用馬克思主義原理：「人的本質並不是單個人所固有的抽象物。在其現實性上，它是一切社會關係的總和。」④

3. 澄清概念辨是非，從而駁倒錯誤觀點。

有些錯誤觀點是概念模糊、判斷錯誤引起的，因而要駁倒錯誤觀點就要從澄清概念、辨明是非著手。

在大陸經濟改革中，有人認為：「千改萬改，圍著錢改」，「『一切向錢看』是改革的動力」。對此，《人民日報》最早在 1983 年 6 月 27 日就發表社論《經濟改革的動力是「一切向錢看」嗎？》予以批駁。

社論首先澄清兩個概念的區別：物質利益是指人們從事一切社會活動包括經濟改革的物質動力；而「一切向錢看」則是指一切活動均以追求個人或小集體的金錢利益為目的，根本置國家和人民的利益於不顧。因此，不能把「一切向錢看」等同於堅持社會主義物質利益原則，更不能把「一切向錢看」作為經濟改革的動力。

接著，社論進一步劃清社會主義物質利益原則和「一切向錢看」的三方面是非界限，從而揭示了兩者的本質區別：

一是社會主義物質利益原則建立在社會主義公有制的基礎上，要求勞動者通過共同勞動發展生產，提高物質待遇，兼顧國家、集體和個人三方面的利益；而「一切向錢看」卻片面強調個人或小集體的眼前利益。

二是社會主義物質利益原則要求發展物質利益必須建立在努力工作增加社會財富的基礎上，引導人們從關心個人

物質利益上關心國家計劃的完成，關心企業生產的效果；而「一切向錢看」就根本不考慮國家計劃的完成和人民的需要，甚至搞歪門邪道，不惜以損害他人利益、整體利益來謀求個人利益。

三是社會主義物質利益原則所指的個人物質利益，不僅表現為直接的勞動報酬，還包括表現為集體福利、社會公共事業的那些極為重要的物質利益；而「一切向錢看」單純追求個人的直接的金錢收入，把發展集體福利、社會公共事業同個人物質利益對立起來。

這篇社論通過區別概念，劃清是非界限，啟發人們堅定經濟改革的正確方向，即既要堅持社會主義的物質利益原則，又要不斷地警惕和批判「一切向錢看」的錯誤思想。

4. 從分析危害性著手批駁錯誤言行。

實際上，這是用實踐（客觀效果）來檢驗錯誤言行，批駁的說服力也強。

2003 年春夏之交，在全民抗擊「非典」的鬥爭中，有一些謠言流傳。社會學家鄧偉志寫了評論《識別謠言》（原載《新民晚報》2003 年 5 月 17 日「今日論語」欄目），其中兩段特別精彩：

一是批駁「幾點鐘放鞭炮就可以驅逐非典」的謠言：「如果真那麼簡單，世界上還需要有那麼多國家投入那麼多人力物力攻克非典嗎？僅從漢代《神異經》看，就可知道，鞭炮已經在大陸放了兩千多年了，如果真那麼管用，什麼病也不會發生了。這是憑常識就可以判斷出來的。」

二是分析謠言的危害性：「謠言的危害是很大的。輕則

是造謠中傷，害少數人；重則是造謠惑眾，害很多人；再重是造謠生事，危及我們的事業。造謠者是可恥的，傳謠者也是可鄙的，信謠者也是很可笑、可憐的。」

作者要求大家「作為社會人，一定要增強對各種傳言的識別能力。有知則有識，有學才有力。」真是警世之言、金玉良言，發人深省。

5. 揭穿對方論據虛假或論據不足。

這是駁倒對方論點賴以支撐的論據，論據倒了，論點也倒了。

1990 年，有一位筆名秋雨的先生，寫文章攻擊改革十多年的新聞業務書籍，作了完全不符合實際的評價：「大專院校新聞專業編寫的新聞業務課教材……內容大同小異，有些甚至連書名也一模一樣」，又說「新聞業務方面的書，內容雷同，結構相似，甚至連書名幾乎一模一樣」。他列舉了《從採訪到寫作》、《新聞寫作》、《采寫通論》、《通訊寫作漫談》等十五種書名，統而括之為：「這類翻版的新聞書籍……在統計數位中增加一個百分點，但是沒有增添人們多少知識，人們讀這樣的十本書等於讀了二、三本書，對於作者說，書出版了，名有了，利也有了，但對於新聞學來說，學術水準沒有提高多少……」（詳見秋雨《漫步新聞書林》，蘭州《晚報通訊》1990 年第 3 期）

筆者和另兩位教授一起著文《怎樣看待改革十餘年的新聞業務著作？》（載蘭州《晚報通訊》1991 年第 1 期），對上述錯誤論點與錯誤論據著重四方面批駁：

第一，新聞業務課教材，如果不能稱呼《新聞採訪與寫作》、《新聞寫作》、《通訊寫作》、《新聞評論》、《新聞編輯》等，那麼稱呼什麼？如果全國大專院校新聞業務課教材來個內容「大異小同」，書名（教材名）「五花八門」，該是什麼樣的混亂局面？其論據明顯虛假。

第二，秋雨先生列舉的十五種書名（也是他的論據），其實並不「雷同」（即論據錯誤），例如：《從採訪到寫作》是從採訪決定寫作、寫作完成採訪意圖的全過程來論述的；《新聞採訪學》主要從認識論角度來闡述採訪原理與技法的；《新聞寫作》側重消息寫作的原理與技法；《通訊寫作》主要闡述通訊的寫作特點、種類和技法等等。

第三，秋雨先生沒有參加有關教材編寫，沒有做過讀者抽樣調查，怎麼知道讀者「沒有增添多少知識」？又怎麼得出「人們讀這樣的十本書等於讀了二、三本書」？這就明顯地論據不足。實際上，列入當時國家教委計劃的新聞業務教科書獲得有關領導好評與讀者歡迎，如一本《新聞採訪與寫作》書到當時已再版五次，全國銷售量達 23 萬本之巨。

第四，對「翻版作品」、「內容雷同」、「結構相似」現象深惡痛絕的秋雨先生，自己一稿三投，一篇書評同時在兩家刊物上發表，被第三家刊物退回，還指責別的作者寫稿出書是為了名利，真有損職業道德。

前面三方面都是從揭穿對方論據虛假或論據不足著手的，第四方面是「以子之矛攻子之盾」，使對方陷入窘境。這樣進行學術爭論，有理有據，實事求是。

6. 揭穿對方論證方法不合邏輯，進而否定其論點

　　到目前為止，還有一些生活時尚類專業報或專欄上出現「鋁鍋有毒」一類的文章。其實，早在 1987 年春天，各地科技報就鋁製品是否會引起鋁中毒與「癡呆病」發生過爭論。《科技日報》和上海《報刊文摘》都發文否定「鋁中毒」的說法，認為：「恐鋁症」尚需論證，因為鋁分子，同矽、氧等分子一樣，是地球上大量存在的分子，若有毒，人類早就「癡呆」了，不可能進化成現代人；而鋁製品早在 16 世紀就應用於人類生活中，若有毒，人類在四百多年中的中毒事故將屢見不鮮，而目前只發生一例，而且尚需論證。這是從邏輯上推斷：鋁不可能有毒。「為了證實鋁的毒性，有人試驗每天吃一克氧化鋁，連續服用 70 天，沒有發生病變。」（引自上海《報刊文摘》1987 年 3 月 31 日）可見這種「杞人憂天」式的「恐鋁症」沒有必要。事實上，用鋁製品燒菜、煮飯等不會發生食物中毒事件，這是常識。

　　此外，還有用反證法與歸謬法來批駁錯誤觀點的，因上一節論證方法中已有詳述，這裏不重複。

　　事實上，立論與駁論是說理方式的兩個互相依存的方面，常常在評論寫作中相互結合在一起：有時為了透徹地闡明正面觀點，需同時批駁與之相悖的錯誤觀點；有時批判了錯誤觀點，同時又需論述清楚正面的觀點或結論。

七、思想評論與經濟評論

　　新聞評論的類型，因為分類的標準不一，說法也不一。按其主要性能來分，可分為政治宣傳性評論，全局部署性評

論，說理啟發性評論，業務指導性評論；按其評述內容與物件來分，可分為時事評論，思想評論，經濟評論，文化評論（含教育、科技、體育、衛生等），文藝評論，軍事評論，國際評論等；按代表編輯部意見來分，可分為社論（包括編輯部文章），本報評論員文章（包括評論、特約評論員文章），短評，編者按（包括編後）等；西方傳媒通常把新聞評論分為社論、專論、釋論（大事分析、時事述評、評述）、短評（分散於各專版）、雜誌評論；還有從大眾傳媒種類來分，可分為報紙評論、廣播評論、電視評論、網路評論等。各種分類也只能是大體上如此，不是絕對區分，如有些評論既是政治宣傳的，又是說理的；又有些評論是兩棲的，既是思想評論，又是文化評論，等等。

　　本節只講常用的思想評論與經濟評論；下節再講改革開放以來大發展的廣播評論與電視評論。

（一）思想評論

　　思想評論的寫作在新聞工作與宣傳工作中運用都很廣泛，它是我們黨報評論傳統的體現。它是一種以個人署名的政論文章，往往以我們幹部、群眾中某些萌芽性、傾向性的思想認識、思想方法和工作作風等作為評論物件，給予辯證唯物主義的分析與解釋。它可以是讚揚的、批評的與闡釋的，目的是明辨思想是非，劃清政策界限，提高思想認識，做好當前工作。因此，優秀的思想評論常被譽為開啟人們思想「鏽鎖」的「金鑰匙」，「不見面的指導員」。

　　思想評論在宣傳中獨樹一幟，因為實際生活中有些思想

問題，用社論、評論員文章論述顯得過分鄭重其事，而用短評、編者按處理又嫌分量太輕，而採用思想評論形式往往能起大作用。筆者喜讀的人民日報的《人民論壇》、解放日報的《解放論壇》、新民晚報的《新民論壇》欄目中就有相當部分的評論文章屬於思想評論範疇。

優秀的思想評論，旗幟鮮明，切中時弊，說理透闢，文風樸實，為讀者所喜聞樂見。思想評論在寫作上應講究以下幾個方面：

1. 選題切實，合乎情理。

思想評論是做受眾思想工作的，旨在幫助有思想傾向問題的受眾提高思想認識和覺悟，因此評論選題特別注意要切合受眾的思想實際，要從受眾角度提出問題和分析問題；而在分析問題時一定要借助受眾的意志、願望和呼聲，說出貼心話，闡明合情合理的觀點與態度，才有說服力。《新民晚報》在 2003 年 8 月 11 日頭版「今日論語」欄目發表向陽寫的思想評論《少扣大帽子》，就有這方面的特色：

少扣大帽子

城裏一菜市場有兩人因攤位之爭，從互相謾罵到動手動腳，打得雙方頭破血流。當時，圍觀者眾，卻無人站出來勸解。翌日，有媒體在對此事的報導中說，這麼多上海人「看白戲」，可見素質之差。然而，據目擊者證實，圍觀者中幾乎沒有上海人，多是一些外來人員，或是在此做生意的，或是借宿於此的打工者，可見，此報導有失實之嫌。

現在，有的媒體或「評論者」，對發生在申城的某些負面之事，不管三七二十一，就扣上「市民素質不高」或「外地人素質不高」的大帽子。眼下在滬打工的外來人員有三四百萬，每天來自全國各地的流動人口也有一二百萬，而「本地人」或「外地人」往往是以戶口所在地予以區分，在一般情況下，很難辨別某一個人是哪里人。比如，在南京東路步行街隨地吐痰的，都是哪里人？在繁華的地段，那些橫穿馬路闖紅燈的人，是本地市民還是外地人士？

平心而論，在少數市民身上確實存在需要克服的這樣那樣陋習，但這並不等於說上海人都是一樣素質。這個基本觀點，對外地人亦然。我們在感受兄弟省市的外來人員為上海建設作出巨大奉獻的同時，不也多次見到他們中的英雄在滬見義勇為的文明壯舉？任何地方的人，都有「好、中、差」之分。誠然，塑造良好的上海城市精神，是身在這座海納百川的國際大都市中每個人的共同責任——上海人和外地人。

這篇思想評論、特別是最後一段，唯物辯證，邏輯嚴密，又合情合理，娓娓道來，全無空洞說教，再回看標題「少扣大帽子」用詞特別貼切。確實如此，上海城市文明水準的提高，要靠「上海人」和「外地人」的共同努力，或者說要靠在上海工作與生活的所有人的共同努力。

2. 具體分析，循循善誘。

思想評論在開展批評與自我批評時，更要注意擺事實、講道理，注意平等待人、促膝談心，切忌居高臨下、頤指訓人。上海《城市導報》在 2003 年 8 月 12 日發了一篇陳友泉寫的評論《「藍魔」休入魔》，是專門為「走火入魔」的申花球迷「潑涼水」、「服解藥」的：

「藍魔」休入魔

　　上海申花足球隊有支很出名的球迷隊伍叫「藍魔」，學的是韓國的紅魔。藍魔以文明看球、文明吶喊、文明助威張揚在球場上，很受好評。

　　可是，最近以來，藍魔有點走火入魔，離文明越來越遠，甚至做出有悖上海城市精神的舉動，實在令人可惜。

　　首先是語言不文明。竟然喊出為人不齒的「京罵」──「傻B」，先是「中遠，傻B」，後是「深圳，傻B」，也就是誰贏了申花隊誰就是「傻B」，這是哪門子邏輯，只許申花贏球，不許別家贏球，世界上哪來常勝將軍？

　　再就是舉動不文明。楊光受傷，本屬正常，在足球這種激烈的對抗中，受傷難免。藍魔卻借此大做文章，又是發黃絲帶，又是拉大標語，什麼「還我陽光」，「趕走黑暗的黎明」（注：是中遠隊的李明鏟球動作傷了申花隊的楊光），弄得仇恨兮兮，最好能拔刀相見。楊光、李明都是從外地轉會來上海的球員，海納百川的上海人都應該歡迎他們，不應該參加了不同的隊，就如此厚此薄彼。

　　還有是表現不文明。在比賽中每逢申花隊犯規，裁判吹了角球、任意球、點球，「黑哨」之聲就會響徹整個體育場上空，飲料瓶就會雨點似地飛向球場。這又是什麼霸道邏輯：申花犯規不許吹，吹了就是黑哨，不吹才是白哨，叫人家裁判怎麼當？

　　藍魔的走火入魔，自有它心態沒有擺正的問題，也有申花足球俱樂部個別教練、球員的推波助瀾問題……說這挭煽風點火的話實在有點不負責任。

從文明之師到走火入魔，如果不趕緊剎車，那就會滑向足球流氓，這不是危言聳聽，這一步之遙其實近得很。當然，誰也不願看到藍魔變成藍氓，但首先是藍魔們要好自為之，更要警惕身邊少數害群之馬的危害性，才能重擎文明之師大旗。

這是一篇體育評論，又是一篇思想評論，也是筆者迄今為止看到的上海傳媒批評本地球迷與球隊最嚴厲、最中肯、最深刻的一篇。評論具體分析藍魔種種不文明的表現，於情於理於邏輯都講不通，具體分析其危害性「藍魔變成藍氓」，並希望「重擎文明之師大旗」，情真意切，可以說是《城市導報》在自覺地糾正體育報導的誤區方面帶了一個好頭。

3. 鞭辟入裏，以理服人。

對於較為複雜的思想問題，或者較長時間得不到解決的思想痼疾，思想評論應以辯證唯物主義與黨的政策為指導，予以層層剖析，透過現象揭示本質，並闡明規律性的認識。道理說透闢了，才能真正說服人。

《新民晚報》2003 年 7 月 17 日「新民論壇」上發表了怡然寫的評論《西瓜與芝麻》，就是針對山西長治有的幹部吃了農民的兩畝半西瓜兩年多時間不付錢這一件事，上升到「三個代表」的思想高度，予以層層剖析：

在有些幹部的腦子裏，哪有「公僕」的觀念！在他們眼裏，群眾尤其是農民才是他們的僕人。吃幾個西瓜算個啥？然而，他們不知道或者裝糊塗，人民群眾正是從一隻西瓜乃至一粒芝麻這樣的身邊小事上，來看待我們的幹部，來感覺我們的政府，來解讀我們黨的宗旨，來認識「三個代表」的。如果類似白吃西瓜不給錢這樣的事經常發生，群眾怎麼可能

相信你？哪怕你把「三個代表」說得震天介響，唱得山歌似的好聽，只要見到甚至聽說一件這樣的事，群眾就絕不會說你踐行「三個代表」了。所以呂日周（注：原長治市市委書記）說，一切都是具體的，小事是民生的問題，民生涉及到民心，你不去解決，它的效果就是放大的，放大到脫離群眾，而黨脫離群眾就很危險。

這個道理千真萬確！胡錦濤同志今年七一在「三個代表」重要思想理論研討會上的講話中強調指出：「群眾利益無小事。凡是涉及群眾的切身利益和實際困難的事情，再小也要竭盡全力去辦。」就這個意義來看，在真正的公僕眼裏，群眾「芝麻」般的事也應該當「西瓜」來抓，都要像呂日周那樣為群眾的「西瓜」和「芝麻」不遺餘力，以火熱心腸關懷之，以鐵的手腕維護之。人心向背，就往往系於這細微之處啊！

全篇從小處著手，從大處著眼，既層層剖析、鞭辟入裏，又要言不繁、一氣呵成，具體生動地闡明了「三個代表」重要思想，閃耀著理性思辨的光彩。

4. 文筆流暢，議論風生。

思想評論破舊立新，褒貶分明，在文風上更得注意尖銳潑辣，鮮明生動，議論風生，引人入勝。

《人民日報》在 2003 年 8 月 12 日「人民論壇」欄目上發表了韓鍾昆寫的評論《道真實情　講百姓話》，倡導發言交流多用口頭語言與群眾語言，講究民族文化，反對「八股腔」。通篇寫得也是新鮮生動，議論風生，這裏全文照錄，以供賞析：

道真實情 講百姓話

遼寧省一位領導同志在亞歐高層經濟論壇上的主旨發言，很受歡迎。發言很短，只有 1500 字，但內容具體，分寸適當。更可貴的是，發言多是用口頭語言和群眾語言。例如發言說：「遼寧在經濟上人稱『遼老大』，意思是國家的大兒子。一般來說，大兒子都比較孝順，也較早為父母承擔家務。當然，日子長了也容易衰老。過去的 10 多年，遼寧這個老基地確實遇到了一些新問題。」這個生動形象的比喻，把遼寧的省情和特色很自然地講到了位。發言介紹了遼寧省的綜合實力，但是沒用這個詞，只是提及遼寧的高考升學率，連續 3 年排在全國前兩位；說到遼寧的體育，只是說在歷次全國運動會上，遼寧的金牌總數都排在前兩位，還順便插了一句「省政府還要為發獎金的事而犯愁呢！」這不僅是實話實說，而且頗具幽默感。講到未來，言簡意賅：「我們相信，東北老工業基地特別是遼東半島會繼珠江三角洲、長江三角洲和京津地區之後，成為大陸又一個重要的經濟增長極。」自豪自信之情，溢於言表。

發言須道實情，交流應該平等。兒女同父母說話，沒有聽說打官腔的，因為父母是長輩、是親人。黨政幹部是人民公僕，講話不能打官腔，而且要講掏心窩子的話。情況真實，不添油加醋；用語親切，不裝腔作勢；掏出心來，不遮遮掩掩。群眾由此知道，這個領導對咱們是真心誠意的，是真正幫我們解決問題的。這樣，群眾才能將心比心，以心換心，把思想交給幹部，把信任交給政府。同國際朋友講話，除了某種特定需要以外，也不能打官腔，否則人家會認為你無心合作，不過敷衍而已。

　　道真實情，講百姓話，也是個優良民族傳統。五千多年來，大陸百姓的語言雖然有了一些變化，但民族習慣、民族心理、思維方式和文化傳統，還是一脈相承的。語言是文化的重要組成部分。大陸人的語言中，滲透著大陸的民族精神和民族文化形象。講話和交流中，缺少民族的語素和文史故事，很難生動。《史記》中，烏江亭長對項王說：「江東雖小，地方千里，眾數十萬人，亦足王也，願大王急渡。」項王笑曰：「天之亡我，我何渡為？且籍與江東子弟八千人渡江而西，今無一人還，縱江東父兄憐而王我，我何面目見之？縱彼不言，籍獨不愧於心乎？」《史記》成書於紀元前，至今讀來仍覺鮮活，是典型的大陸式思維方式和表達方式。

　　理論形態的語言能否用百姓話來表達？應該說，功夫到家也是可以的。中央宣講團在各地宣講「三個代表」重要思想大受歡迎，就是很好的例子。當然，把深刻的理性思維用通俗淺顯的語言說清楚，並不是一件容易的事情，這同人們的思維深度、理論掌握的程度有關。大學問家的話總是明白如水，例如「槍桿子裏面出政權」、「不改革開放死路一條」、「發展是硬道理」等等，原因就在於把深奧的東西消化了、吃透了；而半瓶子醋的話，卻往往佶屈聱牙，讓人如墮五裏雲霧。

　　講話發言就是說事說理說情，一定要通俗、明白、生動，如果像毛澤東同去在《反對黨八股》中所形容的那揮，「裝腔作勢，藉以嚇人」，「語言無味，像個癟三」，那人家就不愛聽。人家不愛聽也就達不到講話的目的。

　　這篇思想評論是倡導新鮮活潑的文風的，自己也是新鮮活潑，既引經據典、談笑風生，又深入淺出、明白曉暢，在文風上獨領風騷，令人賞心悅目。

（二）經濟評論

　　改革開放以來，大陸的經濟評論有了長足的進步，出現了質的飛躍。這是與以前相比較而言的。在上世紀的「大躍進」年代，出現過違反經濟發展規律的「十五年趕超英國」、「農業放高產衛星」的評論，出現過唯心主義的「人有多大膽、地有多大產」、「不怕做不到，就怕想不到」的評論；在「十年文革」動亂中，又出現大量的所謂「抓革命，促生產」的「假、大、空」評論；而如今，實事求是的思想路線也貫徹到經濟評論中去。要寫好經濟評論，必須注意以下三個方面。

1. 宏觀問題按經濟規律寫作。

　　經濟評論涉及到國民經濟中全局性的宏觀的問題，必須要瞭解與掌握經濟規律，並反復比較論證，才能將深奧的道理說清楚。

　　1982 年全國好新聞評選中評論一等獎作品、《人民日報》社論《回答一個問題——翻兩番為什麼是能夠實現的》，開頭提出：黨的十二大號召全國人民為實現到本世紀末工農業總產值翻兩番的宏偉目標，而有些同志擔心「冒進」、「高指標」，怕完成不了。為此，社論的正文部分採用比較論證結構層層說理：

　　一是縱向對比。大陸從 1981 年到 2000 年工農業總產值翻兩番，意味著平均每年增長 7.2%；而大陸從 1953 年第一個五年計劃開始，到 1981 年，儘管經受過三年自然災害與「文革」破壞，但工農業總產值平均每年增長仍然達到 8.1%；即使像 1979 年至 1981 年大陸經濟的調整時期，放慢發展速度，工農業總產值的年增長仍然達到 6.7%。可見，翻兩番的目標不是「冒進」、「高指標」。

　　二是橫向比較。前蘇聯從 1956 年到 1975 年的 20 年間經濟（指社會產品總產值）翻了兩番，每年增長速度為 7.5%；日本從 1957 年到 1970 年的 14 年間，實現了經濟發展翻兩番，每年增長速度為 10.4%。可見，大陸從 1981 年起的 20 年間經濟平均每年增長 7.2%的速度不是「冒進」、「高指標」。

　　三又是縱向對比。大陸 1958 年的「大躍進」，是「左」傾錯誤的產物，儘管動員了全國人力物力去「大煉鋼鐵」，也不是認真的經濟建設，違背了經濟發展規律；1978 年的「新躍進」，不經過任何科學預算，提出搞「十來個大慶」、「鋼產量八年翻一番」、「1980 年基本實現農業機械化」等空想的口號，也是當時中央主要領導同志的「左」的指導思想的反映；而同 1958 年、1978 年比較，黨的十二大提出翻兩番的歷史條件完全不同了：經過撥亂反正，全黨全國的工作重心從「階級鬥爭為綱」轉移到經濟建設上來，確立了馬克思主義的實事求是的思想路線，大陸經濟走上了適合國情、循序漸進、講求實效、穩定發展的軌道。最後歸結為「質」的不同。

這篇社論闡明的是：按經濟規律發展經濟才能實現預定目標的道理，反復進行縱橫比較，論據充分，說理透闢。實踐也檢驗了這篇社論的正確性：到 1996 年底，大陸提前四年實現了工農業總產值翻兩番的宏偉目標。

經濟評論對宏觀問題按經濟規律寫作，還表現在對中央的一系列發展經濟的戰略部署方面。繼大陸西部大開發之後，中央最近又提出振興東北老工業基地的戰略部署，這是在大陸沿海地區經濟發展基礎上，實行東西互動的重大舉措。有西部開發和東北振興的雙輪驅動，大陸經濟社會可望形成地區協調和全面發展的新格局。為此，《經濟日報》在 2003 年 8 月 19 日專門發了本報評論員文章《地區協調發展的重大舉措》，並向東北老工業基地提出了建議：借好東風，輕裝上陣；增強企業活力，加快國有企業改造；抓往重工業龍頭，延伸產業鏈條；加快結構調整，加快資源衰竭型城市的戰略轉移等。這類宏觀經濟評論，對國計民生與經濟建設的重大指導意義不言自明。

2. 微觀問題按經濟政策寫作。

微觀經濟問題是指生產、流通、消費、分配領域中的具體問題，對它們的評論，毫無疑問應按照有關政策規定去做。

例如《人民日報》在 2003 年 8 月 10 日發表了本報評論員文章《抓措施到位　保農民增收》，這是「三論把農民增收擺到更加突出位置」，具體論述了政府調整農業投資結構和農業經濟結構、大力發展農業產業化經營、加快完善農產品市場體系、切實維護農民工合法權益等政策與法制規定等問題，對農村經濟工作的指導非常得體到位，切實有效。

　　又如《人民日報》在 2003 年 8 月 14 日又發表了評論《平價藥，褒貶當思量》，在社會輿論對市場上新出現的「平價藥」褒貶不一、多有微詞之際，開宗明義肯定：這是新生事物，並高度評價了上海的做法：

　　上海市有關領導判斷是非的方法給人不少啟發。他們通過直接的市場觀察，從購藥者歡迎平價藥的熱烈氣氛中，認定群眾稱好的事只能支援、不能打壓；他們通過廣泛聽取不同意見，清楚地認識到加強引導、強化管理的必要性。管理到位了，平價藥才能生存下來、發展下去，政府也才能從根本上維護好群眾的切身利益。

　　實際上，運用「三個代表」的重要思想與党的現行經濟政策與法規，來具體分析大陸的具體經濟問題，是不難做到有的放矢、就事論理、明辨是非的。

3. 定量分析與定性分析相結合。

　　從認識論看，定性分析是側重對事物的質的研究，定量分析是側重對事物的量的研究。從哲學看，事物都是質與量的統一，量變引起質變。而從大陸的經濟評論看，大多注意定性分析，尤其對經濟領域的事件與問題愛作屬性的判斷與評述，不注意面上的總體統計、量化分析以及量變與質變關係的分析。這種狀況正在改變中。如上文例舉的《人民日報》社論《回答一個問題——翻兩番為什麼是能夠實現的》，就是運用了系統統計與量化分析，把定量分析與定性分析相結合，從而使宏觀經濟分析切合實際，具有雄辯的說服力。

　　「定量研究方法是目前世界各國傳播學界普遍採用的主要方法，是許多傳播學者公認的現代社會科學方法之一，

又是被公認為能夠避免或減少主觀判斷的具體研究方法。」
「定量分析的統計決定論則對社會隨機過程進行定量研
究，並揭示其內在規律，使自然科學中的數理統計方法應用
到社會科學領域。」⑤應用定量分析方法，改進經濟評論，
大有可為。

八、廣播電視新聞評論

廣播電視新聞評論，是廣播電視新聞媒介對當前具有普
遍意義的新聞事件或重大問題發議論、講道理，有著鮮明針
對性和指導性的議論文體。它與報紙評論一樣，具備新聞評
論的共性特點：觀點鮮明，具有強烈的思想性；有的放矢，
具有顯著的新聞性；面向基層，具有廣泛的群眾性；實事求
是，具有嚴格的科學性。

廣播新聞評論與電視新聞評論具備新聞評論的共性特
點與任務要求，但是又有各自的個性：廣播新聞評論是「有
聲評論」、「口語化評論」；電視新聞評論是「形象化評論」。
大陸改革開放以來，廣播新聞評論與電視新聞評論都大發
展，而且都朝著評論欄目化的方向發展。

（一）廣播新聞評論

大陸的廣播新聞評論經歷了轉播報紙評論、為廣播新聞
加編者按語、製播單篇廣播評論、評論節目欄目化等幾個階
段，而且成為廣播深度報導的主要方式之一。

然而，廣播新聞評論畢竟是口播的，靠聲音傳播，因而
帶有廣播傳播的優勢與弱點，在傳播快速、覆蓋面廣、感染

力強、群眾性廣等方面佔優勢，而在稍縱即逝、不留痕迹方面又有其弱點。因而對廣播新聞評論寫作有特殊的要求：選題面向群眾，突出「熱點」問題；立論具體集中，善於就實論虛；充分發揮廣播音響的優勢。

下面嘗試通過分析一篇獲獎廣播評論，來看優秀廣播評論的特色及其發展趨向：

上海人民廣播電臺陳幹年、羅佳陵、袁暉、周顯東、周保工等在 1998 年 9 月集體採制的廣播評論《愛滋病離我們還有多遠？》，榮獲 1998 年上海市新聞獎二等獎。為供讀者賞析，錄其全文如下：

愛滋病離我們還有多遠？

〔音響，第一交響曲，漸隱，插播：〕現在大家聽到的是 1997 年 8 月在上海獻演的美國作曲家克裏格利亞諾創作的第一交響曲，如訴如泣的旋律展開了愛滋病在美國 10 年肆虐所造成的痛楚。也許它留給大部分現場聽眾更多的是完美的演奏而不是它的主題──愛滋病帶給人類的災難。對於大陸百姓來說，愛滋病似乎是很遙遠的，我們曾在街頭隨機採訪了上百名市民，不十分瞭解的占了多數：〔音響：「愛滋病啊，對人體很有害的呀」「傳播途徑主要是通過性接觸方面，通過那些毛巾、澡盆裏面可能也會傳播」「我不太瞭解，請你不要問我……」漸隱〕

據新華社 7 月援引衛生部的資料說，大陸大陸自 1985 年發現首例愛滋病到今年 6 月，31 個省、自治區、直轄市累計報告愛滋病毒 HIV 感染者 10676 例，但很少有人知道，

這只是對一千多萬人作檢測的結果。衛生部疾病控制司主管愛滋病的防疫二處沈潔處長指出，檢測的面還是相當窄的：〔音響：我們國家 HIV 檢測能力有限，真正有高危行為的，吸毒者、有性亂行為的人裏面，檢測的數量很小，這個數位也不能完全反映我們國家流行的真實情況，漸隱〕毫無疑問，「10676」只是冰山露出海面的那一小部分，大量的漏檢就在你我他中間。專家測算，實際感染數最低在 20 萬到 25 萬之間，也就是每 4800 到 6000 個大陸人中間就有一個是愛滋病的感染者。

當很多國家的民眾已認識到愛滋病並不理會「國家」、「人種」和「性別」時，不少大陸人仍然認為這是「外國人」的疾病，和我們沒有關係。事實上，世界衛生組織已經證實的愛滋病三大傳播途徑即「性接觸」、「血液」和「母嬰傳播」，都已經在大陸出現，大陸對愛滋病沒有想象中的天然免疫力。

全球 3060 萬病毒感染者中，70-80%是性接觸傳播。隨著改革開放的深入，數以億計的人群在國門內外流動，其中多數是處於性活躍期的年輕人。研究人員張賜琪認為，外來思潮的影響、所謂個人價值的重新確立，使相當一部分大陸人在性問題上已走得很遠。十年前，劉達臨教授曾在大陸首次進行二萬三千例的「大陸人性文明調查」：〔音響：80 年代末和 90 年代初調查當中，大學生當中有過婚前性行為的占 10%，已結婚成年人當中有過婚外性關係的，占到 5%，我認為這些資料都是下限，實際要比這大得多。而到了現在，我認為情況是在發展，漸隱〕

世界上最初的愛滋病人出現在美國男同性戀中，而用「地下狀態」來形容大陸同性戀可能是最貼切的字眼。劉達臨教授曾組織 6 個地區 600 例同性戀調查：〔音響：我行發現大陸同性戀者有性交行為的比例不大，大概在三分之一，但有一個情況很可怕，凡是有肛交行為的同性戀者，80%不戴避孕套，沒有一種自我保護的意識和自我保護的方法。〕

愛滋病性傳播另一個無法回避的問題是娼妓現象。來自公安部的數位，光是今年 1-5 月，就查獲賣淫窩點 1.2 萬個。97 年一年，全國性病報告數為 46 萬，而實際患者數估計是報告數的 5 倍到 10 倍。性病的流行現狀使我們不難推想未來幾年在大陸經由娼妓傳播愛滋病的危險。

愛滋病蔓延的第二個途徑是經血液傳播，包括使用含有病毒的血液或血製品，共用不潔針具吸毒等。在大陸已經報告的感染個案中，靜脈吸毒感染占 66.9%。我們從國家禁毒委員會瞭解到，目前全國登記在冊的癮君子 54 萬人，而實際吸毒人數大大高於這個數位。

血液傳播中博得人們同情的是輸血或使用血製品感染，某省一次抽查就發現 15 名職業賣血者 HIV 陽性，並已發現輸血感染病例。

近二十年人類與愛滋病搏鬥已經形成共識：政府越早介入、初期投入力度越大，防治工作就越有效果，預防成本也就越低。今年 3 月剛剛當選的朱鎔基總理 5 月份就專門聽取了關於愛滋病流行與防治工作的彙報並作出指示，衛生部主管愛滋病防治工作的殷大奎副部長說：〔音響：鎔基總理非常重視這項工作，我的制定到 2010 年的防治規劃通過了，

鎔基總理說以國務院的名義下發。朱總理說愛滋病的防治工作在我們國家是非常重要的，我行國務院和各有關部門應該給予大力支持和指導，漸隱〕

　　愛滋病留給我們的時間並不多，當前最迫切的是立即展開「教育」和「技術」兩方面的干預。目前的預防教育局限在每年 12 月 1 日「世界愛滋病運動」前後的集中宣傳是遠遠不夠的。此外，香港愛滋病基金會總幹事連愛珠提醒我們，宣傳的模式也不應該是一成不變的，他以婦女預防層面舉例說：〔音響：不光是給他們談愛滋病是什麼東西，還要教他們怎麼去提出要求，跟她的丈夫好好說，讓他們可以有安全性行為。〕

　　大陸控制愛滋病傳播另外一個必須下決心的技術措施是推廣使用安全套。曾在婦女教養所進行愛滋病認知調查的研究人員夏國美女士發現有 2/3 的賣淫女性根本不知道避孕套可以保護自己：〔音響：所以當我問她們是不是每次使用避孕套的時候，有的人說我不需要，為什麼不需要呢？因為我已經放環了。〕

　　96 年吉林省 4 個感染者不堪歧視和壓力，先後外遷，去向不明，再次暴露出國內對病人、感染者的高度歧視惡化了整個預防控制環境。在反覆解釋和動員之後，一位 30 多歲的上海女病人終於接受了我們的採訪，為保護採訪物件，現在大家聽到的是經過技術處理的聲音：〔音響：每個病人她自己得病以後，自己的心理負擔已經很重了，如果外界再給她們過多的壓力的話，那等於就是在扼殺她們的生命。〕

　　整個採訪接近尾聲時，我們記者自願作了抗體檢測，當

樣本呈現我們沒有遭遇愛滋病毒感染時，我們並不特別高興，〔音響，第一交響曲，鼓聲，至尾揚起結束〕想到大陸面臨的巨大危險，我們真誠呼籲每個大陸人包括我們自己，當你可能有危險行為時，想一想 HIV 這個只有大頭針針頭 1萬 6 千分之一大卻極其厲害的病毒，並請大聲問自己：愛滋病離我們還有多遠？！

　　這篇優秀的廣播評論，既有新聞評論的特色，又發揮了廣播的優勢。其成功之處在於：

1. 選題有的放矢

　　新聞評論的選題貴在有的放矢、就事論理、有感而發。本篇針對性很強，善抓熱點、難點、疑點問題。大陸民眾對愛滋病認識很膚淺，衛生部門也躲躲閃閃，歧視使感染者懼怕媒體，老百姓恥談「同性戀」、「避孕套」問題，而同時愛滋病又在蔓延，評論不回避這些問題，進行了深入的述評與研討。因而它的現實指導性很強。

2. 內容新鮮動人

　　如果說新聞報導主要傳播的是事實性資訊，那麼新聞評論主要傳播的是意見性資訊。本篇的特點是觀點新、精神新（總理新指示）、資料新，給人以耳目一新的感覺。

3. 結構嚴謹明晰

　　本篇結構嚴謹，提出問題、分析問題、解決問題三個方面的結構層次非常清晰。通篇夾敘夾議，一氣呵成。

4. 發揮廣播特色

　　本篇注意發揮廣播音響的傳播特色。「第一交響曲」首

尾呼應，其如訴如泣旋律貫穿本篇，發揮了襯托鋪墊作用；大量的實況錄音，增強了現場感與報導權威性。雖廣播聲暴露病人身份的可能性不大，但仍作了聲音處理，體現了廣播人的人文關懷。

5. 採訪艱苦深入

本篇採訪非常艱苦，因衛生部門不配合、病人拒絕等，記者不懈努力，最終採訪到世界衛生組織、衛生部副部長、專家等 40 多位有關權威人士，錄了 20 多盤素材帶。同時，作街頭隨機採訪，還作了談話節目，傾聽市民真實的想法與意見。記者還作了體驗式採訪；並與病人聊天、同桌吃飯等，贏得了病人信任，掌握了大量第一手材料。因此可見，要做好評論類節目，深入採訪是必不可少的基礎環節。

6. 社會效果良好

本篇播出後，收到幾百位市民來電來信，反應一致叫好。播出後的一次討論，熱線電話爆滿，群眾反應強烈，有的要求重播；並產生連鎖反應，引起海外國外有關組織的重視，推動了愛滋病的預防控制工作。

廣播新聞評論，作為廣播深度報導的主要方式之一，正越來越顯示它的輿論導向的威力。

（二）電視新聞評論

電視新聞評論，是運用電視傳播手段作出的新聞評論，通常分為兩大類：一類是為電視新聞配發的編前、編後話以及節目主持人、記者的即興點評，主要以口播形式出現；另一類是電視專題評論，也稱電視評論片，將活動圖像（含同

期聲）、背景資料、字幕與夾敘夾議的評論報導詞有機組合在一起，成為「形象化的評論」。

大陸電視新聞評論起步較晚，以中央電視臺為例，其電視新聞評論的發展經歷了三個階段：

1. 1958 年 5 月至 1980 年 7 月，處於單個電視新聞評論節目的製作階段，一般採用兩種方式：一是播音員出鏡頭，宣讀新聞評論稿，實際上是採用廣播評論方式；二是畫外音（評述語）配圖像，實際上是採用電影新聞紀錄片方式。

2. 1980 年 7 月，中央電視臺的《觀察與思考》欄目創辦，標誌著大陸電視新聞評論欄目化的開始。《觀察與思考》是述評型的電視新聞欄目，記者出鏡頭採訪、評論。這階段，記者與主持人是分離的，兩者結合尚不緊密。《觀察與思考》在 1993 年底停辦。

3. 1994 年 4 月，中央電視臺《焦點訪談》欄目創辦，標誌著大陸電視新聞評論欄目走向成熟階段。因在第四章《深度報導在大陸新聞界的運用與發展態勢》中已有論述，這裏不再重複。

評論和新聞是輿論導向的不同重要手段，兩者不可偏廢。宣傳心理學認為，首先應當指出，正如許多實驗研究的結果所證明的，任何資訊的報導、某些事實的描述，如果不加專門的解釋和評論，對人們的定勢幾乎不能產生任何影響。由此可見，要想通過宣傳來影響與指導人們的行動，僅靠傳遞資訊不行，還需要解釋與評論，新聞與評論共同協作才行。電視新聞評論與電視新聞報導也是同樣的協作關係，構成電視新聞媒介的輿論導向手段。

　　電視新聞評論在加強輿論監督與輿論導向、弘揚精神文明等方面發揮了巨大作用，它除了具有新聞評論的政治思想性、新聞性、群眾性、科學性等共性外，又有電視新聞評論的個性特點：

1. 多種傳播符號顯優勢。電視新聞評論可以運用多種傳播符號：報導解說詞聲音、同期聲、字幕、照片、圖表、圖像等，因而可充分顯示「形象化評論」的特色，將形象思維與抽象思維緊密結合在一起，評論手段更豐富多彩。

2. 直觀性帶來受眾面廣。電視直觀性強，資訊代碼少，受眾可不受年齡和文化程度的限制，因而電視新聞評論的受眾面更廣。

3. 親近性帶來更強的說服力。電視圖像有可視性，形象感人；電視評論節目主持人採用「面對面交談」形式，產生「自己人效應」，可充分吸引觀眾；同時電視評論可引入多種評論者的同期聲（包括現場採訪中的議論評述），使論據更為真實可信。因此，電視新聞評論更具備強大的說服力。

　　隨著電視新聞傳播的發展，電視新聞評論逐漸擺脫報紙新聞評論與廣播新聞評論的影響，而獨立於新聞評論之林，成為別具一格的新聞評論樣式，成為新聞輿論場中的「電視新聞評論場」。⑥

　　當前電視新聞評論的發展中也存在一些問題：一是「克隆」現象嚴重，地方電視臺乃至縣級電視臺紛紛模仿中央臺、省級臺，大辦評論類欄目，然而實力有限，選擇題材狹窄，有述無評或少評，製作粗糙；二是出現傷害弱勢群體現象，對真正的腐敗醜惡現象鬥爭不力，出現侵犯公民合法權

益、特別是隱私權的現象；三是出現「媒介霸權」[7]的負面
影響，有的電視評論凌駕於行政機關之上，甚至嚴重影響司
法機關辦案判案，產生嚴重誤導現象。這方面有待進一步整
頓與改進。當然，新聞改革中出現的問題，只能在深化改革
的過程中逐步克服。

注釋：

[1] 引自餘家宏等《新聞學詞典》，浙江人民出版社 1988 年版，第 125 頁。

[2] 詳見《皇甫平三人談》，原載《新聞記者》1992 年第 9 期。

[3] 轉引自丁法章主編《新聞評論學》，復旦大學出版社 1997 年版，第 95 頁。

[4] 引自馬克思《關於費爾巴哈的提綱》，《馬克思恩格斯全集》中文版第 3 卷，第 5 頁。

[5] 引自戴元光 苗正明《大眾傳播學的定量研究方法》，上海交通大學出版社 2000 年版，第 23、25 頁。

[6] 引自李文明《新聞評論的電視化傳播——〈焦點訪談〉解讀》，四川大學出版社 2003 年版，第 314 頁。

[7] 詳見李文明《新聞評論的電視化傳播——〈焦點訪談〉解讀》「警惕媒介霸權」一節，四川大學出版社 2003 年版，第 335-338 頁。

第三編　大陸廣播電視發展歷程及改革

第八章　試論大陸人民廣播事業六十年的歷史經驗

　　江澤民同志在 2000 年 12 月 25 日為大陸人民廣播事業暨中央人民廣播電臺創建 60 周年作了重要批示：

　　「在大陸人民廣播事業暨中央人民廣播電臺創建 60 周年之際，我向全國廣播戰線的同志們致以親切的問候！

　　廣播事業是黨的新聞事業的重要組成部分。60 年來，中央人民廣播電臺為宣傳黨的路線方針政策，弘揚中華民族精神，弘揚愛國主義、集體主義、社會主義思想，激勵廣大幹部群眾奮勇前進作出了貢獻。希望中央人民廣播電臺和全國廣播系統繼續辦好廣播，讓黨和國家的聲音傳入千家萬戶，讓大陸的聲音傳向世界各地。」

　　江總書記的批示，充分肯定了人民廣播事業和中央人民廣播電臺 60 年取得的成就，並提出了殷切期望與奮鬥目標。批示言簡意賅，內涵深刻，對整個大陸廣播電視事業的發展都有重要的指導意義。

　　本文遵循批示精神，試就大陸人民廣播 60 年的歷史經驗作一概要總結，並對當前廣播工作面臨的挑戰與問題作一些梳理與探討。

一、舊大陸的廣播事業

　　廣播作為二十世紀初的科學技術發明，一傳到大陸，就由傳播商業資訊的通信工具變為階級鬥爭、黨派鬥爭的工具，各種政治勢力都要利用它為自己大造輿論。

　　1923 年 1 月當美國記者奧斯邦以亞洲無線電公司的子公司大陸無線電公司經理的身份，與上海《大陸報》合辦了大陸第一座廣播電臺（呼號 ECO）時，大陸民主主義革命家孫中山就十分重視。據 1923 年 1 月 27 日《大陸報》報導：「孫逸仙博士祝賀《大陸報》廣播」，「預言將有極大教育價值」，「他祝賀《大陸報》和大陸無線電公司把廣播引進大陸，並對廣播在各方面的成功以及大大有助於在大陸傳播光明表示極大的信心。……吾人以統一大陸為職志者，極歡迎如無線電話之大進步。此物不但可於言語上使大陸與全世界密切聯絡，並能聯絡國內之各省各鎮，使益加團結也。」

　　國民黨也十分重視無線電廣播，1927 年蔣介石發動「四‧一二」政變，第二年（1928 年）8 月 1 日，國民黨的中央廣播電臺（全稱「大陸國民黨中央執行委員會廣播無線電臺」）即開始播音。這一天正是國民黨二屆五中全會開幕之日，蔣介石、陳果夫、戴季陶等都前往電臺祝賀致詞。第二天（1928 年 8 月 2 日）國民黨《中央日報》刊登通告：

「嗣後所有中央一切重要決議、宣傳大綱以及通令、通告等，通由本電臺傳播。」國民黨的中央廣播電臺成為國民黨專制獨裁的輿論工具。

　　1940 年 12 月大陸共產黨領導下的延安新華廣播電臺的建立，不僅打破了帝國主義與國民黨的輿論壟斷，宣傳了中共的政治主張與革命真理，而且真正使大陸人民有了自己的喉舌與聲音，無論在大陸新民主主義革命史上還是大陸廣播事業史上都有著特殊的重大的歷史意義。

　　無線電廣播在戰爭年代顯得特別重要。革命導師列寧曾稱讚無線電廣播是「不要紙張、沒有距離的報紙」，並在給人民委員會總務處長的信中提出要求：「發展無線電廣播，使整個俄羅斯都可以聽到莫斯科當天讀的報紙，這件事十分重要。」[①]大陸的情況也有類似處，在抗日戰爭全面爆發的形勢下，大陸共產黨在根據地辦的報刊、通訊社的宣傳在時空上已不能完全適應形勢的需要。特別在敵偽的封鎖下，共產黨的報刊與宣傳品很難到達大後方與淪陷區。而延安新華廣播電臺的建立，打破了敵偽的輿論封鎖，使大後方與淪陷區的廣大群眾能夠直接聽到大陸共產黨的方針政策、政治主張與某些重大事件真相，瞭解戰爭形勢與政治動向、社會動態，大大激勵與鼓舞了億萬軍民的愛國抗日熱情。而在解放戰爭由戰略防禦轉入戰略進攻的複雜鬥爭中，無論戰爭局勢怎麼複雜多變，共產黨領導下的新華廣播電臺輾轉遷移，堅持播音，在團結人民、鼓舞軍民鬥志、打擊敵人、揭露敵人陰謀、宣傳黨的方針政策與偉大勝利等方面都發揮了巨大作用。尤其在 1948 年秋冬的淮海戰役中，毛澤東主席親自為

陝北新華廣播電臺撰寫廣播稿《人民解放軍總部向黃維兵團的廣播講話》、《劉伯承、陳毅兩將軍向黃維兵團的廣播講話》和《敦促杜聿明等投降書》等，在《對國民黨軍廣播》節目中播出，起到了極大地分化瓦解敵軍的作用，國民黨軍隊的許多官兵聽了陝北電臺的廣播宣傳，紛紛向人民投誠。

　　大陸人民廣播事業是在中共中央與毛澤東主席的領導與關懷下誕生與發展的。延安新華廣播電臺（包括後改名為陝北新華廣播電臺），從 1940 年底開始播音，直到 1949 年 3 月遷進北平，其編輯工作一直是由新華社的工作人員承擔的。同時，延安新華廣播電臺成立不久，1942 年春天延安整風運動開展起來，新華電臺與延安《解放日報》一樣進行改革。因此，大陸人民廣播事業繼承了大陸共產黨領導的新聞事業的基本經驗和優良傳統，也就是強調：人民廣播事業必須在大陸共產黨領導之下，必須始終堅持無產階級的黨性原則；其根本任務要宣傳黨的方針政策，反映黨的工作與群眾生活；要堅持黨性、真實性、思想性、戰鬥性、群眾性等報導原則；反對「黨八股」，倡導無產階級的新文風；加強新聞工作者隊伍建設，反對資產階級「無冕之王」的思想作風，提出作「人民公僕」的思想。延安新華廣播電臺還主張「人民大眾的號角要由人民大眾來鼓吹」，提出「大家辦廣播」的口號。這是我黨「全黨辦報」、「群眾辦報」方針與思想在人民廣播事業中的具體體現與運用，這是人民廣播事業區別於舊大陸廣播的根本標誌，也是今天人民廣播工作必須繼續加強並認真貫徹的方針與原則。

二、新大陸的廣播事業

中華人民共和國成立後，大陸人民廣播事業進入了一個全新的歷史階段。新大陸的廣播事業在宣傳與促進社會主義革命與建設事業，加強精神文明與物質文明宣傳，普及與傳播大眾文化，增進大陸人民和外國人民友誼，維護世界和平，反對殖民主義與霸權主義等方面，都發揮了巨大的作用。

新大陸的廣播事業是由國家統一經營的，由中華人民共和國廣播電影電視部（1982 年以前為中央廣播事業局，現為國家廣播電影電視總局）統一領導和管理。到 1984 年底，全國建立了省、自治區、直轄市級廣播電視廳（局）29 個，地區、省轄市級廣播電視局（處）350 個，縣級廣播電視局 1700 個。

廣播事業規模不斷擴大，根據《大陸新聞年鑒》、《大陸廣播電視學刊》等歷年資料統計，新大陸成立以後，電臺數量與規模不斷增加，廣播人口覆蓋率不斷提高，技術設施也越來越先進與現代化。

新大陸無線廣播電臺發展主要資料

年份	1950	1958	1961	1976	1984	1985	1986	1995	1996
電臺（座）	65	58	135	89	167	213	278	1210	1320

以上資料為無線廣播事業的發展概況，而在大陸廣大農村，有線廣播蓬勃發展。早在 1955 年 12 月毛澤東主席在《徵詢對農業十七條的意見》中提出：「在七年內，建立有線廣

播網，使每個鄉和每個合作社都能收聽有線廣播。」大陸農村有線廣播網迅速形成規模，到 20 世紀 70 年代末，全國已有 2323 個縣（市、旗）建立了廣播站；4.92 萬個人民公社建立了廣播放大站，占全國公社總數的 88.4%；65.5%的農戶安上了廣播喇叭，農村廣播喇叭總數達 1.11 億隻，其中入戶喇叭 1.07 億隻。[②]

農村有線廣播網是大陸廣播事業的組成部分，是無線廣播與電視廣播的有效補充，是農村社會主義精神文明建設和文化建設的重要陣地。農村有線廣播已經成為縣、社（鄉鎮）黨政機關得力的宣傳工具。黨的路線、方針、政策，每個時期工作部署，必要時的組織動員，通過有線廣播直接與廣大人民群眾見面。有線廣播保密性較強，時間空間容易控制，其迅速性、廣泛性超過了其他文字宣傳工具。今後農村有線廣播網仍將是農村廣播工作的主要形式，這是從大陸的實際出發，解決 9 億農民收聽廣播問題的重要措施。隨著光導纖維技術在廣播領域的運用，有線廣播與有線電視一樣具有遠大的發展前景。

1966 年至 1976 年 10 月，「文化大革命」十年，大陸的廣播事業遭受林彪、「四人幫」與極左路線的摧殘與破壞。「四人幫」篡改了廣播、電視、報紙的根本性質，把它們由「黨、政府和人民的喉舌」篡改為「無產階級全面專政的工具」，因此當時對於「文化大革命」的宣傳都是違背馬克思列寧主義的，宣揚唯心主義和形而上學也都是錯誤的。當時的廣播新聞，從文風上看充斥著假話、大話、空話、過頭話與愚蠢話，完全違背了新聞規律與宣傳規律，應完全摒棄。

三、改革開放時期的大陸廣播事業

　　1976 年 10 月粉碎「四人幫」反革命集團，特別是 1978 年底黨的十一屆三中全會以後，新大陸的廣播事業進入了大發展的全盛時期。這一時期，隨著經濟改革與對外開放，廣播新聞改革與體制改革也隨之深入發展。這一時期還可以細分為三個階段：

　　第一階段為撥亂反正階段，時間在 70 年代末 80 年代初。隨著國家的工作重心從「以階級鬥爭為綱」轉到「以經濟建設為中心」，批判「四人幫」的極左路線與惡劣文風，恢復新聞工作的光榮傳統。特別是 1980 年第十次全國廣播工作會議，總結了 30 年廣播電視工作的經驗，在撥亂反正的基礎上，明確新時期的宣傳方針、任務和奮鬥目標，重新提出發揮廣播電視的長處，要「揚獨家之優勢，彙天下之精華」，堅持「走自己的路」的方針，以更好地為「四化」建設服務。

　　第二階段為推進改革階段，時間為 80 年代初至 90 年代初。這階段是新聞改革蓬勃發展的時期。1983 年第十一次全國廣播工作會議，根據黨的十二大提出的總路線總任務，著重討論了改革廣播電視工作和發展廣播電視事業的一系列方針。會議提出要以新聞改革為重點，推動廣播電視宣傳的全面改革；要從實際出發，實行中央、省（市）、地區（市）、縣（市）「四級辦廣播，四級辦電視，四級混合覆蓋」的方針，適當加快廣播電視事業建設的步伐。

　　第三階段為社會主義市場經濟條件下的改革階段，時間

從 1992 年至今。1992 年春天，鄧小平同志視察南方重要講話發表，在鄧小平理論和黨的十四大關於建立社會主義市場經濟體制的精神指引下，全國廣播電視系統的同志解放思想，實事求是，抓住機遇，加快改革步伐，全國出現了廣播大發展、電視突飛猛進的繁榮昌盛的局面。

四、大陸廣播事業改革的基本成就與經驗

改革開放的 20 多年來，大陸的廣播事業改革取得的基本成就與經驗可以加以歸納為：

1. 摒棄「廣播是無產階級全面專政工具」的性質說，把廣播看作是黨、政府和人民的喉舌，是黨密切聯繫人民群眾的紐帶和橋梁。重申了新聞報導的黨性、真實性原則，堅持正確的輿論導向，堅持全心全意為人民服務的辦臺宗旨。

2. 摒棄「假、大、空」的惡劣文風，提倡廣播新聞「短、新、快」；隨著黨的工作重心轉移到經濟建設方面來，經濟新聞成為廣播新聞的重點，同時改進會議新聞，加強了法制新聞、社會新聞、科技文教體育新聞等。

3. 確認新聞價值與宣傳價值是選擇新聞報導的兩大主要標準，形成了按新聞規律報導的共識。大陸社會主義的新聞規律是：在大陸共產黨領導和馬列主義、毛澤東思想、鄧小平理論指引下，新聞媒介以日益進步的現代傳播技術手段，真實、新鮮、快速、公開地向社會傳遞最有新聞價值的資訊；反映現實、溝通情況、引導輿論、提供服務、預測趨勢，最大限度地滿足廣大人民群眾認識、適應、改造

社會的需要。[3]廣播新聞報導也應遵循新聞規律。

4. 廣播不僅要從事宣傳、提供娛樂，還必須提供資訊、介紹知識。廣播新聞報導必須在擴大報導面、增加資訊量、提高資訊質上狠下功夫。在媒介競爭中，與報紙擴版熱相對應，廣播電臺增設頻率，特別提供經濟資訊為主的新頻率，一些「商品資訊」、「股市行情」、「金融動向」等欄目紛紛出臺。廣播新聞的報導形式更加豐富多彩，現場直播、廣播述評、廣播追蹤報導與連續報導等深度報導也迅速崛起，使廣播新聞的面目煥然一新。

5. 人民廣播事業既要堅持無產階級黨性原則，堅持正確的輿論導向，發揮輿論監督的作用；又要突出聽眾的地位，真正把為聽眾服務作為辦好廣播的出發點和歸宿。為此，珠江廣播電臺、東方廣播電臺等在全國首先採用全天候的運作機制，一天 24 小時都處於動態的行進式的廣播運行之中，使國內外的一切重要新聞得以最快的速度播報。

6. 從中央人民廣播電臺到各省市廣播電臺，都將新聞節目作為廣播節目的主體與主角，在新聞改革中重點抓好新聞欄目的改版與創優創新，不僅擴大資訊量，而且增強時效性，使新聞報導權威可靠、報導迅速、節奏明快，又銳意創新，追求資訊密集、視野廣闊、深度開拓。

7. 採用直播與錄播相結合的傳播方式。廣播的直播是指記者在新聞事件現場直接口播，或將新聞現場的聲音直接轉播，其優點是真正體現了動態行進式的廣播運作機制，報導與新聞事件同步進行，廣播新聞的快捷性、新鮮性、現場感都能充分體現；不足方面是宣傳口徑、某些思想傾向

問題不易控制與修正。而錄播可以使新聞的質量得到充分保證，不足在於時效性差了。而採用直播與錄播相結合的傳播方式，便於取長補短、相得益彰。一些廣播談話節目將熱線電活引進廣播，吸引聽眾參與廣播節目；又將權威人士與嘉賓請進節目直播室，通過節目主持人串連，與廣大聽眾進行雙向資訊交流、感情交流與問題討論，讓廣播從宣傳者、播音員的殿堂上走向平民百姓之中，大大增強了廣播節目的受眾參與感、現場感與親切感，這就發揮了廣播的獨特優勢。

8. 廣播既是黨、政府和人民的喉舌，又是資訊產業。在經營管理上必須走向市場，並走集團化發展的道路。

　　在新形勢下，大陸的廣播業面臨兩個方面的挑戰：一是如何適應聽眾市場的需求，在更好地發揮黨和政府的「喉舌」作用的同時，大力發揮對人民進行「資訊服務」的功能；二是在新聞媒介競爭中，在報紙、電視、網路傳媒的夾擊中，如何揚長避短，繼續創業，開拓進取。

　　對於第一個問題，筆者在調查中接觸到的上海東方廣播電臺與江蘇省常熟市廣播電臺，都有成功的經驗：建立了為聽眾服務的運作機制，以資訊性去適應時代，以服務性去爭取市場，以參與性去贏得觀眾，從而取得了較為矚目的社會效益與經濟效益雙豐收。

　　對於第二個問題，大陸的廣播工作者首先要樹立信心與決心，千萬不要聽信「廣播是弱勢媒體」、「廣播即將消亡」之類不實之辭。在新世紀新時期，廣播的優勢繼續存在，如：先聲奪人、時效性強、覆蓋面廣、滲透力強、通俗易懂、隨

身收聽、還有成本低廉、抗災害性強（日本廣播界人士的觀點）等等。廣播不會消亡，應充分發揮其優勢，在傳播媒介競爭中立於不敗之地。

當前大陸廣播業發展應重視研究兩個問題：

一是廣播業既是上層建築，又是資訊產業。作為上層建築，一定要以馬列主義、毛澤東思想、鄧小平理論為指導，遵循黨的方針政策；作為資訊產業，應走產業經營管理與集團化的道路，確立資訊產業資本良性迴圈的機制；同時積極運用現代資訊技術，積極開展數碼廣播服務。上海已有專家提出「現代廣播發展取決於對現代資訊技術的回應程度」、「依靠資訊技術革命，推動廣播向深層次變革。」④

二是在未來的新聞媒介結構調整中，有專家已提出「一級網路、二級電視、三級報紙、四級廣播」的構想，即優化大陸的媒介結構，減少數量，提高質量，具體方案為：壓縮省級以下電視臺和地區級以下報紙的同時，可維持並發展四級覆蓋的廣播建設。⑤廣播界應抓住機遇，迎難而上，在即將到來的新聞媒介結構調整中用足政策資源，取得廣播事業的再度發展。

注釋：

① 詳見《列寧全集》中文版第 35 卷，第 435、471 頁。

② 見《大陸的有線廣播》，北京廣播學院出版社 1988 年版，第 99 頁。

③ 詳見徐培汀《黨性原則與新聞規律》，《新聞大學》1990 年秋季號。

④ 詳見上海廣播電影電視局 1997 年度《上海廣播電視學術論文集》（內部學習材料）。

⑤ 詳見林暉　李良榮《關於大陸新聞媒介總體格局的探討》,《新聞大學》
2000 年春季號。

第九章　城市電視臺的新聞欄目設置

　　大陸雖然在 1958 年 5 月就有了電視臺，但大陸電視真正成為成熟的大眾新聞媒介卻是 20 世紀 80 年代以後。大陸電視成熟的主要標誌是電視新聞在電視傳播中處於主導地位，發揮了輿論導向作用；同時，迅速崛起的城市電視臺的節目形態發生了變化——從單一的節目及製作到欄目的規範化設置及批量製作。電視新聞傳播從過去包羅萬象式的粗放型樣式轉到追求傳播質量效益的集約型樣式上來。大眾傳播媒介要講究分眾化傳播策略，雅俗共賞的電視文化要注意雅俗分賞的欄目劃分。電視新聞欄目化，有利於電視在新聞傳播方面確立領先優勢，並有效地發揮電視的各種文化功能。

　　城市電視臺是以城市和郊區觀眾為服務物件、滿足本區域內受眾需求的電視臺。按照目前大陸電視界的劃分，它包括省會電視臺、省轄市電視臺、地州電視臺、經濟特區電視臺共 300 多個，不包括 4 個直轄市電視臺與 500 多個縣級電視臺。大陸城市電視臺在本世紀 80 年代迅速崛起，它是 1983 年第十一次全國廣播電視會議關於「四級辦廣播，四級辦電視，四級混合覆蓋」這一決策的產物。大陸城市電視臺在 1983 年前只有 46 家，而在 1984 年後則如雨後春筍般湧現，至 1987 年底已超過 500 家，目前仍保持在 500 多家。城市電視臺的崛起，順應了大陸改革開放的大潮，既滿足了各地市（州）黨委和政府宣傳政策法令和加強輿論導向、輿論監

督的需要；又滿足了廣大市民與郊區群眾瞭解本地資訊、溝通供產銷渠道、促進地方經濟、發展地方文化、反映自己的呼聲意願等需要。

城市電視臺在發展過程中，其新聞報導也從主要轉播中央和省級電視臺的新聞節目，到自辦新聞節目，再到新聞報導形成特定的欄目體系。

電視新聞是電視這個具備現代化特徵的傳媒所刻意追求的主攻方向和主體功能。從 20 世紀 80 年代中期開始，大陸電視新聞的採制能力飛快提高與增強，隨之帶來電視新聞的內容與編排的規範化。這種電視新聞節目形態的變化——從單一的節目到欄目的規範發展，不僅有利於觀眾的收視，而且為電視按計劃有秩序化製作新聞節目創造條件，同時電視新聞節目通過欄目的連續性而構建起新聞傳播的整體效應。

一、關於城市電視臺新聞欄目的定位

20 世紀 90 年代以來，城市電視臺的新聞改革已逐漸擺脫了電視新聞報導初創時期那種電視傳播以傳者為中心、隨意安排節目的初級行為方式，電視新聞欄目從多方面開始挖掘「定位的內涵」，不僅有內容定位、物件定位，而且還有時段定位、風格定位等定位方向。

電視新聞欄目定位，指的是電視新聞傳播者對電視新聞欄目設置和意義作出理性的判斷，也就是對電視新聞欄目播出的節目思想內容、受眾物件範圍以及時段等作出科學界定。從電視新聞報導的具體實踐未看，欄目定位必須要做五

個層面的工作：1.明確欄目的傳播物件；2.精選欄目的傳播內容；3.確立欄目的傳播方式；4.營造欄目的傳播風格；5.規範欄目的時間和長度。

　　電視新聞欄目定位的內涵表明了，電視新聞傳播從過去包羅萬象式的粗放型樣式轉到追求傳播質量效益的集約型樣式上來。這是電視新聞工作者在電視新聞改革跨世紀發展中面臨的最現實而迫切的課題。城市電視臺也不例外。

　　以江蘇省南通電視臺（NTTV）為例，從 1999 年 1 月 1 日起增設了第二套節目，有關新聞報導類欄目作了重新定位：

NTTV	NO.1	NO.2
傳播方式	無線 22CH、10KW、有線 7CH	無線 28CH、5KW、有線 18CH
宗旨	當好黨的喉舌、反映人民心聲	關心百姓生活、引導都市潮流
特色		
風格	權威、客觀、及時、準確	貼近、親切、時尚、多元
新聞報導	端莊大方	清新自然
	NTTV 新聞 20』（1 次/天）	
	簡明新聞 5』（1 次/天）	
欄目設置	晚間新聞 20』（1 次/天）	
	新聞廣角 20』（1 次/周）	城市日曆 15』（6 次/周）
	法苑鐘聲 20』（2 次/周）	城市話題 15』（1 次/周）
	電視塔下 20』（2 次/周）	新聞備忘錄 15』（1 次/周）
		生活快車 15』（4 次/周）
		談股論市 10』（6 次/周）
其他欄目	另有音樂、文娛欄目及電視劇等節目，從略。	另有音樂、文娛欄目及電視劇等節目，從略。

　　從南通電視臺的新聞報導欄目設置看，有這麼幾個特點：一是動態新聞有《NTTV 新聞》、《簡明新聞》與《晚間新聞》，形成了一日之內的新聞滾動播出的態勢；二是有深度報導，如《新聞廣角》、《法苑鐘聲》等；三是開拓了與市民生活貼近的新聞報導欄目，如《城市日曆》側重反映社會新聞，《生活快車》反映人民衣食住行等經濟生活，《談股論市》更是涉及人民的經濟生活；四是增設了談話類節目《城市話題》，對涉及城市建設、生活方式變化、與人民生活有關的問題都可以吸引市民參與討論，發表意見；五是每晚 10 點，將一天的國內外要聞重編後播出，供白天來不及觀看的市民欣賞與關注，收視率也相當高。

　　南通電視臺地處經濟發達地區，電視節目質量在江蘇省內處於中等偏上水準，其新聞欄目的設置具有代表性。據南通電視臺臺長夏平建同志（注：現為上海交通大學媒體與設計學院副院長、教授）1999 年 4 月 9 日向筆者介紹：從這一年的 1 月 1 日起增設第二套節目，就是要引進競爭機制，自我加壓，同時也是更好地為市民服務，將「喉舌」功能與「服務」功能更好地結合起來。筆者以為，這是按照新聞資訊傳播規律來辦電視的一種改革創舉。

　　大眾傳播學的研究表明：受眾不是傳者隨意施加影響的消極客體。傳播學的選擇性注意與選擇性理解的觀點認為：不同的受眾對同一資訊可以有極不相同的理解與反應；傳者也不能設想他傳出的資訊對於接受者產生與原來相同的意義；受眾願意接受與自己態度相吻合的資訊，而避開那些與自己不合的資訊傾向。[①]

《第三次浪潮》一書指出：在當代資訊社會中無論是社會生產還是消費需求，以至價值觀念，都體現出了從單元到多元、從整合到分化的發展趨勢。這一走勢在資訊傳播領域內的反映，就是「非群體化傳播時代」的到來。非群體化傳播要求傳播者不再把受眾視作一個無區別的整體，而是針對受眾不同的群體和不同需求層面，分別實施特定的傳播策略。

從市場營銷學的細分理論看，新聞傳播滿足受眾市場的需求，必然要明確自己的傳播物件與傳播目的要求。大眾傳播媒介要講究分眾化傳播策略，雅俗共賞的電視文化要注意雅俗分賞的欄目劃分。

電視新聞報導的欄目化正是順應了新聞改革的發展趨向，順應了電視新聞資訊分眾化傳播的受眾需求。

二、關於城市電視臺新聞欄目化傳播的優勢

在電視新聞傳播中有這樣一個有趣的現象：觀眾在看電視新聞時，不一定在事後能記住電視新聞的具體內容，往往時過境遷而遺忘了，但是電視新聞的載體──欄目名稱卻不會忘記。南通市街頭的市民說：「《城市日曆》、《生活快車》有看頭！」這一句話就是明證。筆者觀看過《城市日曆》、《生活快車》，對其中的「女性逛街」、「模特兒臺步」、「新娘服飾」、「家居新潮」等具體內容一概忘卻，但對南通電視臺反映市民經濟生活的新聞欄目的新鮮活潑記憶猶深。同樣，筆者對廣州電視臺的《城市話題》欄目印象頗深，因為它曾在 90 年代連續三年蟬聯過大陸新聞獎，洋溢著濃

郁的南粵特色，包含著豐富的嶺南文化內蘊。由此可見，優秀的電視新聞欄目已成了電視臺的品牌。

電視新聞報導欄目化傳播與非欄目化傳播是有明顯區別的，不妨將欄目化的新聞節目與單獨播出的電視新聞專題片作一比較：

比較內容	欄目化的新聞節目	電視新聞專題片
收視物件	相對穩定	不定
題材選擇	有側重範圍	大而全
播出規範	長期、連續、固定	短期
時間長度	有限制	無限制
製作周期	有截止日期	無嚴格時限

從上述比較中可以看出電視新聞欄目化傳播的優勢：

首先，從電視在整個大眾媒介的地位看，電視新聞欄目化有利於電視在新聞傳播方面確立領先的優勢。電視新聞要在資訊時代多種媒體的新聞競爭中變得主動，適應社會和大眾的需要，增大資訊密度、廣攬各類新聞，成了電視與廣播、報紙競爭的焦點。城市電視臺的電視新聞傳播也是如此，除了新聞滾動播出外，推出各類固定的電視新聞欄目，吸引更多的觀眾，傳播更多、更快、更廣、更深的電視新聞資訊，這是城市電視臺的立足之本。據復旦大學資訊與傳播研究中心關於上海市民與伊拉克戰爭的調查報告[2]，做了 300 人調查樣本的抽樣調查，其中有兩張表格：

一張為：上海市民第一次獲知 2003 年 3 月 20 日爆發的伊拉克戰爭和 2001 年美國「9.11」恐怖事件的消息渠道之

比較（％）：

	電視	廣播	報紙	傳統媒介小計	網路	人際傳播	短消息	其他
「伊戰」報導	55.7	14.8	5.9	76.4	5.2	15.1	3.3	0.7
「9.11」報導	57.3	13.3	6.3	76.9	2.1	21.1	－	－

　　另一張為上海市民獲知「伊戰」和「9.11」事件消息的主要渠道之比較（％）：

	電視	報紙	廣播	傳統媒介小計	網路	其他
「伊戰」報導	58.0	25.0	9.0	92.0	8.0	－
「9.11」報導	58.7	26.0	5.6	90.9	5.6	3.5

　　這兩張表格都說明：人們第一次獲知重大消息的渠道與人們獲知重大消息的主要渠道都將是電視新聞；而前一張表格中廣播的第二位置，在第二張表格中讓位給了報紙，因為隨著戰爭的進展，「速報性」讓位給了「詳報性」；人際傳播在突發事件中也起著重要作用；而網路傳播在真正傳播重大新聞時卻顯得差強人意。

　　其次，從電視功能上說，電視新聞欄目化能有效地發揮電視新聞的各種文化功能。電視新聞具有認知、教育、審美等基本功能。新聞欄目的多樣性為受眾提供多方面的選擇。電視新聞雜誌型欄目的出現，一改電視新聞「平、淺、窄」的不足，對受眾關心的各類社會問題進行深層次的報導，以獨特的報導視角、新穎的表現手法、欄目主持人與受眾面對

面交流的傳播方式進行報導，更為廣大受眾接受。特別是
城市電視臺的新聞節目具有貼近性，帶有地域文化的特
色，為少年兒童提供了第二課堂，為成人提供了再學習的
教育系統。

再次，電視新聞欄目化有利於適應不同層次和愛好的觀
眾的需求。電視新聞作為社會公共型欄目，在滿足大多數人
的共同需求的同時，必須辦好多樣的新聞欄目並使之規範
化。社會轉型期出現的「分眾化」現象，使「雅俗共賞」變
成了「雅俗分賞」，結果是實實在在地贏得了大多數觀眾，
從而提高了電視新聞的總體收視率。同時，電視新聞欄目有
規律準時地傳播，便於觀眾收看，培養觀眾的收視習慣，使
欄目擁有較為固定的觀眾群，也相對地擴大了收視面。

最後，電視新聞欄目化有助於電視新聞整體水準的提
高。電視新聞實施欄目化傳播，必然要求其在確保一定數量
的基礎上提高質量。一般說來，電視新聞專題片有較強的時
效性，是短期行為，而電視新聞欄目化卻要講究長期效益。
欄目化的新聞傳播講究連續性與可持續發展，並且有特定的
內涵界定，對新聞資訊的選擇要求提高了。從電視新聞要求
看，既要追求新聞價值與宣傳價值，還要講究美學價值與文
化價值。

三、城市電視臺新聞欄目設置的發展方向

城市電視臺新聞欄目發展到今天，正在向高品位、高效
益方向發展，追求新聞欄目的精品意識，樹立名牌新聞欄目

將成為共識。據南京電視臺臺長周莉介紹，他們正不斷優化新聞節目質量管理體系，特別是擁有名牌欄目的 12 頻道，在南京地區的收視率一直穩定在第一位，除了有以時政消息為主的《南京新聞》外，還有投訴熱線《4408866》欄目，每天一檔 10 分鐘的新聞深度報導欄目《社會大廣角》等。這些新聞欄目涉及到企業改革、市民住房、交通安全、職工下崗、懲處腐敗現象等各種社會熱點難點問題，由於堅持了正確的輿論導向，真實地反映了人民的意願與要求，收到了上下滿意的社會效果。[③]

　　從城市電視臺新聞欄目在新世紀發展的戰略考慮，有幾個問題值得探討：

　　第一，有一項調查表明，經濟新聞、社會新聞、科技新聞、時事政治新聞、文化體育新聞的比重在整個新聞傳播中將越來越上升：

各類新聞在新聞傳播中所占比重的變化趨勢[④]

各類新聞	認為會上升	認為將維持現狀
1.經濟新聞	88.3%	9.5%
2.社會新聞	71.4%	23.45%
3.科技新聞	66.5%	25.2%
4.時事政治新聞	58.2%	34.2%
5.文化體育新聞	48.9%	40.3%

　　由此可見，相關的新聞欄目應當加強，尤其是經濟領域的深度報導欄目、拓寬社會新聞報導的欄目、科技興市興農

的欄目尤需加強;而多數城市電視臺缺少文化體育新聞欄目與為農服務的欄目,應增設。

同時,不可忽視物件性的欄目。目前做得較好的,如浙江嘉興有線電視臺第一套節目設有《向日葵》少兒社教節目,《秀州星空》欄目中《女界》板塊為婦女節目,《桑榆情》板塊為老人節目。據上海市第五屆國際電視節專家討論,認為 21 世紀的社會問題中老人問題與兒童教育問題尤為突出,電視新聞欄目應在這方面下功夫。

第二,城市電視臺新聞欄目的佈局整體進一步加強:動態性新聞欄目與雜誌型報導欄目交叉;資訊類新聞與評論類新聞、調查類新聞並重;轉播中央、省級電視臺的新聞節目與自辦新聞節目並舉;在時間上,形成早間新聞、午間新聞、新聞聯播與晚間新聞報導時段相互銜接的新聞欄目框架結構,並對重大新聞事件作滾動播出。城市電視臺在講究新聞欄目佈局整體的同時,應爭創本地區有特色的名牌新聞專欄,進一步推動本地區的兩個文明建設。

第三,城市電視臺電視新聞管理的運轉機制也將走向欄目製片人制。1993 年 5 月 1 日 7 點 59 分,中央電視臺首播的《東方時空》結束時,在大陸電視新聞欄目中首次使用了製片人的稱謂。從此,一種新的電視新聞節目管理機制產生了。此後,地方各級電視臺紛紛嘗試新聞欄目製片人的模式,上海、廣東、浙江、吉林等省級臺在嘗試中大膽改革,成效顯著,為城市電視臺作出了榜樣。

從大陸新聞實踐看,新聞欄目製片人是電視新聞欄目化節目的負責人。製片人不僅要對完成節目負責,而且要對欄

目的經濟收入和支出負責。製片人是整個欄目的總策劃和管理者。實行製片人制，這是電視新聞報導管理從傳統的純宣傳管理型向市場經濟的宣傳傳播效益型方向的發展。

「廣播電視既是黨、政府和人民的喉舌，又是第三產業（資訊產業）。」這一指導思想是電視新聞管理機制改革的推動力與歸宿點。電視新聞欄目製片人制，從宏觀上看，是適應發展社會主義市場經濟體制的需求的；從管理科學看，則是電視新聞組織結構分級管理、統一目標和責權利一致的現代管理科學的體現；從新聞實踐看，適應電視新聞傳播的激烈競爭，並促進電視新聞質量與效益不斷提高。因此，城市電視臺電視新聞管理實行欄目製片人制，勢在必行。

注釋：

① 詳見陳韻昭譯《傳播學的起源、研究與應用》，福建人民出版社 1985年版。

② 詳見張國良、廖聖清《資訊時代的戰爭、傳媒與受眾》，《新聞記者》2003年第 6 期。

③ 詳見《走向 21 世紀的大陸電視──臺長、專家訪談錄》，北京廣播學院出版社 1998 年版，第 253-257 頁。

④ 資料來源為：吳高福、羅以澄等《關於培養 21 世紀新聞人才問題的調查報告》。

第十章　關於電視頻道專業化的思考

近年來，電視頻道專業化成為大陸電視業進一步改革的熱門話題與實踐舉措。如果說二十世紀八十年代中央、省市、地市、縣市四級辦電視是大陸電視業的第一次創業；那麼，二十一世紀初的電視頻道專業化是大陸電視業的第二次創業，是大陸電視業從粗放型發展向集約型發展的轉軌。一時間，各省市級電視臺紛紛進行頻道專業化整合與重組，從南到北、到西部，廣東、浙江、江蘇、江西、湖南、山東、河南、河北、內蒙古、甘肅、新疆等省級電視臺，除了保留原有的新聞綜合頻道外，紛紛重新組建經濟或財經頻道、文化娛樂頻道、影視頻道、科技頻道、體育健康頻道、生活時尚頻道等等。上海文廣新聞傳媒集團從 2002 年元旦起，重組了十一個電視專業頻道，它們是：上海電視臺新聞綜合頻道、生活時尚頻道、電視劇頻道、財經頻道、體育頻道、紀實頻道；上海東方電視臺新聞娛樂頻道、文藝頻道、音樂頻道、戲劇頻道；上海衛視頻道等。電視頻道專業化成為新世紀一道亮麗的獨特文化景觀，筆者對此觀察已久，將一些思考寫出來交流，或許對讀者有所啟迪。

一、電視頻道專業化的優點與作用

從現有實踐看，電視頻道專業化有如下優點與積極作用：

1. 適應受眾分眾化傳播的需求，使電視傳播價值由籠統變為更加具體。對於不同的目標受眾來說，有了具體接受傳播的渠道，可以達到傳播價值的擴大化。

2. 有利於電視臺重新組合各種資源，整體上形成品牌效應，充分滿足觀眾日益增長的新聞資訊消費與文化消費的需求。

3. 適應媒介競爭的需求，實行品牌戰略，講究有效傳播，大大提高了電視臺的競爭力。

4. 適應電視產業經營專業化分工、集約化生產、市場化經營的需要，成為電視傳播業數位化、網路化、集團化，迎接國際性競爭挑戰的必然發展趨勢。

5. 有利於克服與消解當前大陸電視業面臨的八大矛盾：頻道太多與人才太少的矛盾，市場廣闊與競爭無序的矛盾，節目需求量大與節目製作能力不足的矛盾，技術設備亟待更新與財力有限的矛盾，傳播成本上漲與平均利潤下降的矛盾，雷同節目多與特色節目少的矛盾，節目效用過低與觀眾需求較高的矛盾，發展前景廣闊與資源浪費嚴重的矛盾。[1]

6. 從本質上看，電視頻道專業化是大陸電視在新世紀為了實現跨越式發展的一次體制創新與制度變遷，[2]也是實現可持續發展的必要制度保障。

　　以上海文廣新聞傳媒集團重組十一個電視專業頻道為例，它的目的非常明確：這是上海電視業在新形勢下深化改革、向專業化頻道制邁進的一個重要舉措，它標誌著申城電視媒體的「航空母艦」由此起航，同時也預示著上海熒屏將

更加精彩紛呈繁花如錦。上海文廣傳媒集團這次通過對上海電視頻道資源的重新定位與整合，進一步合理配置和利用製作優勢，將原有分散重複的頻道打造成為各具特色的專業頻道，形成一個集約式的熒屏「艦空母艦」，做大做強上海電視事業，實現「立足上海，輻射全國、走向世界」的發展目標。這是上海在今後三到五年內逐步建成全球最重要的華語廣播電視製作基地、華語廣播電視節目交易中心和華語廣播節目內容發播平臺、跨入世界電視企業百強行列、實現上海電視傳媒業新世紀的騰飛邁出的重要一步。③

　　由此可見，電視頻道專業化已經成為大陸電視業發展的必然趨勢與電視業體制創新的必然趨勢。

二、電視頻道專業化的理論根據

　　電視頻道專業化的理論根據是市場營銷學的「市場細分理論」與「分眾化」消費理念。

　　「市場細分理論」，最早是 1956 年溫德爾‧Ｒ‧史密斯在美國《市場營銷雜誌》著文提出來的，其實質是：根據構成總體市場的不同消費者的需求特點、購買習慣，可以將消費者細分為若干個相類似的消費群體，然後針對不同的消費群體，從產品計劃、分銷渠道、價格政策直至推銷宣傳，採取相應的整套市場營銷戰略，使企業商品更符合各個不同消費者階層和集團的需要，從而在總體上提高競爭能力，佔領較大的市場。

　　「分眾化」消費理念是 20 世紀 80 年代中期，日本一家
著名的廣告媒體博放堂經過大量的市場調查後得出的。他們
發現，隨著時代的變化，人們的消費結構已由單一的、大批
量的大眾消費轉變為多樣化的、個性化的分眾消費。於是，
他們一改公司經營「產品供給」的傳統觀念，而致力於滿足
消費者多樣化、個性化的需求。為此，他們提出了「分眾化
時代」的名言。

　　在大陸社會主義市場經濟條件下，電視受眾需求也是一
個消費市場。就大陸的電視受眾需求來看，除了國內外特別
重大的新聞資訊，大家普遍關注外（這也是電視新聞綜合頻
道存在的主要理由），電視觀眾在收視動機、收視興趣、欣
賞習慣與要求等方面區別與差異已經很明顯了。在《大陸電
視觀眾現狀報告》中，不同類型的觀眾對不同的節目有各不
相同的興趣。如對影視劇，青少年興趣高於中老年，女性高
於男性，低文化者高於高文化者；對綜藝節目，觀眾收視興
趣隨年齡增長而下降；對於新聞類經濟節目，觀眾興趣城市
高於農村，文化高者高於文化低者等等。觀眾結構多層次性
特點，決定了電視節目的多層次性。④ 電視業既是黨、政府
和人民的「喉舌」，又是資訊產業，在堅持正確的輿論導向
的大前提下，同時要講究滿足電視觀眾的分眾化需求。既然
電視觀眾有分眾化需求，可以「細分」，滿足電視觀眾分眾
化需求的電視專業化頻道設置就成了市場經濟條件下的必
然趨勢與舉措。頻道專業化實質上是文化產品在傳播過程中
實施的一種目標市場營銷策略，它面向較確定的目標受眾進
行一定規模的傳播，以滿足特定受眾的資訊服務需求。

三、創品牌、增特色

　　電視專業頻道創品牌與電視綜合新聞頻道增特色是電視頻道專業化過程中的兩個重要問題。

　　電視專業頻道創品牌，關鍵是充分利用原有的名牌欄目或重新打造名牌欄目。當然，重新打造不是朝夕之功，那麼充分利用原有的品牌欄目顯得十分迫切。如上海電視臺重組的「紀實」頻道，就是利用了原有的《紀錄片編輯室》、《星期五檔案》等名牌欄目，效果就很好。而原來上海電視臺的《體育大看臺》，在三臺合併的體育頻道中消失了，似很可惜。因為原有的品牌欄目已有一部分穩定的觀眾群，一旦此名牌欄目的標牌消失，這部分觀眾群也消失。

　　名牌欄目的特點是：擁有較高的穩定的收視率，輿論導向正確鮮明，內容與形式都較精致，風格獨特，感染力強。如目前中央電視臺的《新聞聯播》、《焦點訪談》、《實話實說》，上海電視臺的《新聞透視》、《新聞觀察》，東方電視臺的《東視廣角》等，都有較高的穩定的收視率，輿論影響積極廣泛。因此，在電視頻道專業化過程中，首先要充分利用原有的名牌欄目，不要輕易放棄與改變原有的名牌欄目；同時積極開拓與打造新的名牌欄目。

　　電視頻道專業化後，綜合性的新聞頻道依然存在，而且顯得十分需要，因為綜合性的新聞頻道所報導的是國內外特別重大的新聞事件，或者是與國計民生關係十分密切的新聞事實。這類新聞往往是各行各業、各種興趣愛好的人們所共同關注的，而且其輿論導向功能也特別大。這是綜合性新聞

頻道的特色與優勢所在。

綜合性新聞頻道首先要報導好國內外重大新聞，採用現場直播、追蹤連續報導、組合報導、深度報導等多種報導方式，以增強視覺衝擊力與輿論宣傳力；同時，在綜合性新聞報導中也要有多元化意識，增加社會新聞、文化娛樂新聞、體育新聞方面的報導，特別是社會新聞可以多講述老百姓自己的故事，以辦出綜合性新聞頻道嚴肅的思想內容與生動活潑的表現形式相結合、準確鮮明而又風趣自然、為觀眾所喜聞樂見的特色來。

當然，頻道創品牌是與頻道創新分不開的，而頻道創新不僅僅是欄目、節目創新，還包括報導風格創新、包裝方式創新、傳播運作方式創新、從業人員素養創新等等，限於文章篇幅，就不再贅述。

四、對電視頻道專業化的冷思考

大陸電視頻道專業化還有一段很長的路要走，在目前的頻道專業化實踐中也有很多問題尚待解決。因此，在電視頻道專業化熱中要保持清醒的頭腦，多一點冷靜思考。

在大陸二十世紀八十年代「四級辦電視」的年代，大陸的電視臺如雨後春筍般出現，據統計，大陸的無線電視臺從1978年的32座到1988年已達422座。[⑤]不久即達近千座。這是大陸電視的第一次創業，大大擴展了大陸電視傳播的覆蓋率，滿足了大陸廣大觀眾瞭解國內外大事和黨政方針政策以及文化娛樂等多方面的需求。經歷了二十多年的改革開

放，時代在進步，大陸的經濟實力大大增強，人民生活也從溫飽型向小康型發展，但是大陸電視的受眾物件仍然主要是社會地位、經濟收入、文化層次較低的社會群體。這些群體收視習慣差距不大，主要以社會新聞、影視劇、娛樂節目為主。而相反，社會地位、經濟收入、文化層次較高的社會群體每天收看電視的時間卻很少。因此，電視頻道專業化究竟有多大受眾市場，值得考慮，還需深入調查研究。[6]或者說，電視頻道專業化雖然勢在必行，但可逐步推行，步子要穩一點，不要一哄而起、搞形式主義。

在電視頻道專業化的整合過程中，一個地區、一個城市中不要出現頻道重複或頻道遺漏。如上海十一個專業頻道中，新聞綜合頻道有兩個，而新聞綜合頻道和生活時尚頻道中都有電視劇節目，與電視劇頻道節目設置重複。而原來上海有線電視臺的科技頻道在這次頻道專業化重組時消失了，有一些科技節目只在「紀實」頻道中露面。這樣整合是否合理，目前下結論尚早，有待較長時間的實踐檢驗。

現在大多數城市電視臺都在實施頻道專業化，但放到一個省、一個大地區、全國範圍，電視專業頻道還是重複設置，嚴重浪費電視資源。這個問題的真正解決，有待於全國範圍內跨地區、跨媒體的巨型傳媒集團的組建，才有可能重新整合大範圍內的傳媒資源，避免重複建設出現的浪費。

更為嚴重的問題是：電視頻道專業化需要按照市場經濟規律來實施，而目前我們電視業條塊分割的行政管理體制嚴重束縛著新生事物的成長與發展。許多地區還是運用行政手段來推行電視頻道專業化，因此出現一些不合理的狀況。

　　電視頻道專業化對電視從業人員的專業素質和科學管理能力也提出了更高的要求。人才素質和能力方面的差距也已突顯。如何培養電視頻道專業化需要的人才，也已提到新聞界、教育界的面前。

　　電視頻道專業化還涉及到管理體制的整體改革，涉及到處理好媒體集團、電視臺、頻道之間的關係，涉及到電視節目和電視廣告的經營問題、製播分離問題等等。這些都有待於在今後的改革實踐中解決。

　　總之，電視頻道專業化是大陸電視業重新創業與深化改革的一項系統工程。只有既明確奮鬥方向目標，又腳踏實地工作，並開拓創新，不斷妥善解決前進道路上的矛盾問題，才能取得大陸電視業的可持續發展。

注釋：

① 引自陸瑩《頻道專業化經營管理模式初探》，《電視研究》2001 年第 1 期，第 11 頁。

② 引自時統宇《頻道專業化與體制創新》，《電視研究》2001 年第 6 期，第 7 頁。

③ 引自 2001 年 12 月 26 日《文匯報》新聞《申城 11 個專業頻道元旦亮相》。

④ 見羅明、胡運芳《大陸觀眾現狀報告》，社會科學文獻出版社 1998 年版，第 9 頁。

⑤ 見張駿德主編《當代廣播電視新聞學》，復旦大學出版社 2001 年版，第 44 頁。

⑥ 見陳作平《頻道專業化需要深思熟慮》，《電視研究》2001 年第 4 期，第 6 頁。

第十一章　頻率專業化與廣播事業發展前景

　　在全球資訊化和高新技術迅速發展的今天，通過兼併重組和調整傳媒業組織機構，搶佔市場先機，已成為當今世界傳媒業發展壯大的共同規律。當今大陸廣播電視傳媒業正朝著綜合型的、跨區域的、跨專業的大型傳媒集團的方向進行調整和重組。而廣播頻率專業化，適應受眾分眾化傳播的需求，使廣播的傳播價值由籠統變為具體；有利於電臺重新組合各種資源，在整體上形成品牌效應，並提高對外競爭力，從而適應電臺產業經營專業化分工、集約化生產、市場化經營，成為廣播業數位化、網路化、集團化，迎接國際性競爭挑戰的必然趨勢。

　　大陸的廣播在新世紀面臨著新一輪的發展機遇與挑戰。黨的十一屆三中全會（1978.12）以來，大陸的廣播事業蓬勃發展，特別是 1983 年第十一次全國廣播電視工作會議以後，實施「四級辦廣播，四級辦電視，四級混合覆蓋」，廣播電臺規模大發展，從原來的近百座發展到 1200 多座。加上無線電視臺近千座，有線電視臺一千多座，教育電視臺一千多座，號稱大陸廣播電視業「四個一千」。這一階段，廣播事業的發展主要表現在規模的擴張方面。而且從體制上講，當時還處在計劃經濟的狀況下，廣播事業的發展主要靠行政撥款。1992 年春天，鄧小平同志南巡講話發表，接著黨的十四大召開，大陸的計劃經濟向市場經濟轉軌。廣播電

視業也由規模擴張型向集約型效益型轉軌。1997 年大陸政府對廣電業「治散」「治濫」，到 1998 年底，大陸廣播電視業的規模為：中央、省、地市三級廣播電臺 294 座，電視臺 352 座，有線電視臺 223 座，教育電視臺 75 座；縣級的廣播電臺、電視臺合併為一，全國共 1250 座廣播電視臺。①臺的數量有所減少。而在廣播事業方面，頻率專業化（或稱專業化辦臺，過去稱辦系列臺）成為新一輪廣播深化改革的發展方向。

　　有學者把大陸廣播電視業以前的規模擴張稱為「第一次創業」，而把目前正在進行的電視頻道專業化、廣播頻率專業化稱為「第二次創業」。也有學者把 1986 年春珠江廣播電臺推行「主持人直播、大時段、開放式」運作模式以及隨後中央人民廣播電臺的改革稱為「大陸廣播改革的第一個里程碑」；而把 1992 年 10 月東方廣播電臺「全天 24 小時直播狀態，加強熱線電話運用」的運作模式稱為「大陸廣播改革的第二個里程碑」②；那麼，當前正在進行的廣播頻率專業化應是「大陸廣播改革的第三個里程碑」。

　　在當前社會主義市場經濟條件下，在廣電集團化、甚至文化廣播電影電視集團化的背景下，廣播事業（具體到一個電臺）如何做大做強，追求規模效益？

　　筆者的思路是：搞好頻率專業化是關鍵，而頻率專業化的實施要靠正確的聽眾定位（正確切實的聽眾市場調查不可缺少），節目「欄目」創品牌，才能吸引聽眾和廣告商，提高廣播收聽率和廣告收入。當然在頻率專業化的同時，依靠資本運作與高科技手段，創立各種有效的贏利模式，獲得經濟增長點，這也是廣播改革的一個目標。

一、大陸的廣播事業因聽眾規模巨大等因素，存在著廣闊的發展前景。

　　由大陸廣播電視學會廣播受眾研究會和北京美蘭德資訊公司主辦的「2001 年全國廣播電臺調查」活動的結果顯示[3]：

1. 大陸廣播聽眾規模巨大。大陸有收音設備普及率為 69.1%，共 8.29 億人；全國廣播聽眾 7.34 億人，占全國（暫缺西藏及港澳臺地區）11.99 億 4 歲以上人口的 61.2%。

2. 中央電臺與各省電臺有廣泛的影響力，中央人民廣播電臺有 6.23 億聽眾，北京電臺有 667 萬聽眾，遼寧電臺有 2168 萬聽眾，上海東方電臺有 513 萬聽眾，安徽電臺有 1784 萬聽眾，陝西電臺有 2028 萬聽眾，廈門電臺有 88 萬聽眾。

3. 廣播傳播效果較好。中央電臺和六個省市級電臺的收聽清晰率和音量穩定率均超過 75%。

4. 全國收音機每日開機率有三個高峰：第一次在 6 時至 7 時 14 分，第二次在 12 時至 13 時 14 分，第三次在 19 時至 20 時 59 分。

5. 在媒體競爭愈演愈烈的條件下，廣播媒體仍然保持了較高的到達率。調查期中，大陸有 4.9 億人收聽廣播，占全國 4 歲以上人口的 40.9%。

6. 廣播是居民獲取資訊的重要媒體，全國有 7500 萬居民在獲取資訊時首選廣播，僅次於電視和報紙，高於雜誌與互聯網。大陸居民平均每周收聽廣播時間為 2.4 小時。

7. 廣播具有明顯的可流動接收的優越性。居民在家中主動收聽廣播的比例為 73.9%，而開車或乘車收聽廣播的比例已達 15.4%，這意味著每月大陸有 8000 萬左右的居民經常在車中收聽廣播。在自然災害和突發事件到來時，廣播更有其不可替代性。

8. 一批優秀的廣播欄目受到廣大聽眾的喜愛，如中央人民廣播電臺的《新聞和報紙摘要》、《全國新聞聯播》、《新聞縱橫》、《午間一小時》、《開心 30 分》、《評書連播》《長篇連播》、《今日農村》和《國防時空》等一批優秀節目在全國有廣泛影響。各省電臺都有一批受到廣大聽眾喜愛的欄目與節目。

調查結果充分顯示在新世紀新時期，廣播的傳統優勢繼續存在，有著其他媒體不可完全替代的功效，如：先聲奪人、時效性強，覆蓋面廣、滲透力強，通俗易懂、隨身收聽，還有成本低廉、抗災害性強（日本廣播界人士的觀點）等等。廣播作為溝通資訊的傳媒，自由靈巧，亦張亦弛，既可橫向溝通，又可縱向交流，民主性與參與性都融於快捷性中，施展自己的傳播魅力。上海人民廣播電臺 1992 年 10 月 26 日開播的《市民與社會》節目，是上海廣播史上第一個有聽眾參與的新聞談話類直播節目。1998 年 6 月 30 日，《市民與社會》欄目組把當時訪華的美國總統克林頓請到直播室，作了一期題為《克林頓總統訪華　推動中美關係友好發展》的熱線節目。克林頓通過熱線與上海市民直接對話，對這次活動很滿意，並為上海電臺題：「感謝為我提供了一個機會，通過電話和廣播瞭解了上海。」廣播的魅力，一目了然。

二、廣播頻率專業化是啟動廣播生命力與發展動力
　　的運作新機制。

　　早在上個世紀九十年代初，大陸廣播電臺的系列臺（或稱專業臺）曾風起雲湧，熱鬧過一陣子。系列臺大多為經濟臺、交通臺、文藝臺、教育臺、體育臺、音樂臺、英語臺等。後來大多因經濟效益不佳而難以維持，也有較好的一直堅持到今天。從目前的眼光看，當初的大辦廣播系列臺，應是大陸廣播頻率專業化的發端，只是當時缺乏自覺性與理性思考，有的方面操之過急。

　　目前大陸廣播系統頻率專業化或專業化辦臺最為成功的是北京人民廣播電臺，他們的成功經驗[④]在於：以市場營銷理論為參照、為基礎、為指導，科學地細分受眾市場，強調了目標聽眾群（指一個專業臺的主要聽眾、主要服務物件）的建設，合理地設置與調整為七個專業臺：新聞、經濟、教育、交通、音樂、文藝、體育等專業臺。在這之前，北京人民廣播電臺將效益不好的兒童臺合併到教育臺，又把教育臺的一個調頻頻率換給交通臺，2001 年下半年又將生活臺改成體育臺。北京電臺的音樂臺和交通臺的節目定位比較準確，根據市場的發展和收聽率的變化，不斷調整節目的設置與經營策略，因經營有方經濟效益連年增長。音樂臺創收由原來的 250 萬元提升到 4000 萬元，在北京獨樹一幟。交通臺擁有與北京交通管理局合作提供的有效的「路況資訊」，已於 2001 年 12 月 18 日通過「ISO9001-2000 質量管理體系」的認證，成為國內廣播電視行業中第一個取得此項認證的媒

體。交通臺的廣告收入也連年攀升：1998 年 1800 萬元，1999 年 4000 萬元，2000 年近 6000 萬元，2001 年近 7000 萬元，創廣播電臺單一頻率經營創收的全國最高紀錄。北京人民廣播電臺 2001 年全臺創收為 1.85 億元，在堅持走專業化辦臺道路的 8 年中，經營收入翻了 4 番多，即現在創收為原來創收的 16 倍多。

　　北京電臺各專業臺還注重打造名牌欄目，以擴大聽眾市場。如音樂臺用 8 年時間打造的《大陸歌曲排行榜》是大陸原創歌曲的名牌節目，在全國多種媒體的同類排行榜中以規模大、公正性強、歷史長等因素佔據了權威地位。音樂臺還走出去，轉播「格來美」、「薩爾斯堡」等著名音樂會，舉辦「北京國際音樂節」，與香港、臺灣、新加坡、馬來西亞、廣東、上海等六家電臺合力打造《全球華語歌曲排行榜》。經濟臺與全國十幾家電臺合力打造《全國廣播旅遊網》欄目與「證券網」，最大限度地利用各種資源，開發相關產業。

　　上海廣播改革也邁出了新步伐，從 2002 年 7 月 15 日起推出全新的新聞、交通、文藝、戲劇、新聞綜合、金色、綜合音樂、流行音樂、財經、浦江之聲等 10 套專業頻率。上海廣播改革針對受眾多元化和產業運作趨勢，減少資源重疊，挖掘不同頻率自身特點，以體現專業個性，有利於開展定向性個性化服務，並進一步優化資源配置，保留優秀品牌，構建新品牌，更好地滿足受眾需要，以實現廣播電視業整體發展戰略。在這次頻率改革中，新聞頻率 24 小時滾動播出。新聞綜合頻率覆蓋長江三角洲的衛星廣播網。其他頻率都根據聽眾群的不同，以「細分受眾」的原則明確定位；

其中主頻率均實行調頻和調幅雙頻播出，以保證清晰的收聽效果和較大的覆蓋面。具體成效如何，有待實踐檢驗，但筆者以為這是切實可行的。

三、「新聞立臺」與頻率專業化並行，並在聽眾目標化、服務物件化方面下功夫。

隨著新千年新世紀的到來，廣播工作者的探索也日益求新。廣播改革與發展的觸角已伸向建立現代廣播理念，駕馭現代廣播節目形態，探索現代廣播運營模式等方面。不斷強化「新聞立臺」思想，堅持「頻率專業化、聽眾目標化、服務物件化」原則，迎接跨地區跨媒體的集團化進程。

有學者提出，應把廣播辦成新聞中心和資訊總匯，這是十分明智的。中央人民廣播電臺的《晚報瀏覽》節目就是廣開資訊源，為新聞大提速的舉措，開宗明義地將廣播辦成報紙的有聲版，不斷啟動新聞提高傳播時速與含金量。遼寧人民廣播電臺節目全面改版中一個重要舉動，就是強化早間新聞和晚間新聞群。根據聽眾收聽習慣，在繼續辦好早間的《全省新聞聯播》和《新聞大視野》的同時，增辦晚間綜合新聞《今日時訊》，加快新聞播發節奏；並與《新聞時刻》、《體育新聞》、《農業新聞》共同形成晚間新聞節目群。2001年1月1日，中央電臺《證券廣播網》聯合上海、深圳、大連、西安等4家電臺舉辦了元旦直播特別節目《繼往開來新紀元——大陸證券市場十年回顧與展望》，有關證券監管機構、券商老總、上市公司代表、投資人代表等參與節目，全

國 30 多家電臺聯合播出。這次大規模、長時間、大範圍的直播拉開了中央電臺《證券廣播網》傾力重組、全面升級的序幕。在節目形式和內容方面，升級後的《證券廣播網》播出的證券資訊力求靈活、快速並隨著市場行情的演變而滾動播出；專題報導強調全方位、多角度、有深度、有力度，獲得聽眾好評。

四、大陸廣播業發展前景分析

廣播從「廣播」向「窄播」發展，幾乎是世界廣播業發展的共同趨勢。有傳播學者把它冠以「受眾細分」之名目。但筆者認為，廣播從「廣播」到「窄播」，還應再從「窄播」回到「廣播」。如此循環往復才有生機與活力，因為受眾是可從改變的，是可以感化、培養與擴大的；這也正是廣播主體性的生動體現。

廣播和其他媒體的關係，也應該是「分久必合，合久必分，分中有合，合中有分」。這樣才能在激烈的傳媒競爭中搶佔市場份額。國際傳播界有一種觀點，認為以互聯網和資訊高速公路為主的「第四媒體」影響力在 15 至 20 年內將可能超過報紙、廣播和電視等傳統媒體。這在大陸，還很難說。因特網的出現，與其說對廣播是一種挑戰，還不如說是一個驚喜，廣播又找到了一種生存空間。這裏探求的是廣播與網路的「親密接觸」，從而努力形成「聲播」與「網播」互動的現代廣播新格局。在這方面，廣東電臺的新聞頻率已邁出第一步，將推出全新的網路電臺節目《E 路飛揚。》這是一

個以網路生活網路音樂為主題的節目，由主持人自己設置網頁與內容並與播出同步；聽眾參與節目時不但可以聽、可以說，還可以寫，以廣播獨有的方式融入互聯網世界。從 1996 年 12 月 15 日廣州珠江經濟電臺首創大陸電臺上網先例，到 2000 年 5 月底，大陸的網路廣播已有 100 多家。如廣東廣播在線（www.radioguangdong.com）設有新聞頻率、珠江頻率、音樂之聲、城市之聲、交通之聲、健康之聲、教育之聲、股市之聲等 8 個頻率。2003 年中央電臺各套節目全部上網，並開辦音樂、長篇聯播和英語教學三套網上廣播節目；在線點播節目力爭達到 30 個；還開通中文繁體和英文版，擴大網站影響。同時，完善中央臺局域網建設，全面啟動資訊採集、發佈和辦公自動化系統；為各有關部門提供新聞、資訊共用的網上平臺。

　　目前，廣播數位化技術的迅速推廣預示著本世紀的廣播電視將是光纜和衛星傳輸的世紀。國際傳播業的發展向我們昭示著以組織形式和經營方式集約化為目標的集團化發展勢在必行。在未來的大眾媒體又競爭又融合的發展格局中，廣播無論在廣播電視集團中，還是在文化廣播影視集團中，都是不可或缺的重要環節，起著協調、互補、重新組合新聞資訊、優化各種傳媒資源配置的作用。

注釋：

① 見陳幹年《廣電集團化──從點狀向網狀結構轉變的思考》，《大陸廣播》2002 年第 1 期。

② 見張駿德《大陸廣播改革的一座新里程碑》,《新聞大學》1998 年春季號。

③ 引自中央人民廣播電臺聽工部《2001 年全國廣播電臺聽眾調查簡介》,《大陸廣播電視學刊》2002 年第 2 期。

④ 見汪良《勇於開拓　不斷創新》,《大陸廣播》2002 年第 3 期。

第十二章　論電視新聞現場報導

一、電視新聞現場報導的內涵及其在大陸的發展

　　現場報導是電視新聞的重要體裁之一。電視臺記者在新聞事件現場直接向觀眾口頭報導正在發生的新聞事實的報導樣式，稱為現場報導。它是由記者「采攝合一」向「采攝分離」發展，記者直接「出鏡頭」──在鏡頭前採訪，這是最富有電視特點的一種報導形式。在西方，現場報導意思為「在鏡前報導」，或「站著報導」。廣義的現場報導包括凡是使用電子新聞採集設備，記者進入現場畫面而作的報導，如現場直播、現場採訪、現場口頭播報等皆是；狹義的現場報導專指記者在新聞事件現場進入畫面，根據自己的觀察，當場口述自己所見所聞，直接將新聞事實報導給觀眾。

　　大陸的電視新聞現場報導大致可分兩種：一種是「完全性現場報導」，除後期必要剪輯外，其全過程基本上在現場完成；另一種足「不完全性現場報導」，即在現場完成採訪後，將其中一部分由播音員解說，或由記者事後補充必要的背景或評述。從表現形式看，有的完全採用同期聲，全部是現場中間的某一部分；有的綜合使用了現場報導與錄像報導的多種手法。

　　「完全性現場報導」應該包括三方面構成要素：第一，新聞事件剛發生或正在進行、發展之中；第二，記者進入畫

面，目擊採訪，口述報導；第三，具有完整而連貫的同期聲，即真實而完整地再現新聞人物的講話和新聞現場的音響（同期聲講話與同期聲音響）。其意義作用，體現在：電視新聞現場報導方式，能充分發揮記者的主動性、積極性，選擇與新聞主題相吻合、與新聞人物身份相適合的環境、背景，進行現場提問，口頭報導，回答觀眾所關心的問題，報導出新聞中最有價值的資訊。

電視新聞現場報導在國際上創始於 20 世紀 60 年代，在大陸則興起於 80 年代。電視新聞現場報導的崛起與發展，打破了電視新聞初創時期的現場畫面加畫外音解說的電影記錄片式的格局，開創了電視新聞自己獨特的傳播方式，加強了發揮電視傳播現場感強、面對面傳播的優勢。這是在國際性的各種傳播媒介競爭中，電視新聞「走自己的路」的成熟標誌。

到了 20 世紀 90 年代，電視新聞現場報導發展成為電視「大放送」，即採用多次現場播報與連續報導的形式，對重大新聞事件進行全程跟蹤式報導；時間上往往幾小時甚至幾十小時。例如中央電視臺進行過：連續 3 小時的中、俄、哈、吉、塔簽署邊境裁減軍事力量協定儀式的現場報導，連續 14 小時的長江三峽大江截流現場報導，連續 5 天、共直播 25 小時的黃河「小浪底」工程合攏報導，連續 48 小時的澳門回歸特別報導等。澳門回歸特別報導氣勢宏大、熱烈莊重，據說直接參與者達 2000 餘人，經 9 顆衛星和 14 個轉發器向全球各地傳輸信號，77 個國家和地區的 152 家電視臺同步轉播了澳門回歸盛典實況。[①]在 2003 年 3 至 5 月的伊拉

克戰爭中，現場直播更是成為各國電視臺開展新聞競爭的重要手段。

二、電視新聞現場報導的傳播優勢

電視新聞現場報導在新聞傳播中具有獨特的強大優勢，主要表現在：

（一）提高新聞時效，使受眾產生與事件進展的同步感。

新聞價值學說認為，新聞事件發生與新聞傳播出去之間的時間距離越小，新聞價值就越大，時效性也越強。電視新聞現場報導改變了過去那種先拍攝活動畫面、後寫文字解說、再由播音員配音播出的老一套電視新聞製作模式，採取了無剪輯攝像，省略了編輯合成工序，與新聞事件進展作同步新聞傳播。其時間差距極微，因而新聞價值特別大。電視新聞現場報導正是提高新聞時效的最強手段。

電視新聞現場報導由於報導過程與新聞事件的發生、發展是同步的，因而使報導與接收具有同時性，這就為觀眾提供了最快最新的資訊，縮短了觀眾與事件發生的時間距離，使觀眾產出了與事件進展的同步感。例如北京申辦 2008 年奧運會成功、大陸共產黨十六大開幕、伊拉克戰爭爆發等重大新聞，最早都是由電視臺現場報導或現場直播來完成的，使億萬觀眾與該事件進程同步知曉了有關新聞資訊。

（二）展現事件全貌，使觀眾產生身臨其境的現場感。

電視新聞現場報導的規定環境是新聞發生的現場。電視

臺記者作為新聞事件的目擊者甚至參與者，向觀眾講述事件的經過、特定的環境、氣氛甚至種種細微末節，使新聞事件的發展變化在觀眾的眼前展開，加之圖像再現的現場情景，使觀眾感同身受，產生了強烈的現場感。這方面與報紙的現場報導不同：儘管報紙文字也可繪聲繪色、有情有景，他它終究是間接的，需要通過讀者的聯想思維產生感應，其效果受讀者的文化水準、思維能力、接受能力的限制；但是電視則不然，電視新聞現場報導改變了文字傳播的間接性，以直觀形象的方式將現場資訊傳輸給觀眾，隨之帶來了強烈的現場感。

　　現場報導不僅以多種傳播符號直接進入觀眾視聽，而且以強烈的現場同期聲籠罩觀眾，進一步強化現場感。如果單以播音員播講解說詞，或是記者採訪而沒有同期聲，觀眾收聽解說詞與觀看畫面，這是一種直線式的進入，沒有立體空間感，現場感較小；而現場報導採用大量同期聲，如現場的風雨聲、浪潮聲、機器聲、講話聲乃至爆炸聲……都會對觀眾的聽覺形成立體籠罩，產生空間感、立體現場感。由此可見，現場報導以視聽兩個渠道的現場感作用於觀眾，比之一般錄影報導更具有身臨其境的強烈感染效應。

（三）面對面直接傳播，使觀眾產生親信感。

　　傳播學理論認為，人們在接受資訊傳播時，其信任程度與傳播層次成反比。資訊轉述層次越多，其資訊損失或變形越嚴重，可信性就差；傳遞層次越少，可靠性強，可信性也強。[②]電視新聞現場報導同一般錄影報導相比，正是具備了

轉述層次少的優點，因此，新聞的可信度就大大提高了。一般電視新聞需經記者——文字與圖像——播音員聲音與圖像三個轉述層次才能到達觀眾，而現場報導由於是完全的直接傳播，減去了中間的轉述層次，資訊損失與變形很少、甚至沒有，新聞傳播的真實性、可信性大為增強。

再從宣傳學來看，資訊傳播的可信性與資訊源的權威性成正比，資訊源越有權威，觀眾越是相信。新聞事件的權威資訊源就是新聞事件的當事人或目擊者。電視新聞現場報導中，記者在新聞事件發生、發展的現場，記者本身就是權威資訊源之一。無論是記者面對事件的直接口播，還是記者將話筒對準新聞事件當事人請其講述，都是來自權威資訊源的新聞事實，都會提高觀眾對新聞傳播的親切感和信任感。

（四）調動有意注意，使觀眾產生參與感。

觀眾接收電視新聞既是被動的，又是主動的。從傳播過程的表面看，觀眾是被動的，其接受的內容取決於傳播者所傳播的內容；觀眾又是主動的，其接收與否、接受程度大小，均決定於觀眾自己。分析其中主要原因在於觀眾的接收心理與參與意識。當觀眾處於有意注意的心理狀態時，參與意識強，接收效果好，記憶也持久；當觀眾處於無意注意的心理狀態時，參與意識差，記憶不會長久，甚至稍瞬即逝。在現場報導中，由於記者出現在畫面中，他既是事件的目擊者，又是參與者，他能從觀眾的興趣出發去向當事人或目擊者提問，他提問的問題正是觀眾欲知未知的問題，他根據目擊闡述的事實也正是觀眾期望得到的資訊，因此，現場報導能調

動觀眾的積極性，使之處於有意注意心理狀態，形成強烈的參與感，從而擴大觀眾接受新聞資訊的效果。

　　從溝通角度看，如果以錄影加解說的報導方式傳播資訊，對觀眾來說是一種被動接受。觀眾獲得資訊，主要靠對畫面的認識與對解說詞的理解，難度較大；而電視新聞現場報導中，記者出畫面，與觀眾面對面，構成的關係是人與人的交流。這種交流是語氣的交流、情感的交流、心靈的交流，觀眾接受難度較小，有利於對新聞資訊的接收與消化。電視新聞現場報導突出了人的活動，強調了人際交往與情感交流，克服了一般電視新聞易犯的見物不見人、見事不見人的弊病，使觀眾產生心理參與感與現場參與感。

三、電視新聞現場報導對前方記者提出了更高要求

　　電視新聞現場報導能使觀眾產生同步感、現場感、親信感、參與感的優勢，要得以充分發揮，除了選準報導現場與具備必要的攝播器材外，對從事現場報導的前方記者提出了更高的要求：

　　第一，從事現場報導的電視臺記者，不同於一般的記者，他是出畫面的，是現場報導節目意圖的具體體現者，又是節目與受眾之間感情交流的橋梁與紐帶。因此，他要格外注意自己在公眾面前的形象，包括言談、神態、舉止、儀錶等等。

　　第二，從事現場報導的電視臺記者，要在新聞事件發生、進展的現場，迅速準確地選擇新聞事實與新聞人物，或

口齒伶俐、語音純正地親自口播有關新聞事實，或訪問有關新聞人物與知情人物（當事人），還要指揮攝像師拍攝富有新聞價值與傳播意義的情景與特寫鏡頭。

第三，從事現場報導的電視臺記者，不僅負責播報開場白、串聯詞、結束語，組織串聯整個節目內容；而且遇到突發性事件、事件重大轉折或特別重要的新聞事實時，還要將即時報導與即時評論結合起來，做到邊播邊評、夾敘夾議。

對從事電視新聞現場報導記者的上述要求，用一句話概括，就是要求記者將采、編、播、評集於一身。其中「編」，不僅指編輯，而且指編導。這正是對節目主持人的要求，也就是說，電視新聞現場報導的實踐，強烈地要求記者具備節目主持人的能力與風格。

對從事電視新聞現場報導的記者，是稱呼「前方記者」，還是「節目主持人」，如果光是一個名稱之爭，顯得並不重要；問題關鍵在於：電視新聞現場報導是電視新聞中最有生命力的品種，在傳播媒介競爭中也最有實力，為了充分發揮其優勢，從事現場報導的記者必須向節目主持人方向演化；或者由節目主持人來從事新聞現場報導，應是改革舉措。伊拉克戰爭期間，各國電視臺都派節目主持人領銜到前線從事現場報導，就是明證。

電視節目主持人的產生與發展，本身就是適應了電視面對面傳播的特點和需要。20 世紀 50 年代初，國際上電視新聞節目主持人的出現，除了「資訊爆炸」時代要求傳播形式革新、電視傳播技術現代化為節目主持人提供了物質條件等因素外，還有其深厚的理論根源。③第二次世界大戰後，資

訊理論美學和接受美學在西方興起，很快流傳。接受美學認為，傳播和接受是一個完整過程的兩部分，強調把讀者、聽眾與觀眾放到「主體」地位，認為一切傳播的作品本身只是勢能，這個勢能只有通過接受才能轉化為功能。確認作品的價值是創作意識與接受意識共同交融的結果。心理學和後來興起的傳播學都認為，在傳播過程中影響人的心理定勢的最有效方法之一，是面對面的交流。節目主持人形式正是在這種理論影響下出現的。傳播學認為，要使傳播取得最大的成效，必須縮短傳播者與受眾之間的心理距離，而這正是節目主持人傳播的最大特點與優點。

　　大陸電視節目主持人一直到 20 世紀 80 年代才出現。1983 年，中央電視臺開闢《為您服務》欄目，由沈力擔任固定節目主持人；上海電視臺少兒節目，由陳燕華主持，也獲好評。但這些都不是新聞節目主持人；新聞節目主持人出現在 80 年代中後期，如中央電視臺喬冠英主持的《周末熱門話題》，山西電視臺高麗萍主持的《記者新觀察》，福建電視臺程鶴麟主持的《新聞半小時》等。大陸電視節目主持人經過 20 年的發展，正進入成熟期，即富有個性特點，並形成自己的流派，以中央電視臺為例：老的有趙忠祥、宋世雄等；中青的有倪萍、白岩松、水均益、敬一丹、徐俐、方靜、郎永淳、胥午梅等等。主持人因節目而受人關注，節目因主持人而盡顯魅力，兩者相得益彰。

　　由節目主持人從事電視新聞現場報導，與由一般記者從事電視新聞現場報導，其效果是明顯不同的。節目主持人不同於一般記者較單純地採集新聞事實與客觀報導；也不同於

一般的播音員以第三者立場口播新聞；而是集采、編、播於一身，把各種資訊串聯起來，與觀眾作面對面的交流。並且，節目主持人要完整全面地體現節目方針與宣傳意圖，打破新聞與評論的界限，隨機應變，隨時可以對新聞加以分析與評論，適應了深度報導或深入報導的需要。

由節目主持人從事電視新聞現場報導與記者從事電視新聞現場報導，還有一個明顯的不同就是：前者與觀眾的關係更多帶有促膝談心的朋友關係，而後者與觀眾的關係往往只是你報導、我收看（聽）的主客關係。電視接收的一大優勢是家庭氛圍，這種氛圍要求電視新聞傳播要有親切感、人情味，而權威的節目主持人贏得了觀眾的信賴更具親切感。

總之，電視新聞現場報導的崛起和發展，呼喚著更多的優秀節目主持人出現，使由節目主持人從事的電視新聞現場報導成為電視新聞發展的方向與潮流；同時，大批優秀的電視新聞現場報導節目的湧視，必將造就一批優秀的權威的電視新聞節目主持人，促進電視新聞的改革出現一個全新的面貌。

注釋：

① 見金希章《初論電視「大放送」》，載上海《新聞記者》雜誌增刊《新聞論文集》（第 3 輯）。

② 詳見陳韻昭譯《傳播學的起源、研究與應用》，福建人民出版社 1985 年版。

③ 詳見張駿德《現代廣播電視新聞學》「新聞節目主持人的歷史與發展」一節，四川人民出版社 1996 年版。

第十三章　重視廣播電視短新聞的採制

新聞（這裏專指消息體裁）是新聞報導的主角。新聞如何短而實、短而活的問題，在新聞界是個老生常談的問題。這個問題，在延安整風時期《解放日報》改版、1956年《人民日報》改版、以及這次改革開放20多年來的新聞改革中，一直是老問題，抓一抓好一些，放一放又故態複萌，長期沒有得到徹底解決。

最近幾年，在上海新聞獎評選、全國新聞獎評選中，最難評、或者說最缺少的還是優秀的短新聞，特別是廣播電視短新聞。

這方面恐怕首先是思想認識問題，有的怕短新聞份量輕，對能否反映重大主題有懷疑；有的熱衷於「大塊頭」報導，而忽視了短新聞的報導；還有的認為采寫短新聞出不了成果，不利於提幹、升職稱，等等。

事實上，新聞以短為主，這是老規矩、老原則。早在上世紀40年代，胡喬木同志在延安《解放日報》上發過《短些，再短些》的文章①，提出報紙新聞五分之四是500字左右的短新聞。1947年6月新華社總社語言廣播部提出：「一條新聞每條在200字左右，專稿在1000字左右。」理由是：短，才能使新聞條數多；短，才能使報導的覆蓋面寬廣；短，才能使人易記易理解（尤其是廣播新聞）；短，才能使新聞節目多樣化。

新聞實踐也對一些思想認識問題作出最好的回答：

革命戰爭年代，《劉胡蘭慷慨就義》，短新聞只 200 多字，樹立了在黨領導下，大陸婦女英勇獻身的偉大光輝的形象；《我三十萬大軍勝利渡過長江》，不到 200 個字，就反映了共產黨領導的新大陸必將成立的重大主題。

新大陸建國初期，短新聞《大陸試製飛機成功》約 180字，《上海最後兩輛人力車進博物館》約 280 字，宣傳了社會主義制度的優越性與新大陸的偉大成就。

粉碎「四人幫」以後不久，短新聞《天安門廣場事件完全是革命行動》只 200 多字，否定了「兩個凡是」錯誤思潮，為冤假錯案平反。

回顧新聞史上的這些範例，說明倡導短新聞、發揮短新聞的作用是我們新聞工作的一個傳統。下面，筆者聯繫近幾年的各類好新聞評比，談談對廣播電視短新聞採制的一些看法。

一、主題集中，一事一報

廣播電視短新聞一定要集中一個主題、突出一個中心思想內容，新聞才能短而實；對有些重大題材，可以集中在一個側面上，體現出一個鮮明的主題思想。

例如 1999 年度大陸廣播新聞獎短新聞（播出時間 1 分30 秒以內）一等獎作品《大米賣出豬肉價》，倡導綠色食品，講述的是一件事：農民喬龍德的綠色食品打入京滬市場，暢銷一空，增收 60 萬元。又如獲獎廣播短新聞《銅川

——黃陵高速公路建設者「造福」不忘「造地」》，通過陝西建設高速公路反而增加耕地 2000 多畝這一典型事實，體現了保護生態環境、增加耕地面積、支援農業的重大主題。

電視短新聞，要在 1 分 30 秒的播出時間以內反映重大主題與題材，除了集中主題外，還需巧選報導角度。上海電視臺製作的榮獲 2001 年度上海市新聞獎一等獎、大陸新聞獎一等獎的電視短新聞《從後排到前排，15 米走了 15 年》，報導從構思到角度都十分巧妙：大陸加入世貿組織（WTO），其代表 15 年前參加世貿會議坐在會議廳後排，15 年後的今天參加世貿會議坐在前排，15 年座位移前了正巧 15 米。這條電視短新聞，一反會議新聞的慣用報導程式，記者憑著高度的新聞敏感和現場觀察能力，發現了最能體現主題思想的報導角度——從會場座位的遞進來展示大陸「入世」的艱辛與偉大成就；而且事實材料也大大壓縮與精簡了，真正做到了短而實、短而活。這種看似平凡、實質不平凡的發現，是記者政策水準高、業務技能強的體現；突破了原來會議報導的程式，是一種創新思維與能力的體現，在同類報導中獨樹一幟、別具一格，受到評委一致好評。

二、精選材料，巧用事例

短新聞短而實、短而活的關鍵是在精選典型材料、巧用典型材料、善於用典型事實說話等方面下功夫。如獲得 2001 年度上海廣播電視獎的短新聞《寶山農民跨國開發房產》，典型在於：上海市寶山區農民組成外籍公司，參與國際房產

市場的開發，場南村的 100 多套房屋全部賣掉。典型事例充分說明了上海市郊農民富有經濟全球化意識、開放意識與競爭能力。

　　上海東方廣播電臺曾在 1999 年 8 月舉辦過「東方明珠杯」短新聞大獎賽，獲獎作品大多在精選材料、巧用事例上下了苦功夫。例如榮獲一等獎的兩篇短新聞：

市長親自改會名

　　「上海市協作工作會議」在昨天召開時更名為「上海市國內合作工作會議」，這一改動是上海市市長徐匡迪建議的。

　　這一變動進一步闡明了「上海是全國的上海」，也表明了本市「學各地之長，創上海之新」的決心，是上海優化投資環境，樹立服務全國形象的又一寫照。

　　去年本市主要領導率團相繼出訪兄弟省市，市政府發佈了《關於進一步服務全國，擴大對內開放若干政策意見》，市委還作出了《學習兄弟省市先進經驗，爭創上海新優勢》的決定，市政府 24 個委、辦、局和各區縣都相繼制訂了實施細則，優化投資環境，為各地來滬企業提供便利。據瞭解，去年各地來滬投資企業達 1332 戶，註冊資本 96 億多元，在去年 GDP10.1% 的增幅中，近一個百分點是由各地來滬企業拉動的。

　　徐匡迪市長昨天在會上提出「要努力把上海建設成全國創業者的樂園」。

　　另據瞭解，上海今年將舉辦一次對內招商引資活動，有關部門正在籌劃跨地區的國內合作資訊網。（以上由東廣記者費聞麗報導）

瑞金大廈租戶因辦公室空氣質量差憤而退租

在「世界環保日」到來之際，上海發生了一場因寫字樓空氣質量問題而引發的觀念衝撞。上海中東實業投資股份公司在承租瑞金大廈半年後，由於辦公室空氣質量差而提出終止租賃協定。而瑞金大廈有關負責人卻辯解說他們原先也不適應，時間一長就適應了，說得中東實業公司總經理目瞪口呆。

據瞭解，去年 11 月份起，中東實業股份公司承租瑞金大廈一個層面，由於大廈全封閉型，而且中央空調限時開放，辦公室內空氣質量差，引起員工頭暈噁心。經上海環境科學研究院測試，辦公室內空氣中的甲醛濃度已超過了衛生部頒佈的《公共場所衛生標準》三成左右，而甲醛濃度超標可直接導致癌症。中東實業公司曾多次向瑞金大廈提出交涉，但始終沒有得到解決。

最近，中東實業公司正在投資拍攝一部百集環保電視紀錄片——為了地球上的生命。公司承租的寫字樓所發生的這一環保觀念衝撞，成了這部電視片的最佳題材。（以上由東廣記者賀亞君報導）

第一篇短新聞顯著性、重要性突出。按照新聞價值規律，名人的一般活動都有新聞價值，那麼名人的重要活動更有新聞價值。從市長親自改會名的典型事實，可以看出：上海經濟建設打的是「中華牌」，上海市領導有海納百川、服務全國的廣闊胸懷與氣度，同時在全國各地的支援下取得 GDP 的大增幅。通篇以小見大，內涵深刻。

第二篇短新聞時宜性、新鮮性、思想性突出。它配合了「世界環保日」的宣傳，同時反映在上海高樓聳立、基本建

設突飛猛進時期人們觀念形態方面的衝突，環保意識、以法維權意識的加強，顯得題材新穎、內容新鮮，思想性可讀性（可聽性）均強。

　　據參與采寫的記者介紹，他們在采寫短新聞時，首先在發現新聞線索、深入採訪、掌握大量第一手材料上下苦功夫，然後精選典型事實，認真篩選，精益求精，才獲得成功。

三、語言運用準確、簡潔

　　新聞語言是帶有新聞特性、適合資訊傳播的實用語言，講究的是準確、簡潔、通俗易懂，

　　短新聞尤其如此。

1. 開門見山，忌寫套話

　　開門見山，在短新聞寫作中是開門見事實資訊。短新聞寫作，一定要實打實，防止空對空。

　　廣播電視短新聞尤其忌「在 XXXX 會議精神鼓舞下」、「遵照 XXXX 指示精神……」、「學習了…貫徹了…認識到……一致認為……」等模式化寫法。

2. 善於概括，壓縮過程

　　有些短新聞做到了一事一報，但有時一件事情的過程很複雜，要將複雜的事情簡單明瞭，這就要求善於概括。新聞的概括是對主要事實的壓縮，不是空講道理。在概括過程中注意對基本事實作輪廓式的介紹。例如榮獲「東方明珠杯」短新聞大獎賽三等獎的廣播短新聞《一張桌子》的導語：「新上海第一任市長陳毅當年曾使用過的一張辦公桌，五十年後

依然在服役，它的使用者是現任上海市市長徐匡迪。」這就顯得言簡意賅、明白曉暢、意味深長。

3. 文字精練，多用短句

大陸漢語實際上非常講究簡練、明白曉暢的，新聞寫作在用詞造句上一定要注意字斟句酌，多加推敲。

作家老舍在《祠星集.打倒洋八股》中說：「在背上背著」，在漢語裏「背著」就夠了，不必一定說「在背上背著」，因為放在肩上叫做「扛」，放在腋下叫作「夾著」，不會發生混亂。因此，「用手去拿」、「用筆寫字」、「用眼睛看」、「拿針線縫衣服」……都屬文字囉嗦拖遝的錯誤，用「拿」、「寫字」、「看」、「縫衣」……即夠。

還有的句子重複了形容詞、副詞與動詞等，如：

熱情而溫暖人心的話語，可改為：熱情的話語；

把老鼠徹底消滅乾淨，可改為：把老鼠消滅光；

帶領幹部職工進行翻糧修倉，可改為：帶領幹部職工翻糧修倉；

商店為不斷改進服務態度，提高服務質量而努力不懈地奮鬥，可改為：商店不斷改進服務態度，提高服務質量。等等。

還有長句改短句，這在廣播電視短新聞寫作中尤有必要。例如某電臺這麼報導：

本臺消息　浙江省龍遊縣縣委書記戴峻日前專程到全國勞動模範、種糧專業大戶、本縣農民夏汝清家，送上一塊特殊的牌匾——「種糧大戶重點保護牌」。這為什麼呢？……

應改為：本臺消息　浙江省龍遊縣縣委書記戴峻日前專程送一塊牌匾給本縣農民夏汝清。牌匾上寫著「種糧大戶重

點保護牌」。夏汝清是全國勞動模範、種糧專業大戶。為什麼縣委書記要專門給種糧大戶送保護牌呢？……這樣字數增加了些，但層次清晰，易聽易記。

此外，廣播電視短新聞在採制中還可適當穿插一些現場錄音、同期聲等，以增強現場感與資訊的權威性。電視短新聞還應講究精選圖像（鏡頭語言）。這些也是當前廣播電視短新聞採制中容易忽視的方面，也應加以重視。

注釋：
① 原載延安《解放日報》1946 年 9 月 27 日。

第十四章　對上海廣播電視新聞欄目與
近年獲獎作品的賞析

　　隨著廣播電視節目的欄目化、雜誌型板塊化發展，廣播電視新聞欄目的表現樣式也發生了變革，下面試就上海廣播新聞談話類節目與「說新聞」的上海電視新聞節目作一評析，順便把最近參加上海市廣電學會評獎的活動也作一賞析彙報。

一、廣播新聞談話類節目的傳播特色與成功經驗
——析上海電臺《市民與社會》欄目

　　廣播新聞談話類節目是以重大的新聞事件與重要的社會問題為談話主題、以傳播者（節目主持人、嘉賓）與聽眾之間的即時交流為傳播形式的廣播專欄節目。開辦於 1992 年 10 月 26 日的上海人民廣播電臺《市民與社會》欄目，是上海地區第一個直播的新聞類談話節目，至今已十年多了。它誕生並成長於計劃經濟向市場經濟轉軌的深化改革、擴大開放的年代，又為新聞改革與社會進步作出了傑出貢獻。在新時期，受眾對資訊傳播的要求不再滿足於大量的動態資訊的簡單彙集，而要求瞭解新聞事件的全貌及其真相、「新聞背後的新聞」、一事物與他事物的有機聯繫、產生新事物或新聞事件的深層次原因、如何有效解決疑難問題等等。而廣

播傳播雖然有「先聲奪人」的搶時效的優勢，卻在用單一聲音符號傳遞深層次資訊方面存在著劣勢，可能聽眾還未聽清深層次資訊已轉換了頻率。而《市民與社會》作為廣播新聞談話類節目，卻能以吸引聽眾打電話參與的直播形式，生動活潑地討論深層次的問題，進行一系列的深入報導。《市民與社會》作為廣播新聞談話類節目的成功典範，它的傳播特點與成功經驗表現在：

（一）變單向傳播為雙向傳播，將人際傳播引入大眾傳播，建立起雙向資訊傳播、意見交流的傳播機制。

在談話類節目出現之前，廣播聽眾基本上處於「你播——我聽」的單向、被動接受傳播的模式之中，傳播活動是以傳者為中心，傳者與受眾之間缺乏直接的溝通與交流。而《市民與社會》新聞談話類節目將熱線電話引進直播室，形成了節目主持人、嘉賓與廣大聽眾雙向資訊傳播、意見交流與問題討論的傳播機制。當然廣播熱線電話的運用離不開現代通訊事業的大發展，上海市的電話機數量從 1992 年底的 107 萬門至今已超過 500 萬門。然而在多種媒體運用熱線電話中，廣播最為成功。

《市民與社會》經常邀請專家學者、政府官員當嘉賓，使討論的主題更具權威性與指導意義，也更能吸引聽眾參與節目對話。參與者年齡最大的 80 多歲，最小的才 6 歲。6 歲孩童參與的是「如何看鋼琴考級熱」討論，傾吐自己學琴的苦與樂。從 2000 年起，《市民與社會》推出了「市長熱線」欄目，每月邀請一位市長或副市長就熱點話題與大家交流。陳良宇市長曾作客節目直播室，就「城市資訊化和市民

生活的關係」的話題與市民們平等對話、討論，取得很好的社會效果。[①]

（二）堅持正確的輿論導向，在市民與社會、市民與政府、市民與市民之間架起了「空中對話」、平等交流、民主討論的橋梁與感情紐帶，很完美地體現了它既是黨和政府的喉舌，又是人民大眾的喉舌。

可以這麼說，《市民與社會》節目不僅推進了廣播新聞改革，而且大大推進了大陸的社會主義民主化進程，吸引廣大聽眾參與國計民生問題的討論，形成了平等對話、民主討論的氛圍，發揚主人翁精神。這特別表現在「1993 年市府實事大家談」系列討論、「1995 年華東七省市長熱線」、「1996 年東西部手拉手——中西部省區領導熱線」、「1999 年華東省市委領導國企改革與發展系列談」、「2001 年高官談 APEC 與大陸」活動等方面，展示了社會主義民主政治的一種範式。1998 年 6 月 30 日，在上海訪問的美國總統克林頓作為特邀嘉賓參與了《市民與社會》節目，在上海電臺直播室和上海市民就中美關係的發展前景進行了直播對話。這檔廣播欄目在上海廣播史上創造了多個「第一」：第一個有聽眾直接參與的新聞談話類直播節目；第一次推出集策劃、編輯、製作、播音於一體的節目主持人；上海與各省、區領導乃至美國總統第一次在上海電臺擔任主持嘉賓，就是在大陸廣播史上也很罕見，值得在新聞學史書上記上一筆。《市民與社會》在 1999 年被評為大陸新聞獎「大陸新聞名專欄」，因為它的內容精采，形式生動活潑，無形的電波搭建起一個政治文明、思想交流、精神昇華的大講臺。

　　（三）節目定位正確，圍繞公眾關注的「熱點」、社會上的「難點」「焦點」問題進行討論，形成領導幹部、專家權威與人民群眾之間進行思想交流，群眾與群眾之間思想觀念碰撞，廣大聽眾從中進行心理梳導、自我教育的輿論陣地。

　　廣播談話類節目的類型一般分為新聞時事類、社會生活類、情感交流類、專業話題類等四類。《市民與社會》屬於第一類，它的題材範圍緊扣當前時事形勢、重大新聞事件和現實社會問題，並注意用法律與政策思想來引導，又注意客觀公正、文風樸實明快。

　　《市民與社會》開播十年多來，在節目中共探討過 2600 多個話題，內容涉及政治、經濟、文化、法制與道德、體育、城市建設、環境保護等等問題。業內人士認為，《市民與社會》的定位可以歸納為：資訊交流的渠道，官民對話的橋梁，公眾意見的論壇。以近年來的節目為例，所選的話題大致為四類：第一是官民對話，政要訪談。邀請政府要員來直播室，就當前群眾普遍關注的國計民生大事為話題進行對話、討論、交流；第二是對新聞事件評論與分析。如 1999 年 5 月美國為首的北約轟炸我駐南聯盟大使館，節目及時對此事件進行討論，既傳遞了上海各界的抗議與憤慨心情，又有效化解了過激情緒，正確把握輿論導向；第三是關注經濟和社會發展。對國有企業改革、再就業工程、社會保障機制、科技成果轉化成生產力、如何應對 WTO 挑戰、知識經濟時代的機遇與挑戰等等經濟和社會發展問題進行討論；第四是生活方式漫談。對新千年新世紀人們不同的生活方式、處世態度與行為特徵，如信貸消費、男女平等觀、王海打假、青少年

新流行語等進行研討。[②]

（四）從社會文化現象看，《市民與社會》等談話類節目客觀上透視出當代大陸日益豐富多采的生活內容，展示出當代大陸人在改革開放時代的精神風貌。

一般來說，熱線參與、現場直播的廣播電視談話類節目能更直接、更真切地反映社會生活、傾聽百姓的聲音。這正是許多政府要員、包括前美國總統克林頓都感興趣參與的原因。談話類節目在積極觀照社會文化現象、提升受眾的文化品位方面也發揮積極作用。一些涉及重大問題的談話節目，通過領袖人物、領導幹部、專家權威、專業人士與受眾討論並解答問題，有利於話題的深入，其傳播內容也更便於為受眾接受，有利於全社會知識層次、文化品位的提升。一些精彩的談話類節目，有著較高的文化含量，同樣是「人民生活的教科書」，能充分發揮其教化作用。

《市民與社會》已成為廣播品牌欄目，今後應繼續發揮它的優勢與長處，同時應在加強節目整體策劃與戰役性報導策劃方面下功夫；並考慮如何讓節目真正走向市場，以取得社會效益與經濟效益的更大豐收。也有專家與業內人士預見，新聞談話類節目的未來發展模式應當是基於多媒體通信基礎上產生的「多媒體、互動式、即時傳播」的交流節目，隨著大陸政治民主化建設的進程與全面建設小康社會，必將發揮越來越巨大的積極的傳播作用。

二、「說新聞」的電視欄目：資訊服務切實　傳播效果顯著

──《新聞坊》辦出特色　創出品牌

　　當今時代的新聞媒體競爭越來越激烈，都在實施精品戰略，講究有效傳播。電視頻道專業化以來，電視新聞的欄目競爭尤為明顯。上海電視臺新聞綜合頻道的《新聞坊》欄目創辦一年多來、特別是 2002 年 6 月底改版以來，定位更加準確，內容更加新鮮，注重了新聞價值中的接近性與對百姓的重要性，報導形式生動活潑，多方面開展了對市民的資訊服務，取得了顯著的傳播效果。目前，《新聞坊》的收視率已經穩定在 4.5 個百分點左右，在 18：00 時段中名列首位，在新聞頻道收視率排行榜中位居第五第六。^③更主要的意義在於：《新聞坊》滿足了廣大市民百姓迫切需要瞭解身邊新鮮事、渴望解決日常生活中的疑難事的資訊消費需求。這也是它深受市民百姓歡迎的根本原因。

　　上海電視臺《新聞坊》，繼《新聞透視》、《新聞觀察》、《新聞追擊》等新聞名欄目之後，又創出了品牌，辦出了特色，其成功秘訣與特色，主要表現在：

（一）定位準確，發揮「城市社會新聞」的特長，既堅持正確的輿論導向，又注意滿足市民百姓的多種資訊消費需求。

　　改版後的《新聞坊》欄目定位在主要報導「城市社會新聞」。而社會新聞是以道德倫理與人際關係為重點，題材涉及社會風尚、社會事件、社會問題以及某些奇聞怪事的新聞

報導。④社會新聞的特長正在於：題材廣泛，寫社會生活中的人與事，不限於某個行業，因而有別於一般的經濟新聞、政法新聞、文教科技衛生新聞等；內容豐富，主要反映社會生活中人與人之間的關係及其道德倫理問題，包括道德風尚、戀愛婚姻、家庭問題、鄰里關係、天災人禍、案件發生與偵破、生存環境變化、奇異的社會現象與自然現象等等；社會新聞大多有人物活動與故事情節，能引起人們的普遍關注與興趣，報導恰當能對受眾進行生動活潑的潛移默化的思想教育。因此，改版後的《新聞坊》大大拓展了電視新聞報導的領域，為市民進行多方面的資訊服務。

以 2003 年 3 月 5 日的《新聞坊》為例，主持人首先講了國家大事：上午全國人大十屆一次會議開幕，然後播報「今日提要」：收看朱總理報告，3 月 5 日全國學雷鋒 40 周年，上海整頓市容；然後依次播報新聞，重點播報各社區、部隊、學校、外國朋友開展學雷鋒活動的盛況；主持人還不忘穿插播報：今年 3 月 5 日是周恩來同志誕生 105 周年的紀念日。而「市民呼聲」小欄目則重點解決了幾名外來人在天水路一處空地違章辦起廢品收購站，破壞環境衛生的事故。還有「股市行情分析」與「生活服務資訊」等，都為特定的受眾提供特定的資訊服務。

這裏特別要表揚《新聞坊》的節目主持人的點評很到位，不僅在弘揚正氣、批評邪惡方面，而且在糾正形而上學與認識的片面性方面。例如 3 月 4 日下雨天氣，本市許多單位冒雨上街開展學雷鋒活動，有設攤義務修自行車、家用電器的，有義務理髮的，有在公共場所大掃除的……，有位老

人拿了一大堆舊家用電器來修理，還說早盼著這一天。主持人及時插話點評：人們常說，學雷鋒一陣風，三月來，四月走。學雷鋒活動能經常有、天天有該多好啊！學雷鋒活動應該結合每個人的日常工作，經常性地開展才行。這一段評論是最精彩的，也是最發人深思、有啟迪意義的。

（二）內容新鮮，貼近城市變遷、市民生活，講述百姓故事，解釋疑難雜症，博得群眾愛看領導滿意。

　　《新聞坊》新聞內容新鮮，大多為群眾普遍關注的熱點新聞，例如《好八連為民服務忙》、《有人要跳樓，民警救下來》、《計程車 5.1 換新顏》、《勞模當上輔導員》、《陰雨連綿，醫院看病的人多了》、《普陀查獲假冒美金》、《小馬路變成垃圾場（「市民呼聲」）》等等。這些熱點新聞大多有人物活動與故事情節，所謂「有頭有尾有情節，活人活事活道理」，在大量提供事實資訊為民服務的同時，進行精神文明的宣傳與教化。這是《新聞坊》既博得群眾愛看、又博得領導滿意的關鍵原因。有些城市新聞講述的不是故事，反映的是我們身邊發生的漸變中的環境狀況，如綠地樹木多了、海鷗光臨外灘等，卻以小見大，反映了上海城市建設的新景象、新發展。如 3 月 9 日《新聞坊》新聞《逛逛外灘　海鷗飛翔挺好看》通過一位退休的攝影愛好者的言行，來展示外灘生態環境的改善、黃浦江蘇州河治理的成效，顯得親切自然又清新雋永。

　　《新聞坊》的新聞新鮮可讀可視，與記者編輯的辛勤努力密切相關。據《〈新聞坊〉2002 年工作總結》稱：「回

顧這半年來的節目，《新聞坊》的報導視角始終盯住社區不放，形成了幾個「多」：第一個是群眾關注的熱點新聞多。《新聞坊》記者利用身在基層的優勢，深入社區，採製了許多生動活潑的社區新聞。比如交通整治，比如髒亂差現象，比如鄰里互助。第二個是社會新聞多。這些社會新聞，有的積極宣揚了新人新事新風尚，正確、及時弘揚了主旋律；有的抓住社會熱點，及時反映老百姓關心的問題；有的則充分發揮了電視的可看性特徵，講究片子的趣味性和鏡頭語言的表述，都收到了良好的收視效果。《兩車搶道起糾紛　駕駛員大打出手》、《闖紅燈還要討說法　錯上加錯》、《兩婦女街頭撕打　全武行有礙觀瞻》等都給觀眾留下了深刻的印象。第三個是當天發生的新聞多。如：《扔舊瓶還以「炸藥」威脅　應急小分隊制服醉漢》、《吊籃斷裂　三民工高樓墜落身亡》等新聞，這些新聞都搶在新聞發生的第一時間裏播出。第四是跟拍搶拍暗拍的多，這些新聞往往成為版面的亮點。如：浦東鬧市街頭販賣黃碟，新聞坊記者真實記錄了大都市的一些不文明現象，現場感強，同期聲到位，非常吸引觀眾。」

《新聞坊》有時也報導一些奇聞怪事，但都給予科學的合理的解釋。如 3 月 1 日《新聞坊》的「市民呼聲」小欄目，報導一位元住在高層樓房內的居民的煩惱事：樓層經常晃動 10 多釐米，盆中水也溢出，擔心要地震或樓塌。記者及時請教地震專家實地考察，終於查明真相：是附近石材場切割大理石，因振頻振幅相同引起大樓共振，既解除了居民疑慮，又解決了現實問題，還傳授了科學知識。像這類社會新

聞既內容新鮮生動，又切實解決實際問題，充分顯示了《新聞坊》從業人員認真貫徹「三個代表」重要思想、積極開展為民資訊服務的崇高精神與踏實作風。這樣的事例是最引人入勝之處。

（三）既講究報導形式創新，又講究運行機制創新，群策群力創品牌，互動共用獲雙贏。

開拓創新，已成為我們事業發展前進的原動力。《新聞坊》報導形式的創新，首先表現在節目主持人採用「談家常」、「說新聞」的形式來播報新聞，顯得親切自然。電視新聞傳播有個「近距離親切律」，[⑤]是用最先進的電子傳播技術，通過節目主持人，與受眾進行面對面的傳播，而圖像展示的大多為「原生態材料」，這好像促膝談心一家，最容易打動人心。《新聞坊》說新聞的播報方式正是充分運用了「近距離親切律」。《新聞坊》的演播室裝扮得很有海派文化的特色，主持人仿佛在弄堂口的小座椅上與人促膝拉家常，也增強了親切感。

在欄目運行機制創新方面，《新聞坊》欄目組走的是毛澤東同志歷來創導的「群眾辦報（臺）」的路線，發揚了大協作精神。《新聞坊》欄目組以節目為紐帶，團結、組織各區有線中心、郊縣臺以及公安、武警、消防、治安、交警和海事等部門與新聞綜合頻道交流、溝通、互動、共用。《新聞坊》成為報導城市社會新聞的大平臺，這個平臺同時還是擂臺，各區有線中心、郊縣臺和公安、武警、消防、治安、交警、海事等部門條線各顯身手、比學趕幫超，實現了低成

本投入、大家一起辦新聞的良性迴圈。同時，欄目組還與協作部門一起制訂了資訊溝通機制、采編協調機制、服務獎勵機制，團結一致打造欄目品牌。

《新聞坊》的成功與成果，有目共睹。《新聞坊》還需在進一步加強報導策劃、實施精品戰略、加強隊伍建設方面狠下功夫。最後衷心祝願《新聞坊》產生更強的品牌效應！

三、廣播新聞如何創優

筆者是廣播電視專業的教師，連續幾年擔任上海市廣播電視獎的評委。每次參評，感到最難評的是消息類的廣播電視新聞，最缺少的是新、短、快、活、強的廣播新聞。新世紀來臨，新一輪的新聞競爭又火爆起來。廣播新聞如何揚長避短，充分發揮聲音傳播聲情並茂的優勢，進一步在創優創新方面狠下工夫，值得研討。

廣播新聞創優，首先要解決一個創意問題，即要立意高遠，選材精當，要求作者把握時代脈搏，弘揚主旋律，講究作品的新聞價值與宣傳價值，特別抓一些富有時代特徵、大陸特色的新聞資訊。如《上海出現新一輪留學生回國熱潮》、《寶鋼取消年度產量指標和「超產獎」》、《上海 5 年內將出現 3 家五百強企業》等廣播新聞，反映的都是上海在世紀之交出現的新氣象新變化。其中第一遍是上海人民廣播電臺的述評消息，在介紹海外赤子回國大展宏圖典型事迹的同時，分析了日新月異的國家和滿懷報國熱忱的海外學子之間互相吸引、互相需要的關係，歸納出「二三十年代留學生從

國外帶回來的是革命，四五十年代留學生帶回新大陸的是科技，而改革開放後新一代留學生帶回來的是資本、技術和管理經驗」一段結論，從而增強了新聞的思想性與可聽性。而廣播短新聞《寶鋼取消年度產量指標和「超產獎」》，則是介紹寶鋼的一項新舉措。寶鋼集團公司在市場經濟體制下，完全根據國內外用戶的訂單來生產，到目前為止，各廠倉庫沒有積壓一噸鋼材。工人明白，把質量搞好，產品有了市場，工人利益就有保障，獎金不會少。寶鋼取消了產量指標，取而代之的是利潤指標、質量指標，這種做法值得大中型企業借鑒。

　　廣播新聞應充分發揮廣播聲情並茂的優勢。上海人民廣播電臺 1995 年 2 月 28 日播出的早新聞《徐匡迪市長談上海要有「海納百川」的氣度》，所以榮獲 1995 年度上海廣播電視獎一等獎、大陸新聞獎二等獎，除了新聞內容重要之外，還有一點就是穿插了徐匡迪市長的精彩講話錄音：「我想上海人不要忘了，過去上海是很小的，200 年以前，上海歸松江管，松江是府，上海是縣，上海人是鄉下人，松江、蘇州人是城裏人。上海有今天，靠的是全國的人才聚到上海，才創造出上海的今天，所以我們上海人的心理上一定要克服看不起外地人、看不起不會說上海話的人。不要忘了，上海的衣食父母是大陸、尤其是華東地區的人民⋯⋯上海要有『海納百川』的精神狀態，或者說『大海不辭溪澗水』⋯⋯我本人不是上海人，但我熱愛上海，我願意為上海的繁榮獻身⋯⋯」使用這段即興講話錄音，既增強了廣播新聞的現場感與感染力，展示了新市長的風采，又充分體現了正確的輿論導向，給上海市民以深刻的教育和啟迪。

　　廣播新聞多年來一直在尋求如何最大限度地發揮新、快、活的優勢，這離不開高新通信科技的武裝與支援。早在1983年秋第五屆全運會時，上海電臺的記者就用對講機（當時的高檔設備）現場直播名將朱建華創造男子跳高世界紀錄的全過程。而今天，一位元廣播記者手持數位移動電話（手機）即可在世界各地採訪報導。這種「先聲奪人」的優勢正是依託通信科技的突飛猛進。1996年7月21日早晨，上海電臺記者在美國亞特蘭大奧運會的游泳館，借助衛星通訊，現場同步報導了《樂靖宜勇奪奧運會女子 100 米自由泳金牌》這條消息，第一時間報導，加上又是在廣播早新聞的黃金時間播出，產生了最佳的傳播效果。當今網路傳媒崛起，各種傳統傳媒都注意通過設立自己的網站擴大傳播範圍與影響，上海東方廣播電臺更是獨闢蹊徑，利用互聯網進行廣播新聞採訪。1999年 9 月下旬上海舉行《財富》論壇全球年會前夕，東方臺記者陶秋石以發電子郵件的方式採訪了即將來滬參加年會的通用汽車總裁和戴爾電腦公司總裁等一些國際企業巨子，獲得成功，隨後製作廣播錄音新聞《要想爭雄世界　必先逐鹿大陸》。該新聞獲 1999 年度上海廣播電視獎一等獎。可見，廣播新聞創優在跟蹤和掌握運用高新通信科技成果方面大有作為。

　　廣播新聞創優離不開創新。創新包括了內容創新、表現形式創新、報導角度創新等等。內容創新，離不開新聞採訪的深入、新聞價值的挖掘、新聞主題的提煉、新聞材料的精選等等。表現形式與報導角度的創新，離不開記者編輯的創造性勞動，尤其是靈活運用各種表現手法與技巧。

　　廣播新聞創新創優，歸根到底要靠建設一支政治強、業務精、紀律嚴、作風正的廣播隊伍。記者編輯要全面提高自己的政治理論和新聞業務水準，這是不言而喻的。

四、綜述：對上海區縣廣播電視豐碩成果的一次檢閱
——評 2002 年度「上海廣播電視獎」（區縣）獲獎新聞作品

　　2003 年春季，上海區縣一級廣播電視局參加 2002 年度「上海廣播電視獎」評選活動是分塊單獨進行的，終評出廣播新聞與電視新聞各為一等獎 1 篇、二等獎 1 篇、三等獎 2 篇；廣播社教節目一、二等獎各 1 篇；電視社教節目一、二等獎各 1 篇，三等獎 2 篇。評委們評閱 2002 年度「上海廣播電視獎」（區縣）獲獎作品，與以前作比較，明顯地發現：各區縣廣播電視局普遍重視了廣播電視短新聞的採製，按照新聞傳播的規律從事新聞報導工作；普遍重視了新聞報導與社教節目的材料精選與主題提煉，加強了新時期的報導策劃工作；反映在新聞從業人員的素質方面，新聞敏感能力與思想政治水準提高了，採訪報導的作風更深入更扎實了；而各區縣廣播電視局的領導也更注重出新聞精品、謀事業發展。從理論上說，只有實施「精品戰略」才能達到「有效傳播」，也才能取得社會效益與經濟效益的雙豐收。這裏，筆者只就評閱獲獎新聞作品談一些體會與感想。

　　（一）廣播電視新聞在「新、短、快、活、強」上顯功力，由新聞唱主角，湧現了一批精品，全景式地展示了上海

區縣兩個文明建設的新成就與日新月異變化的新氣象。

　　優秀的新聞具備以下條件：內容新鮮、短小精悍、迅速及時、生動活潑、思想性指導性強，簡稱「新、短、快、活、強」。這次上海區縣廣播電視局獲獎的廣播電視新聞作品中有3篇是短新聞：獲一等獎的廣播短新聞《農保轉社保　前進村農民小康路上走得歡》（寶山），獲一等獎的電視短新聞《大陸橋梁鋼托起「世界第一拱」》（寶鋼），獲二等獎的電視短新聞《中華村農民自主分配別墅摟》（閔行），都注意突出「市郊第一」或「世界第一」的新鮮性，以增強新聞價值；都在爭搶「今日新聞」上下功夫，增強了時效性；都在「全面貫徹『三個代表』重要思想」、「全面建設小康社會」、展示上海兩個文明建設的新成就新面貌上顯現出較深遠的思想意義。

　　廣播短消息《農保轉社保　前進村農民小康路上走得歡》，報導的新鮮事發生在市郊第一家與社會保障制度接軌的一個「百強村」，有典型性，它對市郊乃至全國先富起來的農村都有借鑒意義。而此稿又是今日新聞，導語是「今日上午，廟行鎮前進村的農民每人領到了一張社會保障卡」，時效性強，新聞價值大。通篇播出時間1分10秒，字數300字不到，言簡意賅，把「農保轉社保」這一新生事物的來龍去脈交代清楚。結尾處加上一句「用村民姚毅春的話來說，城裏人有的，我們全有了。」樸素的話語生動反映村民的心聲與喜悅之情。這篇稿件發表在黨的十六大召開前兩個月，就很好地用典型事實宣傳了「全面貫徹『三個代表』重要思想」、「全面建設小康社會」的思想，顯示了較深遠的思想

意義。新聞播出後，有好幾家富裕村前來取經、並進而推廣，進一步顯示了新聞媒介對社會進步的推動作用。

　　經濟新聞報導最難擺脫「大道理加統計數位」的老框框老套路，容易寫得枯燥乏味。而寶鋼電視臺攝製的電視短新聞《大陸橋梁鋼托起「世界第一拱」》卻顯得新鮮活潑，格外醒目。這篇電視新聞突出了盧浦大橋建設與以前南浦、楊浦、徐浦三座大橋建設不一樣的特色，即突出了盧浦大橋建設中的眾多「第一」：世界第一跨徑的鋼拱橋，第一次全部採用國產鋼材，第一次在技術難度要求最高的地方採用了國產鋼，「寶鋼」是第一大供應商，提供了 70%以上的高標準鋼材……而新聞價值理論中的新鮮性標準，是指罕見的特別是第一次發生的事實，其信息量特別大，容易引起受眾的普遍關注。這是這篇電視短消息最成功之處。這篇電視新聞在選材上把握了重大工程的熱點問題，有效地利用了詳實的背景資料：一方面將前三座黃浦江越江大橋的資料與盧浦大橋的現實狀況比較，起注釋說明作用；另一方面將寶鋼集團研製新型高質橋梁鋼的主要歷程作簡要回顧，起鋪墊烘托作用。這樣「溫故而知新」，也進一步深化了主題思想。電視新聞因為聲畫並茂，還有字幕介紹，如果能將多種傳播符號優化組合，資訊內涵容易豐富多彩。這篇電視新聞標題形象貼切，富有散文味；報導詞簡潔明快，富有激情；圖像拍攝精美，製作精細；通篇的資訊內涵意味深長：從盧浦大橋建設克服了科技高難度的種種事實，折射出國有鋼鐵行業領頭羊的「寶鋼」已攀登到世界先進的科技領域；也從中看到「寶鋼」正在積極致力於眾多前瞻性的研究開發，其前景令人鼓舞。

　　獲二等獎的廣播新 5 篇新聞作品，也從不同領域不同角度展示了上海區縣的新人新事新氣象：《養雞大戶吳福才幫助「三峽移民」走上致富路》（南匯），通過吳福才的先進事迹體現了黨的關心愛護「三峽移民」的政策，宣傳了先富的農民有責任與義務幫助大家走科技致富的道路；獲三等獎的廣播新聞《華新鎮實施「土地入股」》（青浦），則是報導了將土地使用權轉化為資本、進行市場化運作的新生事物，在推進城鄉一體化和農民變市民的過程中探索出了一條新路；獲三等獎的廣播新聞《兩地書寫滿兩岸情》（閔行），敘述了一位上海退休女教師與一位臺灣老兵悲歡離合的故事，表現出海峽兩岸骨肉親情與女教師輕財重義的高尚情操；獲三等獎的電視新聞《農民排隊繳納農業稅》（奉賢），報導農村稅費改革調動了農民交稅的積極性，也體現了農民愛政府愛國家的基本品質；獲三等獎的電視新聞《「入世」一年間：嘉定農產品逆風飛揚　馳騁國際市場》（嘉定），報導上海郊區農產品出口經受住了「入世」一年來的考驗：觀賞金魚遠遊歐美，商品鴕鳥漂洋過海，「寒優湘晴」稻米香飄東瀛等，給人以信心與力量。

　　（二）講究「精品戰略」，善於精選新聞題材，提煉並深化主題思想，才能進一步加強正確的輿論導向，取得良好的傳播效果與社會影響。

　　當代新聞競爭更加激烈，有學者稱已是到了「內容為王」、「增強核心競爭力」的時代，新聞工作者都在爭搶「獨家新聞」、重大新聞、突發事件新聞以及隱含重要資訊的新聞，而且都在新聞報導中千方百計「出精品」、「創品牌」。

因而善於發現新聞事實並精選新聞材料成了關鍵，可以說新聞報導是一門善於選擇新聞事實的學問。閔行臺採製的電視短新聞《中華村農民自主分配別墅摟》選材就很講究學問：選取了大陸全面建設小康社會中的一個亮點——閔行區中華村農民自主分配別墅樓這一典型事實，反映了上海郊區富裕農村在物質文明建設、精神文明建設、尤其是政治文明建設中的新氣象新成就。這篇新聞發播在黨的十六大召開前夕，很有力地宣傳了「全面貫徹『三個代表』重要思想」、「全面建設小康社會」、「推進政治民主化」等黨的方針政策思想。這反映了閔行電視臺記者具有較強的新聞敏感能力。原來他們是配合中央電視臺拍攝《走進小康村》系列報導的，中華村作為農村實踐「三個代表」的典型，在安居樂業富民工程方面有很多事迹可以報導，而中央電視臺已經捷足先登了；閔行電視臺作為基層地方臺是無法與之作正面新聞競爭的，只能另闢蹊徑，選擇一件典型事實、選擇一個新的報導角度、選擇「今日新聞」的報導時機，從小處著手，向大處著眼，同樣成功地達到了報導目的。這篇新聞曾在中央電視臺、中央人民廣播電臺播出，取得良好社會效果。這方面的成功經驗，值得地方臺記者編輯借鑒。

　　獲獎的新聞作品在主題思想的提煉與深化方面也下了功夫。以獲得廣播社教一等獎的節目《生於憂患——「阿強」雞蛋的啟示》為例，它的主題思想鮮明深刻，其經營管理的理念特別對農村企業有著很強的現實指導意義。這檔節目經歷了一番主題深化過程：「阿強」雞蛋是老牌子，由來已久，多年來記者已陸續報導過生產「阿強」牌雞蛋的禽蛋場與後

來的彙綠蛋品有限公司如何做大做強、超前決策闖難關、培養企業核心競爭——人才、實行品牌戰略、將產品打入國際市場等等，再要報導很難深入；而這一次，南匯區電臺的主創人員深入企業採訪，並訪問區農委領導、農業專家等，反復進行調研與提煉報導主題，終於用「樹立憂患意識，富而思進」、「生於憂患，死於安樂」的主題思想統率各類典型材料，重新對已報導過的材料進行分析與審視，從而展示了全新的思想境界。這一主題思想是富有創意的，也是符合市場經濟「優勝劣汰」競爭法則的，給人以深刻的警示與啟迪。

（三）廣播電視社教節目、特別是人物通訊、紀錄片、專題片，都兼具較高的思想性與藝術性，關注主人公的生存狀態，較深刻揭示其人生感悟與哲理，提高了作品的文化品味。

獲電視社教一等獎的紀錄片《雕刻人生》（南匯），以抒情手法形象地刻劃了石雕老藝人王金根對藝術的執著追求、對生活的熱愛以及對人生的感悟，特別描述了改革開放給王金根創業成名帶來的機遇與挑戰，以及王金根在選擇傳人時與兒子觀念上的矛盾衝突等，描寫精練細膩，感情真摯；同期聲的運用恰當妥貼，傳出了主人公豐富的內心世界與生活哲理；圖像展現的石雕作品精美絕倫，讓觀眾欣賞回味。作品最後以王金根狠下決心收了一名女弟子結尾，說明老藝人已破除了封建傳統思想，雕刻事業後繼有人，也給「雕刻人生」畫上完滿的句號。作品注重刻劃人物的個性特點與音容笑貌，電視鏡頭語言細緻精湛，講究蒙太奇組接，鏡頭剪輯流暢，邏輯結構嚴密，文筆抒情優美，在給觀眾人生哲

理啟迪的同時還給予美的享受。這方面正顯示了該電視紀錄片具備較高的文化品位。

獲廣播社教二等獎的人物通訊《心中的天平——記寶山人民法院院長尹在康》（寶山）是一篇從平凡處見偉大、從細微處見神采的好作品。通篇寫了區法院院長老尹不愛坐小車愛走路、不用公車送女兒而讓她擠公交車上遠方學校、不讓親外甥承包與「競標」法院基建專案、拒絕老戰友的饋贈與不循私情、不讓妻子調換輕鬆的工作等幾件日常小事，沒有一件驚天動地的業績，主人公也沒有豪言壯語，卻刻劃出了一位廉潔奉公、兩袖清風、一身正氣、剛正不阿的老共產黨員、人民公僕的光輝形象，體現了共產黨人「三個代表」的偉大思想。

獲電視社教二等獎的專題片《心靈的舞者》（嘉定），以紀實手法，用生動的事實和畫面說話，形象地報導了嘉定區聾啞輔讀學校的音樂老師夏月珍從事特殊教育、教聾啞孩子們舞蹈、並多次在全國比賽中獲獎的先進事迹及其美好的心靈。十多年來，夏老師把自己最美好的青春年華都獻給了聾啞孩子，教會孩子們舞蹈，而她自己也在用心靈舞蹈。這個人物故事震撼與蕩滌觀眾的心靈，激勵人們都來關心與愛護殘疾人，支援殘疾人事業。

此外，獲得電視社教三等獎的專題片《陳老太的「望夫麥」》（崇明），用兩缸存放整整 55 年的麥子，寄託一位八旬農村老太盼望在臺灣的丈夫回歸團圓的思念，給人們以心靈震撼與兩岸盼統一的思考。記者採訪比較深入，講究現場觀察，拍攝的農村老太曬麥、擦缸、翻看老照片與舊衣物

等情景，自然流暢，給人以真情實感。結尾寫到「這放了 50 年的麥子還能出苗，兩岸親人也一定會有團聚的一天」，托物喻志、情景交融，富有美的意境，又點明了主題思想。另一獲得電視社教三等獎的專題片《圓夢》（普陀），則是描寫上海市最大的舊城改造專案「兩灣一宅」的巨變，揭示了上海市區美好的生存狀態與優美環境，給人們以信心與鼓舞。

　　從這次評選活動看，區縣廣播電視局送來的稿件中有關輿論監督與批評性的稿件很少，更沒有得獎作品；一些作品圖像與音響製作較粗糙、質量較差，這些方面應引起大家的關注，並需切實改進。

注釋：

① 引自邵寧《電波架起心靈橋梁——來自上廣〈市民與社會〉的內部新聞》，載 2003 年 1 月 6 日《新民晚報》第 7 版。
② 詳見上海廣播電臺路軍在《市民與社會》開播十周年研討會（2002.10.27）上的主題報告《魅力永存的新聞談話節目》。
③ 詳見《新聞坊》2002 年工作總結。
④ 見劉炳文、張駿德《新聞寫作創新與技巧》「社會新聞寫作」一節，上海人民出版社 1990 年版。
⑤ 這個提法最早見方矞等著《大陸電視新聞學》，暨南大學出版社 1991 年版。

五、貫徹「三貼近」　創新出精品
——2003 年上海廣播新聞、社教獲獎作品評述

　　2003 年，有人稱它為「廣播發展年」，有人稱它為「電

視新聞革新年」。這一年的廣播電視新聞改革，乘著黨的十六大精神的東風，貫徹中央領導關於新聞報導「貼近實際，貼近群眾，貼近生活」的要求，在電視頻道專業化、廣播頻率專業化的基礎上，出現了電子媒介新聞傳播方式的新態勢、新樣式，也同時出現了電子媒介新聞報導方式的新演變、新發展。從 2003 年度上海廣播電視獎的廣播新聞、社教類作品的評獎工作看，工作進展空前順利，評委意見雖有一些爭議，但基本判斷一致。大家充分肯定了 2003 年上海廣播新聞、社教獲獎作品的主要成功在於：端正大方向，奏響主旋律，貫徹「三貼近」，創新出精品。

綜合分析 2003 年上海廣播新聞、社教獲獎作品，大體有以下四個特點：

（一）題材重大，主題鮮明，縱覽國內外風雲變幻，牢牢把握正確的輿論導向。

從這次獲獎的 14 篇廣播新聞看，題材重大又廣泛，涉及國內外大事（抗擊「非典」、伊拉克戰爭）的 4 篇，涉及「三農」（農業、農民、農村）問題的 2 篇，涉及政治民主化與法制建設的 2 篇，經濟報導 2 篇，涉及國家領導外事活動的 1 篇，涉及臺商春節包機返臺的 1 篇，社會新聞 1 篇，另有優秀欄目一個。獲獎的 10 篇廣播社教作品（包括一個優秀欄目），都是富有時代特徵、大陸特色、弘揚中華文化、體現人文關愛與「以人為本」思想的精品佳作。

這批優秀作品大多題材典型、立意高峻、涵義深遠。如錄音綜述《召回「新政策」也是進步》，實際上是一篇記者

述評、屬「評論類」報導。它通過對一項新政策（即「宣佈在 2004 年 6 月底以前，將上海市營業面積低於 50 平方米的餐飲店全部關閉」）出臺後不久又被召回的述評，清晰地展示出政府有關部門好心辦錯事、但又能夠及時糾正的前因後果，體現出「執政為民」的主題；又體現出大陸政治民主化與加強法治過程中，開始從過去單純的支配關係走向社會與國家、政府與社會成員之間互動這一全新的變化。本文在展示大陸政治民主化不斷前進的可喜面貌的同時，也指出了大陸民主法制建設中依法行政的觀念還要切實加強。這篇述評較充分地體現了法制精神與人文精神，這是本文被大多數評委看好、被評為上海廣播電視獎一等獎的最主要理由。

　　新聞報導總是離不開重大新聞事件，2003 年的廣播新聞報導也不例外。2003 年有「一喜一憂一亂」國內外三件大事：即大陸第一艘載人飛船上天、抗擊「非典」災害與伊拉克戰爭。上廣新聞頻率與東廣新聞綜合頻率作為地方臺的頻率，在反映這些重大事件時，注意從上海的實際與上海受眾最關注的角度出發，去巧選角度，精心採制新聞。如上廣新聞頻率的短消息《上海沒有瞞報、漏報「非典」疫情》，以世界衛生組織專家調查的確鑿無誤的事實去回擊西方一些媒體的謠言，解答了街頭巷尾的疑慮問題，穩定了人心，新聞短小但體現了正確的輿論導向，意義重大。

　　東廣財經頻率的新聞專題《美伊開戰對全球經濟的影響》，則是在美伊開戰的當天（2003 年 3 月 20 日）製作並播出的。節目以當天的全球金融市場的行情為主要線索，以對世界經濟影響較大的匯率、石油和黃金為抓手，動態地反

映了美伊開戰後金融產品價格的變動、市場投資者的心理，以及對全球經濟的影響。本節目站在風雲變幻的世界局勢的高處，用經濟視角去觀察分析美伊戰爭對全球的影響，這在地方臺廣播報導中未見過，在紙質媒體上也很罕見。

除了重大題材的新聞獲獎較多外，也有個別新聞是以凡人小事彰顯其精神文明而獲獎的。如上廣交通頻率的長消息、社會新聞《47 元換來新生活》，說的是大眾出租汽車公司「的哥」孫寶清，處處為乘客著想，有一次免費送一位年過半百、忘了帶錢的乘客赴宴，臨別還送了回程用的大眾乘車票，共計送了 47 元。而這位深受感動乘客卻是紐約銀行大陸區總經理、上海分行行長龔天益，他執意要孫寶清當他的「行長的司機」。而記者採訪時，正值孫寶清駕駛的奧迪新車拿到了臨時移動證，孫正式成為紐約銀行上海分行的職工。公共交通行業歷來是社會的「流動窗口」，從這則社會新聞，以小見大，可見上海「流動窗口」的文明新風貌。

（二）重視「三農」問題，講究地方特色，郊區廣播新聞的質量躍上新臺階。

這次上海廣播新聞獲獎的 14 篇中，郊區電臺獲獎數占了 3 篇，其中還有 1 篇一等獎，有專家稱讚為「實現了歷史性的突破」，標誌著郊區廣播新聞的質量躍上新臺階。

農業、農民、農村，歷來是大陸革命與建設的重要問題，也是廣播節目大量涉及的重大題材。奉賢區人民廣播電臺採制的廣播消息《千年農稅一朝免　市郊農民零負擔》，被評為一等獎，其反映的新聞事實十分典型，富有新聞價值：2003

年上海市政府宣佈對農業稅實行零稅率，莊行鎮蘆涇村的農民利用免交農業稅的這筆經費去租用過去很少有人用的進口聯合收割機「久保田」，改善農業生產條件。這就以小見大，把黨的有關農業政策對增加農民收入、充分調動農民的生產積極性等重要意義充分展示了出來。這篇消息的謀篇佈局較恰當，主體突出了免去農業稅的蘆涇村農民熱租「久保田」這一典型事實；但結尾不忘交代一筆：「許多人一邊參加新技術培訓，一邊添置新設備……減負後的農民正充滿信心，準備來年大幹一場」。這就使點面結合，唯物辯證。消息發揮了廣播特色，現場實況聲運用貼切，語言樸實簡潔。

當然，這篇廣播消息雖然評了一等獎，但還是有微瑕，即標題「千年農稅一朝免　市郊農民零負擔」有不妥之處：上海郊區農業稅實行了零稅率，不等於市郊農民「零負擔」，農民負擔的農業成本還有上漲之勢。因此有評委建議：此標題宜改為「千年農稅一朝免　市郊農民熱租『久保田』」，也切合消息實際。

嘉定區人民廣播電臺採制的短消息《聯華村四名農家兒女考上研究生》，獲三等獎，則富有地方特色。嘉定農村，民風淳樸，素有「教化嘉定」美譽與尊師重教傳統。記者抓住「今天上午，嘉定區華亭鎮聯華村召開表彰大會，對今年考取上海交通大學、上海財經大學、上海師範大學、澳大利亞墨爾本大學碩士研究生的湯曉波、李蜂、陳佳和朱涵四名農家兒女進行獎勵」這件罕見事，采寫了獨家新聞，從一個側面反映了上海市郊農村尊師重教、科技興教、重視人才培養的新氣象。

　　青浦區人民廣播電臺採制的新聞《西氣今晨抵滬　申城即將用上西部綠色能源》，獲三等獎。其報導題材重大，西氣東輸是國家重點工程，而工程最東端在青浦區白鶴鎮。青浦電臺利用天時地理優勢，對天然氣貫通點火進行了現場直播，音響清晰豐富，現場氣氛熱烈，取得了較好的傳播效果。

（三）採用現場直播、連線報導等科技手段，揚廣播傳播之特長，實施精品戰略。

　　現場直播是電子媒介在第一時間、第一現場報導國內外重大新聞事件或重要問題，增強時效性、權威性、信息量和現場感的最有效報導方式。連線報導則是通過電話網絡將異地資訊溝通，尤其是廣播聲音與電話聲音的連接，更能發揚廣播傳播之特長，取得良好的傳播效果。

　　榮獲一等獎的廣播社教特別節目《對話杭州——滬杭兩地市長訪談》，是由上海東方電臺新聞綜合頻率和杭州西湖之聲電臺聯合直播的市長訪談節目。它的題材重大，主題鮮明，報導規模與氣勢恢巨集，受眾參與面廣，起著新聞傳播的「連鎖反應」。兩位市長——杭州市市長茅臨升和上海市副市長馮國勤，作為節目嘉賓，不是泛泛而談「長三角」區域合作問題，而是通過飲食消費、交通提速、同城效應等百姓關注的具體問題，層層展開，步步深入到資源分享、優勢互補等有關經濟建設的實質性問題。不僅兩位市長充分發表了意見，而且通過節目主持人的串連與熱線電話聯絡，還和兩地聽眾作了面對面交流，使節目的品位提升、信息量增加。報導規模與氣勢恢巨集，當天的節目直播達 4 小時，「對

話杭州」只是第一小時的節目內容，而參與評獎的節目只剪輯了其中的 15 分鐘。節目在滬杭兩地用三個頻率播出，「東方網」和「浙江在線」作網上直播，使即時收聽廣播、收看網上資訊、參與對話的聽眾與網民大為增加。

　　榮獲二等獎的上廣新聞頻率的連續報導《胡錦濤主席出訪連線報導》，共 11 篇，由 990 早新聞編輯和正在莫斯科採訪的中央電臺記者進行連線溝通，採用對話的形式，多側面多角度地報導了胡錦濤同志擔任國家主席以後第一次出訪的情景與細節，使莊重的外事新聞顯得生動鮮活。這也是地方臺記者報導重大外事新聞的一次創新活動。

　　另一篇獲得廣播社教一等獎的作品是在東廣新聞綜合頻率《旅遊金線》欄目播出的節目《大昭寺交響》，是一部用音響來詮釋藏民族生活真諦的作品。而節目主持人的解說詞，又是一篇篇短小精悍的散文。作者的創新主要體現在採集音響和製作上下了功夫。作者完全用聽覺來體悟大昭寺和八廓街上所發生的一切：清晨的音流、法號、藏鈴、誦經、朝聖的人聲、磕長頭、法輪、祈禱，甚至廣場上嫋嫋上升的桑煙都收入了話筒。更為可貴的是，作者不僅僅停留在這些西藏典型音響的表面，而是深入到聽覺的亮點——既陌生又親切的西藏阿嘎旋律。因而本件作品同時具備藝術美與哲學美。通過展示奇特的音響，作品具備了可聽性，這是藝術的形式美；就內容而言，從藏民族極其艱辛的勞動中發掘出一種精神上的滿足，這是作品所揭示的哲學美。

（四）一批廣播社教獲獎作品則在體現時代精神、弘揚中華文化、體現人文關愛與「以人為本」思想等方面，體現著文化傳播的價值。

除了上述評析過的《對話杭州》、《大昭寺交響》之外，還有像獲得二等獎的三篇社教類作品：

上廣新聞頻率的《難忘小茗》，聲情並茂地報導了上海市民深切懷念和哀悼不幸遭遇車禍因公身亡的電臺優秀節目主持人小茗的情況，從小茗身上充分體現了一位傳媒從業人員實踐「三貼近」、為民解憂的高尚情操和遠大理想。

上廣交通頻率的《市長圓了患兒「六一」夢》，報導上海市市長韓正在六一兒童節探望白血病患兒，滿足他們夢寐以求的願望。作品以此呼籲全社會各界都來關愛需要幫助的弱勢群體。

奉賢區廣播電臺的《圓夢——漢藏母女情深》，報導事迹感人肺腑：藏族青年婦女永拉三次懷孕三次胎死腹中，絕望中得到了「奉賢媽媽」郭雪萍的幫助。在郭媽媽十個月的悉心照顧下，永拉終於在上海市第六醫院順利生下了女兒郭珍洋。永拉為了讓孩子牢記漢族媽媽的恩情，為女兒起了一個漢名：隨上海媽媽姓郭，「珍洋」是讓這個羊年出生的孩子知道生命珍貴，漢藏友情更珍貴。

這類優秀作品所體現的人文關愛、人類之愛心，是人類最美好純潔的感情，也是大眾傳媒文化傳播的最高境界，值得永遠弘揚。

在這批廣播精品佳作的背後，是廣播媒體工作者日夜兼程的無私奉獻、刻苦磨練、團結奮鬥與開拓創新，這種精神境界也同樣需永遠弘揚。

（載《2003 上海廣播電視獎　獲獎作品選》）

六、堅持弘揚「主旋律」　提升報導文化品位
——2004 年度「上海廣播電視獎」終評會議綜述

2004 年度「上海廣播電視獎」終評會議，於 2005 年 3 月 31 日至 4 月 1 日在風景如畫的青浦區東方綠洲召開。會議一共評出了優秀廣播新聞 15 篇（包括一等獎 1 篇，二等獎 5 篇，3 等獎 9 篇），優秀廣播社教作品 10 篇（包括一等獎 2 篇，二等獎 3 篇，三等獎 5 篇），優秀電視新聞 18 篇（包括一等獎 3 篇，二等獎 5 篇，三等獎 10 篇），優秀電視社教作品 15 篇（一等獎 2 篇，二等獎 5 篇，三等獎 8 篇）。另有獎項為「廣播文藝」9 篇，「廣播劇」3 篇，「播音與主持作品」11 篇 15 人，「廣電報刊新聞、專稿」6 篇等。

從終評的優秀廣播電視新聞與社教作品總計 58 篇看，題材範圍較廣，其中時事政治類新聞報導 11 篇，社會新聞（涉及人間真情、人文關愛、道德倫理等）17 篇，城市管理與安全生產新聞 3 篇，「三農」（農民、農業、農村）報導 3 篇，財經報導 6 篇，體育文藝新聞 8 篇，防治禽流感報導 2 篇，「海嘯」、國際主義救援報導 2 篇，教育新聞 4 篇，生態環境新聞 1 篇，氣象新聞 1 篇。當然上述分類不一定科學，因為有些新聞是「兩棲」的，如廣播新聞二等獎作品《幹

好幹壞不一樣　村幹部報酬村民定》，既是農村題材，又反映政治民主化建設，現在歸在「三農」報導中。然而從這樣的粗略統計中可以看出：這次上海廣播電視獎評獎活動所評選的新聞作品，基本上反映了 2004 年上海的重大新聞事件與社會活動，弘揚了新聞宣傳工作的「主旋律」；而且從廣播電視新聞作品的文化傳播內涵看，特別是社教類作品，體現了人間真情、人文關愛，提升了報導的文化品位，獲得廣大受眾的賞析與讚揚，真正體現了較高的文化價值與傳播效果。這是這次評獎活動與歷次不同的顯著特點。

　　有關領導對這次終評活動也特別重視與關心，上海市文廣集團總裁、市廣播電視學會會長葉志康，市文廣局局長穆端正，文廣傳媒集團總裁黎瑞剛等，都在百忙中參加了終評會議。

　　筆者作為唯一來自高校廣播電視系的終評委員，把這次評比活動看作自己認真學習、賞析優秀作品的一次好機會。綜合分析 2004 年上海優秀廣播電視新聞、社教類作品，大體有以下三個特點：

（一）題材重大，主題鮮明，全面深刻反映社會的變革，又弘揚高尚的人文精神。

　　2004 年度國內外的重大新聞事件在獲獎作品中基本上都有所反映，如紀念鄧小平一百周年誕辰、阿拉法特逝世、印度洋海嘯及救援活動、防範禽流感、劉翔獲雅典奧運會 110 米欄專案冠軍等等，其中上海廣播電臺社教節目《永遠的小平》和東方電視臺的電視短消息《劉翔——家鄉父老為你驕傲！》都獲得了一等獎。

　　而更重要的是，一批獲獎作品在全面深刻反映社會的變革、又弘揚高尚的人文精神方面彰顯其較高的文化品位。如一等獎作品、上海廣播電臺的《市民與社會》欄目的廣播專題《上海如何打造法制政府》（2004 年 4 月 29 日播出），基本上是節目主持人秦暢與市長韓正的對話，議題是 5 月 1 日起《上海市政府資訊公開規定》將正式實施。題材重大，時效性強。韓正市長詳細回答了主持人的提問，表達了本屆政府打造成「憂民所憂、樂民所樂的服務政府，務實高效、廉潔勤政的責任政府，依法行政、法制嚴明的法制政府」的決心，以及在決策、執行、監督「三環節」上一系列切實有效的措施，體現了上海市政治民主化的進程與「以人為本」「勤政為民」的情懷。又如一等獎作品、衛視專題新聞《精彩大陸—上海篇》，全面展示了「包容、輝煌、大氣、鮮明」的上海風貌，很好地宣傳了上海執行國家戰略、服務全國的發展思路與城市精神；並從誠信、專業、精明、雅致四個方面，以平民視角與典型的故事，系統講述與歌頌上海人的精神，從本質上闡釋與解讀了「上海特色」與「海派文化」的精髓，富有令人回味的意蘊。

　　一批廣播電視專題與社教作品，更是在體現人間真情、人文關愛與道德倫理方面下功夫，動之以情，曉之以理，顯示了較高的文化品位。如一等獎作品、上海電視臺《1/7》欄目的電視專題《謊言》，講述的是一對母子間的故事，母親腎臟衰竭，急需換腎；兒子要把一隻腎臟換給母親，母親卻堅決拒絕兒子為己作犧牲。兒子救母心切，謊稱已找到了腎源，瞞著母親獻出了自己的腎臟。直到母親手術成功，她

始終不明真相真情。善意的謊言充滿故事情節，真實不做作。這位兒子還有一個弟弟與妹妹，兄、弟、妹三人都在病房外爭著要獻腎，其情其景感人肺腑。本篇紀實與訪談相結合，採用跟蹤同步拍攝，情景交融，鏡頭語言富有衝擊力感染力。還有如廣播社教二等獎《情牽瀋陽》（奉賢區電臺），電視社教一等獎《婆婆媽媽》（上視紀實頻道）、二等獎《瑟琶情》（上視紀實頻道）等，都有類似彰顯人間真情、人文關愛的高尚文化品位。

當今時代的廣播電視，除了張揚新聞資訊傳播與政治思想宣傳的功能外，還應彰顯文化傳播的目標追求，這就是：一方面要以如何提升受眾的文化素質和欣賞水準為己任；另一方面是以如何提高節目的文化品位，增強吸引力和核心競爭力為努力的方向。從廣播電視文化傳播的品位看，傳播中華優秀道德與文化傳統，體現人文關愛，弘揚人文精神，歌頌真、善、美，批判假、惡、醜，永遠是高目標高標準高追求。

（二）堅持正確的輿論導向，切實加強輿論監督。

輿論監督，這是社會主義民主政治建設的一項重要內容，也是大陸大眾傳媒代表人民行使民主權利管理國家和社會事務的一種有效形式，還應是社會主義監督機制和權力制約機制不可或缺的組成部分。在這方面，與過去上海廣播電視獲獎作品中很少有揭露性、批評性報導相比較，這次在一些優秀的廣播電視新聞報導得到較充分的體現。

二等獎作品、東廣新聞《淞滬家禽批發市場管理混亂預防禽流感存在嚴重隱患》，這是東廣記者在淞滬公路旁

一個家禽批發市場的錄音現場報導。播出後，經有關領導批文轉發，問題很快得到解決，並加強了市場管理，改善了城市容貌。

　　二等獎作品、上視《新聞透視》系列報導《鉅額通行費流向何方》，從記者抓拍到一批城市高架道路通行證被黃牛販子在道口販賣的鏡頭，層層調查，最後找出交通管理制度上的漏洞與管理人員的失職，引起市公安局、交通管理部門的高度重視，並舉一反三，加強城市綜合治理。

　　由一斑見全豹，上海廣播電視新聞報導在促進上海的文明建設，促進上海城市朝國際化大都市方向邁進方面功不可沒。

（三）重視「三農」問題，講究地方特色，郊區廣播電視新聞的質量躍上新臺階。

　　農業、農民、農村，歷來是大陸革命與建設的重要問題，也是廣播電視新聞節目大量涉及的重大題材。這次獲獎的 58 篇優秀廣播電視新聞作品中，郊區電臺、電視臺獲獎的有 8 篇，獲得歷史性的突破。評委們一致看好新聞作品如：

　　閔行區電臺的廣播消息《幹好幹壞不一樣　村幹部報酬村民定》（二等獎），講的是七寶鎮聯明村的新鮮事，由村民代表會（40 人）評議幹部並決定幹部的年終報酬，體現了大陸農村基層的民主政治建設。有關農村民主選舉、民主決策、民主管理、民主監督的新聞報導，在今後很長時間內仍是報導的熱點難點問題。

南匯區電視臺的電視消息《新城開發不佔用耕地》（三等獎），報導的是臨港新城開發不佔用耕地，而是利用廢地、鹽鹼地與圍海造地，節約了幾十平方公里土地。題材涉及國計民生大事，也是當前國務院正在抓的工作。

還有寶山區電臺的廣播消息《為了動遷戶　顧村鎮三改房型順民意》（二等獎），奉賢區電臺的廣播社教作品《情牽瀋陽》（二等獎），崇明縣電臺的廣播社教作品《第十九個保姆》（三等獎），嘉定區電視臺的電視短消息《與上海學生同等待遇　民工子女就讀公辦學校》（三等獎），閔行區電視臺的電視社教作品《心剪》（二等獎），奉賢區電視臺的電視社教作品《吉米的故事》等，都在體現時代精神、弘揚中華文化、體現人文關愛與「以人為本」思想等方面，體現著文化傳播的價值。有專家稱讚為「實現了歷史性的突破」，標誌著郊區廣播電視新聞的質量躍上新臺階。

在終評會議上，各位專家都感到有一點不足，就是高質量的廣播電視短消息（播出時間1分30秒以內）太少，只有東視的一篇短消息《劉翔——家鄉父老為你驕傲！》獲得一等獎。看來消息如何「短、新、快、活、強」的問題，仍需引起我們全體新聞從業人員的關注，並採取切實措施予以解決。

綜上所述，這次終評的一批優秀廣播電視新聞與社教作品所體現的親情友情愛情、人文關愛、人類之愛心，是人類最美好純潔的感情，也是大眾傳媒文化傳播的最高境界，值得永遠弘揚。

　　堅持弘揚「主旋律」，提升報導文化品位，不僅是歷來倡導的推進「三個文明」（物質文明、精神文明、政治文明）建設的需要，還是當今時代全面建設小康社會、建築社會主義和諧社會的應有之義。這也是本次會議大多數評委不僅從新聞價值觀、還從文化價值觀評議優秀廣播電視新聞作品，並強調大眾傳媒文化傳播的最高境界的根本原因。

　　當然，高品位的作品是由高素質的人才製作的。在這批廣播電視精品佳作的背後，是廣播電視媒體工作者日夜兼程的無私奉獻、刻苦磨練、團結奮鬥與開拓創新，這種精神境界也同樣需要永遠弘揚。（原載上海《新聞記者》2005 年第 5 期）

第四編　新聞改革形勢下的學科建設

第十五章　試論新聞學與傳播學的關係

　　新聞學曾是傳播學的前身與源頭之一，而傳播學一旦形成獨立的學科以後，與新聞學形成相互交叉、相互滲透的關係。大陸的情況又有些特殊，無產階級新聞學是在大陸共產黨領導革命根據地新聞事業的過程中形成的。1956 年以後西方傳播學陸續傳入大陸，給大陸新聞學帶來了衝擊；特別是改革開放以來，傳播學對大陸的新聞改革帶來了新的理念與改革動力。目前，大陸的傳播學已成為 21 世紀的朝陽學科與基礎學科，與大陸的新聞學互相交融，取長補短，共同繁榮。

一、新聞學與傳播學的聯繫與區別

　　在研究本課題之前，有必要把傳播學與新聞學的概念弄清楚。

　　傳播學是一門以「人類傳播」或「社會傳播」為研究物件的學科。[①]而社會傳播包括了大眾傳播、組織傳播、人際傳播等類型。

　　新聞學是研究新聞資訊和新聞事業的特點和規律、新聞

與社會生活的關係和作用的科學。[②]它包括了理論新聞學、實用新聞學、歷史新聞學以及邊緣性新聞學等。

傳播學產生於美國，比較科學的說法應為在 20 世紀 40 年代形成獨立的學科；而美國的新聞學早在 19 世紀末就已完善。傳播學在 20 世紀中葉形成新的學科，正是適應了人類經濟、政治、文化、科技發展的需要。以電子技術為標誌的第三次資訊革命，加快並擴大了資訊傳播的速度與範圍。政治學、社會學、心理學、社會心理學、經濟學、語言學、新聞學以及數學等學科的學者們，從各自學科出發，研究資訊傳播的規律與傳播效果，而新興的資訊理論、控制論和系統論又為傳播研究提供了理論與方法。正是上述多種學科的交叉與發展，導致了傳播學的建立。[③]可以說，上述這些學科都是傳播學產生的背景學科，新聞學是其中重要的背景學科。而傳播學的建立與發展，又反過來推動其他學科、包括新聞學的發展。例如在新聞學的教學與科研方面，增加了傳播學（特別是大眾傳播學）的課程與傳播效果、受眾調查等研究課題，並引進了傳播學的定量分析以及定量與定性相結合的研究方法。

傳播學與新聞學都是獨立的學科，它們研究的物件、重點和研究方法有所不同，提供的理論和知識也不同，相互不可替代，但不是相互排斥的，而是可以相互交融與滲透的。

在 1996 年 5 月上旬，《新聞大學》編輯部曾邀請復旦新聞學院部分師生與上海外國語大學新聞系教師，就「新聞學與傳播學的關係」進行了討論。李良榮教授認為：新聞學理論對傳播學理論的構成，起了重大作用，而一旦構成，傳

播學與新聞學產生了巨大的區別：④

1. 二者的研究領域不同。新聞學只研究新聞媒介。報紙的四大塊——新聞、評論、廣告、副刊，它主要研究前二塊。廣告研究近幾年才起步，副刊只略微涉及；至於電視，只研究其新聞部分，60%以上的娛樂節目不屬於新聞學的研究範疇；廣播亦然。而大眾傳播學對6大媒介的全部內容都研究，領域要開闊得多；

2. 二者的研究側重點不同。新聞學主要研究新聞媒介內部的規律，而傳播學研究媒介與社會的互動關係，大眾傳播對社會的影響，即效果研究，這部分約占70%；

3. 二者的研究方法不同。新聞學以邏輯推理為主，以某個理論為依據，推導出很多理論，屬於直觀式研究。至於大眾傳播學，我們對批判學派介紹很多，因為我們的思路、方法與之十分相似，而且它揭露了資本主義國家的很多問題、陰暗面。但不能因而誤以為批判學派佔有主導地位。西方大眾傳播學研究的主流是實證學派，無論是數量還是影響，都遠遠超過批判學派。

4. 二者的學科背景不同。大眾傳播學的理論範式很多，涉及的學科廣泛，如政治學、經濟學、文化學等，流派繁多，觀點龐雜。可以說哲學有多少流派，大眾傳播學就有多少流派。相對而言，新聞學的學科背景比較單一。這是不利於它發展的一個因素。

在那次研討會上，與會學者形成了共識：新聞學與傳播學之間的關係，既不是互不相干，也不是相互替代，而是相互滲透，共同發展。

二、對引進西方傳播學的認識

　　事實上，大陸的情況有其特殊性，大陸無產階級新聞學是在大陸共產黨領導革命根據地新聞事業的過程中形成的，其核心部分是黨報理論，有關黨性、真實性、思想指導性、戰鬥性、群眾性等原則都是在延安整風時期（延安《解放日報》改版）後形成的，形成了全黨辦報、群眾辦報的好傳統。這為建設大陸特色的無產階級黨報理論奠定了基礎，這些理論與原則至今仍是我們辦報（臺）的指導思想與原則方法。問題是要不要引進、能不能引進西方的傳播學，並與大陸實際相結合，形成並發展有大陸特色的傳播學？

　　在這個問題上，矛盾鬥爭實際上一直不斷：

　　早在 20 世紀 50 年代初，復旦大學新聞系編輯出版的《新聞學譯叢》就已開始翻譯、介紹傳播學原理與知識。可惜不久的反右鬥爭，使這種翻譯、介紹中斷。

　　70 年代初，復旦新聞系編輯出版的《外國新聞研究資料》又翻譯、介紹傳播學。隨後 70 年代末、80 年代初，日本東京大學新聞研究所的內川芳美教授與美國著名傳播學學者宣偉伯相繼到復旦新聞系作傳播學講座。傳播學開始在大陸流傳。然而在 80 年代末 90 年代初，有一種認為西方傳播學是「精神污染」、「不適合大陸國情」的思潮泛濫，對傳播學的研究又進入低谷。以《新聞大學》雜誌（季刊）發表傳播學論文的資料為例，從 1981 年創刊至 1987 年間，14 期共發有關論文 16 篇；而 1988 至 1992 年間，20 期只發有關論文 4 篇；1993 年至 2000 年間，32 期共發有關論文 64 篇。顯示了中間的低谷現象。

　　直到 1997 年，傳播學與新聞學一起被確認為國家一級學科以後，上述這種思潮才開始消退，但還繼續存在。

三、傳播學對大陸的影響與作用

　　那麼傳播學作為一門科學，在 20 世紀 80 年代引進大陸以後，對大陸的學科建設尤其是大陸的新聞改革起了什麼影響與作用呢？

　　筆者認為有兩大方面的積極影響：

　　一是促進了大陸新聞觀念的更新與改革，推動了市場經濟條件下大陸的新聞改革。

　　首先是資訊觀念在大陸的確立，承認新聞事業是大眾傳播媒介，新聞的基本功能是傳播資訊，新聞報導只有在傳播資訊的基礎上才能發揮宣傳政策、輿論監督，溝通情況、傳授知識、文化娛樂等多種作用。因此，大陸的新聞媒介都在廣大報導面、增加信息量、提高資訊質上狠下功夫，採取了各種措施，取得了豐碩成果。

　　其次是受眾觀念與傳播效果理念。新聞要努力滿足廣大人民群眾的多層次、多方面的需要。新聞只有為受眾接受，才能發揮其社會功能。受眾不需要的新聞，沒有存在的價值，實際上不是新聞。辦報辦臺，最要緊的是瞭解自己的受眾——讀者、聽眾、觀眾。新聞要努力加強與群眾的貼近性、可讀性、趣味性。這些先進理念推動了報紙改版與電臺電視臺欄目改革。

　　還有一些先進的傳播模式、包括資訊反饋機制的引進，都

對大陸市場經濟條件下的新聞改革產生了開拓性的推動力。

這些觀念、理念、模式、方法不僅沒有與我們傳統的辦報辦臺理論與原則發生衝突，而且相融、相補充，其中一些受眾調查與傳播效果研究的方法還成為我們改進新聞工作的有效手段。

二是促進了新聞學的學科建設。

傳播學中的社會控制理論和「把關人」學說、媒介研究、社會功能理論、傳播符號研究、傳播效果研究、受眾研究等，都拓寬了新聞學研究的思路與課題。傳播學反過來成為新聞學學科進一步發展的基礎。因此，在新聞院系中設立傳播學課程很有必要。有人擔心，目前的新聞教育中出現了「用傳播學統一新聞教育天下」的傾向，擔心「用傳播學代替新聞學」會導致新聞教學的失敗。這實際是一種杞人憂天現象。目前教育界確實存在某種一哄而起辦傳播學系（專業）的泡沫現象，但這與用「傳播學代替新聞學」是兩碼事。正規的新聞學教育仍堅持著它的傳統特色，而加進了傳播學教育的內容，更有利於新聞人才的全面發展。

傳播學已成為 21 世紀的朝陽學科與基礎學科，它的研究物件廣泛，涵蓋新聞、資訊、宣傳、廣告、公關、文化、娛樂等各種傳播現象，並與經濟、政治、文化、宣傳、社會教育等各個領域交叉；研究方法多樣，綜合採用了思辨、實證、定量、定性等各種有效方法；研究意義重大，適應了資訊社會、知識經濟、網路時代、國家現代化的迫切需要。因此，普及傳播學理論與知識，已是全球資訊化與 21 世紀大陸經濟和社會發展之必需。

本文結尾不妨講一個故事，活躍一下大家的思路：

大陸之大，無奇不有。據媒介報導：⑤某大學教授為推廣魔芋種植，幫農民脫貧，數年如一日，苦行僧似地欲獨自走遍各省偏僻村寨，挨家挨戶宣傳魔芋。他智商不低，但情商不高。地方幹部宴請他，他居然摸出 15 元放在宴席上，東道主若不收這錢，他就不吃……他常年離別妻女，離別大學講壇，帶走多年的工資積蓄，常年流浪在窮鄉僻壤。風霜雨雪磨礪著他那早已皮包骨頭的淒慘病容。不戴眼鏡，他像要飯的盲流；戴上眼鏡，他像混飯的騙子。任憑他出示蓋上公章的介紹信，很多村民還是拒絕接待他。何況教授不在大學好好教書，拄著打狗棒，到處探頭探腦，令人起疑。他退路遇匪劫，命在錢財失，只好沿途乞討。最後腿被蛇咬，教授差點死在破廟中。

這個教授似苦行僧，是書呆子，活得太苦太累，根本缺陷是不懂資訊傳播的道理。如果他懂得大眾傳播的道理，先出書，或在報上、電視節目中亮相，講解他的魔芋脫貧效果，情況就大不一樣；如果他懂得組織傳播的道理，依靠當地黨政領導，有領導有組織地推廣科研成果，情況也較好；如果他懂得公共關係與人際傳播的道理與方法，橫向聯繫各路投資者與志同道合者，組建一個魔芋開發公司，再來一個典範示範，面上開花結果，就像袁隆平種高產雜交水稻那樣，那這位教授可能早就成為知識經濟的帶頭人了。可惜，他什麼好辦法也沒採用，還是用小生產的那一套，當然只能以失敗而告終。

可見，傳播學成為基礎學科，決不是什麼「抽象的理論

研究」，而是應在大陸「本土化」，進一步普及，從書齋與課堂上解放出來。在當代馬克思主義指導下，運用傳播學的道理解決大陸資訊傳播中的種種問題，從而進一步發展大陸特色的傳播學。

注釋：

① 引自張國良《現代大眾傳播學》，四川人民出版社 1998 年版，第 26 頁。

② 引自餘家宏等《新聞學詞典》，浙江人民出版社 1988 年版，第 83 頁。

③ 引自張隆棟《大眾傳播學總論》，大陸人民大學出版社 1993 年版，第 2 頁。

④ 引自《本刊編輯部召開學術研討會》一文，《新聞大學》1996 年秋季號第 4 頁。

⑤ 引自童牧野《沈重與輕鬆》一文，2001 年 10 月 23 日《國際金融報》第 4 版。

第十六章　大陸新聞與傳播心理學研究的
回顧與展望

　　新聞心理學與傳播心理學的學術研究幾乎是與新聞
學、傳播學的誕生同時期的。在大陸是先有新聞學、後有傳
播學，作為新聞學與傳播學的邊緣學科，同樣先有新聞心理
學，後有傳播心理學。雖然早在上世紀 20 年代大陸的新聞
學者就有記者採訪心理、讀者心理方面的論述，然而大陸新
聞心理學的研究長期處於萌芽與被扼殺狀態，大陸新聞傳播
心理學的研究真正作為一個學科來研究的時期只有近 20 多
年，因而整個學科尚在初創階段，其體系尚不完善。從目前
的研究態勢看，對新聞心理學、大眾傳播心理學的研究方興
未艾，一些實用傳播心理學的研究也較熱門；而對整個傳播
心理學的學科框架的建構研究還剛開頭。建構整個傳播心理
學的學科體系，任重而道遠。

　　心理學是關於人的心理的發生、發展及其規律的科學。
人的心理正是在複雜的社會實踐活動和人際交往中產生與
發展的，是對客觀實際的能動反映。人們在新聞活動與資訊
傳播活動中充滿著各種心理現象與心理過程，這正是新聞心
理學與傳播心理學研究的物件與內容。因此，新聞心理學與
傳播心理學的研究幾乎是與新聞學、傳播學的誕生同時期
的，但形成學科的年代卻因社會條件的制約而有所不同。下
面對大陸新聞與傳播心理學研究作一個簡要的回顧與展望。

一、對大陸新聞與傳播心理學研究的簡要回顧

大陸新聞與傳播心理學研究大體經歷了三個階段：

（一）新聞心理學的萌芽階段

早在 1918 年，大陸新聞學的祖師徐寶璜先生專著《新聞學大意》[①]，其中第四章「新聞之精彩」中論述到：「推定最近事實是否為多數閱者所注意之標準，曰新聞之精彩。新聞之精彩者，乃足引起多數人注意某事實之物也。」「新聞學常與心理學發生至深之關係。新聞之精彩，即吾心理上之產物也。」在這一章，徐寶璜先生還論證了新聞之精彩與讀者心理的關係。[②]

1923 年，大陸著名報人邵飄萍先生出版《實際應用新聞學》，指出：「所謂有價值的新聞，第一即在多數之人愛讀而已。於此應研究多數人何以愛讀？則必直接間接與多數人不無關係，而為彼等所皆欲知之事。……則外交記者於迎合多數讀者心理之外，且負製造多數變換社會心理之能力與任務也。」[③]

由此可見，在大陸新聞學研究一開始，一些學者就已經意識到新聞學與心理學的密切關係，一些記者編輯並自覺地啟動新聞敏感，提高新聞采寫與編輯水準，以適應讀者的需要。

1956 年，復旦大學新聞系主任王中教授寫成《新聞學原理大綱》，提出了一系列啟迪人們思考的觀點：報紙不是階級鬥爭鬥出來的，是一定社會歷史條件下的產物；辦報要有讀者觀點，滿足讀者需要；黨報有兩重性：工具性與商品

性等，並試圖進一步考察讀者興趣性、新聞與心理的關係等問題。[④]由於眾所周知的歷史原因，這些問題無法探究與解答。

1958 年以後，北京師範大學「名譽教授」康生舞起了「批判心理學的資產階級方向」的大棒，否定了整個心理學研究。[⑤]「史無前例」的「文化大革命」，更是大革文化命，把對「新聞心理」的研究說成是新聞戰線上的「反革命復辟」。新聞心理學的萌芽被扼殺了。

（二）新聞心理學的初創階段

粉碎「四人幫」以後，特別是黨的十一屆三中全會以後，解放思想、實事求是的思想路線得以貫徹，新聞學術思想也得以大解放。

最早強烈呼籲建立新聞心理學學科的是新華社資深記者李耐因。1978 年 2 月，新華社為了適應新形勢，批判林彪、「四人幫」「假」、「大」、「空」文風，改進新聞報導，舉辦了國內記者業務訓練班，李耐因同志大聲疾呼：建立一門嶄新的學科新聞心理學，並陳述理由：當今世界上邊緣科學特別發達，各門學科相互滲透、交融是科學發展的新趨勢，如生物物理學、經濟地理學、遺傳工程學等等，新聞學和心理學為什麼不可以「搭伴」？何況已經有了教育心理學、體育心理學、醫學心理學等，新聞心理學自然也可以成為一門學問！他的講話在 1979 年第 1 期《新聞戰線》發表，激勵了各方新聞學者，新聞心理學研究在全國鋪開。

　　復旦大學新聞系教授徐培汀 1979 年春天起，即在課堂上講授新聞邊緣學科，其中就有新聞心理學講座。

　　廣西大學朱執中教師的講義《採訪與採訪心理》，1985 年 8 月由廣西大學印刷發行。

　　福建日報新聞研究室編《新聞心理學芻議》，收集了國內學者撰寫的 41 篇相關論文，於 1986 年 1 月印行。

　　復旦大學新聞系教師張駿德、劉海貴著《新聞心理學》，於 1986 年 7 月由安徽人民出版社出版。此作印刷兩萬冊，在國內一銷而空，還被國內學者看好，認為「這標誌著大陸新聞心理學的發展已從醞釀階段逐步形成一門獨立的科學體系的新階段。」⑥

　　從後，有關論著如雨後春筍：

　　張路、王德民編《新聞采編心理研究》，甘肅人民出版社 1987 年 5 月版；

　　虞達文《新聞讀者心理學導論》，廣西人民出版社 1988 年 1 月版；

　　徐培訂、譚啟泰《新聞心理學漫談》，新華出版社 1988 年 6 月版；

　　宮雲範《新聞與心理學》，人民出版社 1988 年 6 月版；

　　汪新源《新聞心理學》，華中理工大學出版社 1988 年 10 月版；

　　申凡《採訪心理學》，人民日報出版社 1988 年 12 月版；

　　……

　　可以說 1988 年是大陸新聞心理學的豐收年。大陸新聞心理學的初創階段顯得生氣蓬勃，成果斐然。對這一階段的

評價，華中理工大學新聞傳播學院的申凡教授曾在 2002 年
11 月的第四屆全國新聞與傳播心理研討會上說：「80 年代
既是學術研究撥亂反正時期，又是改革開放新思想湧動時
期，新聞學術界不滿意理論研究的教條與僵化，希望以學科
交叉的方式拓寬新聞學研究的思路，一批學者開始了新聞心
理學的研究，這應當說是新聞學發展的必然結果。這階段研
究方法比較單一，但是它研究的傳者（記者、編輯）心理、
受眾心理、研究的採訪、寫作、編輯活動中的心理規律等，
在當時給人耳目一新之感，對新聞學研究起到了補充作用，
有拓展新聞學研究空間的意義。」這一論斷獲得與會者的贊
同。然而客觀地評價，在新聞心理學的初創階段，在運用心
理學原理分析闡述新聞活動與新聞現象時，難免產生心理學
與新聞學之間的「捏合」、「湊合」（所謂「兩張皮」）現
象，包括張駿德、劉海貴合著的大陸第一本正式出版的《新
聞心理學》也有此通病。有句老古話「初生者必醜」，但局
外人是不知初生者為何會醜陋的。

（三）大眾傳播心理學的初創階段

　　與新聞心理學研究相比較，大眾傳播心理學的研究要晚
得多，這一方面是因為傳播學、大眾傳播學在大陸的傳播與
普及較晚，其中還遇到過一些風波；同時，大眾傳播心理學
是由大眾傳播學和心理學構成的多極交叉學科，大眾傳播學
和傳播學本身是交叉學科，心理學又是綜合學科，交叉學科
的再交叉才構成了「大眾傳播心理學」這門新的多級交叉學
科。雖然在上世紀 80 年代末大陸已出現過以《傳播心理學》
命名的書，實際上還是論述新聞心理學的內容，或論述人際

傳播的心理學內容，還不是真正意義上的大眾傳播心理學。

　　筆者認為大眾傳播心理學初步形成為學科應在 20 世紀末、21 世紀初，其代表作有以下三本：

1. 劉京林著《大眾傳播心理學》，北京廣播學院出版社 1997 年 4 月版。這本著作從現代心理學視角研究大眾傳播，研究物件有兩種視域：一是傳播渠道，二是認識主體。本書分別闡述大眾傳播心理學的物件；傳受者的心理實質；西方現代心理學理論在大眾傳播活動中的應用（包括行為主義和大眾傳播、精神分析與大眾傳播、人本主義與大眾傳播、認知心理學與大眾傳播等章）；在大眾傳播活動中傳受者心理互動的特點與規律；大眾傳播中特有的心理現象和傳播策略的心理分析等，已形成自己獨特的體系，在研究大眾傳播的特有心理現象及其心理分析方面有所突破。

2. 敬蓉著《大眾傳播心理學導論》，新華出版社 1999 年 9 月版。這本著作的研究領域大大超出了新聞心理學研究的範疇，它把大眾傳播心理學界定為：「大眾傳播學心理學是運用現代心理學理論和成果，研究通過報紙、廣播、電視等大眾媒介進行的新聞、政治、經濟、社會、觀念、知識、商品、娛樂等多種資訊傳遞的大眾傳播活動中，人的心理現象和心理活動規律的科學。」其研究的內容包括：心理因素對大眾傳播活動的影響（需要與動機、注意、認知、圖式、情感態度等），大眾傳播對心理因素的影響（認知影響、態度影響、行為影響等），傳播者心理特點和受眾心理特點（社會化心理、受眾符號化心理等），大眾傳播活動中的偏見與障礙等等。

3. 童清豔著《超越傳媒——揭開媒介影響受眾的面紗》，大陸廣播電視出版社 2002 年 1 月版。本書作為「新聞與傳播理論叢書」之一，從現代認知心理學的核心概念——認知結構入手，探討人們於現代媒體中獲取知識（或資訊）的方式和途徑，以及在這一過程中傳媒受眾認知結構所表現出的諸特徵，以及在從「客觀現實」到「媒介現實」（即媒介所描述的現實），再到「心理現實」（即受眾所理解的現實）這一傳播學的核心命題當中所扮演的角色。本書從概念辨析入手，論證傳媒與受眾、媒介資訊與受眾認知結構的互動關係，從而揭示媒介影響受眾的「面紗」。結論認為：通過媒介教育優化受眾認知結構，應是資訊時代大眾傳媒所面臨的第一要素。本書不僅為大眾傳播心理學添磚加瓦，而且對 21 世紀新聞改革的深化也有一定的指導意義。[7]

　　從總體上看大眾傳播心理學研究還剛開始形成幼嫩的體系，尚未成熟。

　　需要補充說明的是，在大眾傳播心理學的初創階段，新聞心理學的研究同時在深入進行。

　　這階段的代表作有：劉京林、申凡、王仙鳳主編的《新聞心理學》（全國高等教育自學考試指定教材，武漢大學出版社 2001 鬥 4 月版），全面系統地總結了以往的研究成果，把新聞心理學定位在：是探討新聞活動認識主體在新聞傳播活動中心理現象的產生和發展規律的科學；是探討新聞活動認識主體在新聞媒介溝通、組織溝通和人際溝通相互滲透的環境裏，在心理上相互影響、相互制約的特點和規律的科

學;是探討新聞活動認識主體心理活動的生理和心理機制的科學。張駿德、劉海貴重新修訂了《新聞心理學》(新聞學高級教程叢書之一,復旦大學出版社 1997 年 11 月版),將近幾年的學術成果如《採訪中的心理感應規律》(獲第七屆大陸新聞獎論文二等獎)、《逆反心理的特質與成因》、《聯想思維在發掘新聞價值時的功效》、《編輯的心理衛生》等都充實到書本中。虞達文著《新聞心理學》(新聞新學科高級教材,新華出版社 2001 年 12 月版)則另辟研究蹊徑,主要研究新聞傳者如何通過自身內省與受眾心理溝通,互感互動,從而尋求發現、判斷、實現新聞價值和導向價值的共同規律。具體探討傳者如何認識、控制自己的個性心理特徵,培養高尚的情感境界、意志品質、注意品質,鍛練思維能力。瞭解受眾物質的、求知的、審美的、交往的資訊需求;並進而研究如何使新聞事實蘊含的價值因素得以轉化為社會影響和社會效果。在這研究過程中,新聞心理學和大眾傳播心理學的內涵已在相互滲透與交融。

二、大陸新聞與傳播心理學研究的現狀及其分析

筆者在 2002 年 11 月上旬參加了第四屆全國新聞與傳播心理研討會暨大陸社會心理學會

新聞與傳播心理專業委員會第一屆年會,聆聽了有關新聞心理、傳播心理、廣播電視心理、互聯網心理、廣告心理等方面的論文宣讀與交流,感受到當前大陸新聞與傳播心理學研究除了繼續前面所述的課題外,還有兩個顯著特點:

1. 密切結合新聞與傳播實踐活動的應用心理學研究豐富多彩、成果豐碩

　　當前大陸的新聞心理學與傳播心理學研究正面臨著新的挑戰與發展機遇。進入市場經濟

　　的新聞與傳播業亟需相應的理論（包括新聞心理學與傳播心理學，還有媒介經濟學、媒介管理學、市場營銷學等等）指導；同時理論也需要在實踐中得到檢驗。出席這次會議的多數代表在密切結合新聞與傳播實踐活動進行應用心理學研究方面，獲得豐碩成果，這表現在會上宣講的論文有：大陸社會科學院新聞與傳播研究所劉曉紅副研究員的《媒介中的成就價值觀及其可能的影響》，南京政治學院心理學教育學研究室韓向前教授的《如何提高新聞傳播的質量》，南昌大學新聞與傳播學院王仙鳳副教授的《新聞發現與心理活動規律》，河北大學新聞與傳播學院喬雲霞教授的《論觀察、推理、聯想在新聞採訪中的作用》，上海體育學院新聞系任廣耀教授的《體育新聞傳播中受眾心理傾向初探》，暨南大學新聞系謝駿副教授的《讀者心理研究》，復旦大學新聞學院葉昌前副教授的《營造節目主持人良好的傳播心理》，北京電影學院朱青君教授的《影視面對個性化時代》，重慶大學廣播電視新聞系彭逸林教授的《資訊超市的快感與性感——兼析電視受眾的時尚心理與電視節目的文化媚俗》，湖北大學新聞傳播系曾憲明副教授的《論傳播主體對客體情緒心理的營造》，廣西桂港市廣播電視局覃信源記者的《新聞工作者非正式群體的心理分析》，天津大學宣傳部孫衛軍碩士的《高校主體新聞策劃與傳播心理研究》，北京廣播學院張

曉輝副教授的《鳳凰衛視中文臺節目編排中的受眾意識》、
余小梅副教授的《廣告心理學的幾個原則》，吉林大學廣告
學系王麗副教授的《廣告傳播中的睡眠者效應》等等。

　　上述一批論文的顯著特點是：選題來自新聞與傳播實
際，立論準確，大多觀點比較新穎、論據比較新鮮與充分，
有的放矢、有感而發，或運用心理學原理闡釋實際問題，或
從實踐經驗中論證新聞心理與傳播心理的道理，或從理論與
實踐的結合上重新審視已有的學科資料，從而得出新的認
識。有的還作了大量抽樣調查與資料統計。可以說，這一批
論文顯示了全國各地的有關專家學者都在為大陸新聞心理
學與傳播心理學的學科建設添磚加瓦、有所奉獻。

2. 對互聯網心理（網路心理）的研究方興未艾、引人矚目

　　這次會議收到有關互聯網心理的論文 10 篇，在會上交
流了 6 篇。關於互聯網心理問題，

　　這是當今時代遇到的全新課題，引起了與會代表熱烈討
論。復旦大學新聞學院張駿德、劉海貴兩教授向會議遞交了
論文《試論網路傳播對傳受者的心理影響》，張駿德教授在
發言中認為，互聯網被稱為繼報刊、廣播、電視之後的「第
四媒體」，實際上突破了傳統大眾傳播媒介的傳播方式，包
含著人際傳播和大眾傳播兩種傳播方式。網路傳播與傳統媒
體傳播比較，其特點在交互性、選擇性、超文本、多媒體、
開放性、參與性、個性化服務性等方面。在網路傳播中，傳
者與受者的界線變得模糊，傳受者可以為同一個人。在這種
傳播模式下，傳受者（或稱網民）的平等意識、獨立意識、
參與意識被空前啟動；傳受者的「超媒體思維」、移情心理、

以虛擬身份娛樂人生心理等激增。互聯網是一個多媒體、超文本的巨大資訊庫，網民得到了通信迅速便捷、查詢資訊與檢索資料十分便利等好處；同時也出現了負面影響，網民中出現了網路犯罪行為，青少年中出現了「網癮」患者。大陸已從 1996 年 2 月起陸續頒佈了有關互聯網管理的法規⑧，正在嚴格執行中；同時也有專家提議⑨，運用心理干預法治療青少年的「網癮」病。這些心理干預法包括「溫吞青蛙式」心理干預、轉移式心理干預、淡化式心理干預、趨利避害式心理干預、強化式心理干預等。對於網路傳播對社會、對網民的負面影響，採用法治與心理疏導兩大類辦法，應是能克服與解決的。

　　新華社新聞研究所副所長方小翔高級編輯，作了題為《從網路時代受眾心理看媒體新聞報導方式的改變》的發言，認為網路使傳播者與受眾的關係發生了革命性的變化，媒體應不斷研究和適應網路時代受眾心理的變化，緊緊抓住受眾的需要，及時調整傳播結構，不斷改進報導方式。應進一步增強新聞傳播的有效性，改變一般性的大信息量轟炸式的傳播方式，提供更多的組合式資訊，滿足受眾更便利的選擇需求；應進一步增強新聞傳媒資訊傳播的互動性和聯動性，有選擇地實現資訊互補，資源分享，努力提高受眾的關注度與參與度；應進一步增強新聞傳播的思想含量，提供更多的相關資訊、資料和評述分析，滿足受眾的思考性需求；應進一步增強新聞傳播的服務性意識，提高報導的針對性，滿足受眾多樣性和個性化的資訊需求；應進一步增強和改進新聞報導的樣式和類型，根據媒體市場的變化和需求，為受

眾提供更多的新聞類型和精品。

　　在會上宣講的同類論文還有：北京社會心理研究所康悅實習研究員的《網民在網路論壇中的行為方式》，雲南大學新聞系敬蓉副教授的《網路媒介與受眾接受心理及虛擬模仿》，首都師範大學中文系張軼楠講師的《淺談網路遊戲對青少年人格心理發展的負面影響》，湖南師範大學陳泳華碩士的《網民心態研究》等。從討論的熱烈程度也可看出，對網路心理的研究方興未艾、引起各地專家學者的普遍關注與深入探究。

三、對大陸新聞與傳播心理學研究的展望：重點在探索構建大陸傳播心理學的學科體系

　　一些傳播學者、新聞學者，如大陸社科院新聞研究所陳力丹、劉曉紅，北京廣播學院劉京林等教授，在上世紀末先後提出過構建大陸傳播心理學這門學科的設想。在這次會議上，廣西大學新聞系虞達文教授提出了積極的建議：新聞學是大眾傳播學的分支；大眾傳播學又是傳播學的分支。似乎不宜一步到位直接建立傳播心理學，可先建立與新聞關係更密切的大眾傳播心理學。要構建一門學科的理論框架，必須先弄請它的學科從屬、領域範疇。傳播心理學屬於心理學分支，從領域來看，它是傳播學的邊緣學科，應以社會心理學、普通心理學、認知心理學、思維心理學等相關原理作為主線；作為傳播學的邊緣學科，它應以大眾傳播研究的五個層次：傳者──資訊──傳媒──受眾──效果，作為橫向的基本構架。

　　華中理工大學新聞傳播學院申凡教授認為，從 20 世紀
80 年代末至今，直接以傳播心理學的形式展開的研究，雖
然研究方法日益嚴密與科學，但是內容要麼與傳播學理論重
複、重疊，要麼是對傳播中的心理術語簡單解釋，這些研究
尚不能達到補充傳播學與拓展傳播學研究空間的作用。申凡
教授建議，可以從對傳播學研究拾缺補漏的地方入手，開拓
自己的領域；也可以把傳播學中已有的心理研究作為起點，
再向縱深方向研究。在這些研究的基礎上再逐步構建自己的
話語體系與理論框架。

　　四川省社會科學院林之達研究員發表了對傳播心理學
建構革新的想法，他認為：用普通心理學理論框架中的原理
來觀察、解釋傳播（包括傳播的各外延）領域中的心理現象，
結果把這些領域中有機聯繫的心理系統切割成互不聯繫的
零碎心理現象。本研究採取另一種思路：第一步，考察、揭
示了傳播系統（包括傳播的各外延）與心理系統原來是人類
精神生產流水線上緊緊相扣、不可分離的工序，傳播的天職
就是為心理系統輸送精神能源材料，心理系統的使命就是把
傳播系統送來的資訊，通過一系列心理反應，轉化成與資訊
異質的心理能，心理能外化為人的行為，行為做功，便產生
了傳播的社會效果；第二步，沿著傳播領域各心理系統本來
有機聯繫著的脈絡建構傳播心理學（包括新聞心理學、教育
心理學、宣傳心理學在內的各分支學科）的理論框架。北京
廣播學院國際傳播學院陳衛星教授的發言，從帕洛·阿爾托
學派的基本原理出發，探討傳播心理的建構過程。帕洛·阿
爾托學派的語用學理論是要把傳播作為一個被整合的社會

現象來考察，把人際關係與社會關係結合起來考慮，從元傳播入手，從非傳播的模態找出傳播的可能性。比較抽象拗口的道理引起了與會代表深入探討的興趣。

湖南師範大學教育科學學院周慶元教授認為，整個 20 世紀，對於新聞與傳播心理學研究物件的認知歷程可歸納為四個階段：第一階段是孕育期，可稱為「採訪物件說」，這是 20 世紀初期關於新聞心理學研究物件的基本認識，代表人物是邵飄萍先生等；第二階段是萌生期，可稱為「受眾心理說」，進入 20 世紀 80 年代，大陸的新聞學者提出要對受眾心理進行研究，代表人物是安崗、陳朗等同志；第三階段是草創期，20 世紀 80 年代中後期，張駿德、劉海貴先生合著的《新聞心理學》正式出版，這是大陸第一部新聞心理學專著，儘管它不成熟不完善，然而它初步提出了新聞心理學的框架結構，開創了新聞心理學研究的嶄新時代。這一時期的汪新源先生提出了「記者為主說」；第四階段是發展期，可稱為「認識主體說」，醞釀於 20 世紀 90 年代初期，成熟於 20 世紀與 21 世紀之交，主要代表有劉京林等同志。

對於傳播心理學與新聞心理學的關係問題，與會代表有兩種意見：一種認為傳播心理學包括、涵蓋了新聞心理學，目前是新聞心理學向傳播心理學方向發展；另一種認為兩者相互關聯又相互獨立，不存在種屬關係。劉京林教授過去認為傳播心理學涵蓋新聞心理學，現在則認為兩者不存在種屬關係，而是並列關係。劉教授解釋說：「按照完形理論的觀點，被整合之後的物件不能再分解為構成它的最基本的元素。同理，雖然新聞學、心理學等學科曾經是傳播學的前身

與源頭，但是傳播學一旦形成獨立的學科之後，便可以與新聞學、心理學平起平坐，相互之間不存在歸屬關係。以此類推，傳播心理學和新聞心理學也不存在歸屬關係，而是相互交叉、相互滲透、又各自獨立的學科。」大多與會專家同意這種觀點。

　　結論：從整個新聞與傳播心理學的發展趨勢看：新聞心理學與大眾傳播心理學正在按各自的研究路子在發展；涉及實用傳播心理學的交叉學科如：廣告心理學、公關心理學、出版心理學、網路心理學等方面的研究正在崛起；傳播心理學包括大眾傳播心理學、組織傳播心理學、人際傳播心理學、自身傳播心理學等，研究領域廣闊，有待開拓創新，深入研究；整個新聞與傳播心理學的學科體系與結構尚需科學地搭建與調整，其獨立的話語系統的建構與邏輯推理的形成更需幾代學者長期的研究、探索與積累，決非朝夕之工所能達到。

注釋：

① 徐寶璜《新聞學大意》連載於 1918 年《北京大學學刊》、《東方雜誌》、《新大陸》等刊物，以後集結成書《新聞學》。

② 詳見餘家宏等編注《新聞文存》，大陸新聞出版社 1987 年版，第 296-301 頁。

③ 詳見餘家宏等編注《新聞文存》，大陸新聞出版社 1987 年版，第 450-451 頁。

④ 詳見《王中教授新聞學論點集粹》，《新聞大學》1993 年秋季號。

⑤ 引自虞達文《新聞心理學》，新華出版社 2001 年版，第 15 頁。

⑥ 見劉京林主編《新聞心理學論文集》，北京廣播學院出版社 1996 年版，
　　第 12-13 頁；虞達文《新聞心理學》，新華出版社 2001 年版，第 16 頁。

⑦ 詳見筆者為《超越傳媒》寫的「序」，大陸廣播電視出版社 2002 年版。

⑧ 這些法規全文刊登于廖衛民、趙民《互聯網媒體與網路新聞業務》的「附
　　錄」部分，復旦大學出版社 2001 年版。

⑨ 見傅白水《暑期遭遇青少年上網高峰　心理干預治「網癮」》，上海《文
　　匯報》2002 年 7 月 20 日。

附論文：試論網路傳播對受傳者的
心理影響

　　互聯網被稱為繼報刊、廣播、電視之後的「第四媒體」，實際上突破了傳統大眾傳播媒介的傳播方式，包含著人際傳播和大眾傳播兩種傳播方式。網路傳播與傳統媒體傳播比較，其特點在交互性、選擇性、超文本、多媒體、開放性、參與性、個性化服務性等方面。在網路傳播中，傳者與受者的界線變得模糊，傳受者可以為同一個人。在這種傳播模式下，傳受者（或稱網民）的平等意識、獨立意識、參與意識被空前啟動；傳受者的「超媒體思維」、移情心理、以虛擬身份娛樂人生心理等激增。互聯網是一個多媒體、超文本的巨大資訊庫，網民得到了通信迅速便捷、查詢資訊與檢索資料十分便利等好處；同時也出現了負面影響，網民中出現了網路犯罪行為，青少年中出現了「網癮」患者。大陸已從1996 年 2 月起陸續頒佈了有關互聯網管理的法規，正在嚴格執行中；同時也有專家提議，運用心理干預法治療青少年的「網癮」病。這些心理干預法包括溫吞青蛙式心理干預、轉移式心理干預、淡化式心理干預、趨利避害式心理干預、強化式心理干預等。對於網路傳播對社會、對網民的負面影響，採用法治與心理疏導兩大類辦法，應是能克服與解決的。

　　互聯網（Intemet），也常稱為「因特網」或「國際互聯網」，它是人類從工業時代走向資訊時代的象徵，對人類生活與人類社會都產生了深遠的影響。

　　大陸的互聯網始於 1994 年 4 月，剛開始只幾萬用戶，隨之則突飛猛進。據大陸互聯網路資訊中心的資料統計：大陸網路用戶 1997 年 10 月為 62 萬，1998 年 6 月為 111 萬 7千，1999 年 6 月為 400 萬，2000 年 6 月為 1690 萬，2001年 6 月為 2650 萬，2001 年 12 月為 3370 萬，2002 年 6 月為4500 萬。而到 2003 年 6 月 30 日止，大陸網民數量已達 6800萬，用戶平均每周上網天數和小時數分別達 4.1 天和 13 小時。在互聯網發展早期，大多數人上網的主要目的是收發E-mail，進行文件傳輸，或遠端登錄到共用電腦獲取資源。這時的互聯網的主要傳播方式是點與點的傳播，是一種人際傳播。二十世紀九十年代中期以來，由於傳統大眾媒體紛紛上網，網路傳播將人際傳播與大眾傳播融為一體。大陸網路新聞傳播，如果參照美國哥倫比亞大學新聞學院新媒體中心主任約翰.帕維裏克將網路新聞傳播分為三階段的劃分標準，也可分為：1.拷貝借鑒階段，1995 年至 1998 年底，即大陸的傳統新聞傳播媒體紛紛入網；2.用戶化階段，1998 年底開始，以新浪網出現為標誌，大陸網路新聞傳播開始進入用戶化階段；3.網路原創階段，2000 年 5 月千龍新聞網與東方新聞網的出現，則標誌著大陸網路新聞傳播進入網路原創階段。當然，這三個階段，並不是後一個完全替代前一個，而是並存發展著。

一、網路傳播的特點

從傳播學角度來分析，網路傳播與傳統大眾媒體傳播在資訊傳播方式上有著不同的特點：

1. 互動式的「功能表」選擇方式

網路媒體在傳受資訊的方式上，是互動式的受眾選擇資訊、選擇服務的點「功能表」方式。

人們獲取網上資訊的方式，除了網站本身「推送」之外，更多的是上網者主動「求索」。上網者與網路之間都是在進行即時的雙向交流，上網者的資訊需求可以得到網路的即時回應。這種互動式的網路媒體特色，與傳統媒體單向傳播、受眾被動接受的方式有很大區別。網路真正成為一種受者與傳者的交流媒介，傳者與受者的界限變得模棱兩可，受者可以向網路發佈資訊而成為傳者，而傳者可以接受眾多的資訊而成為受者。互聯網具有融合傳者和受者角色的功能。

2. 超文本、多媒體

超文本、多媒體是網路媒體不同於傳統媒體的獨有資訊存在方式。報紙上的文本與圖片是平面展開的印刷符號，廣播電視傳播的是單向的、線性的電子資訊流；而網路媒體在傳播資訊的結構上是超文本的網狀結構，在資訊存在形式上是多媒體的數位化資訊，包含文字、圖像、動畫、聲音等資訊。由於超文本的出現，人們的閱讀方式發生變化。在超文本中，讀者可以通過自己個人的興趣選擇資訊，對於同樣一個網站，由於點擊的順序與鏈結不同，所看到的資訊內容也會不同。人們閱讀網路媒體呈現一種即興式與多樣化的特點。

3. 開放性、參與性

　　網路媒體具有自由、開放的資訊交流方式和廣泛的參與性，使得網路媒體成為可以具有國際影響力的「意見市場」。在傳統媒體中，報紙交流只體現在「讀者信箱」、「編讀往來」等極有限的版面上；廣播電視節目允許參與的受眾人數及其時間都十分有限。而互聯網對交流與參與的限制就十分寬鬆，個人發表意見的空間十分廣闊，比如網上在線聊天，可以允許上百人在同一時刻對話，並跨越不同的國家與地區；許多網站還辟有電子公告欄，人們可以在不違背法律和道德的前提下自由發佈資訊與言論，有很大的選擇性和自主權。許多電子公告欄和網上論壇已成為富有特色的大規模的「公眾論壇」。

4. 個性化服務性

　　網路媒體在傳播方式上呈現日益個性化的特點，注重資訊傳播與資訊服務的結合，使上網者能從網上得到資訊服務的實惠。上網者可以從許多網站上選擇自己所急需的某類資訊，也可以訂閱自己所需的電子雜誌，獲得所需的資訊產品。網路媒體成了一個為個人服務的資訊商場。

二、網路傳播對傳受者的心理影響

　　網路傳播不僅改變了原有大眾媒體的傳播方式，模糊了傳者與受者的界限，還對傳受者的心理產生了巨大的影響。這主要表現在：

1. 平等參與意識

　　在網路傳播中，人們遠離現實生活中的政治地位、經濟狀況、職業工作、文化程度、家庭環境等等，在網路面前人人都有一個平等的虛擬身份，因此平等參與的意識大大增強。在各網站開設的電子論壇中，上網者可以充分發表自己對從國家大事到生活小事的意見與看法，並與網友們開展討論。而且從網站上可以同時獲得正反雙方提供的資訊，形成「兼聽則明」的認知效應，而且傳受者資訊權的增大意味著傳受者決策判斷能力的增強，獨立選擇、獨立決斷的能力也大大提高。

2. 「超媒體」思維方式

　　人們接受資訊的習慣會形成一定的思維方式。網路資訊傳播採用超文本格式，使用多媒體語言，將文字、聲音、圖像、動畫合為一體，產生了所謂「超媒體」。超媒體擴大了人們感官經驗的範圍，但是多種感官參與資訊接受容易導致資訊相互抵消。同時，超文本方式打破了以往順序閱讀的習慣，代之以跳躍式發散思維式閱讀，容易迷失方向，不利於對問題作深入的思考與科學的判斷推理。

3. 移情心理

　　移情作為心理學的一般用語是指「在人際交往中，人們彼此的感情相互作用」，「能設身處地感受和理解對方的心情」。[①]網民在網路傳播中的移情往往表現在（1）自我滿足的移情，不少人通過網路提供的各種機會，在網民面前表達自己在現實生活中無法顯示的某方面才能；（2）人際交往

的移情，在現實生活中落落寡歡的人，在 BBS、聊天室中卻可能異常活躍，藉以渲泄自己的情緒；（3）尋找快樂的移情，網路世界豐富的消遣方式能使人擺脫現實煩惱，獲得快樂與滿足。但是這種移情帶來的心理平衡往往說明移情者在現實生活中的無能為力。[②]

4. 自娛自樂心理

網路的多媒體傳播使人們在利用網路工作的同時接受娛樂消遣。網路使傳受者對傳播的態度充滿娛樂感。網民有自己的網路語言與「行話」，「資深網蟲（『大鳥』、『大俠』）」們還有一套獨特的行文方式，調侃、嘲諷、甚至搬弄是非、似是而非，是他們的語言風格。這部分網民的心態是：在網路的虛幻世界裏，什麼都是虛假的，沒有必要對自己與他人太認真，還不如大家都來娛樂一番。

此外還有一種隱形心理。網民們通常採用匿名登錄的方式，因此網上姓名就成了他們的虛擬身份。在虛擬身份的掩蓋下，人們可以披上偽裝或撕去偽裝，作出與現實生活完全不同的姿態。因此，網上人際交往成為隱形人們之間的交往，這樣的人際交往的可信度也大大降低。網上虛擬身份掩蓋了人的真實身份與真實心理，有人會自由地從事法律、道德倫理所限制與不准許做的事情，其負面影響也接踵而來。

三、對網路傳播的負面影響採用法治與心理疏導兩類辦法

互聯網由於是一個完全開放的巨大資訊庫，各種人都可

以隱形上網，成為一個「超自由」的大論壇。國內外的敵對
勢力與法輪功等邪教組織會利用網路傳播從事危害大陸國
家安全、損害大陸人民利益的違法犯罪活動；一些別有圖謀
與用心的人利用互聯網製作、查閱、複製和傳播妨礙社會治
安的資訊和淫穢色情等資訊；還有居心險惡者擅自進入未經
許可的電腦系統，篡改他人資訊，侵犯他人隱私，甚至製造
與傳播電腦病毒，當上「黑客」直接侵犯網路與他人的合法
權益，等等。因此，打擊網路犯罪活動成為國際社會維護正
常秩序的共同任務。

　　大陸國務院與人大常委會，為了加強對電腦資訊網路國
際聯網的管理，保障國際電腦資訊交流的健康發展，規範互
聯網資訊服務活動，維護互聯網新聞的真實性、準確性、合
法性，保障互聯網運行安全，從 1996 年 2 月至今，已發佈
主要互聯網管理法規有：《中華人民共和國電腦資訊網路國
際聯網管理暫行辦法》、《中華人民共和國電腦資訊網路國
際聯網管理暫行規定實施辦法》、《互聯網資訊服務管理辦
法》、《互聯網電子公告服務管理規定》、《互聯網站從事
登載新聞業務管理暫行規定》、《全國人民代表大會常務委
員會關於維護互聯網安全的決定》等。[③]這些互聯網管理法
規與實施辦法，具有法律依據與可操作性，對違反規定同時
觸犯其他有關法律、行政法規者，可依照有關法律法規予以
處罰；對構成犯罪的，依法追究刑事責任。對網路傳播的負
面影響採用法治的辦法，無疑是根本措施，但由於本文主要
論述點不在這裏，因此從略闡述。

　　對網路傳播的負面影響、尤其是對青少年的負面影響，

採用心理疏導與心理干預的辦法，無疑是十分迫切的任務。

目前大陸在校青少年上網的比例是驚人的。有調查表明，上網人群中在校青少年約占 80%，其中又有約 49%的在校生經常瀏覽黃色網站或上網玩遊戲、聊天、網戀。④青少年沈溺於上網尤其是黃色網站，其危害極大。首先，他們迷失於虛擬世界，與現實世界產生隔閡，不願與人面對面交往。久而久之，會影響青少年正常的認知、情感和心理定位，不利於青少年健康人格和正確人生觀的塑造。其次，迷戀網路還會使青少年產生精神上癮，即為「網癮」，一旦離開網路便會產生各種心理疾病。更危險的是，青少年長期沈陷於網路不但會荒廢學業與青春，而且有可能走上犯罪道路。青少年因上網過度而誘發犯罪、自殺以及過勞猝死等事件，近來頻頻見諸報端。國家有關部門為此頒佈實施了《互聯網上網服務營業場所管理辦法》，對青少年上網進行了一些強制性規範。但是，這些強制性措施只能治標，未能從根本上消除青少年對網路的依賴。因此有一些社會學家與心理學專家（如南京大學心理協會理事傅白水先生等）建議，學校與家庭應對青少年、特別是「網癮」者進行積極的心理干預，其心理干預法有⑤：

1. 溫吞青蛙式心理干預

針對青少年逆反心理較強的特點，採用循序漸進的心理干預。打個比方：將一隻青蛙放在水中，然後慢慢地給水加熱，青蛙會很舒服地呆在水中直到煮熟。而如果一開始將青蛙放進開水，青蛙會立即跳出水面而逃逸。採用溫吞青蛙式的心理干預方式，要求老師與父母積極與孩子進行平等的交

流溝通，瞭解他們的所需所想，給予精神上的安慰與關懷，逐漸消除思想隔閡，滿足孩子正當的精神需求。在這過程中，老師與父母可有意識地指導孩子慢慢減少上網時間與次數，恢復到正常的上網水準。

2. 轉移式心理干預

　　青少年求知欲旺盛，對新鮮事物容易全身心投入，因而很容易迷戀極具吸引力的網路。老師與家長應採取轉移式心理干預，採取積極措施轉移孩子注意力，將孩子的求知欲引向正確的軌道。如學校經常舉辦各類文體活動與興趣小組，在假期鼓勵孩子參加社會實踐活動和夏令營，還可帶孩子外出旅行等等。這樣，有意識地將青少年的注意力從網路上轉移開。

3. 淡化式心理干預

　　青少年所以迷戀黃色網站，根本原因是青少年對性的渴望欲和神秘感。大陸性教育滯後，大多未對青少年及時進行教育疏通，他們轉而借助黃色網站渲泄。因此學校和家長應開展正常的性知識教育，消除孩子在成長過程中出現的性困惑和性苦悶。學校通過正式的性知識教育課使青少年對性有正確的認識，消除其對黃色網站的心理需求。

4. 趨利避害式心理干預

　　老師與家長對青少年上網應關注其內容，進行趨利避害的心理干預。對於青少年上網尋求健康有益的內容，或進行正常健康的交友、聊天，應給予支援與指導，以取得孩子的信任，建立良好的溝通渠道；對孩子上網時間過長、上網次數過頻和上不健康的網站等，老師與家長應予以制止與引

導。只要講明講透利害關係，青少年很容易接受，一般不會產生逆反心理。

5. 強化式心理干預

　　青少年正處於人生的情感波動期，自控力極差，極易受新鮮事物吸引而不能自拔。老師與家長在必要時應進行強化式的心理干預，幫助他們樹立堅定正確的奮鬥目標，培養青少年的控制力和良好心理品質，使其有意識地控制自己的上網欲望。

　　對於網路傳播對社會、對傳受者（網民）的負面影響，採取法治與心理疏導兩大類辦法，應是能夠克服與解決的。當然，大陸有關網路傳播的法規還有待進一步完善，能在今後正式出臺《新聞法》、《廣播電視法》、《電影法》等基礎上，正式出臺《網路傳播法》；同時上網者（網民）也應加強道德自律，一起來做好有關的心理疏導工作，使大陸的網路傳播走上更加健康發展的道路，在社會主義現代化建設與文明建設中發揮更積極有效的作用。

注釋：

① 詳見劉京林主編《新聞心理學》，武漢大學出版社 2001 年版，第 167 頁。

② 引自任湘怡《網路傳播對傳播者的心理影響》，《新聞大學》2000 年秋季號。

③ 這些法規全文刊登于廖衛民、趙民《互聯網媒體與網路新聞業務》的「附錄」部分，復旦大版社 2001 年版。

④ 引自傅白水《暑期遭遇青少年上網高峰　心理干預治「網癮」》，上海《文彙報》2002 年 7 月 22 日。

參考書目

1. 《馬克思恩格斯選集》第一卷，人民出版社 1972 年版。

2. 《毛澤東選集》第一至四卷，人民出版社 1960 年版。

3. 《毛澤東新聞工作文選》，新華出版社 1983 年版。

4. 《鄧小平論新聞宣傳》，新華出版夜 1998 年版。

5. 江澤民《論「三個代表」》，中央文獻出版社 2001 年版。

6. 《大陸共產黨新聞工作文件彙編》，新華出版社 1980 年版。

7. 《十一屆三中全會以來重要文獻簡編》，人民出版社 1983 年版。

8. 穆青《新聞工作散論》，新華出版社 1983 年版。

9. 余家宏等編注《新聞文存》，大陸新聞出版社 1987 年版。

10. 余家宏等編寫《新聞學詞典》，浙江人民出版社 1988 年版。

11. 金炳華主編《新聞工作者必讀》，文彙出版社 2000 年版。

12. 丁淦林等《大陸新聞事業史》，四川人民出版社 1998 年版。

13. 張隆棟主編《大眾傳播學總論》，大陸人民大學出版社 1993 年版。

14. 李良榮《西方新聞事業概論》，復旦大學出版社 1997 年版。

15. 張國良《現代大眾傳播學》，四川人民出版社 1998 年版。

16. 張國良《新聞媒介與社會》，上海人民出版社 2001 年版。

17. 孫旭培《新聞學新論》，當代大陸出版社 1994 年版。

18. 遼寧日報編輯部編《新聞改革論文集》，遼寧人民出版社 1983

年版。

19. 姚錫棠主編《上海新聞改革 15 年》，上海社會科學院出版社 1994 年版。

20. 戴元光 金冠軍《傳播學通論》，上海交通大學出版社 2000 年版。

21. 戴元光 苗正明《大眾傳播學的定量研究方法》，上海交通大學出版社 2000 年版。

22. 張允若 高寧遠《外國新聞事業史新編》，四川人民出版社 1996 年版。

23. 黃瑚《新聞法規與新聞職業道德》，四川人民出版社 1998 年版。

24. 魏永征《大陸新聞傳播法綱要》，上海社會科學院出版社 1999 年版。

25. 王強華 魏永征主編《輿論監督與新聞糾紛》，復旦大學出版社 2000 年版。

26. 張惠仁《新聞寫作學》，四川人民出版社 1986 年版。

27. 劉炳文 張駿德《新聞寫作創新與技巧》，上海人民出版社 1990 年版。

28. 丁法章主編《新聞評論學》，復旦大學出版社 1997 年版。

29. 張子讓《當代新聞編輯》，復旦大學出版社 1999 年版。

30. 程世壽《深度報導與新聞思維》，新華出版社 1992 年版。

31. 芮必峰 薑紅《新聞報導方式論》，安徽大學出版社 2001 年版。

32. 「當代大陸廣播電視臺百卷叢書」《上海東方電視臺卷》，大陸廣播電視出版社 1998 年版。

33. 「當代大陸廣播電視臺百卷叢書」《上海東方廣播電臺卷》，

大陸廣播電視出版社 1997 年版。

34. 陸曄 趙民《當代廣播電視概論》，復旦大學出版社 2002 年版。

35. 葉子《電視新聞學》，北京廣播學院出版社 1997 年版。

36. 方六等《大陸電視新聞學》，暨南大學出版社 1991 年版。

37. 黃匡宇《理論電視新聞學》，中山大學出版社 1996 年版。

38. 張駿德主編《當代廣播電視新聞學》，復旦大學出版社 2001 年版。

39. 趙凱 趙腓羅《市場經濟與廣播電視管理》，復旦大學出版社 2002 年版。

30. 仲富蘭《廣播評論》，復旦大學出版社 1997 年版。

40. 李文明《新聞評論的電視化傳播》，四川大學出版社 2003 年版。

41. 張詠華《大眾傳播社會學》，上海外語教育出版社 1998 年版。

42. 張駿德 劉海貴《新聞心理學》，安徽人民出版社 1986 年版。

43. 張駿德 劉海貴《新聞心理學》（修訂本），復旦大學出版社 1997 年版。

44. 劉京林《大眾傳播心理學》，北京廣播學院出版社 1997 年版。

45. 劉京林主編《新聞心理學》，武漢大學出版社 2001 年版。

46. 虞達文《新聞心理學》，新華出版社 2001 年版。

47. 敬蓉《大眾傳播心理學導論》，新華出版社 1999 年版。

48. 童清豔《超越傳媒——揭開媒介影響受眾的面紗》，大陸廣播電視出版社 2002 年版。

49. 廖衛民 趙民《互聯網媒體與網路新聞業務》，復旦大學出版社 2001 年版。

50. 張國良 黃芝曉主編《大陸傳播學：反思與前瞻》，復旦大學出版社 2002 年版。

後　記

　　這本《大陸新聞改革論》，是改革開放以來，本人關注大陸新聞改革，在教學、科研中研討大陸新聞改革種種問題的產物；也是本人從事新聞教學工作 40 多年、從事科研工作 20 多年的一個結晶。

　　早在 1964 年 7 月，我在復旦大學新聞系（五年制）畢業留校任教時，余家宏教授就告誡我：「你即使擔任業務課教師，理論學習與科學研究不能放鬆，這樣才能勝任教學工作。」十年動亂結束後，副系主任葉春華教授又告誡我：「做學問不能貪大貪多，要集中自己的精力在主攻方向上，把教學與科研結合起來，堅持數年必有收穫。」

　　牢記恩師的教導，我在上世紀八十年代主要從事新聞採訪寫作課教學的情況下，與報社老總、與同事一起合作，編著了《新聞採訪原理與技法》、《新聞寫作創新與技巧》、《新聞心理學》、《攝影基礎知識與技能》等書籍。九十年代以來，我主要從事廣播電視新聞學的教學工作，參與了丁法章主編的《新聞評論學》的編寫工作；並在丁淦林首席教授的主持下，撰寫了教材《現代廣播電視新聞學》，還參與《大公報一百周年社評選》、《大公報一百周年案例選》的點評工作。

在此,我首先要向長期教導、關心、幫助我的恩師餘家宏、葉春華、丁淦林等教授致以最誠摯的謝忱!向復旦大學新聞系(1988 年 6 月 10 日起為新聞學院)的歷任領導與同事們表示真誠的感謝!

2003 年暑假,正逢平生從未遇過的長時期酷暑,我整天躲在書房裏用電腦整理二十多年來自己寫的有關新聞改革的論文,有些論文已編入過去出版的教材,大部分都還沒有編入。我邊整理,邊寫作本書。因而本書中的相當一部分章節曾以論文形式在國內的一些學術刊物上發表過,特別是 1997 年以來的論文有:

1. 《試論鄧小平同志實事求是的新聞宣傳思想》,江蘇《新聞經緯》1997.2-3
2. 《江澤民新聞論述豐富了馬克思主義新聞理論寶庫》,四川《新聞界》1997.3
    《試論採訪中的心理感應規律》,《深圳特區報通訊》1997.3
    《試論電視新聞評論》,《新聞大學》1997 夏
    《試論廣播電視新聞傳播規律與工作原則》,南京大學《新聞傳播論壇》(1998 年)
    《試論電視新聞的傳播符號》,四川《新聞界》1998 年 2、3、4 連載
    《大陸廣播改革的一座新里程碑》,《新聞大學》1998 春
    《研討大陸廣播新聞評論的特殊規律》,《新聞大學》1998 夏
    《試論大陸廣播電視業的法制化管理》(合作,本人執筆),《新聞大學》1998 冬

10.《記者是「記」的「者」也》，四川《新聞界》1998.5

11.《也談「客觀事實無傾向性」》，四川《新聞界》1999.3

12.《客觀報導手法與主觀報導意圖的關係》，四川《新聞界》1999.5

13.《增強新聞背景意識 開掘新聞資訊內涵》，遼寧《記者搖籃》1999.8 一

14.《一本精闢又充分說理的評論集──喜讀〈選準突破口〉》，江蘇《新聞經緯》1999.3

15.《批評性報導應注意掌握好「度」》，江蘇《新聞經緯》1999.4

16.《探尋基層廣播電視人才培養與使用的科學之路》，《新聞大學》1999 秋

17.《大陸新聞事業發展中的兩大問題》，收入《傳媒.思考.新世紀》一書 同心出版社 1999.11

18.《新聞工作者應重視新聞傳播學的再學習》，《新聞大學》2000 春

19.《試論城市電視臺的新聞欄目設置》，《新聞大學》2000 秋

20.《聚焦經濟報導的欄目構成》，四川《新聞界》2000.4

21.《試論因特網對廣播電視業的影響》，四川《新聞界》2000.6

22.《試論戰役性報導的「度」》，《新聞戰線》2000.12

23.《試論大陸人民廣播事業六十年的歷史經驗》，《新聞大學》2001 夏

24.《實行精品戰略 講究有效傳播》，陝西《新聞知識》2001.6

25.《廣播新聞創優之我見》，《大陸廣播》2001.7

26.《試論大陸報業集團整頓報業的功能》，湖南《新聞天地》2001 冬（論文版）

27.《信徒與勇士──記大陸當代記者的高風亮節》（合作），湖

南《新聞天地》2001 冬（珍藏版）

28.《簡論大陸傳播學與新聞學關係》，陝西《新聞知識》2002..2

29.《報導「曝光新聞」如何避免當被告》，陝西《新聞知識》2002.4

30.《頻道專業化：大陸電視的第二次創業》，四川《新聞界》2002.2

31.《論跨媒體競爭中的廣播》（合作），山東《山東視聽》2002.4

32.《大陸三次新聞改革之回顧》，湖南《新聞天地》2002.4

33.《大陸新聞改革的前景展望》，湖南《新聞天地》2002.5

34.《體育新聞報導應弘揚什麼》，上海《新聞記者》2002.7

35.《江淮地區廣播電視人才狀況調查分析報告》（合作），收入
復旦大學教務處編《創新與輝煌》一書第 52 至 66 頁，高等教
育出版社 2002 年 8 月第 1 版。

36.《大陸新聞改革的歷史、現狀及其展望》，收入朱恒夫主編《邁
向精神殿堂──人文學者在同濟大學演講錄》一書第 179 至
199 頁，江蘇教育出版社 2002 年 7 月第 1 版。

37.《頻率專業化與廣播事業發展前景》，陝西《新聞知識》2002.10

38.《重視廣播電視短新聞的採制》，黑龍江省《新聞傳播》2002.10

39.《傳播心理學的體系構建與發展──第四屆全國新聞與傳播心
理研討會紀要》（合作），上海《新聞記者》2002.12

40.《新聞評論的「立意」》，《新聞戰線》2003.4

41.《大陸新聞報導的發展趨勢》，湖南《新聞天地》2003.春（論
文版）

42.《大陸新聞與傳播心理學研究的回顧與展望》，四川《新聞界》
2003.3

43.《大陸體育新聞傳播的誤區與對策》，湖北《新聞前哨》2003.7

44.《深度報導的運用與發展態勢》，《大陸記者》2003.7

45. 《〈新聞坊〉節目特色評析》，上海《新聞記者》2003.8

46. 《堅持辯證唯物主義的新聞觀》，湖北《新聞前哨》2003 年第 10 期

47. 《從區域報導到區域報紙——從〈東方早報〉談起》，《大陸記者》2003 年第 10 期

48. 《上海傳媒結構變化與發展趨勢》，上海《新聞記者》2004 年第 3 期

49. 《從當前大陸電視新聞革新看新聞報導理念的變化》，《新聞戰線》2004 年第 3 期

50. 《試論科技進步與傳播方式革新》，湖北《新聞前哨》2004 年第 3 期

51. 《論電視新聞現場報導》，四川《新聞界》2004 年第 3 期

52. 《對傳播社會學理論與實踐的積極探索——評〈新聞傳播與當代社會———種傳播社會學理論視閾〉》，《新聞戰線》2004 年第 7 期

53. 《論廣告的「全球化」與「本土化」》，《新聞大學》2004 年夏季號

54. 《專業報紙的傳播特色與技法》，《大陸記者》2004 年第 11 期

55. 《讓通勤族上班路上看新聞——評〈I 時代報〉的特色》，《新聞戰線》2005 年第 2 期。

56. 《堅持弘揚「主旋律」提升報導文化品位——2004 年度上海廣播電視新聞獎終評會議綜述》，《新聞記者》2005 年第 5 期。

57. 《建立報刊發行量認證制度勢在必行》，《大陸記者》2005 年第 7 期。

58. 《公交移動電視的傳播學解讀》，《新聞記者》2005 年第 8 期。

59.《倡導廣播電視短新聞報導》，《大陸廣播》2005 年第 8 期。
60.《記者的職責是展現真相》（「傳媒演講廳」），《新聞記者》
　　2005 年第 10 期。

　　在此，我要向相關學術刊物的編輯先生表示誠摯的謝忱！

　　在成書過程中，摘引的觀點與資料，在每章後都注釋有出處；參考過的書目，在全文後均一一列出。在此，特向這些作者同志表示謝忱！

　　這本書的順利出版，得益於我指導過的博士後、暨南大學新聞傳播學院副教授吳非博士的精心策劃、編排與校正，在此深表謝意！

　　我要衷心感謝新聞學院資料室周偉明、葉翠娣，實驗室楊敏、胡嗣龍等同志對我教學、科研的支援與幫助！

　　最後還要衷心感謝出版社與責任編輯的辛勤勞動與精心修改編排。對凡是支援幫助過我的領導與同志們，我一併表示衷心感謝！

　　我還要衷心感謝我的家人：年過八旬的岳母與退休後仍在忙碌的妻子，為了讓我安心寫作，每天辛勞地操持著全部家務；任電腦工程師的兒子，幫我檢修電腦，指導我正確使用好電腦。這本書的初稿，是我第一次完全靠自己用電腦打字的，20 多萬字，花了整 30 天時間。

　　我已年過花甲，因學校延聘，仍工作在教學、科研第一線，只要事業需要與我健康尚好，我將一如既往，不遺餘力，勤奮不息！

　　　　　　　　　作者　2006 年 1 月 10 日于上海華理苑寓所

國家圖書館出版品預行編目

中國新聞改革論 / 張駿德著. -- 一版. -- 臺
北市：秀威資訊科技, 2006[民 95]
　　面；　公分. -- (社會科學類；AF0047)
　　參考書目：面
　　ISBN 978 986-7080-68-4(平裝)

　　1. 新聞業 – 中國 – 論文,講詞等 2. 報業
- 中國 – 論文,講詞等 3.大眾傳播業 – 中國
- 論文,講詞等
　　898.07　　　　　　　　　　95012884

 社會科學類　　AF0047

中國新聞改革論

作　　者 / 張駿德
發 行 人 / 宋政坤
執行編輯 / 林秉慧
圖文排版 / 郭雅雯
封面設計 / 羅季芬
數位轉譯 / 徐真玉　沈裕閔
圖書銷售 / 林怡君
網路服務 / 徐國晉
出版印製 / 秀威資訊科技股份有限公司
　　　　　台北市內湖區瑞光路 583 巷 25 號 1 樓
　　　　　電話：02-2657-9211　　　傳真：02-2657-9106
　　　　　E-mail：service@showwe.com.tw
經 銷 商 / 紅螞蟻圖書有限公司
　　　　　台北市內湖區舊宗路二段 121 巷 28、32 號 4 樓
　　　　　電話：02-2795-3656　　　傳真：02-2795-4100
　　　　　http://www.e-redant.com

2006 年 7 月 BOD 一版
定價：420 元

讀　者　回　函　卡

感謝您購買本書，為提升服務品質，煩請填寫以下問卷，收到您的寶貴意見後，我們會仔細收藏記錄並回贈紀念品，謝謝！

1. 您購買的書名：＿＿＿＿＿＿＿＿＿＿＿＿＿＿＿＿＿

2. 您從何得知本書的消息？

　　□網路書店　□部落格　□資料庫搜尋　□書訊　□電子報　□書店

　　□平面媒體　□ 朋友推薦　□網站推薦　□其他＿＿＿＿＿

3. 您對本書的評價：(請填代號　1.非常滿意 2.滿意 3.尚可 4.再改進)

　　封面設計＿＿　版面編排＿＿　內容＿＿　文/譯筆＿＿　價格＿＿

4. 讀完書後您覺得：

　　□很有收獲　□有收獲　□收獲不多　□沒收獲

5. 您會推薦本書給朋友嗎？

　　□會　□不會，為什麼？＿＿＿＿＿＿＿＿＿＿＿＿＿＿＿＿

6. 其他寶貴的意見：＿＿＿＿＿＿＿＿＿＿＿＿＿＿＿＿＿＿＿

　　＿＿＿＿＿＿＿＿＿＿＿＿＿＿＿＿＿＿＿＿＿＿＿＿＿＿＿

　　＿＿＿＿＿＿＿＿＿＿＿＿＿＿＿＿＿＿＿＿＿＿＿＿＿＿＿

　　＿＿＿＿＿＿＿＿＿＿＿＿＿＿＿＿＿＿＿＿＿＿＿＿＿＿＿

讀者基本資料

姓名：＿＿＿＿＿＿＿＿＿　年齡：＿＿＿　性別：□女 □男

聯絡電話：＿＿＿＿＿＿＿＿　E-mail：＿＿＿＿＿＿＿＿＿

地址：＿＿＿＿＿＿＿＿＿＿＿＿＿＿＿＿＿＿＿＿＿＿＿＿

學歷：□高中(含)以下　　□高中　　□專科學校　　□大學

　　　□研究所(含)以上 □其他＿＿＿＿＿＿＿

職業：□製造業 □金融業 □資訊業 □軍警 □傳播業 □自由業

　　　□服務業 □公務員 □教職　□學生 □其他＿＿＿＿＿

To：114

台北市內湖區瑞光路 583 巷 25 號 1 樓

秀威資訊科技股份有限公司　　　收

寄件人姓名：

寄件人地址：□□□

- -

(請沿線對摺寄回,謝謝!)

秀威與 BOD

BOD（Books On Demand）是數位出版的大趨勢，秀威資訊率先運用 POD 數位印刷設備來生產書籍，並提供作者全程數位出版服務，致使書籍產銷零庫存，知識傳承不絕版，目前已開闢以下書系：

一、BOD 學術著作—專業論述的閱讀延伸
二、BOD 個人著作—分享生命的心路歷程
三、BOD 旅遊著作—個人深度旅遊文學創作
四、BOD 大陸學者—大陸專業學者學術出版
五、POD 獨家經銷—數位產製的代發行書籍

BOD 秀威網路書店：www.showwe.com.tw
政府出版品網路書店：www.govbooks.com.tw

永不絕版的故事・自己寫・永不休止的音符・自己唱